16 血染钦天监

烽火戏诸侯 著

青岛出版集团 | 青岛出版社

图书在版编目（CIP）数据

雪中悍刀行. 16，血染钦天监/烽火戏诸侯著. 一青岛:青岛出版社,2021.12
ISBN 978-7-5552-9854-0

Ⅰ.①雪… Ⅱ.①烽… Ⅲ.①侠义小说－中国－当代 Ⅳ.①I247.5

中国版本图书馆CIP数据核字（2021）第108424号

XUE ZHONG HANDAO XING 16　XUE RAN QINTIANJIAN

书　　名	雪中悍刀行16 血染钦天监	
作　　者	烽火戏诸侯	
出版发行	青岛出版社	
社　　址	青岛市崂山区海尔路182号（266061）	
本社网址	http://www.qdpub.com	
邮购电话	18613853563　0532-68068091	
责任编辑	李文峰	
特约编辑	孙小淋　万红红	
校　　对	高玉莲	
装帧设计	千　千	
照　　排	梁　霞	
印　　刷	三河市良远印务有限公司	
出版日期	2021年12月第1版　2022年2月第2次印刷	
开　　本	16开（710mm×980mm）	
印　　张	19	
字　　数	325千	
书　　号	ISBN 978-7-5552-9854-0	
定　　价	39.80元	

编校印装质量、盗版监督服务电话 4006532017　0532-68068050

目录

第一章

北凉莲花起佛国
太安夏日落剑雨

这话一说出口，殷长庚、韩醒言这一拨，还有李懿白和宋庭鹭、单饵衣三个，都给震惊得无以复加。

竟然有人对祁嘉节这种有望成为剑道魁首的宗师放话说要让他连剑都拔不出剑鞘？

江湖一千年来，这种话大概只有那位过天门而不入的吕祖才说得吧？

这个腋下还夹着书的家伙，是要以势压人？可祁嘉节虽不以充沛气机称雄武林，但能够成为京城第一剑客，武力紧随武评十四人之后，若说连剑也拔不出，那也太荒谬了。

眼前分明就是大战在即的危殆形势，可莫名其妙就被卷入风波中心的柴青山没有动静，既没有带着李懿白和两个徒弟离开的意图，也没有如何运转气机以防不测。显而易见，徐凤年和祁嘉节要是放开手脚厮杀，身在逃暑镇也好，退出逃暑镇也罢，差别都不大。柴青山应该就是押注两人的对峙是点到即止的君子之争，双方形成默契，仅在方寸间争高下，不至于连累小镇众人。这种有"吹毛求疵"之妙趣的巅峰切磋，最适合有一定道行眼力的旁观者顺手拿来砥砺自己的武道心境，柴青山怎能错过这个千载难逢的机会？

祁嘉节斜提那柄铸于景龙剑炉的名剑长铗，此剑全长三尺三寸，他修长如玉的右手没有伸手去拔剑，但是长铗骤然间铿锵作响如龙鸣，出鞘不足一寸，客栈檐下顿时有寒冽风霜扑面之感。

这一次略作"停剑"后，长铗剑身出鞘长度猛然间暴涨至三寸有余。

长铗两次离鞘，都无比顺畅。

但是世间事，可一可二不可三。

接下来长铗纹丝不动，习武之后听力更加敏锐的东越剑池三人已经听到一阵阵如蚊蝇振翅的细微声响，不绝于耳。

殷长庚等人也发现，屋檐阶外，在逃暑镇的街面上，尘土渐渐飞扬，形成一个个陆地龙卷，旋转缓慢，如一群黄裳女子曼妙起舞。

长铗终于以高士箐肉眼都可见的极其缓慢的速度，再度出鞘一寸出头。

但是祁嘉节那好像不管身处何地都不染尘垢的蜀锦袍子开始轻轻颤动，如平静的湖面给蜻蜓点了一下，轻起涟漪。

逃暑镇烈日当头，祁嘉节所站客栈屋檐下的位置，恰好是明暗交替之处，原本常人不易察觉的丝丝缕缕的笔直光线不但变得清晰可见，而且在一瞬间就扭曲起来。

宋庭鹭和单饵衣不约而同眨了眨眼睛，以为自己出现了幻觉，可是眨眼过后，那些诡谲光线的确是如蛇曲行。

与此同时，街面上那些小龙卷刹那间破碎散去。

长铗终于又出鞘一寸。

高士篑浑然不觉自己已是满头大汗，鬓角青丝湿答答地粘在绯红的脸颊上。赵文蔚也下意识地松开拳头，摊开手掌在袍子上蹭了蹭汗水。

白衣背剑少女同样是局外人，但其实比高士篑他们还要紧张，跟同门少年窃窃私语："宋庭鹭，你觉得姓祁的那把剑能够全部出鞘吗？"

腰间长剑竟是长达四尺的宋庭鹭想了想，郑重其事地道："你喊我声师兄，我就告诉你答案。"

少女别了一支剑形的紫檀簪子，那双柳叶眉更是如同细剑，所以当她皱起双眉的时候，显得格外英气勃发，不过少女很快就灿烂一笑，娇滴滴地喊了一声"师兄"。

少年跟白天见鬼似的打了个哆嗦，然后装傻嘿嘿笑道："答案就是……我也不知道。"

以少女的脾气，要是搁在往常，她早就拔剑砍得剑池未来宗主满山跑了，但是今天她破天荒深呼吸一口气，就放过了宋庭鹭。后者很快就明白了其中缘由，狠狠地翻了个白眼，但比起当初看到赵文蔚死死地盯着自己师妹时的暴躁，挺有精气神的少年一下子成了霜打的茄子，整个人都是蔫蔫的。没法子啊，师妹要在她以及剑池几乎所有师姐师妹心目中共同仰慕的某个人面前，很用心地保持淑女形象。师妹原本估计一辈子都不会跟额黄、胭脂打交道，结果到了幽州后，每次在街上瞧见水粉铺子，就挪不开脚步了。自己当时就算撒泼打滚，也应该说服师父别答应师妹一起来北凉的。

原先那些造就小龙卷的尘土消散之后随风而起，被徐凤年随手一拂，轻轻拍散。

祁嘉节握剑的那只手五指弯曲，转为虚握长铗，长剑急剧旋转，如掌心有惊雷滚走。

长铗剑身乘势又硬生生离鞘三寸。

只见这名北地剑豪脚下的青石板迸裂出一张蛛网，且那些裂缝不断向外扩张延伸，吓得高士廉赶紧拉着赵文蔚匆忙退后。

殷长庚、赵淳媛这对年轻夫妇都看到祁先生那袭白袍的袍脚开始飘摇，然后动静越来越大，猎猎作响，如沙场上大风吹拂的战旗一般。

之前还有闲情逸致偷偷打量那白衣少女的赵文蔚忐忑不安，恨不得为神仙人物祁先生摇旗呐喊，无比希望祁先生一鼓作气拔出整把长铗，也好灭一灭那个年轻北凉王的嚣张气焰！不过说实话，这个在离阳朝野恶名昭彰的西北藩王，在自己真正亲眼见到后，抛开那句极富挑衅意味的言语不提，他就跟自己在皇宫勤勉房和赵家瓮国子监求学时见到的那些出类拔萃的读书人没什么差别，身世好，相貌好，脾气还不错，属于那种即便不喜也讨厌不起来的风流人物。

当祁嘉节终于抬起右手，双指并拢，悬停在长铗剑身一寸之上的空中时，他的气势蓦然一变，如果说先前是如五岳高耸于中原大地，此时就如广陵大江滔滔东去入海。

柴青山对两个孩子轻声说道："看清楚了，仔细看看别人是如何观潮悟剑的！祁嘉节在十八岁、二十七岁、三十六岁时，分别三次观赏广陵大潮，最终悟出了这灵犀一动心血来潮的气机运转之法。遍观当今江湖高手，若论气机之绵长，祁嘉节远远不如武评十四人，大雪坪十人中，他也不在前列，但若说气机刹那间的汹涌程度，别说师父，就是轩辕青锋也未必能够媲美。"

柴青山说到这里，忍不住冷哼一声："你们两个，已经去了广陵江两次，热闹倒是看得不少，两张嘴巴也都没停过，结果悟出什么了？"

宋庭鹭转头，背对师父做了个鬼脸。

少女沉声道："师父，下一次观潮，我一定会用心的！"

柴青山愣了愣，然后泛起苦笑。

宋庭鹭嘀咕道："装，继续装！"

单饵衣瞬间满脸通红，伸手绕到背后，就要抽出那柄自己铸造的新剑"扶乱"。

每一位剑池弟子，想要离开宗门行走江湖，都要自己铸就一柄新剑，所以东越剑池除了天才剑客层出不穷，还有无数才华横溢青史留名的铸剑名师，而单饵衣这个被柴青山一眼相中的弟子，不论是学剑还是铸剑，都拥有令人惊叹不已的天赋。武人的体魄想要浑厚，讲究一个循序渐进，单饵衣不过是四品高手的武道修为，但她对剑道、剑术的独到领悟，在柴青山看来，已经具备二品小宗师的境界。

宋庭鹭赶忙讨饶道："师妹，别在这里动手行不行？这儿这么多外人，以后我还怎么闯荡江湖获得那不败战绩？！"

单饵衣懒得理睬这个口口声声要以不败战绩走江湖的家伙：学谁不好，偏偏学那个在京城昙花一现的温不胜，说这辈子不求胜过多少高手，只求不败！也就是离开宗门必须带着自己铸就的新剑，要不然宋庭鹭这小子在剑池那儿都是斜挎一柄木剑的，吊儿郎当！

在体内气机如江面涨潮猛然炸开后，祁嘉节的长铗一剑几乎全部出鞘，仅余下那剑尖不曾拔出。

赵文蔚轻轻喊道："好！"

然后发现自己被单饵衣怒目相向了，一头雾水的少年气势也迅速落到谷底。

徐凤年在这个紧要关头竟然走到街道上，抬头望向武当山那边。

山上，就在洗象池附近的那栋茅屋前，站着一个身穿龙虎山普通道袍的年轻道士，还有一个人蹲在地上，使劲眯着眼翻阅一本古籍。

后者轻声说道："凝神，此次行事，非君子所为啊。"

年轻道士平淡地道："先生，虽然有违本心，但是我毕竟姓赵，是天师府道人。叔叔在太安城传道多年，如今在京城的地位仍是岌岌可危，叔叔在信中自嘲连那'青词宰相'也做不得。况且先生也知道，如果任由那吴灵素得势，不光是佛家的不幸，我们天下道门正统的香火也可能断了。"

视力似乎不好的儒雅男子眼睛几乎贴到了书页上，感慨道："两害相权取其轻吗？"

他欲言又止，摇摇头，无奈一笑："我白煜就不唠叨那些大道理了，都说有一说一，我们读书人啊，知道得多了，就喜欢有一说个二三四，你不拦着，五六七八九也都来了。有些时候扪心自问，确实挺惹人烦的。行了，你做事吧，别管我。这本书不错，我找了好些年也没找着，借这个机会，先睹为快。"

赵凝神犹豫了一下："虽然说此次合力最多让他失去在西域凝聚出的那股即将成运的气数，但是先生你还是不该来武当山的。他一旦震怒，我死也就罢了，先生你不该在这北凉夭折，先生应当比当年荀平走得更远！"

白煜蘸了蘸口水，轻轻翻过一页，道："心太大，胃口难免跟着大，伤身。"

赵凝神叹息一声，向前走出几步，闭上眼睛，手指掐诀。

龙虎山天师府中，莲池那株紫金莲最高处的一朵花苞骤然绽放，又骤然凋零。

青州水师一楼大型楼船上，有个读书人盘膝而坐，身前摆有一只水碗，他双指捏着一颗洁白的石子，微笑道："事已至此，大势使然，就怪不得我谢观应落井下石了。"

那颗石子砸破碗中水面。

同一时间，一抹白虹由东南往西北，一闪即逝。

看完了正北方的徐凤年收回视线，开始侧过身望向正东方。

失去那股气机的支撑，祁嘉节那柄长铗滑落归鞘。

祁嘉节摘下那柄长铗，随意抛弃在街道上。

殷长庚等人都不明就里，单饵衣和宋庭鹭也满脸茫然，一直像是来看戏的柴青山向前踏出一步。

徐凤年望向远方，笑道："东越剑池倾力铸就的一柄新剑，由祁嘉节作为剑主，所剩不多的离阳炼气士扎堆，加上龙虎山赵凝神的联手牵引、柴青山的助阵，你们从千万里之遥请来的一剑，比起当年我杀韩生宣那一剑，手笔大多了。"

祁嘉节轻声道："惭愧。"

柴青山默然无言。

腋下还夹着那本《绿水亭甲子习剑录》的徐凤年也不见任何恼羞成怒的神情，说道："武当山不远，烧香许愿挺灵的，你们还是赶紧祈祷别被我接下这一剑吧。"

东越剑池的少女怯生生地说道："徐凤年，江湖上不都说你是真武大帝转世吗，咱们许愿管用？"

徐凤年忍俊不禁道："也对。"

徐凤年看了一眼她和那个长得确实挺像宋念卿的少年，后者赶紧双手握紧剑柄，他可知道这个北凉王很擅长跟人借剑，而且往往一借就是几百上千把！

倒是那个还没长成大姑娘就胳膊肘往外拐的少女朝徐凤年眨了眨眼睛，示意自己背着的那柄剑还不错，要就拿去，不用借。

徐凤年轻轻呼出一口气，面朝东方，自言自语道："不用借了，剑，如今我自己有的是。"

徐凤年拔地而起，踏空而去。

只见天空中，那人四周，剑群如蝗。

我有剑，两千四！

气长六千里！

享誉天下的白莲先生依然在捧书浏览，如果有旁人在场，就会发现这个读书人几乎把脑袋都埋入了书里，样子有些滑稽。

赵凝神当年在春神湖一战中请下龙虎山祖师，却仍然被打破金身，但赵凝神跌境之后，竟是毅然决然闭生死关，修行那与武当"大黄庭"齐名的"玉皇楼"道法，终于破而后立，重新凝聚命格，在龙池的那株紫金莲上结出一朵本命花苞，赵凝神只要悉心养育，假以时日，未必不能像爷爷赵希夷和父亲赵丹霞那样证道飞升，甚至有望品第更高，完成乘龙而升的壮举。所以说这次自毁本命紫金莲，牵引那万里一剑来破去徐凤年的气数，赵凝神就是在玉石俱焚。若非如此，以祁嘉节的剑道实力，不足以驭剑从东越剑池一气至西北武当山。

赵凝神身影摇晃，虚弱不堪，跌坐在地上，喃喃道："一路行来，我不断告诉自己，这般行事，是为中原道统气脉，是为离阳一国苍生，最少也是为我龙虎山天师府一家一姓的千年传承，但归根结底，不过是出于一己之私，想要了结那春神湖战败的心魔。"

白煜不知何时握着书走到年轻道士身边，轻声道："凡夫俗子欺人，真人欺天地，难，也不难，唯独这自欺一事，从来都是说易则轻而易举，说难则难如登天。"

他弯腰伸手搭在年轻道士的肩膀上，柔声道："凝神，也莫要自责了，这一关你既然跨了过去，就更应该珍惜。至于我白煜，这辈子都过不去喽，我不想学那轩辕敬城画地为牢，一辈子都走不出那座徽山。以后你我师兄弟二人，你在山上修清净，我在山下做了位极人臣的张巨鹿也好，做了那出师未捷身先死的荀平也罢，都无所谓了。"

这个被离阳先帝亲口御赐"白莲先生"的天师府外姓人使劲眯起眼望向远方："可惜我眼睛不好，看不到那一剑是怎样恢宏了。"

赵凝神举目远眺，苦涩地道："那就当我替先生看一回。"

白芦湖西端的青骡渡。

在楼船林立的青州水师的严密护送下，十万南疆精军开始有条不紊地渡江。这无疑是一项浩大工程，但是名义上暂时由靖安王赵珣统辖的青州水师兢兢业业，赢得了包括南疆大将吴重轩在内的一班武将的认可，他们对给说成绣花枕头的青州水师的那种糟糕印象大为改观。只不过协助南疆大军渡江的年轻藩王与那吴大将军并无太多交集，仅是在为南疆将领接风洗尘的晚宴上有过碰面。不过那一夜，襄樊城乃至整个青州只要是喊得出花名的勾栏女子，几乎全都给邀请到青州水师的楼船上了，靖安王赵珣在青州文坛也因此有了个"胭脂王爷"的雅致说法。

在那艘悄然撤去所有青州水师士卒的楼船上，一男一女站在船舱门口，看着那个盘膝而坐多时的中年书生，先前还看着他莫名其妙摆下一只白碗，再投下一颗石子。年轻男子锦袍玉带，风流倜傥，而那体态婀娜的动人女子也在登船后摘去了帷帽，露出一张能让旧青党权贵瞠目结舌的容颜——女子与那陪着老藩王共赴黄泉的王妃裴南苇，足有八分形似、七分神似！

女子皱眉道："王爷，刚才那抹光亮是……剑气不成？"

靖安王赵珣无奈地道："问我？唉，就我那点儿三脚猫功夫。"

她没有故作成熟女人的娇媚或是小女子的娇羞，甚至连个笑脸都欠奉，只是嘴角微微翘起。

赵珣不论看过多少次这般冷冷清清的神色，仍会怦然心动。这位在离阳王朝冉冉升起的年轻藩王握住她的手，两两无言。

一名白袍男子从船舱中走出，跟两人擦肩而过，走到两鬓斑白的儒生附近，低头瞥了一眼。

只见白碗之中，有一条细微的白线疾速划破水面。

中年儒士随手一挥，水碗消失不见，然后他缓缓起身，跟白袍男子走到栏杆附近，环顾四周，感慨道："八百里春神湖，除去广陵江，更有四条河水同注其中，好一个'日月若出没其中'，是何等壮阔无垠，便是一辈子住在湖畔的村野乡民，也想不到这春神湖其实在日渐枯萎，如同迟暮老人，倒是我们脚下这白芦湖，像那少年渐变壮年的光景，会越来越烟波浩渺，最终取而代之，成为天下第一大湖。黄龙士曾经有言，'世间气数有定数，却运转不停，田是主人水是客，不留就不得'。"

身穿素雅白袍的英伟男子不置可否。

儒士笑道："为了这离阳、北凉双方此消彼长的气数一事，祁嘉节不得不放弃毕生志向，舍弃长铗，去东越剑池求剑。在'刀甲'齐练华大闹太安城钦天监后，离阳不得不将硕果仅存的北方扶龙派炼气士全部聚集在剑池，以性命作为代价，向那座剑炉灌注精血神韵。这么大动静，不过是奢望打碎那人新到手的气数而已。想一想离阳赵室也确实憋屈，数千士子赴凉，江湖草莽不断涌入，继而举办莲花峰辩论，连淮南、江南两道名士也都蜂拥而去了，这可是天下归心的架势！眼瞅着北凉如此不按规矩行事，太安城坐龙椅的那位确实是拿不出太好的办法了。说实话，如果不是我谢观应火上浇油一把，祁嘉节等人是不可能得逞的。"

二人正是那位列陆地朝仙图榜首的谢观应，以及比那奉召平叛的一万蜀兵更早离开辖境的异姓王陈芝豹！

谢观应没有转身去看那个跟徐凤年一样成功袭爵的靖安王，轻声笑道："没了陆诩辅佐，反而混得风生水起了。"

谢观应打趣道："王爷，也稍稍给人家一点儿好脸色，他可是对你仰慕得很，再说了，以后我们还要倚重这位'一旬帝王'。没有他的话，事情会棘手很多。"

陈芝豹望向西北，只见那抹璀璨白虹气势越来越雄壮，以至连这位超凡入圣的蜀王都下意识地眯起眼眸。

在谢观应察觉端倪投石入碗之前，白芦湖东端的一大片芦苇荡中，一叶扁舟停留原地，随波起伏，舟头船板上有一袭鲜艳的猩红袍子飞快旋转，如牡丹绚烂绽放。

这袭红袍猛然停止旋转，那张欢喜相的面孔朝天空望去。

就在她要掠向高空的瞬间，躺在舟上闭目养神的女子淡然道："爷们儿的事，娘们儿别管。"

西楚京城中，从白芦湖上赶回朝堂主持军政大事的曹长卿来到大殿外视野开阔的白玉广场上。大官子的视线随着那抹剑光从东缓缓往西，叹息道："衍圣公，这一剑，原本应该是在太安城外等我的吧？"

曹长卿朗声道："徐凤年，就请你替李淳罡、王仙芝、剑九黄，替所有已死在江湖的江湖人，教那些庙堂中人知道，何谓江湖！"

三个道士沿着广陵江一路东行，在依稀看到襄樊城轮廓的时候，身穿武当道袍的年轻道人停下脚步。

浑身灵气流淌的小道士好奇地问道："师父，怎么不走了？"

那个身穿龙虎山道袍却跟武当道士混在一起的负剑男子皱眉道："这一剑，是由东越剑池那边往你们武当山去的。"

陪着那尾鲤鱼"走江化蛟，入海为龙"的当代武当掌教李玉斧轻轻点了点头，默不作声，但是眉宇间隐约有一股罕见的怒意。

自己寻上门来找到武当师徒二人的龙虎山道士齐仙侠赞叹道："这一剑无鞘，天地即是剑衣！贫道此生若是能够正面迎战这一剑，虽死无憾！"

小道士余福轻声道："生生死死，是多大的事啊，咱们别轻易说死就死。"

齐仙侠哑然失笑，转头凝视这个小道士，会心地笑道："你很像一个人。胆子小的时候，连女子都不如。胆子大的时候……"

齐仙侠没有将那半句话说出口。

胆子大的时候，连天上的仙人都感到害怕。

一名已过剑阁进入西蜀道境内的骑驴中年人突然恼火地道："离阳啊离阳，这剑哪能这么要！这不是逼我邓太阿去北凉边关走一遭吗？！"

牵驴背箱的少年哭丧着脸道："师父，咱们能别意气用事吗？好不容易刚从那边来到这西蜀道，我小腿肚子都瘦了一圈，结果啥风景也没瞧见，就要去那北凉塞外？"

从来都不掺和离阳庙堂事的"桃花剑神"揉了揉下巴："这事儿离阳做得太过，已经不是背后捅刀子那么简单了，是跑到人家家里当着面挖房子墙根。用前两天咱们跟人听来的那句话说，就是叔叔可忍，婶婶……"

少年赶紧截下话头："婶婶也可以忍！"

邓太阿弯腰摸着老伙伴驴子的背脊，想了半天，说道："不急，师父先带你看看西蜀风光。我有一种直觉，以后这天下哪里都不安生，就这儿会太平些。你小子要是能够在这里找到媳妇儿，那是最好不过，到时候师父无牵无挂，就能一个人离开西蜀道了。"

少年憨憨地笑道："这多不像话。"

邓太阿白了他一眼，道："你就偷着乐吧！"

少年突然愤愤然说道："虽然不知道发生了啥，但我要是北凉王，堂堂大宗师，早就杀到太安城揍那个离阳皇帝了。"

邓太阿感慨道："所以徐凤年是北凉王，你只能是我邓太阿没出息的徒弟啊。"

少年恼羞成怒道："我可真在西蜀道找媳妇儿，到时候就不管你了。"

邓太阿转头看了一眼北方："那你赶紧的。"

北凉流州和北莽姑塞州交界的边境处，正在与包括柳珪在内的一班武将议事的拓跋菩萨突然大步走出军帐。这位北院大王神情复杂。

早知如此，你徐凤年当时会不会留在虎头城与我再战一场？

如此死了，以后史书终归会说你是一位堂堂正正战死于边关的西北藩王，而不是如今的无故身亡，导致中原门户大开。

太安城钦天监内，没有了那些炼气士，如今实在太冷清了。

一位身穿正黄龙袍的年轻人和一个身穿监正官服的少年并肩而行。

皇帝尽量语气平静地问道："小书柜，有几成把握？"

阳光下，少年伸出手掌遮在额头上，望向天空，微笑道："别的不知道，反正某人是天理难容。"

年轻皇帝也笑了："老子明明是个枭雄，儿子却要当英雄，真是好笑。"

少年突然忧心忡忡："皇帝哥哥，你就不怕他彻底倒向北莽？"

皇帝反问道："他爹徐骁一辈子只做了两件事：用二十年打下中原，再用二十年抵挡北莽铁蹄。你觉得他敢投靠北莽吗？敢让他爹整整半辈子的心血付诸东流吗？"

少年哦了一声。

皇帝开怀至极，笑眯眯地道："是吧，不做忠臣只当孝子的徐凤年？"

逃暑小镇上，那位众人印象中不动如山的祁先生在殷长庚等人的错愕表情中，盯着柴青山，怒道："你为何不出手阻拦徐凤年离去？！你难道不知道徐凤年越晚迎剑，我们就越有希望成功？！"

祁嘉节向前踏出一步，伸出一手，街面上的长铗便缓缓升起，他瞥了一眼柴青山身边那个将秘籍捧在怀中视若珍宝的单姓少女，愤怒地道："不过是随手丢出一本粗劣不堪的《绿水亭甲子习剑录》，你柴青山还想不想让东越剑池压过吴家剑冢了？！难道忘了你师弟宋念卿是为何而死？"

柴青山揉了揉徒弟单饵衣的脑袋，笑道："你以为徐凤年想走，我就拦得住了？"

柴青山自顾自摇头道："如果我跟你这位北地第一剑豪联手，各自豁出性命，是能拖住徐凤年不短的时间，最终让那剑来到幽州境内，甚至是这武当山山脚，但我不觉得这点能够影响大局。我东越剑池跟吴家剑冢争夺那个'一家之学即天下剑学'的名头已经争了好几百年，从大奉王朝争到现在的离阳王朝，我剑池弟子的剑术有高低，剑道有远近，但何曾听说有几人对不起自己亲手铸就的剑？"

他继而冷笑道："先是师弟宋念卿为朝廷战死，如今剑池又为你祁嘉节铸剑，已经对离阳赵室仁至义尽。所以我这次出行，连剑都不曾带。某人需要在天子脚下讨口饭吃，我柴青山可不用！怎样，不服气？来打我呀！反正老子看你和柳蒿师不顺眼也不是一天两天了。"

别说祁嘉节气恼得风度尽失，那柄长铗都在空中颤动起来，连宋庭鹭、单饵衣两个剑池弟子都大开眼界：师父平时是挺严肃的一个老头子啊，今儿转性了？

哈哈。不过少年和少女都很喜欢。这才是他们心目中的好师父。

白衣背剑少女更是觉得大快人心。徐凤年破空远去前丢给她那本《绿水亭甲子习剑录》，在她看来，师父就该跟这样的人物相见恨晚，再一起痛饮三百杯，于是她做着鬼脸，火上浇油地摇头晃脑道："怎样，不服气？来打我呀，来打我呀！"

宋庭鹭转过头龇牙咧嘴。瞧瞧，只要那人不在，自己师妹就会露出狐狸尾巴。

不过他打心眼里喜欢呀。

只是宋庭鹭很快就气不打一处来，因为他又看到那个同龄人魂不守舍地使劲盯着他师妹！宋庭鹭猛然按住那把被他命名为"广陵江"的长剑的剑柄，反正师父都跟那个姓祁的伪君子撕破脸皮了，也不差他这一点儿，剑池少年怒斥道："小子，你他娘的看什么看啊？！"

结果少年被他师妹一巴掌拍在脑袋上，还听她怒气冲冲地道："宋庭鹭，你才是他娘！"

遇上少女后脸皮子就变薄的赵文蔚只敢在心中默念：姑娘，我叫赵文蔚，是立志以后要做千古第一名相的读书人。

祁嘉节眼神凶狠。

柴青山大概是真正放开了，也不刻意在徒弟面前保持长辈的架子，歪头掏了掏耳朵，啧啧出声："祁嘉节，如果我没有记错，你这个放风筝之人，还得分神牵挂那柄千里之外的飞剑，可千万别功亏一篑了。真要搏命，那就等此间事了。你在这趟驭剑后无论剑术还是心境都已经突飞猛进，有望到达邓太阿出海访仙的境界，到时候你我定生死便是。"

祁嘉节突然闭上眼睛，细细感受那如丝如缕的剑意神念，睁眼后重新恢复了太安城祁大先生的出尘风范，微笑道："柴青山你也别提什么剑士风骨和江湖道义，无非不看好那一剑能够建功而已。告诉你一个消息，有人悄然在那柄剑上增添了一股足以牵动天地异象的浩然之气。"

柴青山眯起眼："哦？那就拭目以待了。"

祁嘉节微微一笑，随手一挥，长铗长剑钉入客栈的廊柱中。

曾经，韩生宣在神武城等他，杨太岁在铁门关外等他，"剑气近"黄青和铜人师祖联手在流州等他。

第五貉下提兵山找他，王仙芝到北凉找他，拓跋菩萨在西域找他。

这一次，无非换成了一剑找他徐凤年。

徐凤年当场破空而去，起一气，剑意两千四，主动迎向那一剑，脚踩一柄心头起念意自足的气剑，飘然御风。

剑在脚下，清风同行。

祁嘉节只是一味离阳朝廷精心配制的药引子，徐凤年要杀他不难，不管有没有东越剑池的柴青山阻拦都一样。祁嘉节为何会恰好跟王远燃一行人几乎同时来到逃暑镇？以京城祁大先生的偌大名声和殷长庚他们的庙堂背景，武当山上就挤不出几间屋子供他们下榻休息？祁嘉节正是要以那道外泄至逃暑镇的充沛剑气，迫使徐凤年不得不下山现身，继而装模作样用长铗出鞘这场醉翁之意不在酒的比拼，以此咬死徐凤年的独到气机，让那万里外东来一剑找准目标。这个气魄大到足以让人忘却其间隐藏阴险的手笔，徐凤年当然不会陌生，准确说来，他其实才是这种伎俩的老祖宗。当初实力悬殊，他仍是执意要杀"人猫"韩生宣，为此精心布局，先是借剑给武帝城的隋斜谷，然后隋斜谷还剑至神武城外，这才侥幸杀掉了那只号称"陆地神仙之下第一人"的"人猫"。

徐凤年笑道："一报还一报，不是不报，只是时候未到吗？"

只见他脚尖微微一踏，剑尖微微翘起，随后整座剑林一同扶摇直上，冲向厚重云霄。

徐凤年携剑群一起破开云涛，恰如群鱼跃出水面。

云海之上，霞光万丈，阳光泼洒得如此肆无忌惮，像是为云层披上了一件雍容瑰丽的金黄外衣。

天地寂寥，气象祥和，唯独那拨剑灵动肆意，悠然游弋。

春江水暖鸭先知，金风未起蝉先觉。

指玄境就有类似未卜先知的本事，故而与人对敌时处处占据先机。一品第三重境界的天象境，因为达到天人共鸣而得名，跻身此境，已经跟擅长窥探世间气象的炼气士无异，甚至犹有过之，对于大势走向，尤其是涉及自身的情况，有一种敏锐的直觉。那么一品四境中最高的陆地神仙，号称"朝游东海暮至大漠"，其恣意逍遥，当得"妙不可言"四字评价。

当今天下，谁敢说当年那个金玉在外、败絮其中的草包世子不是真神仙？

徐凤年身后，武当群峰渐渐远去，他清晰地感知到那遥遥一剑刚刚由江南道飞入淮南道，一场注定要发生在九天之上的生死大战即将到来，但毕竟还相隔一个淮南道，徐凤年仍是不急不缓。除去驭剑两千四，如同仙人踩高跷的徐凤年负手站在飞剑之上，凝望着辽阔云海，不由得感叹：自己原来也能有这么一天啊！

做那种踏雪无痕、飞檐走壁的大侠一直是徐凤年年少时念念不忘的一个梦想。反正他徐家本就有让天下英雄豪杰尽低头的徐家刀，那他就提刀走江湖，铲奸除恶，扶危济困，杀匪寇救妇孺老幼，杀淫贼救那漂亮姑娘，一边行侠仗义快意恩仇，一边结识那些名动天下的江湖好汉，闯荡出一个类似"徐神刀"的响当当的绰号。那会儿中原江湖又颇为流行以"公子"作为名号后缀，年少的世子殿下就和自己大姐商量了很久，很用心地罗列出了一大堆"公子"之名。比如要是穿白袍出行就用"玉树公子"，穿青衫就叫"青龙公子"……而且他早早向弟弟黄蛮儿许诺，要在江湖上帮他抢个天下第一的美女做媳妇儿。只喜欢读史翻兵书的二姐总是对此嗤之以鼻，但是当少年信誓旦旦地说自己也要找到个好媳妇儿，就像徐骁在江湖中找到娘亲一样时，二姐终于笑了，破天荒没有挖苦嘲讽他。

在北凉一亩三分地上无法无天的世子殿下是在后来才听说，世上可能真有那如鸟飞掠穿梭云间的神仙中人。一次他百无聊赖，就又去欺负某个睡觉也要握着神符匕首的少女。他大放厥词故意吓唬她，跟她说其实自己根骨清奇得连自己都怕，是那百年难遇的练武奇才，只要他愿意习武练剑，一炷香工夫就能驭剑去那太安城上空拉屎撒尿。

念起则剑动，徐凤年身边那密密麻麻的八方飞剑都略微散开，但是脚下那柄飞剑之前每隔十丈就又有一柄飞剑，剑剑相接。

徐凤年笑着一步踏出，踩在了十丈外那柄剑身上，如此反复，一剑换一剑，开始狂奔。

很久很久以前的当年，徐家刚刚在清凉山安家，大姐还未远嫁江南，二姐还未与轮椅做伴，弟弟也未开窍，四个天真快乐的孩子随便找块空地，画出格子，能蹦蹦跳跳一个下午也不知疲倦。到了吃饭的时候，那个不披甲所以只像个富家翁的男人总会在他媳妇儿的命令下过来喊孩子们。他的腿微瘸，男人在自己子女面前又是死要面子的性子，所以只会开心地笑着，看着他们玩耍，如果不是媳妇儿亲自赶到抓人，男人好像就能那么一直看下去，嘴上却说着"慢一点儿，别摔着"。

永远没有人知道，为什么一个自从他离开辽东锦州后，看过了包括北汉、后隋、西楚、西蜀在内那么多天下壮丽风景的男人，最终会一次次不厌其烦地看着四个孩子跳着千篇一律的格子，还会在媳妇儿催促喊人后感到不舍，好像希望他的四个孩子一直就这样无忧无虑，不要长大，女儿不要嫁离家门，儿子不要挑起担子。

大概也永远不会有人知道，有个不是陆地剑仙的年轻人，大战在即，却在云海之上踩着飞剑跳着格子，只因为想起了儿时的欢乐时光。

徐凤年终于停下脚步，后仰躺下，身下自有百柄飞剑刹那间衔接集聚。

徐凤年躺在飞剑铺就的大床之上，眯眼望着天空，漫天灿烂的阳光落在他身上。

金身璀璨。

不久前，在一条邻近逃暑镇的幽州官道上，赶路的少女精疲力竭，实在扛不住那毒辣日头，就跟身边的同伴说了句她要歇息会儿，然后在路边一棵枝繁叶茂的柳树边，靠着树干，坐在树荫中打盹儿。身披破败袈裟的光头小和尚蹲在少女旁边，在她睡着后，轻轻挥动袖子，扇动徐徐清风。但是小和尚有些忧心，发现她似乎又做噩梦了，因为小姑娘眉头紧皱。不光是今天这个午觉，其实，自从两人进入北凉境内，一路行来，她就经常这样，时不时半夜惊醒，然后，不管多么疲惫，她都死活不愿合上眼睛再接着睡。

小和尚帮少女扇着风，看到睡梦中的少女竟然流泪了，小和尚顿时跟着眼睛一红，嘴唇微动，哽咽地道："师父师娘，对不起，我没有照顾好东西……东西吃了很多苦，都半年多没买过一样胭脂了，连铺子也不看了，东西还故意说她已经不喜欢胭脂了……师父，趁着东西其实心底还是喜欢胭脂的时候，你教我顿悟吧，这次我用心学，早些成佛好了……"

小和尚耳边突然响起一个再熟悉不过的嗓音："你这个笨徒弟呀！"

小和尚先是赶紧抬头，满脸惊喜，然后伸出手指嘘了一声，示意来者别吵到她，都顾不得擦掉自己脸上的泪水。

从武当山赶来的白衣僧人心中感叹：闺女真是没说错，是个笨南北呀！

李当心缓缓席地而坐。

方丈方丈，方圆一丈内，立即得清凉。

白衣僧人闭上眼睛，轻轻伸出手，点在自己闺女的眉心。

…………

祥符三年。秋末。

北莽大军再度集结，四十万精锐陆续压向怀阳关。

一位年轻的僧人破开云层，如仙人落于城外，盘腿而坐。

年轻僧人猛然抬头，沉声道："天地之大，容小僧只在这北凉城前方寸地，为李子竖起一道慈碑！"

他闭上眼睛，双手合十。

他没有说出口的是，天下再大，也不过是东西南北而已。

骑军并未展开冲锋，而是缓缓压阵，然后万箭齐发。

箭矢密密麻麻如蝗群压顶。

整个天空就像一块脆弱的丝帛，瞬间被锐器撕碎。

年轻僧人低头诵经，塑就金身。

随着一拨拨箭雨泼洒而下，僧人的金光开始摇晃和衰减。

箭雨无止境。

猩红的鲜血逐渐浸透袈裟。

浑身鲜血的年轻僧人嘴唇颤抖，低头呢喃："师父，你说情至深处，知悔不愿悔。你说的这些道理，我总是不懂，但是没关系，往西去便去，成佛便成佛。"

不知为何，刹那之间，僧人的满身猩红变作金黄色。

视线模糊的僧人艰难地转过头，望向城头，满脸泪水却咧嘴一笑，抬手拍了拍自己的耳朵，似乎在告诉谁一些什么。

他转回头后微微弯下腰，伸手拨了拨身前脚边的沙地，似乎是在为搁置某样物件而腾空地方。

然后，他双指弯曲，轻轻一叩！

天地之间，骤然响起一声清脆悠扬的木鱼声……

柳荫下，少女猛然哭出声，睁开眼后，茫然四顾。

当她看到笨南北还在，还多了那袭白衣时，也不知道自己是不是还在做梦，一下子哭得更凶了。

不知所措的小和尚扯了扯师父的袖子，嗓音沙哑，道："师父，东西到底怎么了？"

白衣僧人把他闺女搂在怀中，柔声安慰道："好了好了，傻闺女，别怕啊，爹和笨南北都在这儿呢。"

白衣僧人伸出手掌在女儿额头一抹，李东西沉沉睡去。

这一次，她无梦，睡得格外香甜。

李当心让女儿继续坐靠着柳树，擦掉她脸颊上的泪痕后，这才摸了摸自己的大光头，转身对旁边的小光头说道："南北啊，等东西醒了，就带她去武当山上的紫阳宫，你师娘正在那里等你们。她埋怨山上道观的斋菜没油水，不好吃，很是想念你烧的饭、做的菜呀。记得在山脚小镇多买些鸡鸭鱼肉，等我回来，晚上咱们一家人好好撮一顿……"

南北小和尚为难地道："我和东西都没钱啊，师父你有？"

白衣僧人瞪眼，低声道："到了北凉，姓徐的能不管饭？大不了你们去那个叫逃暑镇的地方，扯开嗓子自报名号，就说是我李当心的闺女和徒弟！"

小和尚追问道："如果不管用，咋办？"

白衣僧人没好气地道："那你上山后就去姓徐的茅屋菜圃偷摘几根黄瓜，凉拌。"

小和尚摸了摸自己的光头，唉声叹气。

白衣僧人缓缓起身道："自己看着办就是，师父要赶去给那小子送行一程。离阳、北莽两朝皆灭佛，唯独北凉敬佛，若这就是天理难容，那贫僧无禅，倒是要好好念一次禅了。"

小和尚紧张万分地道："师父，跟徐凤年见着了面，一定要和气啊，他人很好。对了，师父你这次下山没有带那把磨好的菜刀吧？要是带了，晚上做饭切菜，我要用的，师父你就别带了。"

白衣僧人挥了挥袖子，一跃而起，到了数十丈高度后，向天空一步步走去。

一步一莲花。

李当心自言自语道："徒弟啊，成佛这种事情，你就算了。师父在行。"

这一日，北凉高空宛如一座悬天莲池。

之后更有莲上坐佛。

在距离河州边境还有将近百里的天空中，白衣僧人追上了驭剑东去的年轻藩王。

徐凤年停下疾速飞掠的壮观剑阵，问道："禅师有事？"

两人所在位置已在云海之上，白衣僧人仍是伸手指了指更高的地方："你该知道吧？"

徐凤年笑道："这个是当然，除了祁嘉节那柄剑和谢观应的横插一脚，还会有些……有些存在，对我看不过眼，不过禅师放心，都在我的预料之中。虱子多了不怕咬，债多了不愁，也就那么回事。"

徐凤年抬头望向那浩渺的青冥，冷笑道："如果是在跟黄青那一战以前，我还会畏惧几分，如今嘛，也就那么回事。"

白衣僧人看着这位大开北凉门户接纳天下僧人的西北藩王，沉声道："贫僧不是帮你徐凤年，当然也帮不了你什么，但是北凉这一方净土，是贫僧师父和师伯，还有那个烂陀山的无用和尚都希望见到的。"

徐凤年犹豫了一下，最终还是直言不讳道："禅师应该清楚，我镇守西北，力拒北莽百万大军，都是出于私心。如果我不是徐骁的儿子，不是我北凉铁骑在这里扎根了二十年，他们的心血都在这里，那么我徐凤年最多就是单枪匹马去杀几十个北莽武将，尝试着杀掉拓跋菩萨而已，绝对不会死守边关战死凉州。至于收纳天下僧人，何尝不是在跟离阳赌气？"

白衣僧人不耐烦地摆摆手："贫僧不管你怎么想，只看你怎么做，又做了什么。"

徐凤年一笑置之。

白衣僧人冷哼道："这一剑不简单，别死了。我闺女和徒弟跟逃暑镇赊了些账，还等着你徐凤年回去还。"

徐凤年微笑道："没问题！"

徐凤年转身继续驭剑直奔北凉、淮南两道的接壤处。

白衣僧人转身面朝西方，但是转头看了一眼那个略显孤单寂寥的修长身影，颇有几分自己当年从两禅寺下山独自西行万里的风采嘛。

白衣僧人笑了笑，前不久在武当山上媳妇儿还说他们如果有两个闺女就好了，当时觉得荒唐，现在想来似乎也没那么离谱了。

白衣僧人双手合十，轻念一声佛号。只见白衣僧人四周绽放出一座座巨大如山峰的巍峨莲座。沐浴在绚烂阳光中的莲座不断从云海之上升起，整个北凉，不知升起几千几万朵莲花。

双手合十的白衣僧人低头轻声道："我心净时，何时不见如来。我心净处，何处不是西天。"

白衣僧人缓缓抬头，朗声道："莲花落佛国！"一朵朵莲花之上坐了一尊尊大佛。佛光千万丈，向大地洒落，笼罩住整个北凉大地。

在北凉，武当群峰独高，离阳西北一带，唯有河州一脉而生的丹砂峰、甲子峰、神女峰等毗邻六峰，堪称能够不让武当专美于前。

当徐凤年驾驭剑群来到幽州边境时，眼前的景象不同于凉、幽交界处的安静云海，惊涛汹涌，如风撼大海潮，而那河州群山沉入云海底不见踪迹，唯独山势最为险峻的六峰联袂高出云海，但也仅是小荷露出尖尖角的模样，不过小露的山头如那河中垒石，任浪涛拍打，岿然不动。

徐凤年看着远处那六座"岛屿"，想着就是在这里了。

如果没有谢观应雪上加霜，就算任由飞剑入幽州，徐凤年停留在逃暑小镇也有几分胜算。但是现在不一样了，谢观应用意深远，不光是要那剑破去鸡汤和尚的佛钵气数，还要顺势将徐凤年和北凉的气数一并打碎。若是战于武当山脚，就算徐凤年成功接下了那一剑，支离破碎的剑气一旦四散逃逸，仍会祸及北凉，那他依旧是输了，而且输不起。

要迎战，他就只能战于这北凉边境之外了。

徐凤年轻轻呼出一口气，双指并拢朝天，笑道："第一剑，剑起边关。"

除去脚下那柄飞剑，两千四百余剑瞬间散去，无一不是剑尖朝上，剑与剑之间相距十丈到百丈不等，依次悬停在这幽州边境上空。

然后徐凤年收回手指，弯曲双臂，猛然间向外一挥："第二剑，铁骑在列。"

分散后本来阵型已经略显单薄的两千四百余剑竟是在刹那间一剑生百剑，剑剑如此。

幽州东部边境的高空，如同拉起一张剑网，如同筑起一道大堤，更如同近三十万北凉铁骑列阵在此！

摆下这座几乎耗尽他心胸中全部意气的恢宏剑阵后，徐凤年却没有站在剑阵之中，而是安静地等待着那个"不速之客"。他紧紧地抿起嘴唇，眼神坚毅。

外人初看徐凤年，第一眼注意到的，一定是他那双丹凤眸子，再打量，除了觉得他有一副出彩的皮囊外，也会注意到那双略显单薄的嘴唇，难免在心中猜测，这样的人，一定是性情凉薄之人。

北凉三十万边关将士，北凉寒苦参差百万户！

今天就让我这个对你们心怀愧疚的北凉王，让自己不那么愧疚！

徐凤年抬起手狠狠地揉了揉脸，轻声道："老黄，温华，羊皮裘老头儿，我很高兴这辈子能遇到你们。跟你们三个，我都不用说对不起，因为我知道你们根本就不乐意听这个。"

徐凤年低头笑了笑："那就走一个？"

那就走着！

徐凤年吸足一口气，却始终不曾吐气，一步掠出，向那云海翻滚、若隐若现的丹砂峰扑去。

徐凤年身影急坠，一脚踩在丹砂峰顶，然后弹射而起，落在下一座峰顶后，身影再度跃起，不断向这大好山川借势一用！

伴随着山石滚走、声势惊人的轰隆隆声响，已经无山可落的徐凤年张开五指，整个人撞向一抹割破长空的刺眼白虹。

离幽州百里。

高空之中。

当徐凤年的手掌跟剑尖抵在一起之时，原本壮阔的烟云在这一瞬间给炸得彻底烟消云散。

万里无云了。

徐凤年掌心所挡这把剑，通体紫金光芒流淌，竟然长达一丈，却细如柳叶，所以这把无鞘剑，全剑皆是剑尖！

这把剑铸造于东越剑池中最大的大奉剑炉，封炉将近两百年，据传大奉王朝末代皇帝曾经将一方传国玉玺丢至炉中，故而剑炉有大奉气运留存至今。

剑炉于离阳祥符元年末悄然开炉，日夜不熄，炉火之盛，十里外依稀可见，为此东越剑池不得不在剑炉四方建造四栋高耸入云的镇运高楼，让扶龙派炼气士在楼外守候，以此隐藏剑气火光。

徐凤年被此剑一撞，瞬间飞向幽州那边一千多丈，即便是拓跋菩萨全力一击，或是邓太阿倾力一剑，甚至是王仙芝巅峰之时，也绝对不会有此威势。

徐凤年心无杂念，全身气机都疯狂汇聚向那掌心、剑尖相撞的一点。

虽然锋锐无匹的纤细剑尖尚未刺破徐凤年手心的罡气，但是徐凤年心知肚明，只要掌心被开了一个口子，哪怕这口子再微不足道，自己也极有可能兵败如山倒。

一鼓作气从东越剑池来到这河州上空的无名长剑,在剑势出现可以忽略不计的那丝凝滞后,如有人性灵气,震怒之后,气势不减反增,剑气纷乱萦绕,照映得徐凤年满身紫金气,那些森寒剑光已凝成实质,鞭打在徐凤年身上,也有罡气流泻的长袍出现一阵阵波纹。

此剑掠过东越道、广陵道、江南道、淮南道。

一剑光寒十九州。

此时此地,此剑已几近攀至巅峰,势不可当。

徐凤年手心死死地抵住剑尖,为了减弱这一剑的恐怖冲劲,他不得不双膝微屈,身体前倾。一人一剑在天空中拖曳出一条浓郁的烟云。过波泽峰,过紫秀峰,过老翁峰,徐凤年倒退的身影连过三峰。

距离幽州边境的那座剑阵不过五十里了,徐凤年浑身的衣袍上生出一片片冷硬的冰霜,自然流露体外的气机显然已经不足以震散那股狂乱剑意。

当徐凤年余光瞥见神女峰时,他终于吐出那一口气。剑尖瞬间刺入手心!鲜血喷涌。

徐凤年干脆以剑尖作为支点,身体彻底前倾,姿势像是在用一手推山,力撼昆仑。

过神女峰、甲子峰、丹砂峰,又过三山。

剑尖已经完全刺破徐凤年的手心,微微透出手背!徐凤年面无表情,伸出左手叠放在右手手背上,体内气机一瞬流转八百里,汹涌如广陵江一线大潮。

两只手掌,一横一竖。

叠雷!

但是短短三里路程,剑尖仍是一点儿一点儿从徐凤年左手背上露出,寸余剑尖,却有着峥嵘气象。

徐凤年一跺脚,脚下的河州大地之上可闻雷鸣。他任由剑尖再破手背一寸,剑势终于为之一顿。

猩红鲜血顺着徐凤年的手背流入袖管,然后很快凝结成一摊血霜。

虽然一丈长剑的前冲势头被硬生生地阻滞,但并不意味着此剑的气势开始由盛转衰。

几乎徐凤年每退一里,剑尖就要从徐凤年第二只手的手背多透出半寸。

距离幽州边境不过二十里。

长剑在此划出一个弧度，剑尖微微朝下，向幽州大地坠去。

徐凤年前倾身影则渐渐站直。近乡情怯，游子正衣襟，而那把一丈长剑的剑尖因此触及徐凤年右边的胸口，只差丝毫，就要刺入。

徐凤年身后那两千多柄飞剑同时嗡嗡作响，汇聚后如沙场大鼓擂动，响彻云霄。

七窍流血？徐凤年此时根本已经是浑身浴血。尤其是没有长袍遮掩的那张脸庞，不断有丝丝鲜血渗出，不等无处不在的细密剑气将鲜血荡净，就会有新鲜血液淌出。

十里。

那把长剑已经贯胸而过，徐凤年从头到尾都保持双掌抵剑的姿势。他低头看了一眼那剑，鲜血阻碍了眼帘，所以视线有些模糊。徐凤年扯了扯嘴角，轻轻吐出一口血水，吐在这把剑上。老子不好受，你不一样也一鼓作气，再而衰了？！长剑颤鸣，绞烂了徐凤年伤口的血肉。

五里。

一丈长剑，有半丈在徐凤年身前，另外半丈已经在徐凤年身后。这幅惨绝人寰的场景，无人能够想象。

三里。

那座剑阵寂静无声，就像北凉铁骑真正展开死战冲锋之时，从无其他军伍的高声呼喊。

剑过人身已七尺，徐凤年嘴唇微动，言语含糊不清。

小时候，娘亲笑着说过："小年，你要记住，我们徐家家门所在，就是中原国门所在。这跟离阳皇帝是谁没关系，跟中原百姓骂不骂徐家也没有关系。"

一向不敢跟王妃顶嘴的男人却破天荒大胆地说道："小年，别当真，千万别当真！打仗不是什么好玩的事情，你能别逗英雄就别逗英雄。我徐骁的儿子怎么就一定要为国捐躯？没这样的道理！"

徐凤年刚才跟自己说了一句："娘亲，我听你的，不听我爹的。"

两里。

背后就是幽州那贫瘠的山河了，长剑已经透体八尺！它要在气势衰和竭之间，做出最具威势的挣扎。

徐凤年双掌转换成双拳，手心血肉模糊，可见白骨，他紧紧握住那柄身前仅留三尺锋芒的长剑，向外拔去！

一里。

徐凤年后退的脚步踉跄，但是双手紧紧地贴住胸口，死死地攥住那柄剑的尾部，不愿松手！

半里。

徐凤年一手继续握住剑尾，一手绕到背后，握住贯穿胸膛的剑锋。

北莽百万大军压境，但我凉州虎头城依旧在，幽州霞光城依旧在，只要城内还有一人未死，城就在。

徐凤年闭上眼睛。

北凉死战不愿退，是因为我们不可退！

徐凤年不是双手折断长剑，而是硬生生拔断了那把一丈剑！

当那一声长剑崩裂声响过后，好像过了一段漫长的岁月。

最终，徐凤年低头弯腰站在剑阵之东，距离那座肃穆剑阵不过几尺距离，而他两只手分别握着一截断剑。

这万里一剑，可过离阳四道十九州，却不曾入北凉一步。长剑被拔断之后，百万丝剑气果真四处流散，都被剑阵一一挡在幽州门外。

今年夏天，烈日当空的太安城下了好大一场雨。

剑雨。

当白衣僧人化虹来到边境云海，看到那个盘膝坐剑、面朝东方的猩红身影时，他骤然停下，整个过程如行云流水一般，他静立在天空中，就像一幅山水画。

白衣僧人望着远方剑阵破空造成的风云激荡，道："这仅剩的十二万把意气飞剑，注定半数都到不了太安城。北凉尚且有贫僧替你挡下天上仙人的趁火打劫，太安城更是如此，多此一举，还不如省下你那点儿意气，用来固本培元。"

徐凤年手中还握着那锐气尽失但锋芒犹在的两截断剑，轻声道："一下子没忍住。"

"还是年轻啊。"白衣僧人摇了摇头，笑道，"将心比心，若你是家天下的离阳皇帝，眼睁睁看着江湖人和读书人携带各自的气数涌入北凉，你能忍？太安城的初衷，不过是以这一剑削去你的气数，只是谢观应添了把柴火，才变成不死不休的局面。按照京城齐阳龙、桓温、殷茂春这些中枢重臣的想法，就算要你死，那也应该等到北莽大军跟北凉铁骑打成两败俱伤之时，你死太早了，不利于在张巨鹿手上就谋划完毕的离阳既定大局。"

徐凤年抬起手肘胡乱擦了擦脸庞上的血迹："谢观应是打定主意要这天下大乱了——不只想要从广陵道战场捞取名声，似乎还想让陈芝豹接替我成为这西北藩王。也对，只要我暴毙，北凉三条战线就会随之动荡，距离北凉最近的淮南道节度使蔡楠，别说拿着圣旨接手北凉边军兵符，恐怕燕文鸾都不会让他顺利进入幽州，而在北凉口碑一向不错的蜀王陈芝豹无疑是最佳人选。离阳朝廷就算内心百般不情愿，也只能捏着鼻子答应，毕竟有陈芝豹坐镇西北大权独揽，总好过北凉一盘散沙各自作战，最终导致北莽踏破边关，过早染指中原。当然，如此一来，陈芝豹坐拥北凉铁骑之外，又有西蜀、南诏作为战略纵深，等于完成了我师父李义山当初设想的最好形势。虽然这种情形对离阳赵室而言，无异于饮鸩止渴，但也实在没法子，没这口毒酒来解渴降火死得更快。"

白衣僧人摸了摸光头，无奈地道："听着就让人头疼，你们这些庙堂人啊，也不嫌累得慌。"

徐凤年对此一笑置之，转头，咧嘴问道："禅师接到东西和南北了？"

白衣僧人嗯了一声，然后就没有了下文。

徐凤年等了半天，也没能等到半点儿动静。

终于，白衣僧人转头看着这个坐剑悬空的年轻人，缓缓道："你屁股底下那柄剑都打战了，还要装高手装到什么时候？真把自己当作餐霞饮露喝天风的神仙了？"

徐凤年的神情尴尬至极。白衣僧人抬起袖子轻轻拂动，徐凤年连人带剑一起掉头，往武当山那边掠去，白衣僧人在旁边御风而行，淡然道："贫僧只把你送回逃暑镇帮东西还钱，别得寸进尺要贫僧帮你吓唬那祁嘉节和柴青山。"

哪怕没有罡气护体，仍是习习清风拂面而不觉半点儿寒意，饶是徐凤年也心中惊叹不已：这可是自成八方一丈小千世界的佛门神通啊，这一丈范围的金刚不败，当今天下谁能打破？是邓太阿的剑，还是转入霸道的儒圣曹长卿？徐凤年仔细思量一番，竟然发现机会好像都不大。

大概是猜到徐凤年的心思，白衣僧人笑了笑，略带自嘲道："贫僧也就这点儿挨打的能耐还算拿得出手，不比你徐凤年，连那一剑也给完完全全接下，换成贫僧，虽说那一剑伤不了贫僧分毫，可贫僧也绝对挡不住它闯入北凉。怎么，想偷学这份佛家本领？劝你还是放下这个念头，除非你哪天不当北凉王，剃成了光头……"

徐凤年赶紧轻轻摇头，然后低头看去，横放在腿上的这个罪魁祸首一丈剑虽然重创了自己的体魄，自己的伤势看上去很吓人，但是胸口那个窟窿其实已经在赤红丝线的游弋缝补下，止住了流血如泉涌的迹象。徐凤年预测自己要休养小半年才能彻底恢复，在此期间，别说对阵拓跋菩萨，恐怕就连对上祁嘉节这一线的宗师都谈不上必胜，不过形势相比自身那份易散难聚的气数受损，已经要好上太多，毕竟身体可以缓缓痊愈，气机神意也可以如池塘缓慢蓄水，终归有蓄满的一天。一座"池塘"的水量多寡取决于池塘的宽度和深度，池塘宽度取决于武人体魄的强健程度；而更加隐晦的深度，与虚无缥缈的气数运道有关。在黄三甲将王朝气运散入江湖后，王仙芝两者兼具，故而在武帝城称霸一甲子。拓跋菩萨、呼延大观都属于前者，谢观应是后者的集大成者。

总能精准抓住徐凤年心意念头的白衣僧人望向远方的武当群峰，感慨道："以炼气士来看，气数一物，人人皆有，但是多寡悬殊，帝王将相的自然远超贩夫走卒的，但为何依然有'水能载舟亦能覆舟'一说？简简单单的'民心所向'四字早已泄露天机。天地为父母，恰如一双严父慈母。举头三尺有神明，天网恢恢疏而不漏，而地生五谷以养人，君子以厚德载物承恩。贫僧当初西行远游，出游时黄龙士送行，返回时又是黄龙士相迎，此人向来神神道道的，一次无意间说过，经他翻书看来，你徐凤年只是应运而走的人物，陈芝豹却是龙蟒并斩的应运而生之人，所以你应该早早地战死边关，在青史上留下骂名千百年。"

应该是知道徐凤年没办法痛痛快快地开口说话，白衣僧人自问自答："贫僧这么多年待在两禅寺，经常问自己：为何有人此生成了佛，有人来世也成不了佛？是不是成了佛的让人不成佛？佛法东传，入乡随俗，大乘、小乘之分越发明显，贫僧斗胆提出'顿悟'一说，然后'放下屠刀立地成佛'一说愈演愈烈。贫僧有些时候也担心这一步的步子大了些。其实小乘舍离世间，乐独善寂自求涅槃，多好的事儿啊。大乘利益天人，度己度人慈航普度，更是好事啊。"

徐凤年艰难地问道："不一样头疼？"

白衣僧人点点头："可不是？"

接近武当山时，滔滔云海中那朵荷尖变岛屿，白衣僧人突然说道："以后你可能会去两趟太安城，但也只是可能罢了。你就当贫僧在叨叨，装神弄鬼，不用太上心。"

徐凤年笑道："我以为只有一次。"

这一刻，白衣僧人僧袍的肩头、袖口等处都出现了古怪的动静，像是有钩子在撕扯僧袍。李当心只是随意地挥挥袖口，拍拍肩头。

徐凤年脸色凝重，下意识就要伸手去握住膝上一截断剑。

仙人高坐九天之上，持竿垂钓，那些恐怕连炼气士大家也看不见的一根根鱼线坠落人间，而此时就恰好有许多鱼钩钩住了白衣僧人。

白衣僧人摇头笑道："不用在意，身为三教中人，就是比较麻烦。"

徐凤年难免腹诽：能不在意吗？被天上垂钓气运的仙人如此赤裸裸地拉扯衣服，搁谁也沉不住气啊。不过看禅师你那这里一拍那里一弹的架势，就跟打苍蝇差不多，我也就只能跟你一起不在意了。

徐凤年没来由笑了笑："禅师，你在吵架前弄出这么大动静，青山观的韩桂压力很大啊。"

白衣僧人乐呵呵地道："这是闺女教的，说山下的江湖人打架，在拳头打到对手身上前，都要先在原地打一套威风八面的拳架子，既能给自己壮胆，也能赚到旁人的喝彩声。"

徐凤年笑容勉强，打哈哈道："不愧是经验丰富的江湖儿女。"

接近武当山脚的逃暑镇时，白衣僧人轻轻一推，徐凤年坐剑斜落下去，身后传来声音："见到东西之前换身衣衫，否则要是被她知道你是在贫僧眼皮子底下这般凄惨狼狈，贫僧得被她叨叨好久，就别想耳根子清净了。要晓得贫僧闺女的佛门狮子吼，有她娘亲的八分真传啊。"

徐凤年闻声后会心一笑，转瞬间就落在了逃暑镇上空，他站起身，那柄意气飞剑自行消散，徐凤年将两截断剑都握在左手中。祁嘉节在自己拔断一丈剑后，受伤之重还在自己之上，体魄还算好，但剑心算是尽毁，此生就不要想在剑道境界上有所突破了。所以徐凤年真正要提防的是不知为何选择袖手旁观的柴青山。

第二章

于无声处听惊雷
于壮阔下起波澜

当徐凤年双脚落在街面上时，没了白衣僧人一丈净土的佛法护持，顿时一口鲜血涌上喉咙，又给他强行咽回去。其实，从徐凤年驭剑离去到此时驭剑返回，不过小半个时辰。小镇的事态也已经稳定下来，在角鹰校尉罗洪才的五百骑和隋铁山的拂水房死士的镇压之下，差不多人人带伤的王远燃一行人已经被拘禁起来，而祁嘉节也让殷长庚这些勋贵子弟返回客栈，他则跟李懿白以及柴青山师徒三人一同站在街道上。小镇内外不断有甲士赶到，连武当山辈分最高的俞兴瑞都来到小镇边缘，站在一堵泥墙上，虽未进入小镇跟祁、柴两位剑道宗师正面对峙，但这个师兄弟六人中"唯独修力"的武当道人明摆着是来堵他们的退路的。

宋庭鹭、单饵衣这两个孩子看到满身鲜血的徐凤年时，呆若木鸡。在从师父嘴中以及师父跟祁嘉节的对话中得知大致内幕后，少年是震惊于这个姓徐的竟真能接下那一剑，而白衣少女则是截然不同的心境，她觉得自己的心都要碎了，那双灵气四溢的漂亮眼眸中隐约有泪光，双手十指关节泛白，死死地抓住那本《绿水亭甲子习剑录》。

徐凤年对罗洪才和隋铁山挥了挥手，示意他们大可以退出逃暑镇，五百角鹰轻骑和七十余锦骑都如潮水瞬间退去，屋顶上那些死士和弓手也纷纷撤掉，一气呵成，无声无息。这股恰恰因为沉默反而越发显得有力的气势，尤其让曾经在春雪楼当过十多年首席客卿的柴青山惊心。广陵道也可谓兵马强盛，但是那么多支精锐之师中，除了藩王亲卫，大概也只有当时的横江将军宋笠调教出来的人马，拎出来勉强能跟这拨北凉境内驻军比一比。

徐凤年没有看到东西姑娘和南北小和尚，心想应该是买完东西开始登山了。

徐凤年对祁嘉节和柴青山说道："咱们进客栈聊一聊？"

柴青山笑道："有何不可？"

腰间又挂上了那把长铗的祁嘉节默不作声。进了客栈一楼大堂，里面空荡荡的，住客显然早就躲在屋子里不敢出来了，徐凤年挑了把椅子坐下，柴青山和祁嘉节先后落座，宋庭鹭刚想要大大咧咧地坐下，就被李懿白拎着后领扯回去，少年只好老老实实地站在师父身后。此时殷长庚一行人都站在了二楼楼梯口，只有离阳天官之子殷长庚独自下楼，走到桌子附近，不卑不亢地问道："王爷，有我的位置吗？"

徐凤年把两截断剑轻轻放在桌上，其中一截长度已经远远超出桌面，一截短如匕首。他微笑道："殷公子坐下便是，死牢犯人还能有口断头饭吃呢。"

殷长庚脸色僵硬，当看到徐凤年胸口那处鲜血最浓的伤口时，他只是瞥了一眼，就很快落座，眼帘低垂。

祁嘉节正襟危坐，闭目养神，柴青山则饶有兴致地打量那两截断剑。虽然此剑出自东越剑池的大奉剑炉，但除了宗门内那群年迈的铸剑师，哪怕是他这个宗主，从头到尾也没能瞧上半眼。成剑之前，此剑如待字闺中的女子，但已经远近闻名，其剑气之盛，柴青山身在剑池，感受最深。可惜这么一柄前无古人后无来者的绝代名剑，才"出嫁"便夭折了。此时断剑就只剩下锋锐而已。

徐凤年没有急着开口，客栈内气氛凝重。就在此时，那个没有跟随师父进入客栈的背剑少女捧着一大堆刚买的衣衫鞋袜跑进来。其实不能说买，铺子早就关门，是她硬生生踹开大门，挑选了衣物，再丢下一袋银子。单饵衣怯生生地道："北凉王，你赠送我一本秘籍，我还你一套衣服，行吗？"

徐凤年笑了笑："做买卖的话我亏大了，但如果是人情往来，那就无所谓了。单姑娘，你把衣服放在桌上好了，回头我登山前会换上的。"

满脸焦急的宋庭鹭踮起脚，在身材修长的师兄李懿白耳边小声说道："师兄师兄，咋办啊？师妹这个样子，该不会就留在北凉不回咱们剑池了吧？"

徐凤年不理睬这个少年的忧愁，对祁嘉节开门见山说道："这一剑若是成功，你的剑道能大涨，朝廷也能安心。其实挺佩服你们的，都说天高皇帝远，结果你们处心积虑来这么一手，也真看得起我这个都不在江湖厮混的家伙了。是有人在剑上动了手脚，你祁嘉节已经知道，我也不跟你们绕圈子，你祁嘉节今天就滚回太安城，十年之内不许出一剑，再帮我捎句话给你主子，就说我会找机会跟他聊一聊，就像我们现在这样。"

祁嘉节猛然睁眼。

"怎么，没的谈的意思？"

原先一直用袖袍笼住双手的徐凤年缓缓抬起手臂，双指弯曲，在那截极长的断剑上接连敲击，让人目不暇接。与此同时，徐凤年轻轻笑道："折柳送离人的习俗，不只是你们中原有，我们北凉也有。只不过北凉跟你们不太一样，这边离人一去，很多人就回不来了。不知道你祁嘉节到了北凉，会不会入乡随俗？"

长一丈余的断剑断成了数十截。

一截截断剑升起，在桌面上轻盈地转动，如柳叶离枝，随风而动。

祁嘉节冷哼一声，看似是在发泄怒意，其实在座诸人都清楚，这是京城祁大先生示弱了。

"柳叶"缓缓落回桌面。

一颗心吊到嗓子眼的殷长庚如释重负，年轻贵公子的额头已经有汗水渗出。

但是下一刻，殷长庚只感受到一股清风扑面，紧接着就给撞击得向后靠去，连人带椅子都轰然倒在地上。

整张桌子都被一人撞成两半，柴青山转头望去，只见祁嘉节被徐凤年一只手掐住脖子，这位祁先生整个人的后背抵住客栈墙壁，双脚离地。

祁嘉节腰间那柄长铗仅是出鞘一半。

徐凤年一手掐住祁嘉节的脖子，一手负后，抬头看着这个体内气机瞬间炸裂的京城第一剑客，笑道："受到同等程度重创的前提下，要杀你祁嘉节，真没你想的那么难。来而不往非礼也，回头我就让心中肯定对你颇多怨恨的殷公子带着你的脑袋返回太安城。"

随着剑主的气机迅速衰竭，长铗缓缓滑落回剑鞘。

心思急转的柴青山最终还是纹丝不动，心中喟叹不已：这个年轻人，真是对敌人狠，对自己更狠啊。

这个年轻藩王杀祁嘉节，别看这般轻松惬意，身上刚刚有干涸迹象的鲜血恐怕又要多流出个七八两了。

徐凤年松开手，已经死绝的祁嘉节靠着墙壁瘫坐着。

二楼楼梯口的男女，赵淳媛和高士箐都捂住嘴巴，不敢让自己惊呼出声。高士廉、韩醒言两个都倒抽了一口冷气。少年赵文蔚第一次重视这个既不听调也不听宣的离阳藩王，而不是像先前那样更多留心白衣少女单饵衣。不同于哥哥姐姐们的震惊畏惧，这位只在书籍上读过边塞诗的少年非但没有惊慌失措，反而居高临下第一时间打量起在座几人的反应：看似面无表情，但是左手使劲握住椅子把手的剑道宗师柴青山；双手微微颤抖重新扶正座椅，犹豫了一下才坐下的殷长庚；那个嘴角带着笑意缓缓坐回位置的年轻藩王。那一刻，自幼便对姐夫殷长庚佩服得五体投地的赵文蔚，心思开始急剧转变，以前不管爹怎么说都听不进去的隐秘话语一下子都涌入脑海中，尤其是那句"文蔚啊，那殷长庚只是个太平宰相，做不成乱世首辅，我赵家有这样的女婿，未必是福"，他像是突然开了窍一般。

徐凤年对柴青山笑道："柴先生刚才能忍住不出手，让我很意外。"

柴青山回应道："王爷没忍住出了手，草民更加意外。"

一身血腥气越来越浓重的徐凤年瞥了一眼柴青山的两个徒弟，说道："柴先生收了两个好弟子，东越剑池有望中兴。"

宋庭鹭虽然把这个风度翩翩却行事狠辣的藩王视为大敌，但是听到这句话，还是不由自主地挺直了腰杆。

废话，被武评四大宗师中的一个亲口夸奖，这要传到江湖上去，他宋庭鹭就一夜成名了！以后再离开宗门行走江湖，他还不是轻轻松松就知乎遍天下？

柴青山爽朗地笑道："那就借王爷吉言了。"

徐凤年对少年宋庭鹭笑道："听说你要做第二个在京城扬名的温不胜？桌上这几十截柳叶飞剑，我送给你，你敢不敢收？"

少年仰起下巴道："有何不敢？！"

柴青山无奈地叹息：这个惹祸精。这些东西，何其烫手啊。

徐凤年果真没有收回桌面上那些断剑，起身道："殷公子，劳烦你领我去一趟祁嘉节的屋子，换身衣服好上山。"

白衣少女看着徐凤年那双血肉模糊可见白骨的手，匆忙捧起衣服道："我帮王爷拿上楼。"

柴青山更无奈了：死丫头，这是恨不得让全天下人都猜测剑池跟北凉不清不楚吗？

殷长庚带着徐凤年登楼，少女紧随其后，楼梯口殷长庚那些同伴在这之前就退回了屋子。

宋庭鹭脑袋搁在桌上傻乐和。

李懿白打趣道："有了新剑，就不担心你师妹了？"

少年始终盯着那些柳叶残剑，越看越喜欢，撇嘴道："反正也争不过徐凤年，听天由命呗。"

柴青山一巴掌拍在这个徒弟的后脑勺上："瞧你这点儿出息！"

殷长庚在二楼走廊尽头停下脚步，轻声道："这就是祁先生的房间了。"

不等徐凤年动手，白衣少女就已经跟伶俐丫鬟似的率先推开房门。

徐凤年站在门口，对殷长庚说道："你如果有胆量，回到太安城就跟殷茂春说一声，蜀王陈芝豹如今有谢观应竭力辅弼，如虎添翼，一旦给他在广陵道树立起威望，此人对朝廷的威胁，不在我徐凤年之下。当然，说不说都是你殷长庚的事，我也强求不来。"

殷长庚似乎好不容易下定决心，突然低声道："王爷，我能否进屋一叙？"

徐凤年愣了一下，笑道："无妨。"

俏脸微红的背剑少女正在欢快地忙碌，先把那些衣物放下，再连背着的那柄剑也一并搁在桌上，一点儿都没有把自己当外人的意思，此时更是端着个木盆出去。她看到那殷长庚跟着走进来，惊讶之后，也聪明地不问什么，只略带羞赧地对徐凤年道："王爷，我去帮你烧一盆热水，可能要王爷等一会儿。"

徐凤年玩笑道："去吧去吧，不过这次帮忙，我可没东西送你了。"

少女低头，小步走出屋子，到了走廊中，就开始蹦蹦跳跳了。

给少女这么一打岔，殷长庚的心境也平稳了几分。他关上门，在徐凤年坐下后，没有顺势跟着坐下，就那么站着，正要说话的时候，发现徐凤年伸手捂住嘴巴，触目惊心的鲜血从指缝间流淌出来，尤其是胸口那一大片血迹，让殷长庚忍不住怀疑：你就算是武道大宗师，流了这么多血，真没事？徐凤年喉咙微动，放下手掌后，轻轻呼吸一口气，笑道："你们那位祁大先生死前虽然没有出剑，但是他馈赠给我的十八缕剑气正在肺腑中翻江倒海呢，只好请你长话短说了。"

殷长庚尽量不去闻那股刺鼻的血腥味，快速酝酿措辞，说道："王爷可曾听说'坦坦翁'有意让出门下省主官的位置？"

眼角余光中，殷长庚看到徐凤年伸出一只手按在腹部，五指弯曲各有玄妙，似乎是以此镇压那些剑气。

徐凤年眼神有些意味深长，点头道："听说了，你爹和你老丈人都有可能接替这个位置，算不算是肥水不流外人田？"

殷长庚摇头，沉声道："赵右龄对我一向看轻，这中间也有赵右龄对幼子赵文蔚期望极大的原因。事实上王爷应该心知肚明，我爹当年第一个离开张庐，比赵右龄、元虢、韩林等人都要早，正是因为他在对待北凉一事上，跟老首辅起了分歧……"

徐凤年笑着打断道："分歧是有，不过你也别急着往张巨鹿身上泼脏水。殷茂春当年率先离开张庐，有关北凉的政见不合只是一小部分，更多还是先帝的意思。先帝需要培植一个继顾庐之后，能够以文臣身份与张庐抗衡的人物。只可惜青党不争气，江南道的士子集团更是不堪，殷茂春两次暗中拉拢都没能成事，这才不得不待在翰林院这一隅之地，不但先帝大失所望，更失望的应该是元本溪才对。"

于是，殷长庚说不下去了。

言语间，徐凤年时不时咳嗽一下。他继续道："读书人果然天生就不适合面对面地谈生意，幕后谋划倒是一套一套的。行了，你说不出口，我替你把话说了。你爹跟赵右龄虽然是亲家，但一直相互看不对眼，如果我没有猜错，你爹真正的至交好友，愿意视为同道中人的官场同僚，就只有马上接任淮南道经略使的韩林吧？怎么，要我北凉照顾一下志向远大的韩大人？那么你们的回报呢？"

殷长庚突然有些底气不足，轻声道："韩大人去淮南道赴任后，会立即向朝廷提议将经略使府邸搬到蓟州和河州交界处……"

徐凤年点头道："明白了。"

殷长庚松了口气，因为再说下去，有些只能天知地知你知我知的言语，实在是太难以启齿了。

徐凤年挥手道："行了，你放心返回太安城，淮南道和蓟州那边，你在回去的路上，让那位经略使大人也放宽心。"

殷长庚欲言又止。

徐凤年冷笑道："该怎么做，北凉这边自然会权衡，总之不会让你爹和韩林难堪。这笔买卖，肯定是你们那边更划算。"

殷长庚作揖道："那长庚就静候佳音了。"

殷长庚悄悄离开房间，发现不远处站着那个端了一盆热水的剑池少女。

徐凤年当然没那脸皮让一个无亲无故的少女服侍自己，关上屋子独自脱去身上袍子的时候也有些纳闷：年纪越大反而脸皮越薄是怎么个情况？一炷香工夫后，潦草包扎完毕、清清爽爽的徐凤年重新打开房门，少女眨巴着大眼睛，不说话。徐凤年揉了揉她的脑袋，柔声道："小姑娘，谢了啊，以后如果能等到北凉不打仗了，再来这儿游历江湖。关外风光虽然比不得中原江南那儿树木丛生、百草丰茂，但也很美。"

少女的眼神有些幽怨，他揉她头发这个动作，太像慈祥的长辈了。

徐凤年突然一抱拳，笑眯着眼，学那江湖儿女大声道："青山不改，绿水长流，我们后会有期！"

白衣少女给吓了一跳，然后笑得不行，怎么也遮掩不住，怎么也矜持不起来。

徐凤年大踏步离去，到了酒楼外时，罗洪才已经在门口牵马等候，身边站着束手束脚的锦骑都尉范向达，还有那个负伤后从凉州游弩手之职退回境内任职的锦骑伍长陶牛车。

徐凤年接过马缰绳，上马前望向那个因身负内伤而脸色苍白的陶伍长，伸出大拇指。

年轻藩王一骑绝尘而去。

罗洪才轻轻踹了一脚范向达，在翻身上马前，又重重拍了一下陶牛车的肩膀，大笑道："好样的，这回给我长脸大发了！"

差点儿给一巴掌拍地上去的陶牛车憨憨地笑着。

锦骑都尉范向达闷闷不乐。

陶牛车转头说道："范都尉，掐我一下，我怕自己在做梦。"

范向达给逗乐了，笑骂道："大白天做个鬼梦！"

陶牛车豪气干云地道："范都尉，今儿我请你和兄弟们一起吃酒去，管够！"

范向达讶异地道："就你那点儿银钱，还都给家里人寄去了，能管够？"

陶牛车嘿嘿笑道："这不有范都尉你帮忙垫着吗。"

范向达愣了愣，然后鬼鬼祟祟搂过麾下伍长的肩膀："陶老哥，商量个事儿，反正今天就咱俩加上他罗校尉三个人，校尉大人这不跟着王爷去武当山了吗，晚上喝酒，要不你就跟兄弟们说一声，说王爷是朝咱们俩竖起大拇指的？"

陶牛车一本正经地道："范都尉，借钱归借钱，又不是不还，我陶牛车可是实诚人！"

范向达叹了口气。

陶牛车放低声音道："借钱不收利息，这事儿就成，咋样？！"

范向达哈哈笑道："没问题！明天我再请一顿酒！"

为了照顾受伤的陶牛车，两人都没有骑马，并肩走在这逃暑镇上。陶牛车突然眼神恍惚，轻声说道："我是胡刺史带出来的最后一拨游弩手，有些晚了，咱们标长、都尉都喜欢吹嘘他们亲眼见过大将军，在关外那些年，把我羡慕得要死。范都尉，等王爷带着咱们打赢了北莽蛮子，咱们以后是不是也可以跟更年轻的小伙子说一句'想当年咱们也亲眼见过王爷的，就隔着这么两三步的距离'？！"

范向达点了点头，沉声道："会有那么一天的！"

徐凤年和罗洪到山上的时候，俞兴瑞也在。徐凤年跟老真人讨要了一颗丹药，让罗洪才回头送给那个锦骑伍长，还叮嘱说别说是他的意思。

当徐凤年来到茅屋前时，赵凝神就坐在小板凳上，身边还有条空着的板凳，而那位白莲先生正帮徐凤年搬书、翻书、晒书。

徐凤年坐下后，跟叔叔赵丹坪同为龙虎山当代天师的赵凝神平淡地道："王爷如果要兴师问罪，贫道绝不还手。"

徐凤年冷笑道："不还手？你还手又能怎样？"

赵凝神眺望远方，说道："贫道愿意在武当山上结茅修行十年。"

徐凤年瞥了一眼那个忙碌的白莲先生，笑道："怎么，为了让白莲先生安然下山，竟然连天师府的清誉都不要了。"

白煜缓缓起身，擦了擦额头的汗水，走向徐凤年，蹲在两人身边，习惯性眯眼吃力地看着这个北凉王，笑道："王爷，让赵凝神走，我留下，如何？"

徐凤年笑了。

这个白莲先生，比祁嘉节甚至是殷长庚要识趣多了。

白煜伸出一根手指："但是我只能留在北凉一年，在这一年间，我会尽心尽力。"

徐凤年伸出一只手掌："五年！"

白莲先生摇头道："这就不讲理了。一年半，最多一年半！"

徐凤年嗤笑道："四年。就四年，给你白莲先生一个面子，再别说少一年，少一天都没的谈了。"

白莲先生还是摇头："四年的话，中原那边黄花菜都凉了，而且北凉根本就不需要我白煜待四年，王爷是明白人，一年半，足矣！天下大势，定矣！"

徐凤年缩回两根手指："三年。再讨价还价，我真要揍你……哦不对，是揍赵凝神了啊。"

白煜突然一屁股坐在地上："那王爷就揍他吧，我反正帮不上忙，看戏就行。"

徐凤年犹豫片刻，终于说道："看在赵铸那家伙的分儿上，两年。你再废话，我连你一起揍！"

也不知道这个读书人哪来的气力，以迅雷不及掩耳之势站起了身，身形矫健得很。这位白莲先生作揖道："两年就两年。"

徐凤年连忙起身扶起白莲先生，满脸笑意道："先生还习不习惯咱们北凉的水土啊？还有先生啥时候去清凉山啊？"

天下没有不散的筵席，赵凝神最终还是被白煜劝说下山。白煜眼睛不好，也没有多送。离别之际，白煜跟赵凝神说接下来修行，不妨去那恶龙被斩的地肺山结茅隐居，并且叮嘱赵凝神让龙虎山暂时不要卷入波澜，太安城有个"青词宰相"赵丹坪为天师府撑场子，离阳也不会太为难天师府。赵凝神忧心忡忡，显然对白莲先生在北凉成为人质放心不下。白煜倒是无所谓，安慰了几句，说那徐凤年和北凉能否过河都两说，拆桥还早。

在赵凝神单独下山后，不得不又换上一身洁净衣衫的徐凤年出现在白煜身边。赵凝神前往道教第一福地地肺山修行一事，是徐凤年和白煜的一桩私下交易。龙虎山先后三次算计徐家，第一次是在京城下马嵬驿馆那老槐树下动手脚，窃取气运；第二次是那位返璞归真、形同稚童的老天师亲自出马，要杀他徐凤年；这一次又是赵凝神不惜损耗本命金莲牵引飞剑，徐凤年岂会因为白煜留在北凉参与政务就一笑而过？如果不是看在黄蛮儿师父赵希抟老真人的分儿上，徐凤年就算让赵凝神离开北凉，也一定要这个与国同姓的黄紫贵人吃不了兜着走。

白煜低头望向那条山路，轻声道："按照王爷的说法，地肺山不但是道门福地，更是起于北方的离阳赵室镇压南方江山的窍穴所在。隐居龙虎山的赵黄巢功亏一篑，先是黑龙被武当掌教李玉斧所伤，继而连赵黄巢本人也被王爷杀掉，那么凝神悄然进入至今仍是被朝廷封禁的地肺山，就无异于挖离阳皇室的墙根了。这件事，换成别人还真做不来，唯独赵凝神最合适。一来姓赵，有近水楼台的优势；二来赵凝神是身具一教气运之人；三来如今离阳北派炼气士损失殆尽，最后那点儿元气又耗在了东越剑池铸剑一事中，难以察觉此事。"

徐凤年笑道："就只许赵家天子动手脚，不许我徐凤年恶心恶心他？白煜先生头回下山，不是觐见当今天子，而是私晤南疆世子赵铸，见蛟而不见龙，不正是希冀着创下扶龙之功，一举成为从龙之臣？"

白莲先生微笑道："但是如今我不得不受困于北凉整整两年，即便侥幸成功，这扶蛟成龙的功劳，也难免要大打折扣。王爷就没点儿表示？"

徐凤年转头，意味深长地道："先生这话就不厚道了，现在赵铸处处受那南疆第一大将吴重轩掣肘，手下勉强可以调动的兵马也就那最早北上平叛的两三千骑，大半还是跟吴重轩借来的，先生这会儿留在赵铸身边，巧妇难为无米之炊，除了跟这位燕剌王世子殿下大眼瞪小眼，还能做什么？去得早不如去得巧，我这是为先生考虑啊，等先生在北凉积攒出足够的声望，赵铸到时候让先生独当一面，也就水到渠成了。"

白煜苦笑道："这么说来，我还得感谢王爷的良苦用心。"

徐凤年笑眯眯地道："接下来两年时间咱们都在一个屋檐下，说谢不谢的，多俗气！"

两人返回那栋茅屋的时候，白煜主动开口道："王爷跟我说一说北凉局势吧，我好心里有底，省得到了清凉山宋副经略使大人那儿，两眼一抹黑，被人笑话。我这双不争气的眼睛，也跟瞎子差不远了。"

徐凤年有片刻的失神，没来由记起当年青州永子巷那个赌棋谋生的目盲棋士陆诩。此人在成功辅佐赵珣坐稳靖安王位置，谋划了广陵道那场千里救援，帮赵珣赢得离阳朝野一片赞誉和朝廷的初步信任后，终于引起了当今天子的注意。当今天子釜底抽薪，干脆就将他召去太安城。对于自己的挽留，陆诩没有答应来到北凉，这不奇怪，但是陆诩坦然赴京就让人想不通了。

徐凤年收敛了散乱的思绪，缓缓道："虎头城有刘寄奴主持军务，是我北凉天大的幸事，再死守半年不成问题，不过前提是怀阳关及柳芽、茯苓三镇不做分兵之举。如果流州青苍城或是幽州霞光城告急，任意一条战线陷入险境，就极有可能导致三线都岌岌可危。到时候就不得不让幽州角鹰校尉罗洪才或是陵州珍珠校尉黄小快这样的境内驻军火速奔赴战场。但是在凉北那座规模还在虎头城之上的新城建成之前，如此大规模且大范围的长途运兵，粮草调度的压力实在太大了，怕就怕疲于应付不说，到头来还是远水救不了近火的下场。所以眼下看来，虽然在战场上我北凉稳稳占优，但是在看不见的战场上，顶多是一个凉、莽持平的局面。葫芦口那边，霞光作为最后一座边关大城，燕文鸾已经向清凉山和都护府立下了军令状，说要是霞光城在虎头城之前被北莽攻破，那他燕文鸾就让副帅陈云垂提着他的脑袋送往怀阳关。"

徐凤年轻轻吐出一口气，脸色凝重，道："北莽大概也没料到会在凉州、幽州打成这么个僵局，也在苦苦寻求破局之策。因此南院大王董卓前段时间让数万董家私军从虎头城北奔赴流州。所幸褚禄山料中了他这一举动，以八千骑死死拖住了董家骑军，否则流州战局后果不堪设想。这场敌我双方都没有大肆宣扬的战役，其实是凉莽开战以来最为惊心动魄的一场。虽然各自战损相对不多，但是只要褚禄山的八千骑没能成功——既要保存己方兵力，又不能给董家骑军快速突入流州的机会——哪怕褚禄山用八千人全部战死的巨大代价拼掉董家两万骑军，只要给其余一万人渗透到流州，一旦跟柳珪大军和拓跋菩萨的亲军会合，流州就等于没了，凉州西边大门外只能任由北莽后续骑军肆意驰骋，别说我们北凉那座新城建不起来，有了足够运兵屯兵用兵之处的北莽，甚至可以一鼓作气对怀阳关展开攻势。当然了，现在局势不一样了，我跟先生也就不藏着掖着了，那个在广陵道声名鹊起的寇江淮，已经是我们的新任流州将军，顺利领军支援青苍城。"

白煜轻声道："这么看来，褚都护真是北莽那个董卓的命中克星。当年离阳、北莽的第一场大战，如果不是褚都护坏了董卓的好事，说不定那时候他就当上了北莽历史上最年轻的大将军。如今又是褚都护亲自率领八千骑，好似天降神兵，让董卓再一次功败垂成。"

徐凤年点了点头，开玩笑道："'南褚北董'两个胖子，大概是因为咱们都护大人更胖点儿，所以打起架来比较占便宜。"

白煜突然由衷地感慨了一句："这辈子都没有想过会有这么一天，能与那在北莽敌人心目中也极有威望的刘寄奴、春秋大魔头褚禄山、北凉步军主帅燕文鸾、旧南唐第一人顾大祖等这么多名动天下的人并肩作战。"

徐凤年哈哈笑道："习惯就好，我可能是就在这里长大的缘故，没有先生这种感触。"

白煜呢喃道："如果有一天在这里待惯了，舍不得离开，那该怎么办？"

徐凤年摇头道："很难。"

白煜很快就领会了其中的意思：北凉胜算太小了，不管他白煜想不想留在北凉，都是身不由己，也许到时候他会跟很多士子一起逃难到中原，背后就是北凉那座流血千里、生灵涂炭的惨淡战场。何况他白煜志在文臣鼎立的庙堂占据一席之地，而不是像武人那般在意边功的大小，方才这番言语，不过是一时意气而已。所以他嗯了一声："倒也是。"

接近茅屋时，白煜问道："屋内有北凉形势地理图吗？曾经天师府倒是有几幅，不过都太过老旧粗糙，流州也不在其中。"

徐凤年带着这个仿佛莫名其妙就成了北凉幕僚的白莲先生一同走入屋子，翻出一幅地图摊开在桌上。已是黄昏时分，徐凤年特地点燃了一盏油灯。白煜干脆就提着那盏铜灯趴在桌子上，开始跟徐凤年详细询问北凉边关和境内驻军的分布，甚至还要了笔墨，两人一问一答一说一记。书生不出门便知天下事，这句话对也不对。在大局上指点江山勉强可行，但不足以支撑起一时一地的具体谋略，尤其是在卧虎藏龙的北凉，白煜若是想要在边关军务上有所建树，就不得不心中有数，做到胸有成竹，否则在宋洞明这种储相之才或是李功德这种官场老狐狸面前瞎显摆，只能是贻笑大方，自取其辱。

徐凤年趴在桌对面，轻声道："在'形势论'鼻祖顾大祖进入北凉后，徐北枳与其相谈甚欢，两人最终敲定，在北凉划分出十四块防御重地。如角鹰校尉罗洪才由于负责管理十四区域之一的驻军，所以同为境内校尉，官阶品秩却要比陵州黄小快等人高出一级。如今境内驻军军官，除去皇甫枰这样的一州将军，经过上一轮出自陈锡亮手笔的替换后，这拨新崛起、握有实权的校尉大多正值壮年，甚至有几人还不到三十岁，从父辈起便对北凉忠心耿耿，而且对边功抱有极大热忱，对父辈打下的江山相对比较珍惜，所以如今各地书院出现了一些议论，有的说我表面上倚重赴凉士子，给他们腾出从州到郡再到县三级衙门的所有座椅，但其实仍有偏见，任人唯亲，打心底里注重种血统。对于这类诘问，我认了，毕竟这也是无可奈何的事情，北莽都打到家门口了，我只能，也只敢提拔这些人。"

白煜搁笔后，眯眼盯着地图，蘸有些许墨汁的手指在地图上缓缓抹过，随口问道："新建流州的粮草，都是由陵州刺史徐北枳负责？"

徐凤年快速思索这句问话的潜在含意，但是没能想出个所以然来，就点头道："先生肯定已经听说过徐北枳的绰号，而且北凉早就开始向邻近的几个州大举购粮。实不相瞒，许多明面上是怯战逃进北凉境内的大户人家，其实有着拂水房谍子的隐蔽身份，在买粮一事上，立功颇多。凉、幽两州的粮草足以自给，故而流州粮草一事，还远没有到燃眉之急的地步。"

徐凤年笑了笑："我想好了，离阳朝廷真要掐死漕粮不松口，大不了我们北凉就明着抢粮，嗯，应该是'借粮'，别说有蔡楠十万大军驻扎的淮南道，就是陈芝豹的西蜀道，我也敢抢！"

在殷长庚牵线搭桥后，跟北凉悄悄形成默契的韩林出任淮南道经略使是个不大不小的好消息。他跟北凉一个唱白脸一个唱红脸，韩林要士林清誉，要在庙堂上树立起威武不屈、骨鲠忠臣的高大形象，北凉送给他便是，要多少给多少！至于朝野上下的骂名，徐凤年会在意？陈芝豹你不是要去中原火中取栗吗？谢观应不是喜欢耍幺蛾子吗？徐偃兵如今就在陵州南境，跟出任陵州将军的师弟韩崂山在一起，没有陈芝豹亲自坐镇，西蜀道的北门很难阻止住北凉的借粮步伐，至于这中间的火候，徐凤年相信韩崂山能掌握好。

白煜盯着相比其他三州显得格外广袤的流州疆域，问道："杨元赞负责攻打北凉有天险依靠的葫芦口，好歹给他连下了卧弓、鸾鹤两城，北莽女帝心目中更值得托付重任的柳珪，在西线打流州，主力大军却一直按兵不动，甚至无所事事到了需要北莽请动拓跋菩萨进入流州的境地，如今更是让董卓不得不调遣私军赶赴流州打破僵局，这个号称'北莽半个徐骁'的柳珪，如此不堪？"

徐凤年缓缓解释道："流州无险可依，要战就只能光明正大地战，双方都是如此。就兵力而言，柳珪大军肯定是占绝对优势。三万私军不说，瓦筑、君子馆四座姑塞州偏南的军镇也都倾巢出动，南朝那几家老牌陇关贵族也割肉掏出了三万步卒，姑塞州持节令与柳珪交好，也掏出了那八千羌族轻骑，加起来足有十万兵马。但是羌骑被龙象军一口吃掉，如此一来，让骑军战力本就逊色于我们流州的柳珪大军比较难受。在流州地面上，流州州城青苍城守不守得住不重要，主力骑战的输赢，才是决定最终胜负的关键。以来自各方势力的四万多杂乱骑军，对阵必要时刻可以舍弃青苍城的三万龙象军，非是我北凉自负，的确是柳珪不敢轻举妄动。"

白煜的视线在流州地图上缓缓游移："不敢轻举妄动是对的，不动则已，一击致命也是题中之义。"

徐凤年皱眉道："有关柳珪如何出奇制胜，怀阳关都护府内已经有过多场讨论。"

为了看清地图，白煜手中那盏油灯不知不觉靠得太近，蓦地，他右侧脸颊一片火烫，他不动声色地将头轻轻偏移几分，然后点头道："这是当然。褚都护八千骑完成目标，寇江淮进入流州担任将军，龙象军本就有王爷的弟弟和李陌藩、王灵宝这样的实力大将，加上流州刺史杨光斗和幕僚陈锡亮都是一等一的人才，后方粮草无忧，怎么看局面都要比凉州虎头城和幽州葫芦口好许多。但是我觉得，越是如此，柳珪就越会有所动作，说不定北莽南征三线兵力最少的柳珪如此耐得住性子，就是在等董卓的中线和杨元赞的东线陷入不利境地……"

白煜又摇了摇头，自顾自说道："不对，不是说不定，而是肯定！"

徐凤年默不作声。

白煜抬起头，目光熠熠，沉声问道："如果柳珪用六万步卒皆死做诱饵，不惜代价攻打青苍城，故意让自己背水一战，甚至连杂乱骑军也一并舍弃，仅以柳家骑军和拓跋菩萨带去的精锐作为一锤定音的真正主力，三万龙象军能否忍着不上钩？就算龙象军肯忍，新入流州的寇江淮能不能忍？一旦其中一方参战落入圈套，那么其余方有没有敢于见死不救的大局观？！"

白煜看着徐凤年，最后问道："我想知道，北凉有没有得到类似北莽女帝对西线、对柳珪震怒的谍报？有没有类似南朝重臣极度不满西线的龟缩，在朝堂上对柳珪群起而攻之的消息？！"

徐凤年的心一震。

白煜放下油灯，平淡地道："那么，王爷可以尽一切力量驰援流州了。"

白煜不再说话，徐凤年也没有说话。

屋内寂静无声，除了灯花偶尔炸裂的几下细微声响。

莲花峰盛况空前，大概是沾了武当山仙气的缘故，三教九流都能在山上其乐融融。在这种背景之下，山脚逃暑镇王远燃一行人的返程就显得格外凄凉——几乎个个带伤，尤其是他们的离境，去时比来时"阵仗更大"，"待客热情"的角鹰校尉罗洪才派遣了一百骑"贴身护送"。在此期间，还有一件事情让山上的客人感到丈二和尚摸不着头脑。据说中书省副官赵右龄、吏部尚书殷茂春、新任淮南道经略使韩林和燕国公的子女在到达山脚后，甚至惊动了北凉王亲自下山迎接，双方"相见恨晚"。

两拨世家子截然不同的待遇，差点儿让人误以为离阳要变天了。直到一个骇人听闻的小道消息流传开来，说那大雪坪评选的"江湖十人"中的"京城第一剑客"祁嘉节凭空消失了，没有出现在离境队伍中，换成了东越剑池柴青山。一番细细咀嚼后，众人好不容易才回过味来：敢情这北凉王也够阴损的，不但暗中下了狠手，而且存心要让那帮大人物寝食难安啊！这话要是传到中原，赵右龄等几位中枢大佬还算好，毕竟都是皇帝陛下的近臣，找个机会把话讲开了，以当今天子不逊色于先帝的英明和肚量，肯定不会中了北凉的离间计，可是刚卸任刑部侍郎离开京城的韩林可就要遭殃了，淮南道那帮骄横惯了的兵痞子能不揪着把柄惹是生非？

有了这份计较后，众人对殷长庚这帮前程似锦的年轻俊彦都越发同情了。尤其是那帮江南道文人，一个个扬言绝对不会让北凉这种粗浅伎俩得逞，他们只要回到江南，一定会在文坛士林中不遗余力地为殷长庚、韩醒言等人证明清白，证明这些离阳王朝未来的栋梁在武当山下受到了天大的冤枉。好些清雅名士都约好了，在返程时要联袂拜访那位新上任的淮南道经略使大人，为其助威。韩侍郎在京城官场就向来以敢于谏言和清谈玄妙著称于世，万万不可让此等忠臣好官在地方上受挫！大家既然同为读书种子，哪怕与那位韩大人素未谋面，也是义不容辞！

白莲先生在武当山上新近交了两个朋友，就是角鹰校尉罗洪才和幽州谍子二把手隋铁山。在跟两人知无不言、言无不尽的畅快言谈中，他获知了山上山下的动静，尤其是那些江南名士的义愤填膺。白煜对此一笑置之，同时感慨更深，不仅仅是为风流雅士肚子里打的那些小算盘，也不仅仅是为徐凤年已经亲自动身前往流州，临时接手了原本由北凉都护褚禄山兼任的凉州将军一职，更多的是为两者对比之下，北凉那种习以为常的沉默。哪怕是隋铁山说起中原文人的动向，也不过是当笑话来讲的，便是在边境上死人堆滚过好几回的校尉罗洪才，也没在白煜面前流露出半点儿愤懑、阴郁。

两人给白煜的印象就是，北凉对于离阳朝廷根深蒂固的误解根本就不当一回事。离阳你骂我？你骂好了，我懒得理你。朝你动刀子？想倒是想，做却也是不会做的，因为好像从大将军徐骁起到新凉王徐凤年，都习惯了把气撒到北莽蛮子头上，不乐意跟那帮读书人一般见识。当然，如果像王远燃这些人急着投胎跑来北凉，一脸"来打我啊"的欠揍模样，那就简单了，北凉不打白不打嘛，而且会毫不犹豫地下重手，保管打得你爹娘都不认识。

白煜住在山顶紫阳宫一处僻静的小屋内。不同于其他互为邻居的外乡贵客，白煜住处四周都是武当道人，是位"静"字辈道人临时有事下山才给腾出来的地方，不少道士慕名而来拜访白莲先生，跟白煜请教学问，最后还是掌律真人陈繇一通教训，才让白煜清净空闲下来。其实白煜本人不讨厌这种往来，春蛙秋蝉，在不同处听，可能就有着聒噪和禅味的天壤之别。白煜其实知道赵凝神当时说要在武当山上"请罪"修行十年，未尝不是好奇此山明明世俗气息如此浓郁，同为道教祖庭，山上各个辈分的道士竟然每旬都要为人解签、帮写书信，为何偏偏继吕祖之后，尤其是最近百年，能接连出现黄满山、王重楼、洪洗象和李玉斧这样的古怪道士，没有一人愿意飞升，香火反而压过了龙虎山。

不成仙人，修什么道？

常遂、许煌几人听到白莲先生就在紫阳宫内后，也登门拜访过，大概是忌讳交浅言深，双方都是默契地只谈风土人情不说军国大事。倒是有过一面之缘的李东西和南北小和尚登门，给了白煜一个大惊喜。小姑娘是直接提着活鸡活鸭进门的。也许是一路扑腾得实在累了，鸡鸭在小姑娘进门的时候已经蔫蔫的，认命了。小姑娘说好像龙虎山外姓道士也能吃荤，这些鸡鸭都是她在山脚逃暑镇买的，就挑了两只最大的拿给白莲先生补补身子，小姑娘还感谢了白莲先生当年在天师府请他们喝茶，让白煜委实哭笑不得，心想这小姑娘还真是念旧。晚饭的时候，小姑娘亲自去紫阳宫灶房给白煜炖了一大锅鸡，南北小和尚根本没敢上桌吃饭，蹲坐在门口那边一声声念着阿弥陀佛。结果白煜还没动几筷子，就有一位妇人在一个小道童的领路下气势汹汹兴师问罪来了，身后跟着个白衣僧人。白煜连忙放下筷子起身相迎。妇人见到白莲先生后，脸色好了几分，不过仍是心中犯嘀咕：这丫头，送礼是送礼，可哪有偷拿家里最大只的鸡鸭送礼的傻闺女，果然是随她爹，不晓得持家！

白衣僧人坐下后，示意白煜继续吃饭，笑道："听说手捧圣旨的吴家大小真人已经在山脚了，暂时没有登山的意图，不过加上青山观韩桂和白莲先生你，这是欺负贫僧孤军奋战啊。"

白煜突然问了一个不合时宜的问题："先生可知道赵勾头目到底是何人？"

李当心却答非所问："给先帝钦赐的白莲先生喊先生，贫僧受宠若惊啊。"

待人接物一向温和有礼的白煜破天荒咄咄逼人："有人说是已经死在关外的杨太岁，有人说是暴毙的'人猫'韩生宣，也有人说是当年太安城的看门人柳蒿师。"

李当心直截了当地道："曹长卿当年去两禅寺找过贫僧，连他这个赵勾最大的死敌也不太清楚，曹长卿只能猜测是那位销声匿迹的帝师——元本溪。不过赵勾真正做事情的五个，曹长卿碰到过三个，杀了一个被安插在广陵道的。其余四人，一个早年掌握所有的北地炼气士，如今成光杆了；一个掌控所有挂名在刑部的铜鱼绣袋的江湖人；还有一个，顶替死了的那个看着广陵道的动静；最后一个嘛，就云遮雾罩了，只听说可能是负责针对北凉的重要棋子，至于是谁，在元本溪'销声匿迹'后，恐怕谁都不知道了，连皇帝陛下也不例外。"

李当心好奇地问道："白莲先生问这个做甚？"

白煜微笑道："我要去清凉山待两年，怕死在那里。"

李当心皱眉道："你猜那人就在北凉王府内？这不可能吧，有徐骁和李义山……"

白煜摇头打断道："不一定是潜伏已久的人物，可能是后去之人，比如……北凉道副经略使宋洞明。"

李当心摸着光头，沉吟不语，随后又笑道："且不论宋洞明是不是赵勾中人，白莲先生这一手借刀杀人可不太好。"

没有吃几口饭的白煜放下筷子笑道："害人之心不可有，防人之心不可无。宋洞明的身份，我仅是无端猜测，但是我既然打定主意在北凉活过两年，就不得不用些不入流的手段。说实话，就算先生今日不来，我明天也会去找先生，恳请先生与我一起前往清凉山。所以东西姑娘这顿饭，白煜吃得问心有愧，若不是实在嘴馋，是连一筷子也下不去手的。"

白衣僧人自言自语道："如果赵勾大头目真是元本溪，那么先被青眼有加又给抛弃的储相宋洞明，就真有可能是赵勾中人，但与此同时，就算两人都是赵勾人物，宋洞明也有可能就死心塌地为北凉做事了。"

白煜点头道："离阳皇帝杀'半寸舌'元本溪，不是卸磨杀驴那么简单，自然是忌惮元本溪手中握有的赵勾力量。先帝死后，元本溪对当今天子来说太难以预测了，比起北凉铁骑好似远在家门外的如雷鼾声，元本溪才是那卧榻之侧的呼吸声，虽然很轻，却更让人难以安睡。杨太岁死了，柳蒿师死了，韩生宣死了，谢观应走了，太安城内还有谁能够制衡与先帝相处都能平起平坐的元大先生？话说回来，如果殷茂春或者某人才是元本溪最后选择的台面上的储相，宋洞明只能沦为影相，哪怕宋洞明因为元本溪的死而心灰意懒，我也怕万一……"

李东西听得脑袋都大了，干脆下筷如飞，不去听这些麻烦事。妇人给南北小和尚盛了一碗白米饭，夹了些素菜堆在饭尖上，小和尚就在门口蹲着吃饭。

白衣僧人看着这个白莲先生，笑道："百闻不如一见。"

白煜自嘲道："应该是让先生失望了。"

李当心叹了口气，低头看着满桌饭菜："北凉这就有庙堂的气息了。瞧着色香味俱全，吃起来却未必，看来当皇帝的确是没啥滋味，难怪姓徐的那小子……"

李东西猛然一拍筷子："爹，你跟人叨叨叨就叨叨叨你的，可这些饭菜都是我做的！"

白衣僧人立马让媳妇儿去多拿了一副碗筷，还没吃就伸出大拇指："好吃！"

夕阳西下，蓟州最北部的横水城正要关闭城门，城楼开始挂起大红灯笼。正在此时，一名浑身浴血的斥候骑卒疾驰而至，负责瞭望的城头士卒看清楚面孔后，扯开嗓子让落下大半的城门重新升起，那名背后插有两支箭矢的斥候一冲而入，竭力嘶吼道："紧急敌情，北莽大军来袭！"

没过多久，横水城内就点燃狼烟，为相邻的银鹞城示警，狼烟滚滚，竟是五万北莽骑军的规格。很快，横水、银鹞两城以南的烽燧台就陆续点燃狼烟，不到半个时辰，整个蓟州北部都获知了北莽五万敌骑南侵的惊人消息！

横水城新任守将是个身材臃肿的中年胖子，姓高名荧，出身于自旧北汉起就是蓟南望族的显赫之家。大将军杨慎杏的蓟南步卒，相当大一部分兵源都来自蓟南高氏。高荧根本来不及披甲，就在亲卫扈从的簇拥下匆忙来到横水城头，脸色苍白。不是高荧不想跑，而是根据斥候传递来的军情，北莽先锋骑军已经近在咫尺，而且有大股马栏子绕城南下率先堵截了去路。

高荧牙齿打战，真是悔青肠子了！他本以为卫敬塘战死后，有李家雁堡七八千私人骑军作为嫡系战力的蓟州将军袁庭山在这里接连打了几场胜仗，而且辽东边境那边大柱国顾剑棠也是捷报频传，既然北莽蛮子如今打北凉都吃力，是不会分兵来蓟州打秋风的，所以才先后花了三十万两银子在袁将军和京城那边打通关节，靠着跟老将军杨慎杏的那点儿香火情，跟一个京城世家子抢来这个横水守将的肥差。如今城内名义上有五千守城步卒，可是在蓟州不吃空饷的将军比三条腿的蛤蟆还难找，只不过如今有袁庭山盯着，吃相好了不少，大多只敢吃一两成空饷，至多三成。可高荧不是家族长房嫡子，花了他所在二房的三十万两私房钱才当上这个官，因此横水城真正的兵力，不足三千！而且清一色都是从蓟南抽调来的油子兵。可这能怪他高荧吗？蓟北边境盛产的弓手虽说更加弓马娴熟，可价钱也更贵啊，一个蓟北弓手，都能顶两个在几年前还号称"天下独步"的蓟南步卒。蓟州的老底子都给杨慎杏一股脑儿带走，结果在广陵道吃了大败仗，如今战力次一等的蓟南步卒精锐也都给袁庭山死死地把牢，高荧要在三年内捞回本钱，除了在横水城做做样子，还能有啥办法？

高荧转头望向银鹞城，那边的守将韦宽孝跟自己差不多的德行，他的官帽子刚买到手还没焐热。两人年少时就是一起花天酒地的狐朋狗友，当年还凑出个"蓟州四公子"来着。姓韦的还不如自己，自己好歹还不敢拿城内库房的器械动手脚，韦宽孝的银鹞城据说都快被搬空了，都低价私售给了蓟北几支强势兵马。前两天请自己去银鹞城喝花酒，韦宽孝这猪油蒙心掉钱眼里的王八蛋竟然一掷千金，从州城请了两位当红花魁来陪酒。两人在一张大床两匹"胭脂马"身上"驰骋厮杀"的时候，韦宽孝还提议让他也做这事，说来钱太快了，五十辆装满弓弩甲枪的马车一趟往返，就能有小十万两银子入账，而且保证畅通无阻。高荧当时纳闷，蓟州将军袁庭山对于边境事务一向管得挺严的，韦宽孝就笑骂他是猪脑子，用粗壮的手指在那花魁白嫩的后背上写了两个主顾的姓氏——李、韩。

高荧瞬间就懂了，是跟袁庭山同气连枝的雁堡李家以及曾经被满门抄斩、如今东山再起的忠烈韩家！一个有总领两辽军政的大柱国作为最大靠山，一个是皇帝陛下大肆追封和破格提拔的蓟州副将韩芳！高荧和韦宽孝虽然对治军带兵一窍不通，但是在家族的耳濡目染之下，为官之道再差也差不到哪里去。袁庭山不管如何战功不断，在边境上做到蓟州将军差不多就是顶点了，否则老丈人已经统辖整个两辽，若是女婿管着一个蓟州还不够，再来整个河州，这还得了？！所以就需要蓟州韩家的那棵独苗来制衡了，皇帝封赏再多，给予兵权再多，副将韩芳到底根基尚浅，在五年内都是一位值得朝廷信赖倚重的边关武将。

未见其人，先闻其声。

高荧好像感到整座城头都在震动。

借着最后的余晖，在高荧视野的尽头，一条黑线从地平线上猛然出现。

高荧心如死灰：蓟北防线彻底完了。

这位本意不过是来横水城吃空饷的胖子，好像都还没来得及从边境走私中赚到什么银子。

高笈茫然四顾，除了从高家带来的贴身扈从，那些城头守卒都是青涩稚嫩的脸庞。听说在蓟州北部只需要在城内披甲持矛就能拿到一份不错的军饷，他们就都来到这横水城了，甚至都不知道上任守将卫敬塘——老首辅张巨鹿的学生——曾经在此被迫出城与北莽骑军作战，八百横水骑和四千精悍步卒一战皆死，更不知道更早之前，悄然过境千里奔袭的一万幽州骑军就在这里大破北莽。这座横水城，其实一点儿都不太平。

许多横水城士卒到现在仍然抱有侥幸心理，天真地以为那浩浩荡荡的北莽骑军只是来耀武扬威，或者蓟州将军袁庭山很快就可以率军一举破敌，要么就是大柱国顾剑棠正从辽东带兵赶来。

王遂一口气集结了北莽最东线边军的五万精骑：秋捺钵大如者室韦和冬捺钵王京崇各自的一万骑，还有三位硬着头皮赶来不顾两位北莽大将军"婉言相劝"的青壮万夫长各自率领的一万骑。五万人马的离去，相比不断从北庭草原调兵增加到将近三十万的北莽东线总兵力，看上去似乎并不伤筋动骨，但是决定一场大型战争的走势，人头多少很重要，但不是绝对的。北莽新任东线主帅王遂拐走这五万精兵，几乎等于抽掉了东线一半的精气神。

东线国境上那两位跟柳珪、杨元赞资历相当的大将军，一来职权要低于王遂；二来两人根本就管不着那三名草原悉剔出身的万夫长，更别提大如者室韦和王京崇这样的豪阀子弟了，只能眼睁睁看着这五万人跑去蓟州，这在离阳王朝自然是无法想象的事情。

大如者室韦骑着一匹通体如墨的草原神骏，抬头看着横水城的城池轮廓，笑容狰狞，道："咱们入城还能吃上晚饭！"

距离展开冲锋还有一段路程，王京崇没有驱马前往自己的那支万人亲军，而是跟秋捺钵一左一右位于王遂身侧，皱眉道："谍报上说两城守将高笈、韦宽孝都是酒囊饭袋，可要是对方拼了命死守，夜战本就对我方不利，加上五万人马都是骑军，虽说下马作战也没问题，可完全没有携带攻城器械，当真能轻松拿下这两座蓟北重镇？"

王遂嗤笑道："带兵打仗这种事情，除了注意战场上的瞬息万变，你们还得注意战场以外的形势，等你们以后有机会到了中原，更应该如此。王京崇，你觉得袁庭山为何会让两个笨蛋驻守横水、银鹞，真是他手中没有闲余兵力？退一万步说，跟他是一条绳上的蚂蚱的李家雁堡，私骑就有八千，而且骑战不弱，守城能有什么问题？这不明摆着是给咱们让路嘛，否则一路胜仗打下去，你以为他这个蓟州将军能当几天？广陵道战事那么不堪，一道圣旨送到蓟州将军府邸，朝廷要他去南征主帅卢升象手下打杂，他袁庭山敢说一个'不'字？就算他敢，那小子的老丈人第一个就要收拾他！"

大如者室韦不耐烦地道："高荧、韦宽孝这两个孙子没有卫敬塘的胆识，更没卫敬塘的能耐。拿下两城，咱们无论是南下蓟州、西去河州，还是最后退回东边，都大有可为！主帅，你就直接下令攻城吧，横水城这个头功，王京崇就别跟我抢了！"

王遂冷笑道："攻城？攻个屁城！你们要战死，就给我战死在幽州去。"

大如者室韦愕然："那咋办？"

王遂看着那座暮色笼罩中的边城，说道："告诉他们，投降不杀，不降屠城。只给他们半个时辰考虑，再加上一句，咱们只要城中的粮食和兵甲，至于人，只要肯脱下甲胄，空手从横水城滚蛋，咱们就放行。"

大如者室韦嘀咕道："没意思。"

王遂转头对王京崇道："你去跟那三个大老粗说一声，横水城归你和大如者室韦，银鹞城归他们三个。"

王京崇点了点头，正要策马离去，只听王遂淡然道："等到两城士卒出城南退，接下来怎么捞取战功，就是你们五人的事情了。嗯，记住了，留点儿活口传话给那袁庭山，好让蓟州知道咱们是要一路南下的。在这之后，按照既定安排，横水、银鹞两城各自留下三千兵马守城，其余所有人跟我奔赴河州。"

在王京崇远去后，王遂笑眯眯地问道："秋捺钵大人，听说你想着进城吃晚饭？"

眼神炙热的大如者室韦嘿嘿道："横水城这两三千人，勉强够我和儿郎们吃上一顿了，虽然吃不饱，但好歹能顶会儿饿。"

王遂面无表情，抬头默默看着自建成起已经不知抵御了多少次草原铁骑的横水城。

祥符元年夏末，蓟州横水、银鹞两城失守，落入北莽之手。据传北莽东线主力大军要绕过两辽防线，以蓟州作为突破口大举南下。

离阳朝野震动。

新任淮南道经略使韩林赴任没多久，就被朝廷紧急追封为馆阁大学士。

淮南道节度使蔡楠被封为正二品的镇西大将军。

蓟州将军袁庭山被敕封为正三品的平西大将军。

蓟州副将韩芳被授予可临时扩充一万兵马的军权。

与这道圣旨一同进入蓟州的，还有一道由司礼监掌印太监宋堂禄亲自送去的口谕密旨：蓟州战事务必局限于蓟北！

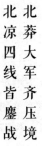

第三章

北莽大军齐压境
北凉四线皆鏖战

号角声响彻青苍城一带的广袤大地。

流州终于迎来第一场席卷西线双方几乎全部兵力的恢宏战事。

陇关贵族的三万步卒作为攻城主力，缓缓铺开阵型，对青苍城展开攻势。

包括瓦筑、君子馆在内的四镇骑军严密护在步军南部，跟龙象军遥遥对峙。

西线主帅大将军柳珪坐在马背上，亲自督阵攻城，身后是按兵不动的三万柳家军和北院大王拓跋菩萨带来的一万亲卫骑军。

一名来自甲字姓氏的陇关贵族武将根本就没有关心攻城是否顺利，时不时转头望向那列阵于三里外的一大片北凉黑甲。

姑塞州四镇骑军当真抵挡得住龙象军的冲阵？且不说被龙象军轻易凿开己方骑军阵形，连被冲破攻城步军，也只需要两个来回，这场仗就不用打了啊！难道要自己给北凉双手奉上一个凉莽大战以来的最大战果？难道柳将军就不明白流州这场仗，全然不是一座小小青苍城的得失吗？为了打下青苍城，值得整条西线如此冒险？

他终于按捺不住，策马来到柳珪身侧，正要说话，柳珪就冷声道："我意已决，不用多说！"

这名出身不俗的北莽万夫长也给惹恼了，但仍是竭力压抑怒火，尽量心平气和地跟这位深受陛下器重的老人谏言："大将军，这般直接割裂进行骑步列阵，风险实在是太大了啊！小小青苍城拿下不难，咱们就算在三万步军中暗藏两万……不，就算是一万重甲步卒，等待龙象军冲阵再伺机反击也行啊。如此孤注一掷，轻视北凉铁骑的冲阵实力，大将军，不妥啊！"

柳珪没有说话。

这名武将终于愤怒地道："大将军，你这是为了自己的官身，拿三万陇关儿郎的性命当儿戏！"

如今南朝西京庙堂上暗流涌动，本就来自南朝的西线武将当然都有听说，说柳珪名不副实那都算客气的了，不客气的就是直接要求陛下换帅了，连人选都很明确：除了已经身在流州边境的拓跋菩萨，连在葫芦口东线大放异彩的种檀都被拎了出来。如果说推出"军神"拓跋菩萨还说得过去，那么拿种檀说事简直就是打柳珪的老脸了。种檀才入伍带兵多久？大将军柳珪戎马生涯又有多久？其中，旧南院大王黄宋濮在卸任后重新复出，取代毫无作为的柳珪担当西线主帅的呼声，在南朝无疑最高。在流州境内驻扎很久的东线军中，各种说法都在流传，个个都说得有鼻子有眼。

就在此时，这个武将脸色剧变。一骑缓缓而至，马背上那个披挂轻甲的男人沉声道："滚回战阵。"

武将咽了咽口水，二话不说就拨转马头，返回步军大阵。

柳珪看了一眼来者，笑问道："北院大王，你说那龙象军敢不敢吞下鱼饵？三万任人宰割的步军和战力不济的四镇骑军，鱼饵够大了。"

来人正是拓跋菩萨，他看了一眼青苍城："大将军的意图，王灵宝也许看不穿，但是同为龙象军副将的李陌藩多半看得出来。只不过那座城里有杨光斗和陈锡亮，李陌藩如果足够聪明，就会顺势而动，否则以后就别想在北凉边军中高升了。就算李陌藩足够冷静，但是只要龙象军一部发起冲锋陷入僵局，他李陌藩总不能见死不救，相信他也没那份铁石心肠。"

柳珪呵呵笑道："表面上，我这个帅位岌岌可危的老家伙病急乱投医，而他们北凉虎头城和霞光城两线大战正酣，流州也需要一场大胜来鼓舞人心，所以双方的火候都到了。"

柳珪收敛笑意："话说回来，如果不是北院大王的另外两万亲军正在疾速赶来的路上，我柳珪就算丢了帅位，也不会打这场仗。在这流州，不能一口气吃掉所有龙象军，小打小闹，毫无意义。凉莽大战，原本就是要以流州作为胜负手的，现在不过是绕了一大圈终于绕回来了。"

拓跋菩萨犹豫了一下，沉声道："这场仗打完，将军你多半还是会被召回南朝。"

柳珪笑了："无妨，就当给中线的董胖子挪出位置好了。"

拓跋菩萨轻声笑道："柳将军放心，以后你我携手进入中原。"

柳珪点了点头。

这个老人感慨道："就是对不住这些奋勇厮杀的南朝儿郎。从大漠黄沙来，到头来也只是死在大漠黄沙里，都没能看见中原的繁华，哪怕看一眼也好啊。"

距离葫芦口不到两百里的一座幽州军营内，一名身材瘦弱的独眼老将缓缓走上阅兵台。在老人正式露面之前，已经有北凉步军副统领陈云垂、幽州将军皇甫枰及刺史胡魁等人站在台上。貌不惊人的老人走到台上中央的位置，哪怕是不熟悉幽州军伍的门外汉看到眼前一幕，也会将老人居中为首视为天经地义的事情。铁甲铮铮的老将双手拄刀而立，看着台下那些在烈日曝晒下纹丝不动的校尉士卒，许久都没有说话。老人不说话，似乎是想要把这场内近万即将出征的步卒都看一遍，把一面面幽州步军老字营的旗帜都认清楚。

老将的脸色不太好看，终于缓缓开口："大将军过世了，王爷也没在咱们幽州，我燕文鸾呢，就算不死在战场上，估摸着也没几年好活了，所以趁着今天这个机会，说点儿积攒了将近二十年的心里话。"

老将单手拎起那柄北凉刀，指了指身边的北凉步军二把手陈云垂："老陈，咱们陈副统领，你们肯定都认得。记得十六年前，这家伙陪我一起去清凉山王府喝酒，当时他还只是个正三品的将军，大将军就开玩笑说：'你陈云垂在幽州带四五万步军，浪费人才了，不如去凉州关外，给你三万骑军，干不干？'"

燕文鸾没有拿正眼去瞧这个认识了大半辈子的至交老友，仅是拿那柄凉刀点了点一脸尴尬的陈云垂："这老王八蛋酒量不行，酒品更差，当时正装醉呢，结果大将军这句话一抛出来，他立马就站起身，那对招子啊，贼亮贼亮！你们猜咱们北凉如今的步军副统领说了句啥话？他说：'干，咋个不干？！'当然，最后大将军也没挖墙脚挖成功，为啥？是陈云垂反悔了？不是，是我燕文鸾急眼了，差点儿就要跟大将军干架！我当时说了什么，至今记得一清二楚，我一砸酒杯就起身跟大将军说：'北凉步军就这点儿老底子，这两年给凉州骑军坑蒙拐骗偷，变着法子弄走那么多，不光是把老的挑得差不多了，连好些年轻的好苗子也没放过，那我燕文鸾还当个屁的北凉步军统帅！陈云垂要去凉州骑军，不是不行，但大将军得把袁左宗、褚禄山、齐当国这三个义子都给我北凉步军，都给丢到我们幽州来！'"

老将陈云垂眼观鼻鼻观心，好像置若罔闻，但是给燕文鸾这么不留情面地揭老底，想必很想挖个地洞钻进去。

燕文鸾又拿凉刀指了指幽州刺史胡魁："这位刺史大人，是咱们北凉游弩手前身——'列矩'的缔造者，是正儿八经的骑军大将。当时胡大人顶替王培芳成为幽州刺史，来找我燕文鸾套关系，按照官场规矩跟我这个老头子说说客气话之类的，然后我就问了他一个问题：'你胡魁来这个前些年境内战马还不如陵州多的幽州当官，感觉如何啊？'胡刺史是实诚人，就老老实实跟我说挺憋屈的，说他本以为自己有机会去虎头城给刘寄奴当副手，要不然去流州龙象军跟老部下李陌藩、王灵宝一起混也不错。"

燕文鸾重新双手拄刀，看着那万余步军："我们北凉有三十万边军，所以离阳那边这么多年从来都是听说'北凉三十万铁骑雄甲天下'，我就奇了怪了！北凉骑军在边军中从来就没有超过半数，怎么就成了三十万铁骑？离阳当我们北凉步军不存在吗？好像北凉自己也不把我们步军当回事嘛。"

独眼老将下巴往东边转了转，冷笑道："蓟州有个叫杨慎杏的家伙，就是那个之前在广陵道那边给几个年轻人玩弄于股掌之间的蠢货，想当年那是给老子提鞋都不配的玩意儿，嘿，手底下有那么几万旧北汉留下的步卒，弄出了个什么'蓟南步卒'的名头，然后这十多年来，离阳上下都称之为'独步天下'的第一等精锐步卒。除此之外，还有南疆燕刺王麾下第一猛将王铜山率领的无锋军以及吴重轩的大甲，名气都不小，说来说去，就是没有咱们幽州步军的份儿。"老人微微停顿了一下，"如果仅仅是这样，我燕文鸾也能忍，反正咱们也不可能跑去蓟州或是南疆跟他们打一场，而且动嘴皮子一向不是咱们北凉人的长项。但是，不去说北凉以外，就说咱们北凉，不说凉州、陵州，甚至不说流州，就说我们幽州自己！鸾鹤城我步军老字营给摘掉了营号，是谁过河州入蓟州，最终在葫芦口将一万人打到只剩下三千多人！千里奔袭辗转，接连大战死战，杀敌将近三万，把北莽蛮子的东线补给打得几乎彻底瘫痪！"

燕文鸾自嘲道："怎么，觉得咱们幽州军也是有英雄好汉的？"

燕文鸾笑道："这个是当然，不过可惜啊，三千四百人的'不退营'，是幽州第一个骑军营！跟幽州这一万骑并肩作战的王爷，他本人在不退营挂名成为一个普通士卒！哈哈，跟你们这帮没有战马只有两条腿的可怜虫没有半枚铜钱的关系！"

老人的脸色有些狰狞："咱们不去说幽州骑军副将郁鸾刀，不说立下显赫战功，得以分别晋升为檄骑将军、骠骑将军的石玉庐和范文遥，就说那个田衡，三万幽州骑军的新任主将，这老家伙当时嫌弃王爷不敢死战，还说王爷的胆子都在抗拒圣旨入凉时用光了，所以早早解甲归田去了，这才让郁鸾刀当了一万幽骑的主将，就田衡这么个没去蓟北更没去葫芦口外的浑蛋，如今见着我，都敢拍胸脯说'老燕啊，你放心，我田衡保证再给你们弄出一支有营号的骑军来'。"

老人重新在腰间悬好那柄凉刀，伸手狠狠揉了揉脸颊，向前走出几步，沉声问道："什么时候，我幽州步卒已经沦落到这个地步了？"

满场寂静，但是人人眼睛通红。

燕文鸾伸手指了指自己："我燕文鸾自从进入徐家军，跟随大将军南征北战已经三十六年，从第一天起就是个步卒，到今天是正二品的武将，归根结底，也就是个上了年纪的步卒。不敢说整个北凉步军，但是你们幽州步军，都是我燕文鸾一手带出来的！"

独眼老人随手指了指背后霞光城的方向："在那边，然后一直往北，都是北

53

莽蛮子，号称'整整二十万大军'，卧弓城没了，鸾鹤城也没了，北莽蛮子放话说霞光城一样是指日可下。"

老人转身撂下一句话："但是我燕文鸾不答应！"

在幽州、河州接壤的北部边境，一面巨大的猩红的旗帜在大风中猎猎作响。

幽骑主将田衡、副将郁鸾刀、橄骑将军石玉庐、骠骑将军范文遥等十余名骑将的战马并排一线。

他们身后是倾巢而出的三万幽州轻骑。

老将田衡容貌粗朴，不像个手握大权的将军，如果不披甲，倒像是常年在田间耕作的老农。这个老人，当时愤懑于年轻藩王的"不作为"，一气之下辞官还乡，借口是年纪大了身子骨经不起折腾，可以回家含饴弄孙去了，这才让郁鸾刀有了独领一军出征蓟北的机会。但事实上，整个幽州都知道，老将的子嗣早都战死关外了。后来徐凤年和郁鸾刀联手出现在葫芦口外，一万骑最终回来三千多人。军中资历并不比燕文鸾、陈云垂等人差多少的老人得知消息后，连夜赶往燕文鸾军营大帐，后者不见。田衡就堵在外边，等到怀阳关都护府一纸令下，恢复田衡的将军身份，燕文鸾仍是不买账，是最后徐凤年不得不亲自写信给燕文鸾，幽州才勉强承认了田衡作为幽州骑军一把手的官身。

老人一手按住刀柄，转头对郁鸾刀哈哈笑道："老燕头这次肯定要被我气坏了，不过这可怪不得我，谁让这家伙连半辈子的交情都不顾，见我一面都不肯。"

郁鸾刀等人会心一笑。田衡跟大将燕文鸾那是换命交情的老兄弟了。早年，一人是步军校尉，一人是骑军校尉。有一次燕文鸾深陷敌军大阵，田衡违抗军令主动出击，救下了燕文鸾，在大将军一怒之下，田衡直接从校尉给贬成了普通骑卒。在竞争激烈的徐家军中，田衡这一步慢，那就是步步慢，那些后辈如骑军后起之秀徐璞、王妃亲弟弟吴起和袁左宗、胡魁这拨人，都是在那个时候超过田衡成为独当一面的骑军主将。等到徐家入凉，田衡也只当到了从四品的将军，还是燕文鸾亲自跟大将军要人，田衡才官升一级，从凉州来到幽州。但是十多年里，比起早已从高位辞任、荣归故里的尉铁山之流和现任骑军副帅"锦鹧鸪"周康这些军中大佬，田衡可以算是十分抑郁不得志的北凉军老人了。

田衡收起笑意，对郁鸾刀说道："郁将军，北莽东线那五万精骑说是去打蓟州，其实咱们都知道，这帮蛮子就是直接奔着幽州来的，要配合葫芦口的杨元赞，一口气拿下霞光城，攻入幽州境内。咱们原本的谋划是你我分兵两路，一路在幽河边境阻截那五万人，一路沿着葫芦口外围边缘继续北上，当时开拔前是说你和石玉庐领一万五千骑在此等候北莽大军，我则和范文遥带一万五千骑北上，以郁将军你麾下的不退营为先锋。但是我想啊……"

郁鸾刀笑着打断道："将军就别'但是'了，既然事先说好了是这般用兵，就没有临时更改的道理。"

田衡瞪眼道："幽州三万骑军，是我田衡是主将，还是你郁鸾刀是主将？"

相较有儒将风范的范文遥，新北凉第一拨获得将军称号的石玉庐性子就要糙些，忍不住笑出声：这"是是是"的还挺拗口。

郁鸾刀有些无奈。

田衡放眼望着远方的风沙："虽然上头没有明说，但是这次流州那么大一个危局，连王爷都亲自赶去，北凉境内各支驻军的骑军力量都紧随其后奔赴流州，那么咱们幽州骑军在这节骨眼上反其道而行必然不简单，用范文遥这小子讲的话就是……'所谋甚大'？北莽五万精骑，不说那东越驸马爷王遂，就是东线上的秋、冬两个捺钵也不简单。"

田衡突然笑了："你郁鸾刀别以为在蓟州和葫芦口打了两场大胜仗，就不把我田衡放在眼里，我拿起第一代徐家刀的时候，你小子还在吃奶呢。"

石玉庐是老将田衡"一把屎一把尿"从小伍长带到橛骑将军的，所以言谈也没什么忌讳，开玩笑道："老将军，话可不能这么说，郁将军年轻归年轻，打仗可真是一点儿都不含糊，不比老将军你……"

田衡猛然提高嗓音："嗯？！"

石玉庐赶忙咽下那个"差"字，嘿嘿道："不比老将军你好。"

田衡重重冷哼一声，眼中却有笑意："就这么说定了。郁鸾刀、石玉庐，还有范文遥，你们三人一起带两万人马前往葫芦口外。我带一万人守在这里，也不奢望什么大破敌骑，能拖住他们进入幽州的脚步就行。"

范文遥眉头紧皱，欲言又止，给了石玉庐一个眼神。后者心领神会，小声道："老将军，没你这么胡乱更改既定行军方略的嘛……"

田衡摆手道："葫芦口最要紧，到底能不能瓮中捉鳖，就看你们这两万骑能否抓紧口袋的口子了！"

虽然怀阳关都护府只有一封秘密军令传递到幽州骑军，但是在场几人都能猜测出几分真相，虽然都感到震惊，但谁不是为此热血沸腾？

你北莽董卓要拿流州作为突破口，那我们北凉铁骑就把你东线葫芦口的大军给一锅端了！

田衡看着这些远比自己年轻的脸庞，轻声道："都是自己人，也不说什么虚的。三万幽州骑军，当时说好北上赶赴葫芦口的那一万五千人，以年轻人居多，为啥？因为死磕王遂大军，活下来后，即便有军功，也不大，肯定跟去葫芦口没法比。我田衡这辈子能够做到正三品武将，足够了。当年入伍从军，不比你郁鸾刀是书生意气，我啊，当年就是全家要饿死，实在活不下去了，才把脑袋拴在裤腰带上投的军，哪里能想到自己有一天能当上个将军？想不到的。"

田衡说着，开心地笑了，接着道："也甭跟我废话，我田衡什么脾气你们不晓得？认准的事情，别说老燕头拧不回来，当年就是在大将军面前，该咋样还是咋样。"

这个时候，一队斥候疾驰而来，是由都尉范奋领衔的一标人马。跟范奋并驾齐驱的一骑竟然是个孩子，腰间悬着两把略显不对称的北凉刀，就那么站在马背上，双手笼在袖子里，很有高手风范。范奋跟几位将军回禀军情，说前方五十里内俱无北莽马栏子的身影。

田衡喊住就要转身北上的这标斥候，对那个孩子笑问道："你就是咱们幽州骑军的小将军余地龙？听说你一个人就在葫芦口外杀了好几百的北莽蛮子？"

孩子板着脸，点点头。

范奋忍不住拆台道："田将军，这孩子其实就是在外人面前脸皮薄，这不刚才还问我，说是等他还完了债，再立了功，是不是也可以当个正式的斥候了。这孩子有两把凉刀，一把是别人送他的，另一把是咱们标暂借给他的，这不就想着能名正言顺拥有第二把凉刀。"

田衡爽朗地笑道："从现在起，你就是我幽州骑军第八标斥候的伍长了！"

余地龙问道："你说话管用？我师父说得按规矩来，否则他就不让我待在幽州不退营了。"

田衡顿时无言以对，有些下不了台。他敢跟生死相交的燕文鸾耍赖，还真不敢跟那位年轻王爷打马虎眼。

郁鸾刀笑着解围道："幽州骑军的一切军务，田将军说了都管用。而且别忘了，你师父还是我们不退营的普通士卒，所以不用田将军发话，我郁鸾刀作为不退营主将校尉，让你余地龙担任第八标斥候的伍长，这话照样管用！"

站在马背上的孩子握紧腰间那柄凉刀，认真地道："将军们请放心，我这次杀敌绝对比上次多！"

田衡笑着挥挥手，让孩子和斥候都尉范奋一行人策马离去。

然后田衡对郁鸾刀三人正色道："我田衡是从那场春秋战事中闯出来的老家伙，如今气力不比当年，所以往后北凉就靠你们了。"

田衡低头看了一眼腰间的第六代徐家刀，抬头，突然说道："郁将军，我这辈子没留下什么东西，就一栋值不了几个钱的破宅子，但是家中还有五柄战刀，如果……那么就交由你郁鸾刀替我保管了。以后有机会跟后辈说起，就顺嘴提几句有关那个幽州老将的故事，如何？"

郁鸾刀、石玉庐、范文遥三人都默然无声。

田衡双手抱拳，大笑道："告辞！"

虎头城攻守大战正酣。

一支人数仅在万人左右的骑军，以狮子搏兔之势，悄然离开驻地往东而去，为首骑将正是北凉骑军统帅袁左宗！

大军气势如虹。

几乎与此同时，有两支从未在战场上完整现世的骑军分别前往凉、幽北方交界处的两座险要关隘。两地关隘皆有重兵把守，清一色的精锐幽州步卒。

关隘方圆百里戒备森严，一直有着"无关人等一旦出现皆杀无赦"的铁律。

几个月前，随着两座关隘内增添了一大批密封物品，这两处便开始有大量北凉头等游弩手隐秘游弋。

两支骑军，人数加在一起也不过九千人。一人双马也许并不奇怪，但是让人瞠目结舌的是，这些战马，竟然每一匹都是北凉甲等战马！要知道在整个北凉，流州只有三千龙象骑军可以配备甲等战马，幽州境内只有三四百匹，陵州则是连一匹都没有！这些分明不佩凉刀也不负弓弩的古怪骑卒竟无一不是身材健硕、膂力出众之边军精锐。他们哪怕连轻甲都不曾披挂，其雄健体魄和那股剽悍气焰，仍是让人望而生畏。

一支是胭脂军。

一支是渭熊军。

当他们在战场上人马皆披甲胄时，那就是胭脂重骑军、渭熊重骑军！

在虎头城大战之际，在流州告急之际，在燕文鸾不得不调动一万死士步卒增援霞光城之际，两万幽州轻骑，一万大雪龙骑军，北凉铁骑中的铁骑——九千真正意义上的重骑军，将一起出现在葫芦口外！

凉州虎头城俨然成了第二座中原钓鱼台。只是那一次是在中原大地上势如破竹的徐家铁骑受阻，这一次是北莽马蹄密密麻麻簇拥在城外的龙眼儿平原上。

南院大王董卓亲自带着一标乌鸦栏子，巡视在后方蓄势待发的一支攻城步军。在这个胖子身边，还有一对身份尊贵的年轻男女。其中那个像病秧子的年轻男子身份有很多重，个个都不简单：北莽四大捺钵里的春捺钵，南朝幕前军机郎的领头羊，棋剑乐府的卜算子慢，当然最根本的身份，是拓跋菩萨的长子——拓跋气韵。而那个刚刚正式被葫芦口先锋主将种檀夺走夏捺钵头衔的女子，叫耶律玉笏。这对男女，差一点儿就在葫芦口外成功算计了深入两国边境腹地的徐凤年，可惜袁左宗领着一万大雪龙骑军赶赴战场，让他们和那位太平令功亏一篑。

董卓拿马鞭指了指虎头城，说道："对外号称'兵甲器械能够支撑十年战事'的虎头城，不到半年，绞车、木檑就已经耗尽，砖檑、泥檑也用掉大半，被我方砍断的铁鹞子、拐枪、拍竿不计其数。城头床弩只剩下三架还算完整，已经损毁的弓弩更是堆积成山。当然，城内中小型的踏弩、轻弩肯定还有不少，库存箭矢也仍有数十万之多。但是相比当年甲士不超十万而拥有三十万百姓的襄樊城，虎头城有个致命缺陷：人太少了。弓弩是死的，坏了，可以去仓库搬运崭新的，但虎头城的北凉边军不是神仙，膂力已经远逊初期。你们两位如果有机会就近观战，应该可以看到绝大多数城头弓手用以挽弓的那条手臂都绑上了结实的绷带。说句难听的，只要再给我三个月时间，我董卓大摇大摆站在离城墙只有一百步的地方，估计都没几个神箭手能够透甲杀我了。"

身上散发出一股淡淡药味的拓跋气韵神情凝重，不置可否。

给陛下亲口剥夺了夏捺钵，所以耶律玉笏赌气跑来虎头城"散心"。她神情玩味地瞥了一眼这个即使自己远在王庭，听到他的名字也如雷贯耳的胖子——三十五岁的南院大王。他手握百万兵权，跟老凉王徐骁和两辽顾剑棠加起来的兵力差不多了。正是这个家伙执意要先打北凉，弄出这么大动静，害得陛下和太平令都承担了莫大压力，结果除了东线上杨元赞勉强属于功过相抵，其余两条战线都黯然失色。尤其是董胖子本人，硬生生被一座虎头城挡在了凉州关外。连不过损失了几千人马的柳珪都已经在西京庙堂上给人骂成老狗了，而没有人有胆子弹劾主帅董卓。耶律玉笏很好奇这个私底下称呼陛下为"皇帝姐姐"的胖子还能扛多久。

董卓看似随口提到了三个月，对庙堂规矩门儿清的耶律玉笏心中冷笑，已经沦落到要她和拓跋气韵帮忙传话给某些人的地步了吗？或者说，对董卓寄予巨大期望的皇帝陛下和太平令也开始按捺不住了？

拓跋气韵终于开口说道："董将军，我去过龙眼儿平原的西北大营了。"

董卓嗯了一声。

一想到那个所谓的西北大营，耶律玉笏顿时觉得有些恶心。什么大营，就是堆放病患和尸体的地方，就是堆放！南朝二十年积攒的实力，一股脑儿倾泻在进攻尤其是攻城物资上了，否则也不能一口气掏出近千辆大大小小的投石车。但是妥善照顾战阵伤员，北莽从来就不擅长，也不讲究。烈日当头，身披一副华丽金甲的耶律玉笏已经汗水淋漓。她对战争天生就有一种向往，向往那种在马背上互换生命的快感，向往那种一箭钉入敌人头颅、后背的穿透感。耶律玉笏见惯了死人，可心志坚定如她，到了西北大营，仍是差点儿呕吐：一车车从战场上拖曳下来的尸体，一律被丢入挖好的大坑，可能伤兵就躺在坑外不远处痛苦地哀号，许多被守城器械弄得血肉模糊的伤兵，苦苦哀求给自己一个痛快的死法。

当时拓跋气韵站在一个已经叠有七八百具尸体的新坑边缘，跟负责撒石灰的士卒要了一盆石灰。以一块厚重棉布蒙住嘴鼻的耶律玉笏看着这个春捺钵面无表情地撒出一把把石灰。

她突然发现，自小就比草原男儿还要铁石心肠的自己，看到那一幕后，竟然破天荒有些伤感。

拓跋气韵思维跳跃得很厉害，突然转移话题，缓缓说道："董将军打北凉，急了，但是打虎头城，缓了。"

游牧民族本身的韧性和作战习惯，让北莽对粮草的低需要远远超出中原骑军的想象，起码北莽现在仍是不缺粮草。但是如果能够在秋高马肥的季节举兵南下，陷入僵局时，北莽可以更加游刃有余。拓跋气韵不想说太多马后炮言语，何况董卓和太平令为何要开春就南下，自有其道理。拓跋气韵真正想要说的是后半句话，如果董卓的东线一开始就不计后果地攻城，先一鼓作气拿下虎头城，如今北莽就不至于这么骑虎难下。这不是拓跋气韵在指责董卓打虎头城不出力，事实上董卓的部署没有任何问题，但董卓既然是南院大王，是百万大军的主帅，天经地义就应该拿出更多战果。

董卓点头道："一开始，我是怀疑虎头城内除了谍报上的那几千精骑，还隐藏有一支铁骑，比如旧属典雄畜后来划分给齐当国的六千铁浮屠。我甚至还怀疑过，北凉那两支人数总计在九千上下的真正重骑军，最少有一支藏在虎头城内。因为我觉得褚禄山既然敢把都护府放在虎头城背后的怀阳关，肯定是要跟我来一场硬碰硬的大仗。要在虎头城以南、柳芽茯苓以北，跟我打一场轻、重骑军都将出现的大战。"

董卓沉声道："直到那场各怀心机的设伏战，我先是用四千骑军在牙齿坡作为诱饵，而茯苓军镇主将卫良果然贪功冒进，被八千骑伏军冲乱阵形。如果不是那个北凉小都尉乞伏龙冠坏事——太过英勇，愣是帮茯苓骑军打开了突破口子，那么接下来北凉的伏兵也该准时进入战场，而我的董家骑军也会随之而动。最终在那处战场上，我能够一口气把茯苓、柳芽两镇的兵马加上怀阳关的有生力量，甚至连虎头城的骑军都一并勾引出来。如此一来，就会变成双方骑军互换的局面，就算我董卓更亏，但只要打掉了虎头城以南那条北凉骑军防线的机动性，虎头城打不打，就都不是问题了。"

董卓自嘲道："也许北凉都护府很多人会在心中骂那个叫乞伏龙冠的小都尉力气用错了地方，但其实是让凉州侥幸逃过了一劫。一座虎头城不可怕，可怕的是它身后那几支不求杀敌只求牵制的灵活骑军。我董卓现在也不确定是我想太多了，还是褚禄山运气好，或者其实就是比我想得更多。"

耶律玉笏皱眉道："就不能全线压上，连茯苓、柳芽两镇一起攻打？反正我们兵力占据绝对优势，不打白不打！"

董卓一笑置之，没有解释什么。拓跋气韵摇头道："不是不能孤注一掷，但是意义不大……"

就在拓跋气韵要给耶律玉笏解释其中玄机的时候，董卓沿着步军方阵后方的边缘地带，策马奔向一支灰头土脸的车队。那名负责监督手下搬运战场尸体的千夫长看到南院大王后，快速翻身下马，跟董卓禀报了战况。原来这些尸体都是从入城地道中拖出来的。北莽攻城，投石车的攻势有间歇，但这项"上不得台面"的攻城举措就没有停止过，可惜始终没有显著效果，除了初期有一支五百人的兵马进入过虎头城，但是很快就给巡城甲士截杀，其余都死于地道内的狭路相逢，或者是给守株待兔的虎头城士卒轻松堵杀在洞口。据悉，守城主将刘寄奴早有准备，事先在城内各处地挖了十余个深达三丈的深洞，让耳力敏锐的士卒待在其中，只要北莽穴师和甲士在四周数百甚至千步以内有所动作，守方都可以第一时间捕捉到战机，之后不管是横向凿洞设伏还是以风车扇动浓烟、石灰，都轻而易举。

那名千夫长因为在蚁附冲阵中失去一条胳膊，才退居二线担任此职。独臂汉子在禀报完大致战况和死亡人数后，眼睛微红，低下头后轻声道："大将军，先后十六条地道，加上这一拨，咱们死在地下的兄弟已经快有五千人了，值吗？能战死在那虎头城的城头也好啊。"

董卓淡然道："你们去西北大营吧。"

独臂千夫长抬起仅剩的胳膊擦了擦眼睛，上马后带着堆满尸体的车队渐渐远去。

耶律玉笏心中没来由冒出一股怒火，深呼吸一口气，对这个南院大王问道："北凉当年打青州襄樊城那会儿就是挖掘地道的行家里手，既然会攻，防御起来自然也不是雏儿。何况城内那几千养精蓄锐的北凉骑军明摆着都还没上过城头，就算有几百人活着进入城内走上地面，又能如何？"

董卓笑了笑，似乎刻意不去提及那没能建立寸功的五千死人，说道："前两天城内有一支骑军部队已经不得不登城参与防守了。他们下马作战的实力比起疲惫的步卒，确实要超出一大截，我有两名千夫长本来已经带人攻上城头，两者相隔不过四百步，差一点儿就能在城头站稳脚跟。"

董卓的拇指和食指抵在一起："就差这么一点点。"

拓跋气韵无奈地道："这一点点机会，是董将军下令我方每一名千夫长麾下伤亡达到四百人才能撤退这种巨大的代价换来的。"

董卓笑道："这不是还没有过半嘛。"

耶律玉笏用近乎质问的语气不客气地问道："敢问大将军，死在自己人刀下的草原儿郎有多少了？"

董卓认真想了想，回答道："千夫长有三名，百夫长就多了，连同普通士卒加在一起，如果我没有记错，到昨天为止，有两千七百人。"

耶律玉笏怒道："你就不怕引发兵变？！"

董卓反问道："杀了这么点儿临阵退缩的废物，就要哗变？"

耶律玉笏冷笑道："确实，将军握有十万几乎没有什么损伤的董家私军，本身又是用兵如神、细致入微的名将，一定可以扼杀苗头。"

拓跋气韵开口道："别说了。"

耶律玉笏欲言又止，看到春捺钵的不悦表情后，终于不再继续挑衅那个在自己看来名不副实的南院大王。

两骑跟董卓告辞离开。

耶律玉笏转头看着那个原地停马的壮硕身影，低声道："这个胖子，带兵就这么回事了，当官倒是真有能耐，仗都打到这个份儿上了，还不忘记顺着某人的意愿，在虎头城下把那些草原悉剔势力一点儿一点儿打尽。一名千夫长消耗了从部族带来的嫡系兵力，在快速轮换之下，后续兵马从哪里来？要么是从南朝军镇中抽掉补充，给掺了沙子；要么就是干脆两支残部混在一起。按照这么个法子打下去，大悉剔能不变成小悉剔？"

耶律玉笏脸色阴郁，咬牙切齿地道："都是南朝那些中原遗民带来的风气。离阳赵室是拿广陵道从地方藩王武将手中收回兵权，咱们也不差嘛，草原悉剔个个在此地伤筋动骨，就算以后踏破北凉进入中原，手头还能剩下几个自己人？！"

拓跋气韵笑了："你啊，牢骚太盛防肠断。"

耶律玉笏怒目相向："你还笑得出来？！你以为你们拓跋姓氏就能置身事外？！"

拓跋气韵摇摇头，笑着不说话。

那个独自在乌鸦栏子的护卫中望向虎头城的胖子，视野中，攻城步军如一波波源源不断的潮水涌去，然后潮水顺着城墙激荡出浪花后，向上漫延。

他招手喊来一名随行的年轻幕前军机郎，说道："传令下去。一、从今天起，停止挖掘地道。二、步军加大攻城力度，白天伤亡过半才能撤出，夜间攻城则不以战损作为后退前提，每名千夫长只需要在虎头城下坚持进攻一个时辰即可。三、传消息给西京，整个南朝，无论是甲、乙还是丙、丁，只要是在品谱上的家族，都要拿出所有窖藏酒水，用于东线大军伤患的治疗。记住，是南朝所有家族的所有酒水，若有人私藏一坛，一经揭发证实，家族品第由'甲'字降为'乙'字，以此类推。四、今晚我要召见东线所有不在战场上的万夫长和千夫长。"

那名军机郎迅速离去，传达军令。

董卓沉声道："耶律楚材！"

一名虎背熊腰、临时充当乌鸦栏子头目的校尉赶忙策马靠近，这一次，这个既是北莽皇帐成员又是南院大王小舅子的武将没敢嬉皮笑脸——只要姐夫喊他大名，那就意味着有大事要发生了。他耶律楚材的姐姐便是董卓的大媳妇儿，同是耶律姓氏，比起耶律玉笏要尊贵很多，但是兄妹二人比起那听说跑去离阳中原游手好闲的耶律东床，距离那把椅子就要更远一些。耶律楚材也从没有那个奢望，从小就想做一名驰骋沙场的武将，有了董卓这个很对胃口的姐夫后，这几年他在董家军中可谓如鱼得水。不过这次南征北凉，一向很好说话的姐夫死活都不肯答应他做先锋，这让耶律楚材很是受伤。甚至前不久董家亲军奔赴流州也没有他的事情，耶律楚材这段时间幽怨得像个守活寡的娘们儿。

董卓瞥了一眼这个小舅子，笑眯眯地道："给你一个活，就是路途有点儿远，接不接？"

耶律楚材小心翼翼地问道："有军功拿不？"

董卓说道："不一定。"

耶律楚材果断地道："那不去！"

董卓笑道："不去也行，反正明天你一样有机会攻城。我换人就是了。"

耶律楚材满头雾水："攻城？"

董卓点了点头："我董家一万两千步卒都交给你，明天开始攻打虎头城。"

耶律楚材惊讶得张大嘴巴，以他的身材来说，那真是一张血盆大口了，跟他姐姐的花容月貌实在差了十万八千里，真不像是同父同母的亲姐弟。耶律楚材突然眼神炙热起来，也不称呼董卓为姐夫了，而是毕恭毕敬地喊了一声"大将军"："末将是骑军出身，让我去下马攻打城池还是算了，末将决定了，就接第一个活！"

董卓凝视这个家伙，心平气和地道："八万董家骑军都交给你，以最快的速度赶去葫芦口外，虽然那边我早安排了人马盯着，但是我仍然不放心那里。还有，你走之前，先写好一封遗书，如果你死了，我对你姐姐也好有个交代。"

以玩世不恭名动北莽的耶律楚材咧嘴笑了笑，握紧拳头在自己胸口重重一捶："大将军，如果……末将是说如果没能回来，没有机会看到大将军和我姐姐的孩子了，以后告诉他们，他们的舅舅，唯一的遗憾是没能让他们骑在脖子上玩耍。"

董卓犹豫了一下："要是葫芦口那边有你没你都一样的话，你别逞强。既然喜欢孩子，就自己娶个媳妇儿生去。"

耶律楚材点了点头，策马离去。

董卓依旧纹丝不动，没有谁能够听到这个胖子的自言自语。他在反复念叨一个数字："三十八，三十八……"

虎头城靠北位置最为巍峨的几栋瞭望高楼、箭楼成了北莽投石车重点针对的目标，而主将刘寄奴所在的那栋楼位置要更加靠后，投石车造成的威胁不足以致命，倒是参与攻城得以接近城头的那些北莽神箭手，都对自己一箭射中此楼引以为傲，虽然不会计入战功，但是撤出战场后，都会被当作英雄对待。

刘寄奴站在那张搁有虎头城地图的桌子旁边，地图上已经标示出各种战场细节，例如城墙的破坏程度，失去床弩的地带，经过数次匆忙填砌的危险城垛，等等。刘寄奴盯着城防图的东北一带，在此地，床弩率先尽毁后，最近半旬以来，北莽就在不放弃正北方向攻城力度的同时，着重加大了此处的进攻密度和厚度，大量攻城器械开始从西北转移到东北。

一名巡城校尉大步走入楼层，大声笑道："将军，这帮北莽蛮子真是不长记性，今日又死了七百多只'老鼠'——闷死了一小半，末将带人下去后，都没怎么花力气就把余下的宰光了。老规矩，那条地道也给咱们填严实了，而且附近地带也会有两名穴师和一标骑军日夜盯着。"

刘寄奴点点头，抬头问道："悬挂在城楼望楼墙外的答雷，已经都用光了？"

答雷是一种中原应付攻城的特殊软帘子，由粗麻紧密编织而成，涂有泥浆防火，对付投石和火箭都很有效。虎头城的城墙虽然坚固异常，但是如果没有大量答雷减缓飞石的巨大冲击力，虎头城如今就不是只用缝缝补补这么轻松了。

一名副将无奈地道："是的，没想到这帮蛮子能弄来那么多投石车，幸好将军早有预备，否则还真悬。而且咱们的水袋也告急了，不光是城门，各段城墙也头疼。水源没有问题，就是牲畜皮毛和内脏胞衣制成的水袋囊子有些跟不上。那帮蛮子拼了命往城头泼油，辅以火雨一般的箭矢，真是疯了。好在咱们应付火攻的沾泥扫帚能够重复使用。"

已经两天两夜没怎么合眼的刘寄奴拿起桌上一支箭矢，递给身边一名校尉："你们都仔细瞧瞧。"

这支从城头取回的箭矢被传了一圈。刘寄奴说道："以前北莽攻城就有这种箭矢，但是不成规模，是这两天才开始大量出现。先前箭矢半数跟北莽精锐骑军的现今配置吻合，以加长箭头追求穿透我北凉甲胄，但是其余半数夹杂有样式陈旧的铜铸箭以及脱胎于大奉王朝的铁铸箭，清一色的扁平四棱形。现在不一样，不仅种类更多了，而且更加精致了，连锥箭和铁脊箭都出现了。"

刘寄奴放下那支箭矢："之所以说这个，是因为联系最近北莽攻城的衔接性，我敢断言北莽是在换气，有点儿像是江湖高手对决。在北莽展开下一波攻势之前，这会是我们的一个机会，当然，也可能是个陷阱。但不管如何，我们都应该尝试一次。所以这几天我故意让骑军上城头补救，除了给守城步卒喘息的时间，也是要让我们的骑军出其不意，主动出城。"

一名负责城门守卫，前两天脑袋上给北莽蛮子开了瓢的校尉问道："需不需要咱们城头步卒配合一下，打得再凶一点儿？"

刘寄奴摇头道："不用，以防画蛇添足。"

刘寄奴缓缓闭上眼睛，不知道是困极了不得不休息片刻，还是在脑海中寻觅战机。他猛然睁开眼睛，双拳按在桌面上，盯着两名跃跃欲试的城内骑军校尉："北莽负责保护呼应步军两翼的骑军长时间看戏，如今已经懈怠。今夜！就在今夜，正北大门后放置两千骑军，出城后随意冲杀。东、西两门各一千骑军，冲击侧翼。切记！只有半个时辰，我只给三支骑军最多半个时辰，不管杀伤多少北莽步卒，都要立即返回，绝不可恋战不退，半个时辰后我虎头城再度打开大门。"

刘寄奴突然喊住那两名领命告退的校尉："事先告诉兄弟们，也许北莽连让我们虎头城重新开门的机会都不会给！"

一名已是白发苍苍的高大校尉点头道："明白！"

两名隔着一个辈分的骑军校尉走出屋，年轻些的校尉鬼头鬼脑地看了一眼身后，这才跟老校尉说道："老标长，咋讲？真要把话挑明了？"

老人停下脚步，双手扶住栏杆，默不作声。

中年校尉心领神会，就不再开口说话。他自己其实也是这个意思。

老人转头笑道："小宋，虽说咱俩品秩相同，但你小子在我手底下做了三年伍长，别说今天是校尉，就是将军，也是我的兵。所以这趟出城杀敌，我来，你留在城内继续主持骑军事务。"

中年校尉转身就走："那我跟刘将军说理去。"

老人一脚踹在这家伙的屁股上，轻声笑骂道："滚回来！听我把话说完。"

等到宋校尉重新转身，老人指着北方，轻声道："我只有一儿一女，儿子在永徽元年就死在北莽腹地了，那个当年跟你同样是我手下伍长的女婿，后来也死在了八年前的凉州关外。好在我孙子孙女都有了，贺家香火终究没断。不过白发人送黑发人的滋味真是不好受啊。"

老人笑了："我知道你当年跟我女婿争过，也埋怨我最后选了他当女婿没选你。所以这些年在虎头城，你小子没少跟我别苗头。就我这脾气，要是换成三十年前，早就打得你满地找牙了。"

中年校尉翻白眼嘀咕道："打得过我吗？"

老人也懒得跟这个小子计较，由衷地感慨道："不算在中原那么多年的南征北战，在北凉扎根也快二十年了，有了个家，过的还都是太平日子，即便家里死了亲人，孩子们终归还能披麻戴孝，不像我年轻时候的那个春秋乱世，活着比死了还要艰难。我这个老头子偶尔还乡，看着孩子们每天练字，那架势，有模有样的，握毛笔比我这个爷爷拿枪矛还要娴熟，在书斋外听着他们的读书声，如今这北凉的世道啊，真是好。"

老人拍了拍宋校尉的肩膀："这样的好世道，能多几天是几天。我呢，不管今夜城门还能不能第二次开启，都不打算回了。你让我以后下马去城头跟北莽蛮子打，杀不了几个人的，不如在马背上多杀些。小宋，这么说了，你还跟老标长抢着出城吗？"

中年校尉缓缓抱拳，但是很多话，始终没能说出口。

老人哈哈大笑，大步走开，结果屁股上被那姓宋的家伙踹了一脚。后者一阵风似的跑下楼，只撂下一句："老标长，当年没抢走你女儿，我就发誓这辈子一定要踹你一脚，别生气啊！"

老人随手拍了拍身后的甲胄，笑道："小王八蛋玩意儿！幸好当年没选你当女婿。"

北莽日夜攻城，城外战场上燃烧着一堆堆摆放有序的巨大篝火，虎头城内外凉莽双方早已经习以为常。

正子时，在道教炼丹典籍中被视为"阳生之初，起火之时"。虎头城直通三门的三座广场上，各有一支骑军开始披挂上阵，腰佩凉刀，不负弓弩，马鞍悬挂长枪。

正北方位的为首老将伸手握住那杆当年从西垒壁一员西楚将军手上夺来的长枪，笑道："老家伙，跟我姓贺了以后，没委屈了你吧？"

当那声大门缓缓开启的吱呀声传来时，老人猛然一夹马腹，开始冲锋。

为了配合三支骑军尤其是正北骑军的出城，又不至于过早泄露迹象，在子时前一刻，北门城头的箭雨特别针对了城门口附近的北莽蛮子。

所以，当措手不及的北莽步军发现城门竟然主动上升后，一时间都有些发蒙，甚至连那些负责督战、游弋在城门数百步外的游骑斥候也没有马上回过神。等到亲眼看到一股骑军从正北大门呼啸而出时，游骑都有点儿傻眼，不过很快就有人拨转马头疯狂鞭打马，从三座步军大阵特意留出的一条缝隙中疾驰而去。

在他们转身传递这份紧急军情的同时，城门口附近的北莽士卒就被这支骑军一枪撞烂头颅，或者被直接一枪撞击得倒飞出去。

骑军面对没有布阵的步军，杀起人来，就跟刀割麦子一般。

若是披甲齐整的骑军之间正面对冲，双方都可以借助战马冲锋的巨大惯性，对长枪本身和骑卒手臂造成巨大的损伤，但是现在？

再熟悉战阵厮杀不过的老校尉一开始就注意自己的呼吸，不急不缓，绝对不会像愣头青那样恨不得一口气就杀敌几十，也没有太过追求战马冲锋的速度。一支锥形骑军的那几个领头人都应当如此，否则会影响整支骑军的进攻步伐，甚至会导致骑军阵形割裂开来。虽说以骑战步时这种情况可以忽略不计，但是老人作为凉州边骑实打实的校尉，在马背上打了大半辈子仗，自然而然就会如此行事。

城门右首一支千人队北莽蛮子蚁附攀城正酣，后方千人队还没有上前轮换攻城，左首恰好有两名千夫长的兵马正在交接。

老校尉对骑军副手沉声道："各领一千骑突阵，你绕城横走！"

两千人骑军迅速左右分开，如一股溪水遇石而滑开，老人则率领一千骑直奔那兵力完整的北莽千人队。六七名身披皮甲的北莽士卒眼见自己逃无可逃，一起咬牙挥刀前冲。

老校尉直接一冲而过，长枪枪尖微微倾斜向下，对准了一名北莽士卒的脖子。巨大的贯穿力直接将这名高高举刀的士卒撞击得双脚脱离地面，而老人在长枪就要钉入敌人脖子的前一刻，双手不易察觉地松开长枪，下一刻再度飞快地握住枪身，握住的位置仅是偏移了不到一寸，但就是松开长枪造就的这短短一寸距离，却能够让老人卸掉五六成长枪冲刺杀人带来的阻力。

老人向后轻轻一扯长枪，从尸体的脖子中拔出枪头，继续向前冲锋。

这还是老人年轻时候作为徐家铁骑的一员，在中原大地驰骋作战以骑破步积累出来的宝贵经验。这个诀窍，年轻一辈的北凉骑军知道是都知道，但北莽也是骑军为主，他们一般用不上这种"华而不实"的招数，不过当下就很有意义了。这种少数骑军面对大量步卒的陷阵，长枪越晚脱手，杀敌自然越多。

那六七名北莽士卒被一冲而过，瞬间就死。两侧更远处的一些士卒，在这支千人骑迅速铺开冲锋阵线后也难逃一劫。最惨的一个，是侥幸躲过一骑的长枪后，给之后的虎头城第二骑用战马当场撞死。

在不远处那支千人队步卒眼中，这支锥形出城的骑军几乎是几个眨眼的工夫后，就已经成弧形而来，并且瞬间将锋线伸展到一排百余骑。

北莽千夫长怒吼道："前排竖盾！弓箭手准备！"

老校尉嗤笑一声：没有长矛拒马阵，没有重甲在身，凭两三排零零散散的盾卒就想挡住我北凉骑军的冲锋？我贺连山可是连西楚大戟士都冲过的北凉老卒！

你们不是这大半年来攻城很卖力吗？今天老子的虎头城骑军就教你们做人！

当他这一骑骤然加速时，先是这一排的精锐北凉骑军都凭借余光，陆续提速冲锋，很快就继续保持住那条几乎完全笔直的完美锋线，而这一排之后的骑军同样如此。一千骑，皆是如此。这就是北凉铁骑！

老校尉随意拨开一支迎面而来的箭矢，至于射向肩头铠甲的一支，他甚至都不去管。

在骑、步触及的刹那间，天地好像都静止了。只见一匹匹北凉大马高高跃起，在那一线之上，在北莽第一排屈膝举盾的北莽士卒头顶之上，堪称壮观！

当马蹄终于整齐地轰然落地时，便是死人之时。

一名膂力惊人的虎头城都尉将长枪凶狠地捅入一名北莽后排弓手的胸口，拖曳着鲜血喷涌的尸体向后一路倒滑，透过胸膛的枪头又撞在同一列后的第二名北莽士卒腹部。骑军都尉猛然一推长枪，然后松开手。在战马冲到两具尸体之间的瞬间，这名都尉弯腰攥紧长枪，一口气将枪头从尸体中拔出，与跟他心有灵犀的北凉战马猛然展开惊人的二度冲锋，将第三名试图砍向主人手臂的北莽蛮子狠狠撞开。

只有少数盾卒、一定数量的弓箭手和大多数攀城刀手，没有任何厚度可言的千人步军方阵，就被那一千人一千马，一冲而过。

虎头城九百多骑没有任何停留，根本就不管那满地死伤的北莽千人队，继续奔向第二座间隔有一千步距离的步军方阵。不同于手忙脚乱的第一座方阵，下一座方阵的弓手有更加充裕的抛射机会，甚至那名千夫长从后方紧急借调了近百名盾卒，稀稀疏疏夹杂有用处不大的十几杆长矛，也真是难为这个不得不临时抱佛脚的千夫长了。但是在更远处，已经有一支邻近的侧翼骑军开始沿着步军间隙火速增援。

肩头被钉入一支箭矢的老校尉开始有意无意放缓马速，随着马背的起伏轻轻呼吸。

老人的视线越过第二座步阵，看向更远处，余光则注意着左右两侧的动静。北莽右翼那支远水救火的骑军人数大概是两千人。老校尉大声喊道："破开前方步阵左首半阵，然后只管往左冲锋，让那支北莽增援骑军在咱们屁股后头吃灰！"

相距不足五百步，这支骑军开始加速冲锋，锋线向左侧偏移。数拨密集箭雨过后，七百虎头城骑军削其步阵一半，成功向左冲去，这一次是毫无保留地狠狠撞入第三座大阵。

一撞之后，除去五六十骑依旧握有长枪，这支如入无人之境的骑军都开始换上北凉刀。他们这一次弃枪换刀，给这座北莽步阵带来的重创，竟然比之前北凉骑军撞开第二座步阵时还要夸张。

那些长枪绝大多数都刺入了北莽步卒的胸口。凉州骑军有一条铁律：换刀之前枪矛脱手，不能杀敌者，战后一律以无寸功算！

深夜的火光之中，这一大片熠熠生辉的雪亮刀锋格外醒目！哪怕远在虎头城内那栋高楼上的主将刘寄奴都看得一清二楚。这支包括校尉贺连山在内的骑军根本就没打算活着返回虎头城，刘寄奴更是一清二楚。

刘寄奴和那些在楼内议事的校尉此时此刻都站在栏杆前，他的脸上没有任何悲恸神色，只是心中默念道："走好，回头兄弟们一起，在地底下找大将军喝酒。"

刘寄奴一瘸一拐地转身走回楼内。记得那次满身血迹的年轻藩王带着二十几骑吴家剑士返回虎头城后，随口问了个问题，问他刘寄奴，是不是没了北凉，中原就守不住了。刘寄奴告诉这个年轻人的答案是："不会，才过了短短二十年，中原大地血性犹在。真到了退无可退的那一天，很多人都会发现自己原来也能够义无反顾地坦然赴死。就像我们的北凉。"最后刘寄奴笑着加了一句："只不过北凉以外的中原，不怕死是一回事，但想跟咱们北凉这样杀他个几十万甚至一百万蛮子，就别想了。"当时，刘寄奴看到了那个年轻人想笑又忍着不笑的样子。

刘寄奴突然转身跑向楼外。一名身材高大却心细如发的校尉二话不说，一把抱住这个虎头城守将，怒道："将军，咱们跟王爷立了军令状，虎头城最少还要守住三个月！是最少！咋的，将军你这就要撂挑子？！想死还不容易？别说像贺校尉这样出城杀敌，将军你只要随便往城头上一站，不用一个时辰，保管横着回来！"

刘寄奴没好气地道："老子要睡觉去！"

高大校尉疑惑地道："真的？"

几个显然不放心刘寄奴的校尉异口同声道："我送将军！"

刘寄奴想了想，挣脱了那高大校尉的双手："算了，睡意又没了。来，咱们赶紧商量一下，怎么把其他几支出城骑军接回来。看城外动静，北莽骑军试图起网了，比我们预先想象的速度要快，咱们必须在一刻钟内想个办法。实在不行，让他们马上回城，不能等到最先定下的半个时辰……"

那名高大校尉忍不住低声说了句"他娘的"。

刘寄奴转头，却没有停下脚步："再说一遍？！"

高大校尉马上闭嘴。

刘寄奴瞪眼道："熊样！"

高大校尉转头撇嘴道："是不是将熊熊一窝不管，反正我是将军你带出来的，熊不熊……"

刘寄奴突然停下脚步，沉声道："不对！把整个凉莽边境图拿过来！"

把地图摊开在桌上后，刘寄奴陷入沉思，楼内旁人大气都不敢喘。

刘寄奴的视线在三州边境快速游走，最终眯眼重新盯着自己所在的虎头城，缓缓道："如今北莽真正的目标，不是在流州吃掉龙象军，不是在幽州攻破霞光城，也不是我们虎头城。"

所有人都感到莫名其妙。难不成是陵州？可这也太荒唐了吧。

刘寄奴伸出手指抵在一座军镇上："是虎头城之后的怀阳关！准确说来，是都护褚禄山身后的整个凉州！"

有人问道："可是只要虎头城还在，怀阳关原本就是可攻可守的险隘，明面上又有那几支我北凉最精锐的骑军随时可以支援。虽说我们刚刚得到密报，这些骑军如今都已经……但是北莽蛮子肯定还不清楚两万人的去向，在这种前提下，北莽拿什么打怀阳关？"

有人说道："流州丢不丢都无所谓，只要龙象军能够保存半数实力，加上幽州葫芦口必定可以形成的包围，咱们虎头城只要能够守住三个月，我们北凉就算是反攻北莽姑塞、龙腰两州，都有可能。"

刘寄奴默不作声。

当那一剑从万里之外掠向逃暑镇之时，在白莲先生道破天机之前，流州就已是大战一触即发的形势。

两文一武三名流州官员走在城头，位置靠近比外墙稍矮的女儿墙一侧，因为城外不断有北莽小股游骑呼啸而过，少则三十，多则两百，时不时射一拨，虽然不至于对守城士卒造成杀伤，但就跟来这座城下观光赏景差不多，充满了浓重的挑衅意味。

三人中唯一的老者，身穿正三品紫袍文官公服，绣孔雀官补子。刚才就有几支凌厉的箭矢从老人头顶掠过，老人笑道："恶客临门啊，这么喜欢在别人家门口往里丢鞋子，回头要是逮着机会……"

说到这里，老人停顿了一下，转头笑眯眯地望向那个在武官袍子外披挂甲胄的年轻人："寇将军，本官能有这么个机会吗？"

自封"西域龙王"的蔡浚臣被北凉王丢到陵州黄楠郡担任郡守，跟媳妇儿虞柔柔过上了神仙眷侣的日子，青苍城龙王府就顺势改为了流州刺史府邸。

这个老人便是流州官阶最高的文官——刺史杨光斗，而老人身边的文衫幕僚就是在流州扎根不愿离开的江南道寒士陈锡亮。

当青苍城察觉到柳珪大军的攻城意图后，刺史府邸有过一场通宵达旦的激烈争执，对于是守是撤，演变出两个尖锐对立的阵营。年纪大一些的流州官员都主张留得青山在，不怕没柴烧，不妨直接放弃青苍城，在龙象军的护送下前往临谣军镇，只要人还活着，流州军政运转就不会出问题；而年轻一辈的官员，无论是将种门庭出身，还是外地赴凉的中原士子，都强烈要求死守青苍城，为龙象军争取一战定流州的绝好战机。原本这场吵架只要两个人达成一致，也就不至于愈演愈烈，但问题就在于，老成持重的刺史杨光斗竟然出人意料支持守城到底；而在流州流民中威望几乎比年轻藩王还要高出一大截的陈锡亮则截然相反，建议把刺史府邸转移到临谣，如此一来，双方僵持不下。

新任流州将军就在这种时刻进入了青苍城。

寇江淮伸手轻轻按在粗糙的女儿墙上，没有大放厥词，更没有拍胸脯跟老刺史保证什么。

脚下这座大奉王朝用以控扼广袤西域的古军镇，作为如今最靠近凉州的流州第一大军镇，这点儿城墙就是个摆设，虽然被纳入北凉道版图后被紧急加固，但仍是让见惯了中原雄城的寇江淮感到可笑。这位带着几百骑赶赴此地的年轻流州将军暂时在刺史府附近一座宅子里履行职责，但偌大一座辖区堪比整个旧北凉道的流州，真正可供寇江淮调遣的兵将屈指可数。比如当今流州最具威慑力的战力——三万龙象军，就直辖于都护府，主将徐龙象和两位副将李陌藩和王灵宝，没有哪个是他使唤得动的，寇江淮如果敢插手龙象军的具体升降事务，恐怕流州将军也就做到头了。临谣、凤翔两镇兵马的将校士卒，寇江淮从头到尾就没一个认识的，现在他手头就只有青苍城内的四千青苍军和陈锡亮笼络起来的万余流民青壮可供驱使。这些人马虽说单兵作战还不错，守城也勉强凑合，但放到大型战场上厮杀，寇江淮不知道除了给柳珪送军功还能干什么。

所以他这个立志要在西域一展宏图的流州将军，比巧妇难为无米之炊还不如，当下是连个像样的灶台都没有。

寇江淮走到外墙附近，望着一股北莽游骑疾驰而去带起的飞扬尘土，轻声道："刺史大人要死守，是觉得这一退，流州就从均势变成了全无主动权可言的劣势，牵一发而动全身，导致流州跟凉州的联系被撕裂开一个大口子，北莽南朝军镇和董卓中线就可以源源不断运兵至此，从而连累整个凉州的布局。陈先生要撤退，是担心龙象军落入陷阱，在青苍城外跟柳珪大军拼得元气大伤，一旦龙象军失去牵制北莽西线大军的作用……"

陈锡亮很不客气地打断寇江淮的言语："我虽然称不上熟谙兵事，但是也知道柳珪能够隐忍至今，肯定是要打场一锤定音的大战，青苍城就是诱饵，我甚至可以肯定，柳珪大军攻打青苍，起先不会太过迅猛，只会一点儿一点儿引诱且迫使龙象军增加兵力，直到三万龙象军全部陷入泥潭。而且我不是主张青苍城不守，而是希望刺史府邸官员全部退到临谣军镇，青苍城仍然有我和那一万四千人死守到底。如此一来，龙象军可攻可退，不至于深陷泥潭出不来。"

今时今日的陈锡亮皮肤黝黑，再无当年报国寺那个文弱书生的半点儿清逸之风。简单来说，就是原本好好一个有可能在荒山古庙给狐狸精看上眼的俊雅书生，如今就算世上真有狐狸精，也不乐意理睬这个整天劳作、双手布满老茧的读书人了。

这两天满肚子火气的杨光斗冷哼道："别说我北凉，差不多整个离阳都晓得，在北凉王心中，你陈锡亮一个人就抵得上整座刺史府邸！"

陈锡亮皱眉道："那就跟负责护送的龙象军说，我陈锡亮也会撤往临谣军镇。"

杨光斗气笑道："你当李陌藩、王灵宝那些能够当上将军的家伙是傻子啊，个个都精着呢！我杨光斗死了还好说，你陈锡亮要是死在青苍城，死在李陌藩、王灵宝两个堂堂龙象军副将的眼皮子底下，他们还想不想在北凉边军中攀爬了？！"

寇江淮笑着打断两人的争执："'善用兵者，不虑胜先虑败'，这的确是兵书上的金玉良言。"

说实话，杨光斗很好奇这个差点儿跻身将评的年轻西楚遗民。按照寇江淮在广陵道一连串战事中展露出来的脾性，他不是一个会计较一时一地得失的将军。恰恰相反，总体兵力占劣势的寇江淮最擅长大范围长途奔袭，始终让自己的兵力在局部战场上占据优势，让广陵军整条被打成筛子的东线焦头烂额，打得赵毅几支精军都风声鹤唳，最后连出城救援的勇气都没有了，就怕又是自己主动撞入圈套，而在赵毅东线的所有主力野战军被寇江淮歼灭后，一座座城池关隘相互之间彻底失去了联系，形同虚设。杨光斗原本以为寇江淮来到青苍城后，会支持陈锡亮和那帮一心求稳的刺史府邸文官幕僚——私下思量，杨光斗也担心年纪轻轻的寇江淮急于在流州树立威望，要拿青苍城攻守战来给自己积攒军功。

杨光斗犹豫了一下，决定还是不再藏藏掖掖，直截了当地问道："寇将军有几分把握，能不能给本官透个底？"

寇江淮望向远处的北莽大营："如果青苍城只是青苍城，一切变数只在青苍城内外，不受外界干涉，双方兵马就是明面上这些人，那我只有一成把握让流州的局势变得更好。"

陈锡亮苦笑着不言语。

寇江淮继续道："流州的情形跟我当初所在的广陵道东线不同。那里看似城池众多、关隘重重，但都是死的，如同棋盘上落子生根就不动了，离阳朝廷的广陵军武将都走了条死胡同，好像没有城池就没有了魂魄一般。流州的情况很不一样，这里是注定只能由骑军决定胜负的战场，临谣、凤翔两镇兵马会是个小变数，被柳珪隐藏起来的后手是个大变数，同样是远水救近火，关键就看到时候谁进入战场增援己方的时机更为恰当。"

寇江淮手指东面，比柳珪大军的军营更偏东的地方："真正的变数，其实握在我们北凉手里。凉州只要有一万骑军奔赴流州，都不用是大雪龙骑，也不用是齐当国的六千铁浮屠，只要是最普通的凉州边关骑军就足够了。"

杨光斗摇头道："虽然本官主张死守青苍城，可是也清楚，青苍城如果真到了生死存亡的关头，是等不到凉州骑军闻讯赶来的，咱们只能靠青苍城一万四千人和城外三万龙象军，最多加上临谣、凤翔两镇临时抽调出来的七八千骑军。"

寇江淮哈哈笑道："反正已经是死守青苍城的境地了，咱们多点儿念想也不是坏事。"

寇江淮转头对忧心忡忡的陈锡亮微笑道："为了安抚人心，不至于一战即溃，本将要劳烦先生对那些流民青壮来一次'谎报军情'，就说北凉边关铁骑正在赶来的路上，只要青苍城坚守五天不被破，在流州就连一个北莽蛮子的立足之地都没有了。"

陈锡亮的脸上有些怒容。

寇江淮故意视而不见，笑问道："怎么，先生于心不忍，觉得有违本心？其实换个角度去想就简单了。既然不管有无凉州援军都要死守城池，士气高涨总比士气低落要少死很多人。先生总不希望青苍城一两天就被攻入吧，四处溃散的一万四千人，经得起杀红眼的北莽大军几次手起刀落？先生是正儿八经的读书人，可能对兵事不太了解，死人最多最快的战场，往往不是攻城期间，不是骑军对撞或者是骑军破步阵时，而是破城后屠城时，是在野外追杀溃兵时。"

陈锡亮问了两个问题："寇将军愿意与青苍城一起死战到底？当真愿意死在这西域军镇？"

寇江淮好像有避重就轻的嫌疑，语气平淡地道："我寇江淮来流州，是以流州将军的身份来打胜仗的。我虽然不怕死，但很惜命。"

陈锡亮告辞离去。

寇江淮笑了笑，不以为意。

杨光斗没有跟陈锡亮一起走下城头，叹气道："寇将军应该看得出来，陈锡亮已经把流州、把青苍城当作他的家了，为何还要在他的伤口上撒盐？而且以陈锡亮的性情，一旦对谁生出不好的印象，恐怕一辈子都很难改观。寇将军在流州也不是做一锤子买卖，是要在这里建功立业的，既然如此，为何还要跟陈锡亮交恶？"

寇江淮反问道："陈锡亮仅仅是一个宁在直中取的君子吗？"

杨光斗摇头道："那也太看轻他了，陈锡亮未必不能是下一个李义山。相比在陵州官运亨通的徐北枳，我更看好陈锡亮。"

寇江淮的手在微烫的箭垛上滑过，轻声道："流州给凉州传去谍报，不过是尽人事听天命，我是在赌凉州有这么一个洞察先机的人物……总之，这次流州要么输得一干二净，要么赚个盆满钵满。"

杨光斗感慨道："只要再给我半年时间，在流州南线打造出一条粗糙的烽燧体系，就不至于这么被动了，可惜时不我待啊！"

寇江淮眼神复杂，没有人知道这个一上任就接手烫手山芋的流州将军到底在盘算什么。

驻地在青苍城以南的龙象军大营，气氛跟怨气横生、暗流涌动的柳珪大军不同，跟青苍城的犹豫不决也不同。

从上到下，整支龙象军就没有什么杂念，去年在北莽长驱直入，几乎横扫大半座姑塞州，打得瓦筑、君子馆和离谷、茂隆四座军镇一败涂地，最后连董卓都不得不亲自上阵，仍是损失了五千左右的精锐私军，在今年开春更是一口气吃掉了那八千多号称"大漠幽魂"的羌族骑军。龙象军的军心，就是通过这么一场一场硬仗胜仗积累起来的。在徐龙象入主龙象骑军之前，副将李陌藩和"疤脸儿"王灵宝就已经是独当一面的边军大将，这十多年来，哪年不跟北莽蛮子打上几仗？

黑衣少年坐在一处小土坡上，身边趴着那头体形惊人的黑虎，它懒洋洋地打着瞌睡，偶尔抖动身躯，就是一阵好大的尘土黄沙。

李陌藩和王灵宝各自牵马站在不远处，相貌凶神恶煞的疤脸儿轻声问道："看情形，北莽蛮子明天就要动手了。这仗咱们打肯定是要打，但是怎么打，老李，你有没有章法？"

李陌藩那匹战马如同一座移动武库，悬挂了一杆铁枪不说，还有一张骑弓和两把轻弩，更有那个插满短戟的戟囊，而李陌藩本身又悬佩刀剑。听到王灵宝的询问后，这个在人品方面一直毁誉参半的龙象军副将没好气地道："章法？三万龙象军全是骑军，不就是骑对骑和骑对步两样，还能打出啥花样？柳珪那老头子摆明了是拿青苍城当鱼饵，钓咱们龙象军这条大鱼，那咱们咬钩就是，不过要把这个渔翁都给扯下水，告诉他们火中取栗没那么轻松，很容易变成玩火自焚的。"

王灵宝嘿嘿笑道："我们李副将也有紧张的时候啊，搁在以前，你说起如何用兵那都是头头是道，恨不得连每一标骑军都给用到刀刃上，我要不打断的话，你能一口气不带喘地说上个把时辰。"

李陌藩脸色阴沉，没有反驳。

王灵宝凑过去悄悄问道："是担心挡不住拓跋菩萨？"

李陌藩摇头："双方加在一起差不多十五万兵力，如此巨大的战场，一个武评大宗师没那么重要。对这支北莽西线大军没有发言权的拓跋菩萨即便参战，虽然能够一定程度影响战局，但不能真正决定战局。"

王灵宝翻白眼道："那你担心什么？姑塞州四镇骑军什么鸟样你又不是不知道，除非柳珪老儿以重甲步卒作为中军，往死里布置拒马阵，然后把所有骑军放置在两翼，用这种最死板的缩头乌龟战术对付龙象军，咱们才会没什么下嘴的机会。"

李陌藩仍是摇头："如果这老小子使出这么个连北莽随便拎出个平庸将领都会生搬硬套的打法，那就不是他柳珪了。"

王灵宝也有些烦躁，突然想起一件事，好奇地问道："那姓寇的流州将军说要咱们给他留五千精军，不管什么局面都不许动用，有啥门道？真答应他？"

李陌藩无奈地道："反正将军已经答应，你照办就得了。"

接下来是长久的沉默。

王灵宝突然笑道："老李，没想到青苍城那一大帮文官老爷到头来一个都没去临谣，你说这天底下，是不是只有咱们北凉才有这等光景？不过真不是我王灵宝没良心啊，只要一想到这帮舞文弄墨的官老爷有可能出现在城头学咱们弯弓射箭啥的，我就挺想笑的。"

李陌藩脸上也有了几分笑意。

王灵宝下意识地摸着自己脸上的伤疤，又问道："老李，咱们一起并肩作战多少年了？"

李陌藩愣了一下，随后回答道："忘了。"

王灵宝哈哈一笑："我也忘了。"

总之，有很多年了。

北莽铁蹄连过卧弓、鸾鹤两城，被最后这座控扼险关的霞光城死死地阻挡在幽州关外。不破开此关，成功闯入幽州境内，北莽东线的所有骑军就毫无用武之地。

城外，两名北莽东线将领在不下一千骑精锐扈从的严密护卫下，就近巡视城头战况，主帅杨元赞感慨道："行百里者半九十，古人诚不欺我。除了此城，葫芦口都已经在我手，但是只要霞光城一日不破，我们就始终无法跟那支三万人的幽骑决一死战。"

刚刚被皇帝陛下敕封为王帐夏捺钵的先锋大将种檀笑道："也真是难为大将军了，像是带着一大窝嗷嗷待哺的幼鸟，每天都被吵得不行。"

老将笑道："等过了霞光城，整个幽州都在咱们的马蹄之下，到时候想打仗还不简单，遍地都是战机和军功，不过能往自己兜里装多少，就看各自的本事了。"

昨天才亲身登城厮杀的种檀浑身布满血腥气息，轻声道："现在就等燕文鸾拿他的幽州步卒来填补霞光城的口子了。要不然最多三天，霞光城就守不住了。"

杨元赞冷笑道："霞光城不是虎头城，城池就这么大，城头能站多少人？燕文鸾最多一次性往霞光城丢六千人参与守城，再多，别说去城头，在城内都只能挤成一堆看热闹了。"

杨元赞看着远方那座防御工事早已捉襟见肘的霞光城。城内大弩尽毁，尤其是在己方步军几乎拆掉卧弓城、鸢鹤城后，这段时日数百辆投石车疯狂地抛掷巨石，所以这个夏天，霞光城头顶下着一场场"石雨"，"雨水"很足。除去霞光城和鸢鹤城之间的两侧边缘堡寨，其余大小据点都已经给想捞取战功想疯了的北莽大族私人骑军清剿干净了。那些守卒不多的葫芦口烽燧无疑首当其冲，早早成了最佳狩猎目标。一些兵力稍显充裕的较大戍堡，数股乃至十数股家族私骑汇流后也是一冲而破，此举倒是省去了杨元赞很多烦心事。

现在的葫芦口，在卧弓、鸢鹤两城被毁掉后，其实很适合骑军长途驰骋，可以说杨元赞的东线大军只要拿下霞光城，不但幽州门户大开，而且在幽骑兵力处于绝对劣势的前提下，北莽东线进可攻，退则可以一口气退到霞光城以北的葫芦口内，甚至直接退出葫芦口又有何难？你燕文鸾的步军不管战力如何出众，两条腿的步卒能跑赢四条腿的骑军？所以种檀的步军虽然战损惊人，几乎每天都处于有两三支千人队打到崩溃的凄惨境地，但表面眉头紧皱的老将军事实上并没有太大忧虑，内心深处还对主持西线的老朋友柳珪有着一丝不为人知的幸灾乐祸。当时西京要柳珪去那北凉边军并无险隘可以依托的流州，却要他杨元赞攻打幽州，要他带兵穿过葫芦口这条号称"可以埋葬十五万北莽大军"的恐怖地带，杨元赞何尝没有怨言，只不过现在回头再看，真是福祸相依，天意难测啊。

种檀眼角余光瞥见老将军那种胜券在握的神态，这名战功显赫的先锋大将欲言又止，最终还是把话咽回肚子，没有将自己的猜测说出口。他能够以不到一年军龄就挤掉耶律玉笏当上新任夏捺钵，就在于西京庙堂上一位甲字豪阀大佬那句"种檀一人，让我东线大军在葫芦口少死了五万人，无异于我方凭空多出擅长攻城拔寨的五万勇悍步卒，如何做不得捺钵"。照理说，一跃成为与中原谢西陲、寇江淮、宋笠等人同一线的名将的种家子弟，此时应该最是志得意满，但是种檀总觉得幽州战况没这么简单。

杨元赞突然伸手指向那形势急转直下的城头，不惊反喜，哈哈笑道："种檀，你瞧瞧，燕文鸾总算坐不住了。我还以为这老儿在幽州境内给咱们挖了什么了不得的大坑，不料他也就这么点儿定力了。失望，真是失望啊！"

当种檀看到霞光城头的惨烈战况时，终于如释重负。

霞光城的地理位置可谓得天独厚，占据有葫芦口唯一可供大规模骑军入关的雄关险隘，因此此地战事只有硬碰硬，双方想要展开任何奇袭都是痴人说梦。种檀麾下的东线步军近期已经不断涌入城头，昨天种檀就亲自率领八百死士登城作战，酣战小半个时辰后才被赶下城头。当一场攻城战的主战场从蚁附城墙变成城头肉搏时，往往就意味着距离破城不远了。大概是也知道霞光城岌岌可危，这是燕文鸾的老字营步卒第一次出现在葫芦口战场上。种檀策马前冲，在没有城头床弩威胁的情况下，以种檀的武道修为，加上身披铁甲，他并不畏惧城头那零散几名神箭手的步弓远射。

种檀抬头望去，果然有一大拨幽州老字营步卒支援城头了，他们披挂的是典型的"燕札甲"。这种燕札甲一律由北凉官方匠人精心打造，由一千五百片精铁甲叶组成，再以坚韧的皮条和甲钉细密连缀而成，重达六十余斤，比起曾经的西楚第一等重甲步卒"大戟士"毫不逊色。况且北凉男子体格先天就要优于西楚士卒，燕家步卒身披重甲、手持长矛列阵拒骑，曾经在春秋战事中发挥出令西楚骑军瞠目结舌的效果。重甲步卒在大奉王朝诞生，在春秋九国成形，本就是在大规模骑军逐渐成为战场主角，尤其是草原骑军越发势不可当后，应运而生的一种畸形兵种，宗旨是既然步军已经比不过骑军的灵活，那么就干脆完全舍弃机动性，以静制动。当然，重甲步卒原本是几乎不用作守城的珍贵兵种，倒不是单纯因为以步对步属于大材小用，而是重甲步卒披挂太过沉重，在寸土寸金的城头地带进行近身厮杀并不明智。

但是，已经攻上霞光城城头的四百北莽敢死卒，几乎一个照面就被燕札甲步卒斩杀殆尽。

种檀转头，对一名传令卒沉声道："让郑麟领两千骑军去接应撤退的攻城步军。"

城头之上，生死立判。

北莽步卒本就精疲力竭，其中一人仍是劈出势大力沉的凶悍一刀，结果对面铠甲精良的燕家重甲步卒抬起左臂一挥，就轻松挥开刀锋。那名老字营燕家锐士继续前冲，右手凉刀瞬间刺入这名穿皮甲的北莽蛮子的胸口，凭借巨大冲劲直接将这个北莽士卒撞靠在外墙之上。迅猛拔刀后，这名燕家重甲步卒双手握刀重重撩起，把一名伺机想要砍在他脸上的北莽蛮子从腰部到肩头扯出一条皮肉绽开深可见骨的血槽。这名重步卒的整张脸庞溅满了猩红的鲜血，显得格外狰狞。

一名北莽士卒当场被从残败城头的一处破裂处撞到城外。

霞光城头，铁甲铮铮。

一颗颗北莽士卒鲜血淋漓的头颅被那些魁梧甲士同时抛下城头。

不仅登城士卒无一幸免，就连听到撤退鼓声的北莽攻城士卒也遭了殃，虽然他们连忙撤下云梯，但是头顶不断有头颅和尸体砸下，还有重新返回城头的弓箭手泼出的箭雨。

这场血雨和箭雨，是霞光城对先前北莽投石车造就的"雨幕"最有力的回答。

城门紧闭至今的霞光城第一次主动升起大门，一大股重甲步卒冲出。

城头之上，幽州重甲步卒就顺着云梯滑下，对那些后撤不及的北莽士卒展开一边倒的屠戮，如同洪水倾泻出城，不断有北莽步卒"淹死"在血水之中。

最为靠近城头的北莽两千骑军得到种檀军令后，开始加速冲锋，展开一轮轮激射，试图在救援己方士卒的同时，尽量压制住霞光城步军的出城列阵。与此同时，城头上射程比骑弓要更远的步弓也果断放弃对北莽步卒的射杀，转向正在对出城重步卒进行骚扰的北莽骑军。那名骑军将领郑麟抬起手臂往后一顿，骑军不再向前，缓缓后撤出五十步，绝大多数城头箭矢就落在这五十步之内的大地上。重新掉头的郑麟环视四周，有些郁闷，除了从骑军两侧紧急后撤的攻城步卒，真正阻滞他们更多骑军赶赴战场的罪魁祸首，恰好就是附近那些本该负责后续攻城的步军方阵，否则，只要他们两千骑堵住城门，以霞光城如今的弓弩数量，已经不足以造成太大威胁，那么四千骑不说彻底阻止那支步军出城，最不济也能够让其无法舒舒服服地铺展阵形。

郑麟的这支骑军可谓东线精锐，除了因为没有预想到会冲阵而暂时没有携带长矛，骑弓、步弓皆有，套索、投斧等杂七杂八的武器更是应有尽有，身上清一色的锁子甲，相较普通草原骑军的皮甲，堪称豪奢的大手笔。

郑麟这支岿然不动的骑军在汹涌后撤的北莽步军中显得鹤立鸡群。

很快就有几股增援骑军艰难地穿插于步军中奔至，加在一起差不多有三千五百骑，但是战场上的战机从来都是稍纵即逝，那支幽州步军在近千负责辎重运输的辅兵娴熟的帮助下，已经在霞光城城门外从容列阵，密集如刺猬。但是不知为何，这支步军并没有在阵前摆放那些阻滞骑军冲锋的三板斧：鹿角木、铁蒺藜和拒马。郑麟不由得感到有些奇怪：霞光城好歹是葫芦口防线最后一座重镇，就算从来没有想过要出城以步制骑，城中怎么也应该象征性地储备这些兵家常物。郑麟笑了笑，没有更好，那些设置四根斜木、凿孔插放铁枪的大型拒马和幕前军机郎翻来覆去讲解了无数遍的另一种简易拒马，实在是让郑麟这种骑军将领光是听到就一阵阵头皮发麻。

郑麟仔细观察那支幽州步军的兵种分配，发现那帮文绉绉的军机郎所说果真不差，膂力最强的健壮盾卒立起几乎等人高的大盾在前，后排锋锐长矛从盾与盾之间倾斜刺出，在藤牌铁墙之上形成多排盛夏时分也能让他们骑军感到寒意的"枪林"。在此之后，是放弃凉刀手持大斧的斧兵阵，随后是能够比骑军更早挽弓杀敌的弓手以及射程比步弓更远的腰开弩和蹶张弩。郑麟下意识地抬高屁股离开马背，试图看得更清楚一些，但是很难发现这支燕家老字营步卒更多的内里玄机了。

一名从北庭草原来到葫芦口的骑军千夫长笑问道："郑将军，怎么讲，要不然让我先带兵冲一冲？试试深浅也好嘛。"

郑麟看着这个年纪轻轻的千夫长。他是某个占据北方大片水草肥美草原的大悉剔的嫡长子，年轻气盛，先前在鸾鹤城周边烽燧堡寨的扫荡中立下不少战功，现在就等着攻破霞光城去幽州境内大开杀戒了。据说这小子都跟一帮出身相仿的北庭贵族子弟商量妥当了，到时候入了幽州，别的地方都不去管，就合起伙来盯着那个叫胭脂郡的地方使劲下嘴——那里的水灵娘们儿可是连离阳中原的男人都要流口水的，到时候先挑出几百姿色最好的独自享用，胭脂郡其他女子都卖给草原的大小悉剔，既有银子，也赚人情。

郑麟作为南朝乙字高门子弟，对这些北庭悉剔子孙没有什么好感，这二十年来，北庭小贵族在南朝西京城内作威作福的事例数不胜数，但郑麟仍是摇头道："那支四千人步军是幽州燕文鸾的老字营，是嫡系中的嫡系，我们不要轻易冲阵，种将军只是让我掩护步军撤退，不可贪功冒进。"

那名千夫长嘿嘿笑道："是不是贪功冒进，那得我打输了再下定论。我手下这一千草原儿郎，哪个不是钻马肚跟玩一样的精锐骑军。郑将军你既然不敢冲阵，那就一旁待着给我掠阵便是。"

郑麟面无表情地道："哦，那本将就静等捷报了。"

年轻的千夫长放声大笑，一马当先，冲向那座防守森严的步军方阵。

一千骑以两百骑为一排，五排之间又拉出一大段距离，前两排以矮个子里拔高个的"重骑"为主，人人手持原有的长矛或是从北凉戍堡缴获的铁枪，所披甲胄也优于后三排，迅速向前推进。这种草原民族用熟了的骑军冲阵，阵形朴素，运转灵活，曾经在大奉王朝末年面对中原步军时取得了无往不利的卓然战果，令中原大地处处狼烟。每当即将与中原步军撞阵之时，后三排轻骑就会突然加快冲锋，从铁骑的缝隙中疾速冲出，或洒出密集箭雨，或丢掷短矛。若是敌方步军方阵能够保持稳固阵型，那么重骑就不急于冲阵，而是绕个弧线从方阵两翼滑出，轻骑依次尾随。如果在步军方阵两侧寻找不到战机，骑军就返回原地。如此反复，直到步军方阵动摇，出现一丝漏洞，铁骑就会展开一轮真正致命的强悍冲锋，为后方轻骑切割出突破口。

昔年在大奉王朝版图上肆意驰骋的草原骑军，随着那场洪嘉北奔带来的种种裨益，不论是甲胄还是兵器，都获得了极大提升。

只可惜这支千人骑军所面对的敌人，是燕文鸾的重甲步卒，是北凉边军，而不是那个被某些豪阀文人吹嘘成"历代王朝皆以弱亡国，唯独大奉以强亡"的绣花枕头王朝。

当发现只有一千骑独自冲锋的时候，这支步军方阵做出了一个惊世骇俗的举动：违反兵法、常理自行放倒了作为拒马阵精髓所在的盾墙和枪林。

当双方距离仅在三百步到一百步之间时，在锋芒毕露的大量弓弩的劲射之下，那大声呼喝的一千骑人仰马翻，躺下了六百多骑。

接下来的一幕同样跟兵书上的说法截然不同：步军大阵没有继续大规模地步弓抛射，仅是精准射杀那些见机不妙试图脱离正面战场的几十游骑，而前排则重新起盾持矛，就像是在说："骑军冲阵？那就请你来！"

在发现自己的千夫长被一支箭矢贯穿胸膛后，剩余的北莽三百余骑疯了一般，不顾生死地冲撞过去，撞向那些尖锐的拒马枪。

一撞之后，整座步军方阵依旧稳若磐石！盾牌之前，长枪之上，三百余匹北莽战马，无一例外，都被长达两丈半的长枪当场刺透！

霞光城城头，一位身材矮小的独眼老人，身边有幽州将军皇甫枰和刺史胡魁这两位北凉封疆大吏的亲自陪同。自始至终，老人根本就没有看一眼自寻死路的北莽千骑，而是望向更北的葫芦口外，自言自语道："三天后，四支骑军就都可以进入葫芦口了吧？"

葫芦口外，两万幽州骑军一分为二，橄骑将军石玉庐和骠骑将军范文遥各领两千骑继续北上，负责捣烂龙腰州的粮草运输线和截杀那些零散的骑军队伍。

幽骑副将郁鸾刀亲率一万六千骑，在原地迎接两支骑军的到来，到时候幽州骑军要为后者充当护卫。

虽然后者两支骑军加在一起，人数才刚刚超过幽骑的半数，但是郁鸾刀没有丝毫愤懑。

两天后，一支万人骑军率先脱离大军，冲入葫芦口。

一座座颓败堡寨，一座座无人烽燧……满目疮痍。

大风掠过城已不城的卧弓城，如泣如诉。

这一万骑没有在卧弓城停留，只是绕城而过的时候，所有骑卒都自发抽出了北凉刀，高高举起。

大雪龙骑，就这么无声地南下了。

第四章

虎头城骤然失守

龙象军苦战流州

夜幕中，一支车队悄然进入凉州城，畅通无阻地穿过夜禁森严的城门，清凉山随即大开仪门，北凉王府以这种原本只该对待君王卿相的超高规格来迎客。

三辆马车，白衣僧人一家三口，加上那个南北小和尚，四人乘坐最前头一辆马车，龙虎山"白莲先生"白煜与武当山青山观韩桂、清心师徒二人同乘随后一辆，最后一辆坐着上阴学宫常遂、许煌等人。

清凉山方面由徐渭熊领着一大帮人出门迎接这拨贵客，北凉道副经略使宋洞明身后站着一帮满怀好奇的幕僚佐官。如今，宋洞明那座建在半山的官邸被誉为北凉"龙门"，而徐凤年居住的梧桐苑则被称为"凤阁"，足可见宋洞明如今在北凉官场的超然地位。

算得上旧地重游的，只有李东西和南北小和尚。李东西眼尖，一下子就看到了王府大管家宋渔，她一溜烟儿小跑过去，嘘寒问暖起来。在徐家做了大半辈子管事的宋渔看到这个小姑娘，也是打心眼里高兴，这位给凉州官员私下说成"冷面阎罗"的刻板老人，竟破天荒露出了笑脸。大概是实在不习惯对人笑脸相迎，他的笑容显得略微僵硬，不过老人仍是笑着说"明儿就亲自陪着李姑娘逛脂粉铺子去"，把小姑娘给高兴坏了。陆丞燕和王初冬都没有抛头露面，毕竟以两女准王妃的身份，出门迎客不合礼节。

徐渭熊先向白衣僧人和白莲先生问好后，走到常遂等人眼前。常遂举起空荡荡的酒葫芦摇了摇，笑道："绿蚁酒，不多不少，一天一壶，师妹你家大业大的，这总没问题吧？"

徐渭熊点头道："喝酒没问题，就是师兄记得别大半夜跑去听潮湖边喝酒，到时候落了水，就等着喂鱼吧。"

晋宝室红着眼睛喊了一声师姐，有些哽咽。

徐渭熊柔声笑道："才几年没见，就成大姑娘了，要不要师姐帮你做回媒人？咱们北凉这儿的男子虽然都是喝惯了西北风、吃多了大漠黄沙的糙汉子，比不得中原士子饱读诗书，但是打交道久了，就会知道，比起下笔如有神的读书人，这些糙汉子更能挑起担子。尤其是那边关男子，骑最好的马，佩最好的刀，喝最烈的酒，杀北莽的蛮子，想必会对师妹的胃口。"

晋宝室抓住徐渭熊的手抱在怀中，好似撒娇一般笑道："师姐你都没嫁人，我急什么啊！"

徐渭熊转头，先后跟许煌、司马灿和刘端懋三人打过招呼，也没有丝毫多余的话语，只是喊了一声师兄师弟。

白衣僧人站在自己媳妇儿旁边，看着白煜和宋洞明"一见如故"。一个是深受先帝器重的道教真人，一个是原本有望在庙堂位极人臣的文士，这两位放眼整座离阳王朝也属屈指可数的读书人相谈甚欢。但是李当心回想起先前武当山那场有关赵勾头目的密谈，感到有些心累，不由得轻轻叹了口气，不再理会白煜和宋洞明的攀谈，走入王府后，自顾自打量起四周的风景。早年离阳朝野上下有个"苦了百万户，富了一家人"的说法，就是说占山为王、坐拥听潮湖的徐家在北凉道大肆搜刮民脂民膏，家财真真正正是富可敌国。

很快就有在"龙门"任职的幕僚排队一般凑到李当心身边。大概是副经略使大人事先有过叮嘱，这些对白衣僧人仰慕已久的北凉官员没敢打开话匣子拉家常，都是毕恭毕敬地自报名讳，最多加上一两句恭维言语，白衣僧人一一微笑点头就当还礼了，众人也毫不觉得这位两禅寺方丈是在摆谱。谁不晓得当年白衣僧人西行万里返回太安城后，便是见到亲自为其牵马的皇帝也仅是双手合十行礼，甚至没有翻身下马！这群跳过北凉龙门的官员已是在公门修出一定道行的官场中人，不至于因为李当心在就冷落了那位声名鹊起的武当山大真人韩桂，很是诚心地讨教了些道门养生之术。别的不说，极有希望成为下任武当掌教的韩桂可算不得冷灶了，未来那就是与六部尚书同阶的羽衣卿相，谁敢怠慢？

除了白衣僧人和他媳妇儿给大管家宋渔领去一栋宅子下榻外，东西姑娘和南北小和尚也早早脱离了大部队，熟门熟路地逛荡起来。一路上见着了丫鬟，她都能凭借记忆准确地喊出名字再加上个"姐姐"，而清凉山的伶俐丫鬟对这个小姑娘当然也是记忆犹新——能让当年的世子殿下当亲妹妹一般宠溺的人物，加上小姑娘性子又好，让人想不喜欢都难。白煜和常遂一行人都跟着徐渭熊、宋洞明来到那座位于半山腰的独特官邸。说是副经略使官邸，其实就是一片衔接紧密的矮小院落，一位副经略使加上三十余名辅佐官员，处理政务和衣食住行都在这里。那些如同离阳朝廷大小黄门郎的龙门文官识趣地散去，各回各家，继续忙着处理那些由北凉三州刺史府汇总起来的事务，最后，屋子里，除了坐在轮椅上的徐渭熊，让离阳朝廷不得不捏鼻子承认的从二品边疆重臣宋洞明，暂时皆以王府头等客卿身份进入清凉山的白煜和常遂，即将前往怀阳关都护府任职的兵法大家许煌，其实已经有陵州铁佑郡太守官身的纵横家司马灿，马上要进入陵州刺史府担任徐北枳幕僚的刘端懋，还有想要进入梧桐苑的晋宝室，分别落座。

徐渭熊开门见山道："果然如白莲先生所料，西线战局极其不利于我北凉，王爷已经亲自前往流州。以白天传来的最新谍报来看，凉州境内的所有骑军都已得到军令，开始紧急出动。但是，除了原本就在凉州西部的两支兵马共六千骑原地等待，无须长途跋涉之外，目前已经跟在王爷和八百白马义从身后的兵马，除了当时邻近武当山的罗洪才所率一千角鹰骑军，还有之后途经的两名校尉的两千三百骑，其余凉州骑军，最快的一支也要迟于王爷一天才能到达凉、流两州边境，最慢的更是需要四天，这还是在全然不顾战马体力的前提之下。北凉道规模仅次于纤离马场的天井马场恰好距离王爷所在地不远，能够抽调出甲等战马六百匹、乙等战马四千匹，这大概是我们唯一的好消息了。"

徐渭熊顿了顿，神色凝重地道："实不相瞒，王遂已经带着五万骑军轻松攻下蓟北、横水两城，这股跟离阳两辽对峙的最精锐的骑军，正是奔着幽州东大门去的，试图配合葫芦口内的杨元赞大军，一鼓作气打烂半个幽州。"

许煌缓缓开口问道："大将军燕文鸾的幽州步军哪怕分兵一部北上支援霞光城，在幽州本身就有三万骑军的前提下，余下的兵力同时守住葫芦口最后一道防线和东线边境，不难吧？"

徐渭熊苦笑道："原本是这样的，但是咱们摊上了两个异想天开的主事人，在他们两人的执意要求下，不但三万幽州骑军由河州北上去往了葫芦口外，而且连一万大雪龙骑军、两支重骑军也都离开各自的驻地赶去葫芦口外了。所以现在不光是凉州虎头城形势危急，就连怀阳关和柳芽、茯苓两大军镇的后方也是空的。再加上现在凉州境内的骑军都赶赴流州救火，一旦虎头城失守，我凉州就会处于不堪设想的可怕境地。身在凉州边关的两位骑军副统领何仲忽和周康，以及步军副统领顾大祖，三人手中目前握有的兵力，显然都不足以挽救虎头城失守导致的局面，因此，另外一名步军副统领陈云垂已经带领三万精锐步卒前往凉州。"

许煌神情微动，开始在心中快速盘算其中得失。常遂的酒葫芦已经装满了绿蚁酒，独自喝得忘乎所以。宋洞明正襟危坐，白煜眯着眼睛，不知道在想什么。

徐渭熊沉声道："现在就只能指望流州不输，同时怀阳关还不能丢掉，这样我北凉才能顺利在葫芦口内打一场规模空前的围歼战，否则就算葫芦口大捷，别说怀阳关沦陷，哪怕是北凉流州和北莽葫芦口双方兵力来场一换一，我们也承受不起。北凉终究只是以一地之力战一国之力，北莽耗得起，我们耗不起。"

许煌轻声道："如此说来，王爷的凉州援军能否改变流州战局，至关重要；褚都护能否保住虎头城与怀阳关柳芽、茯苓两镇构成的北凉边关第一线，至关重要；袁统领能否和幽州骑军堵死并且吃光葫芦口内的二十多万大军，至关重要。"

许煌一句话说了三个"至关重要"。

这意味着北凉这场惊世骇俗的豪赌想要赢，必须一环接一环，每个环节都不能出现大的纰漏，否则就是全盘皆输的下场。

常遂抹了抹嘴角的酒水，笑问道："那我只问一个北凉最有信心的战场：那葫芦口，袁左宗的大雪龙骑，加上那两支神龙见首不见尾二十年的重骑军，再加上田衡、郁鸾刀的幽州骑军，到底有几成把握在瓮中捉住杨元赞那只老鳖？"

徐渭熊笑了，伸出一只手。

常遂揉了揉下巴，遗憾地道："才五成啊，那就悬了。我得寻思着给自己找后路了，要不然，在清凉山，屁股底下这把椅子还没焐热，就可能听见北莽蛮子的马蹄声了。"

徐渭熊又慢悠悠地翻了一下手掌。

白煜嘴角翘起。

常遂瞪眼道："徐师妹，你逗我玩呢？！"

徐渭熊微笑道："堵截葫芦口的兵马虽然人数不多，但好歹是我爹积攒了大半辈子的半数家底，这要是还打不赢，北凉哪来的信心跟北莽百万大军对峙？"

常遂突然笑道："要不然我这就去幽州霞光城，师妹你让我统领一支重骑军得了。"

徐渭熊冷笑道："师兄你能戒酒，我就答应。"

常遂悻悻然道："那就算了。"

许煌突然皱眉道："听说北莽那边也不遗余力打造了两支以耶律、慕容两个姓氏命名的王帐重骑。"

徐渭熊轻声道："跟葫芦口无关，刚刚得到边关谍报，其中一支已经赶赴流州边境了——这才是柳珪要让三万龙象骑全军覆没的真正底气所在。"

整间屋子都陷入沉默。

一直没有插话的白煜苦笑着轻轻摇头。

晋宝室错愕片刻，忍不住问道："那凉州境内增援的骑军，就算能够及时赶到战场，可是还有用吗？"

徐渭熊无奈地道："要我说的话，就是尽人事，听天命而已。"

屋内再度陷入沉寂。

徐渭熊不知为何开心地笑了笑，没有半点儿消沉的神色："不过要是换成某个家伙，肯定不这么认为，他只会说一句，'打输了总比认输要好，行不行，打了再说'。"

凉州虎头城，葫芦口内，流州青苍城外，幽州东边。

北凉四线皆战。

南朝西京，一座门槛高到需要稚童翻身而过的豪门府邸，门庭若市，车马如龙。

客人都是来庆贺这栋宅子的老家主成为百岁人瑞的。整座西京城，活到这把岁数的本就寥寥无几，还有这位老家主那般清望的，就真找不出来了。哪怕是也熬到古稀之年的西京官场大佬，大多也不清楚这位人瑞的真实姓名，都是喊一声"王翁"，更年轻些的就只能喊"王老太爷"了。王家作为南朝乙字大族之一，虽然比王老太爷低两辈的王家子弟都不成气候，只出了一个南朝礼部侍郎和两个军镇校尉，而且如今还死了两个，但是所幸老太爷的曾孙很争气，一路从北莽军伍底层爬起，愣是凭借实打实的军功当上了王帐四大捺钵之一的冬捺钵，如今跟一个高居甲字品谱的陇关贵族联姻后，整个家族的走势可谓蒸蒸日上。

今日庆生，也不是从头到尾融融洽洽。作为北莽南朝地头蛇的陇关贵族，内部盘根错节，有联姻也有世仇，有人就跟与王家这个外来户结为亲家的甲字大族不对付，王老太爷在今天百岁诞辰之际竟也遭了池鱼之殃：有人堂而皇之送来一幅字，上面只有"长命百岁"四个字。

这种肆无忌惮的打脸，就连登门拜访的客人都看不过去，可是王老太爷竟然笑呵呵地亲手接过那幅字，还不忘嘱咐管家给那位跑腿送字的仆役送一份喜银。

老太爷毕竟是百岁高龄的人了，不可能待客太久，跟一些西京重臣和世交晚辈打过照面后，就交由那个当了十六年礼部侍郎的侄子招待访客，老人则回到那座雅静小院休息。

小院不小，种植有数十棵极为罕见的梅树，王老太爷也因此自号"梅林野老"。

在这个外头人声鼎沸的黄昏中，老人让下人搬了把藤椅放在梅树下，在一位眉目清秀的丫鬟的小心搀扶下，颤悠悠躺在了垫有一块柔软蜀锦的椅子上。

小丫鬟不敢离去，按照老规矩坐在一条小板凳上。她很敬重这位脾气好到无法形容的老人，从她进入这座院子当丫鬟以来，就没有见过老太爷生一次气。她清清楚楚地记得，当初自己刚到院子当差，有天坐在内室看着老人午睡，屋外有人不小心打碎了茶杯，睡眠很浅的老人立即就醒了，她都吓死了，不承想老人醒来后只是朝她笑着摇了摇手，示意她就当什么都不知道。后来她才听说，院中早年有人失职，那座梅林在某个冬天有好几棵梅树被冻死了，王家上下火冒三丈，就要使用家法。一百鞭子下去，人的命自然就没了。仍是老太爷开口发话，说天底下有很多值钱的东西，但就没有一样东西能比人命值钱，树没了就没了，不打紧，反正这辈子看不到新梅变老梅了，看看枯梅也好。

老人安静地躺在椅子上，看着头顶并不茂盛的梅枝，缓缓道："柴米小丫头啊，这会儿夏天都要过去喽。在我家乡那边，有段时候叫梅雨时节，因为下雨的时候，正值江南梅子黄熟之时，所以叫梅雨。很好听的说法，对不对？不是读书人，就想不出这样的名字。我年少时就经常念叨一些从长辈那里听来的谚语，道理不懂，就是顺口，'发尽桃花水，必是旱黄梅'，'雨打黄梅头，四十五日无日头'，现在念起来，也觉得朗朗上口。"

丫鬟满脸好奇地柔声问道："老太爷为什么就这么喜欢梅树呢？"

难得如此健谈的老人缓了缓呼吸，笑道："在我家乡那里，有着各种各样的讲究，有些有趣，有些无趣，不但人分三六九等，连花也不例外，比如癫狂柳絮。轻薄桃花……还有这梅花风骨。"

自幼贫寒读书识字不多的丫鬟小声道："风骨？"

王家老太爷笑了笑："读书人作诗文，以言辞端正、格调高雅为最佳，就会被称为'有风骨'。那么读书人的风骨，大概就是儒家张圣人所谓的'穷则独善其身，达则兼济天下'了。这个很难的，我就是很想做好，但是做不到。只不过我有一点比很多人做得要好，就是有些人自己无脊梁，便看不得别人有风骨，不但不自惭形秽，还要吐口水甚至是使绊子，我呢，最不济，见贤思齐的心思还是有的。"

小丫鬟悄悄挠了挠头，迷迷糊糊的：听不太懂啊。

大概是说得累了，老人开始闭目养神。

这时候院门那边传来一阵细细碎碎的脚步声，丫鬟赶忙转头望去，愣了愣——是那位担任礼部侍郎却始终无缘王氏家主位置的王老爷来了，而且他进院子的时候始终堆着笑，微弯着腰，落后两个陌生男人半个身位。丫鬟举目望去，结果眼睛一下子就挪不开了，因为三人中年纪最轻的那个女子实在是太好看了。南朝庙堂的"老字号"礼部侍郎王玄陵在接近藤椅后，稍稍加快步伐，对好似睡着的老太爷轻声道："太子来了。"

老太爷睁开眼睛，刚要在王玄陵和丫鬟柴米的搀扶下起身，那名正值壮年的高大男子就赶忙笑道："王老太爷不用多礼，躺着就是，耶律洪才这趟空手而来，本就理亏也无礼，老太爷不怪罪就是万幸了。"

虽然战战兢兢的礼部侍郎已经得到北莽皇太子的眼神示意，但是依旧拗不过自家老太爷的坚持，后者站起身后，十分吃力但毕恭毕敬地作了一揖。微服私访王家府邸的皇太子无奈地道："老太爷这是要耶律洪才无地自容啊，坐，赶紧坐。"

老人竭力挺直腰杆坐在藤椅上，王玄陵和小丫鬟各自端了一把黄花梨椅子过来，当侍郎大人看到那个绝美女子竟然与太子殿下几乎同时落座时，眼皮子一抖。

这位从虎头城战场赶回西京的北莽皇太子和颜悦色地道："老太爷以文章家享誉四海，是陛下也赞不绝口的纯臣君子，这次我是临时听说老太爷百岁寿辰，匆匆忙忙就赶来了，一时间又拿不出合适的寿礼，只好两手空空登门造访，回头一定补上，还望老太爷海涵。"

老人开怀笑道："太子殿下折杀老夫了，折杀老夫了。"

看到这些年来言语渐少的老太爷谈兴颇高，应对得体，更没有犯老糊涂，就怕弄出什么幺蛾子的王玄陵长长地舒了口气，心想："家有一老如有一宝"还真是没说错，看情形，当下只能站着的自己，这是有望坐一坐那把尚书座椅了？

耶律洪才虽说在北莽王庭不受那些草原大悉剔待见，也没有几个北莽最有权柄的大将军和持节令明确地表示站在他身后，但是此人终究是名正言顺的王帐第一顺位继承人，在最重视正统的南朝遗民中，还是有相当一部分贵族比较看好耶律洪才，两位前任南、北院大王黄宋濮和徐淮南，就都对这个性格温和的皇太子十分亲近。但是，随着徐淮南暴毙和黄宋濮引咎辞任，以及董卓、洪敬岩、种檀这一大拨青壮将领崛起，耶律洪才就越发低调了。

在一旁束手静立、屏气凝神的王玄陵当然不蠢，很清楚太子殿下这次悄然登门，一半是冲着王京崇那孩子的冬捺钵身份来的，一半则是因为自家老太爷在南朝遗民中有着不容小觑的威望。尤其是王家与甲字大族联姻后，等于触及了南朝真正的中枢，而不是像那些寻常的乙字世族，表面看似风光，家族也有人当侍郎做将军的，但其实就是一群依附陇关豪阀的应声虫而已。

王玄陵一时间没来由百感交集。他脚下这块土地，梅林别院，王氏宅邸，整座西京城，乃至整个南朝，正是那位气魄非凡的慕容氏老妇人特意为洪嘉北奔的春秋遗民开辟出来的一方世外桃源。除了当年那场莫名其妙发生的血腥"瓜蔓抄"，砍去了好些从中原各国挪至南朝境内的"桃树"，让人心惊胆战，慕容女帝对他们这些南朝遗民大抵算是颇为呵护。一些北庭大族南下寻衅，事后都会受到耶律王帐不小的责罚，也许不算太重，但绝对不能说是不痛不痒。就像他王玄陵所在的王家，虽然在昔年中原称不上是钟鸣鼎食的大族，但好歹也顶着一个"十世翰林"的身份，仍旧是流亡数千里，背井离乡，甚至还不如在泥泞里打滚刨食的丧家犬，哪里能想到会在南朝重新成为身着黄紫朝服的庙堂公卿？

耶律洪才脸色突然阴沉起来，低声道："老太爷，我方才也听说了那幅字，那陇关第二氏真是无理取闹！等我回到草原王帐，一定会亲自跟陛下说这事，万万没有理由让老太爷受这等天大委屈！"

老人笑着轻轻摆手道："无妨无妨。这幅字且不说其中含意，就字而言，在咱们南朝说是一字千金也不为过，虽无落款，但显然是当今天下'书法四大家'之一余良所写，老臣这点儿眼力见儿还是有的，'笔画如龙爪出没云间，布满骨鲠金石气'，不是那位能让离阳文坛也佩服的兵铠参事，无论如何都写不出这份意境。再说了，老臣好不容易活到这把年纪，也该倚老卖老了嘛，很多事情自然就可以当是童言无忌，一笑置之，一笑置之即可。千古诗书多言'人生不过百年'一语，这个'不过'用得委实熨帖，老臣就算过不去，又有什么关系？所以啊，殿下就别挂念这件事了，当茶余饭后的谈资都比大动肝火要强。"

听到老人这一席话，那名神情倨傲冷清的女子好像也有些意外，第一次正视这个王家老太爷。

耶律洪才爽朗地笑道："寿星最大，我就听老太爷的。"

老人微笑的同时，不动声色地瞥了王玄陵一眼，后者好歹也是花甲之年的老头子了，在老太爷面前仍是像个犯错的孩子，立即慌张地道："不是侄儿多嘴……"

耶律洪才帮忙解释道："老太爷，跟王侍郎没关系，是我自己听说的。"

老人笑道："在这院子里，殿下最大，老臣就听殿下的。"

耶律洪才会心一笑。看似简简单单一句玩笑闲谈，就让皇太子将许多原本已经打好的腹稿都咽回去。既然火候够了，再添柴火，反而过犹不及。

和老人又聊了聊诗词字画，对军国大事只字不提，耶律洪才看到王家老太爷难以掩饰的疲态，就起身告辞。他当然不会让老人起身相送，而是由那位眼巴巴盯着尚书很多年头的王侍郎陪同离开院子。

名叫柴米的丫鬟偷偷拍了拍自己的胸脯：原来是太子殿下亲临，真是瞧不出来，半点儿架子都没有。

重新躺回藤椅的王家老太爷闭着眼睛，一只手悠悠然拍打藤椅扶手。

柴米蹑手蹑脚取来一柄团扇，为老太爷轻轻扇动清风。

微风拂面，本就不重的夏末暑气越发减弱。

老人脸上浮现出笑意，喃喃自语道："从容坐于山海中，掐指世间已千年。"

丫鬟不敢说话，只是由衷希望这个百岁老人能够再活一百年。

老人沉默下去，不知道过了多久，开口说道："柴米啊，手累了就别扇了。"

丫鬟笑道："老太爷，放心好了，奴婢还能再扇会儿。"

王家老太爷轻声道："趁着今天精神好，跟闺女你多说些话。"

丫鬟小心翼翼地道："老太爷不累吗？"

老人笑道："还不觉着累。"

丫鬟悄悄瞥了一眼院门口："那老太爷尽管说，奴婢听着。"

老人缓缓道："小丫头，告诉你啊，以后最好不要嫁给读书人，尤其是有才气的读书人。才气太盛，就容易用在许多女人身上，心思最是流转不定，在一个女子身上停不住。今年跟你花前月下卿卿我我，也许明年就会陪着别的女子了。要嫁给老实人。不是没有老实的读书人，有是有，就是太少。像我这个糟老头子，年轻时候就是这种负心的读书人，等到真正静下心的时候，来不及喽。"

少女停下摇扇子，掩嘴偷着笑。

老人笑道："不信？不听老人言，是要吃苦头的。"

少女赶紧说道："信的信的！"

老人打趣道："回答这么快，明摆着就是没有上心，小丫头你啊，还是不信的。"

少女皱着小脸蛋。

老人晃了晃手腕："去吧，回屋子休息去，让老头子独自待会儿，两炷香工夫后你再来。"

少女嗯了一声，端着小板凳去屋檐下坐着，不远不近，听不到老人说话，但是看得清楚那棵梅树、那把藤椅。

老人其实没有自言自语，只是神色有些感伤：转眼春秋故国没了，转眼恩师挚友都已逝世，转眼异国他乡二十载，再转眼，我一百岁了。然后少女震惊地看到一幕：风烛残年的老人试图站起身，好像知道她要过去帮忙，老人没有转头，对她摆了摆手。

老人好不容易才站起身，仰头痴痴地望着那梅树枝叶，笑了。李先生，纳兰先生，咱们中原读书人的风骨，我王笃，没丢。

隔岸观火变成了玩火自焚——离阳北关防线的最好写照。作为蓟北门户的银鹞、横水两城同时失陷，北莽五万铁骑的兵锋直指南方，让整个蓟州人人自危。

一时间，京城朝堂上热闹非凡。有人谏言让近水楼台的兵部左侍郎许拱就地接手唐铁霜入京为官后留下的空缺，"辅佐"大柱国顾剑棠处理北地军政；有人建议坐镇辽西的胶东王赵睢增援辽东，攻其必救，让那支五万骑军不得不返回东线，以防蓟州局面彻底糜烂；也有人弹劾蓟州将军袁庭山调度不当，致使蓟北战火蔓延，难当重任，应该由将门之后的副将韩芳全权主持蓟州一州军务。

广陵道西线在谢西陲的排兵布阵下，不但成功阻滞了已经渡江的南疆十万大军，而且派遣一支奇兵奔袭了广陵江南岸的一处险隘，使得南疆兵马进退失据，在西楚水师大举进逼之下，南疆步军和青州水师几乎是缩成一团，全线收缩。

在这种迫在眉睫的形势下，太安城的文武百官越发愁眉不展，对于两辽边军的按兵不动终于无法忍受：北莽蛮子往死里打西北，你顾剑棠纹丝不动是对的，但是连你盯着的北莽最东线都跑去蓟州打秋风了，显然是要绕开倾半国赋税打造的两辽防线，要将没了蓟南老卒导致兵力空虚的蓟州作为南下中原的突破口，你顾大将军还能无动于衷？！就不怕北莽五万铁骑一口气杀到咱们京畿西？虽说你顾剑棠是王朝如今硕果仅存的大柱国，但你老人家的心也太大了吧。

辽东靠近蓟州边境有个太平镇，小镇上的居民大多是边军兵籍出身，也有些是被朝廷贬谪流徙于此地的官员，偶尔会有商旅途经小镇，捎带着做些小买卖。前四五年，那种价廉物美的绿蚁酒在这里就很紧俏，可惜顾剑棠卸任兵部尚书后，领大柱国衔兼任两辽总督，边军都清楚顾大将军跟北凉不对付，于是产自北凉的绿蚁酒这些年就不怎么有商贾兜售了。麻雀虽小，五脏俱全，太平镇有三四家酒楼，连正儿八经的青楼也有一座，小窑里的私妓暗娼就更多了，边军将领对此也睁一只眼闭一只眼。堵不如疏，辽东边军被誉为离阳王朝的定海神针，皆是青壮汉子，但是跟北莽蛮子对峙多年，一向相安无事，少有交战，边军将士如何发泄？难道还男人找男人不成？于是太平镇这样的小镇子就如雨后春笋一般迅速冒出，一些手眼通天、门路广的边军大佬，还有本事从京畿周边甚至是中原江南一带购买年轻女子，一次就能往两辽带来数百人。

太平镇以长寿酒楼的生意最为火爆，其是一位实权校尉的私产，除了绿蚁酒，基本上喊得出名号的离阳好酒，如剑南春烧之类，只要有银子，就能在这里买到。酒楼里常年有吹拉弹唱的各色女子，相貌无非中人之姿，但在鸟不拉屎的边境，也算是挺稀罕的光景了。这两天长寿酒楼来了对兄妹，年轻女子怀抱琵琶给人说书，兄长负责卖力吆喝和收取赏钱。这本不是什么奇怪的事情，但那女子要死不死的，只说那北凉王徐凤年的故事，说那姓徐的如何走过离阳江湖，如何孤身入北莽，又是如何在北凉赢得军心民心，这可就犯了太平镇居民的众怒。只不过一伙人借机去欺侮那清秀女子，不承想被那貌不惊人的年轻汉子打得抱头鼠窜。长寿酒楼乐见其成，干脆提出，准许女子在楼内说书的条件是她兄长要每天打次擂台。一旬过后，太平镇附近的军伍好手竟然都输了，那个外乡青年连赢了十场。生财有道的长寿酒楼又开始坐庄了，估计最少赚了近千两银子，害得镇上青楼的皮肉生意都锐减了好几成。

傍晚时分，长寿酒楼的擂台已经打完，酒楼走进一拨气度不凡的酒客，四人在二楼靠栏杆的位置要了一张桌子。楼下那名女子正在准备今天的第二场说书，她的兄长新换了一身清洗到泛白的洁净衣衫，衣衫缝补得厉害。兄妹两人从凉州到陵州，再从陵州入河州，过蓟州，一路风尘仆仆来到这座小镇子。不同于离阳常见目盲说书人的手段迭出，女子只有一把琵琶，说书时从不摇头晃脑、嬉笑怒骂，说至人物悲苦或是壮怀激烈时，也仅是略微升降嗓音，绝大多数时候都是语气平淡，娓娓道来，就像只是个说故事的，至于听众爱不爱听、乐意不乐意给赏银，她一概不去管。

坐在二楼靠栏位置的四个酒客要了一坛号称"一斤破喉咙，两斤烧断肠"的剑南春烧，一壶极易入口、后劲也小的古井仙人酿。四人中只有两人落座，年轻些的腰间佩了一柄古朴长刀，神色间顾盼自雄，意气风发。好似年轻人长辈的男子脸色淡漠，将那壶仙人酿启封后，自饮自酌。其余站着的两人腰间悬佩有两柄两辽边军的制式战刀，虽然没有跟在座两位平起平坐的地位身份，但是旁人一看就猜得出他们是常年带兵领军的不俗人物，否则身上那股沙场气息不会如此浓重。

年轻人伸长脖子瞥了一眼楼下众人，有些不耐烦，皱眉道："那姓嵇的怎么还没到？看架势，还真把自己当成大雪坪十大高手之一了。"

双鬓青白相间的年长男子不动声色。

一名站着的魁梧壮汉好像看这个倨傲气盛的年轻人不太顺眼，皮笑肉不笑道："袁将军，嵇六安本就是徽山大雪坪十大高手之一，什么当不当成的。"

被称呼为袁将军的年轻人喝了口烧酒，嗤笑道："一个小娘们儿瞎折腾出的武评，也就乡野村夫会当回事，说到底，其实也就吴家剑冢的老家主勉强能称为高手，其他人，东越剑池柴青山那点儿能耐，在广陵道那边关起门来称王称霸也就罢了，至于这个鬼鬼祟祟跑来辽东的南疆龙宫宫主，算个什么东西？"

年轻人双指缓缓旋转酒杯，斜瞥了一眼那个拆台的家伙，笑眯眯地道："还有那'南诏第一高手'韦淼等人，到了中原江湖，指不定就要被打得找不到北了。哈哈，还有那个'太安城第一剑客'祁嘉节，最是滑稽可笑，万里飞剑，好大的阵仗，结果呢？剑倒是到了河州境内，可祁嘉节这人，就再也没有消息了。这样的十大高手，后边五个加在一起，恐怕也不配武评四人中的任意一个出全力吧？"

魁梧汉子正要反驳，却被身边同僚扯了扯袖子，最终还是把话吞回肚子，只是重重冷哼一声。

年轻人没有继续指点江山，而是转头看了一眼隔着两张桌子的一名中年人。男子身穿对襟短衫，头缠青色包头，小腿上裹有绑腿，只会被认为是个常走山路的山野汉子，但是身边依偎着个妖冶至极的丰腴妇人。妇人衣衫华美，却不是离阳有钱人家那种锦衣绸缎，而是显出扎染的绚烂，想不惹眼都难，分明是那西南十万大山有"五色衣裳共云天"美誉的苗人装束。体态丰满的妇人双手双脚都系有一串银质铃铛，举手投足会发出悦耳声响，她手边的桌面上搁放了一柄刀鞘雪白的弧月弯刀，喝酒时一条腿大大咧咧放在长凳上，若是从侧面望去，大腿修长，臀部滚圆，可谓曲线婀娜，诱人至极。

妇人也察觉了年轻人的视线，妩媚一笑，一口喝光整杯酒，跟年轻人挑了一下眉头，充满挑衅意味。

年轻人放下酒杯，伸手在胸口做了一个手托重物的手势。

胸脯丰满的美妇人给人调戏了，非但没有恼火，反而笑得花枝乱颤，当着身边男人的面就用手掌推了一下桌上的酒坛。酒坛去势如滚雷，刹那间就撞到年轻人的后背，也不见后者如何动作，酒坛就偏离轨迹擦身而过，恰好在桌上滴溜溜旋动，然后渐渐停下。

妇人用发音蹩脚的中原官腔笑道："你这龟儿长得乖，只要喝了酒，姐姐就跟你耍朋友。"

那个跟年轻人不对付的魁梧汉子轻声提醒道："这对苗族夫妇不是普通的江湖高手，女子已经在酒坛上动了手脚，苗人下蛊千奇百怪，防不胜防，最好别碰。"

就在此时，两人登楼走来。一个青衫老儒士模样，一个两腰挂有长、短两剑，仅看两把剑鞘就知道都是千金难求的剑中重器。

一直没有插话、正要举杯饮酒的男人轻轻放下酒杯，站着的两人略微分开让出道路，两个如约而至的客人坐在了同一条长凳上。

那名老儒士神情恭敬，轻声道："南疆乡野草民程白霜，见过大柱国。"

另外那名神情冷漠如同面瘫的剑客也开口说道："龙宫嵇六安有幸见到大柱国。"

在老凉王徐骁死后，整个天下就只有一位大柱国了——手握赵室王朝一半虎符、兵权的顾剑棠。

顾剑棠微笑着点头道："两位从南疆来到这北地辽东，辛苦了。"

就在两位南疆屈指可数的顶尖高手落座后，那对夫妇也起身走来，坐在那条唯一空闲的长凳上。在这之前好似门神站在大柱国身后的魁梧汉子想要阻拦，但是顾剑棠已经拿起那个被下了苗蛊的酒坛子，那个继唐铁霜之后成为辽东朵颜铁骑统帅的将领也就迅速把五指从刀柄上松开。

妇人先给姓袁的年轻将军抛了个媚眼，然后对顾剑棠微笑道："我家男人不晓得说你们中原话，就由我这么个妇道人家来商量大事，大将军见谅则个。"

程白霜皱了皱眉头，然后瞬间舒展开来，笑问道："大柱国，这是？"

顾剑棠没有说话，给程白霜、嵇六安和夫妇二人各倒了一碗酒。与此同时，被冷落的年轻人插话道："程白霜，嵇六安，咋的，我老丈人亲自给你们接风洗尘，倒在碗里的敬酒不吃，偏偏要讨罚酒喝？"

很不太平地千里迢迢赶到这座太平镇，心情本就不怎么好的嵇六安眯起眼。

神色自若的程白霜端起酒碗，摇头笑道："自是不敢的，就是好奇一问。"

大概是坐在了顾剑棠身边，压力不小，妇人收敛了风情万种的姿态，开门见山道："我男人呢，叫韦淼，在南诏还算有点儿名气，当然，比不得嵇宫主和程先生。本来他这辈子都不会踏足中原，但是没办法，蜀王和谢先生发话了，咱们不得不走一趟。"

顾剑棠就只有一个女儿，那么这位大柱国的女婿，当然只能是蓟州将军袁庭山了。

袁庭山本来是要调侃妇人几句，不凑巧听到楼下那怀抱琵琶说书的女子说到当年姓徐的年轻藩王游历至徽山，跟姓徐的可谓有不共戴天之仇的袁庭山冷笑一声，猛然站起身，一手撑在栏杆上，如一道激雷，凶狠地撞向那个说书女子的兄长。

在太平镇打了十一场擂台大获全胜的年轻汉子双臂交错护在胸前，仍是被袁庭山一脚踹得倒滑出去，微微颤抖的双手以手肘抵在一张酒桌上，结果整张桌子都被掀起，酒水饭菜泼了汉子满身，刚换过的衣衫又遭了殃。

袁庭山站在原地没有乘胜追击，只是哟了一声，嬉笑道："不错啊，隐藏得还挺深，竟然快有二品小宗师的身手了，难怪能够在这小镇上威风八面。老子就纳闷了，一个北凉说书女子的兄长？我看是北凉拂水房的高手吧！是跑来两辽刺探军情的？"

那名只是个说书人的普通女子愣了愣，沉默寡言的年轻汉子转头望去，朝她歉然一笑，然后点了点头，又摇了摇头。

袁庭山脸上的笑意更浓，但是眼神中的暴戾以及浑身上下的杀意让酒楼众人都感到胆战心惊。

那名真实身份是北凉谍子的年轻汉子沉声道："与二玉无关，她只是个说书人，我可以死，她，不能死。"

袁庭山好似听到天大的笑话："你死不死，得看我的心情好不好，但是她不能死，是怎么个不能？凭你那点儿三脚猫身手，还是说你小子觉得拂水房死士的身份就能够吓到我袁庭山了？"

出自拂水房的年轻人伸出拇指擦去嘴角渗出的血丝，说道："凭我当然不行。"

抱着必死决心的年轻北凉死士咧嘴笑了笑："在你们辽东的地盘上，你袁疯狗是能杀人，我拼了命也拦不住，但你敢杀吗？你就不奇怪一个普普通通的说书人，为何能让我一路随行？"

袁庭山手心抵在那柄天下第一符刀的刀柄上："哦？给你这么一说，都快吓死爹了。"

年轻人淡然道："她叫二玉，是我们褚都护的客人。"

年轻人不轻不重地补充了一句："她更是我们王爷的朋友。我虽然不知道她死在辽东会有什么后果，但是我敢肯定一件事，那就是王爷一定会亲自为此跟整个两辽讨个说法。"

袁庭山五指骤然握紧南华刀，就要拔刀杀人。

一个远在西北的徐凤年，哪怕他是手握三十万铁骑的北凉王，哪怕他是世间四大宗师之一，仍然无法让袁庭山不敢杀一个小小的拂水房死士以及一个只能靠说书挣钱的蝼蚁般的女子。

你徐凤年自顾不暇，还有那闲情逸致计较一个女子的生死？

但是就在这一刻，面对两拨客人都没有起身相迎的大柱国顾剑棠不知何时已经站在了栏杆附近，对楼下的袁庭山沉声道："够了。"

袁庭山没有转身，那柄锋芒无匹的南华刀就要出鞘见血。顾剑棠面无表情地转身坐回位置，但是手上多了那柄当初赠送给袁庭山的名刀。袁庭山大踏步离开酒楼，就这么直接离开太平镇和辽东，返回蓟州。

妇人轻轻叹息：那个神仙一般的读书人谢观应亲口交代的事情多半是黄了。顾剑棠如此作态，其实就是婉拒了他们夫妇二人。因为南疆和西蜀两地，对待北凉或者准确说是对待徐凤年的态度截然不同。

程白霜微微一笑，低头喝了口酒。酒不错，可惜不是咱们世子殿下天天念叨的那种绿蚁酒，否则就更好了。

千年以降，如果要评出十幅战争史上最荡气回肠的画卷，除去大奉王朝末年的数千辆投石车攻城和离阳、大楚对峙的那场西垒壁战役，其余八幅，应该都是那些风驰电掣、铁甲洪流的骑兵千里奔袭或者对撞厮杀，金戈铁马，气吞万里如虎的画卷。

当今世上拥有骑兵数量最多的北莽王朝以及边关铁骑战力冠绝天下的北凉，分别以龙腰州四镇骑军和龙象军为主力，双方总计接近十万骑兵的夸张兵力，在流州青苍城外的广袤战场上，撞出了一朵猩红的鲜花。

在徐龙象毫不拖泥带水的发号施令之下，在北凉各支拥有独立编制的军伍中兵力最盛的龙象军分成三个梯队后，毅然决然投入了战场。瓦筑、离谷、茂隆、君子馆，北莽四座战后重建的边境军镇骑军列阵在陇关步军的左翼，正面迎战王灵宝所率第一支万人龙象军。四镇骑军将领虽然不清楚主帅柳珪为何如此托大，完全割裂骑、步两军使之各自为战不说，甚至在四镇骑军和攻城步军之间都没有设置各种拒马阵。要知道，哪怕是那些不曾熟读兵书的平庸将领也晓得，要对付骑军冲阵，应当在步军方阵前按葫芦画瓢折腾出一些阻滞骑军战马的措施，以此减少伤亡。但是，在北莽"军神"拓跋菩萨开口质疑前，没有人胆敢违抗老帅的排兵布阵。

在祥符元年就吃过大苦头的四镇骑军，面对那支龙象骑军声势惊人的冲锋，不得不硬着头皮上去。孤悬于旧北凉道关外的青苍城，附近有着便于大规模骑军驰骋的平坦地带，不存在螺蛳壳里做道场的尴尬情况，但是四镇骑军仍是做足了准备，以最擅用骑枪的君子馆骑兵作为前军，以铠甲最为精良的瓦筑骑军作为真正抗压的中军。原本有将领提议将离谷、茂隆两镇骑军作为两翼策应，但是一想到柳珪调兵遣将的风格，这个提议很快就被多数人否决——一旦骑阵厚度不够，被龙象军一冲而散，那么毫无防备可言的陇关步军就真是任人宰割了。因此战力最弱的茂隆骑军成为后军，对游掠的熟谙程度仅次于羌族骑军的离谷骑军被一分为二，放在三镇军马两侧。

哪怕不把按兵不动的柳家亲卫骑军计算在内，四镇骑军也有接近四万人马，面对龙象军明明人数占优，却不得不如此小心翼翼，的确很憋屈。

当嘹亮中透着悲壮的巨大号角声响彻战场，王灵宝领一万龙象军率先出阵缓缓前行时，不急于展开冲锋的君子馆骑军都发现，自己胯下的坐骑出现了一阵阵不安的躁动——久经战阵的熟马大都富有一些灵性，对于危机有一种超乎人类想象的敏锐直觉。

王灵宝麾下的一万龙象军，清一色是用作正面破阵的枪骑，没有一名帮助撕扯阵形的弓骑。

这意味着王灵宝和那一万骑已经下定决心，要么一鼓作气破开北莽骑军和步军两个阵形，要么就死在阻滞己方的敌军阵形之中。

速度慢下来的骑军，一旦深陷于密集的步军方阵之中，那就是泥菩萨过江。

这就像一锤子买卖，不是你死，就是我亡。

王灵宝转头回望一眼，见部下所有骑军都放弃了无比娴熟的弓弩，只有手中一杆铁枪和腰间那柄凉刀。

他欲言又止，本想最后再次提醒一句，"在冲入北莽陇关步军之前，就是死也不能放弃骑枪"，但是最终，这位威名赫赫的北凉边关悍将没有说话，大概是因为觉得没有这个必要。

一万龙象军，一万匹最差也是乙等的北凉大马，缓缓前行。

王灵宝突然提起长枪，枪尖倾斜，指向天空。

整支骑军心有灵犀地齐齐举起长枪。

对面的君子馆骑军也开始出阵。

王灵宝轻轻呼出一口气：就让我战死在马背上吧。

这位龙象军副将平放长枪，开始加速冲刺。

在冲锋途中，一万龙象骑军出现了微妙的变化：中部骑军让战马加快奔跑速度，两翼微微落下，以尖锥阵突入。

在这一万骑身后的副将李陌藩眯眼望去，伸手抚摸着坐骑的马鬃。他率领五千骑，同样持枪，蓄势待发，只是相比一往无前的王灵宝所部，每骑多了轻弩和一张骑弓，马鞍侧挂有北凉边关骑军不太常见的胡禄一个，胡禄装有四十支箭矢。胡禄一向是号称"北凉弓骑第一"的白弩羽林专用物，容量比起寻常骑军箭囊要多出十支。当年陈芝豹的心腹韦甫诚和典雄畜同时叛出北凉进入西蜀后，白羽卫骑和介于轻骑与重骑之间的铁浮屠都更换了主将。莲子营老卒出身的袁南亭手握全部白羽卫，而齐当国和北凉四牙之一的宁峨眉分别担任六千精锐铁浮屠的主将、副将。

李陌藩看到两支骑军的第一排骑兵已经错身而过。当然，也有许多没能错身而过的——在巨大长枪的贯穿下，人仰马翻，当场死绝。

李陌藩神情冷峻，心中默念：老伙计，咱俩可是说好了的，你要是敢窝窝囊囊地死在陇关步军之前，老子哪怕不死，也不会帮你收尸。

那座战场上，战前被柳珪下令"战败则撤销军镇"的君子馆骑卒，在经历过临敌初期的忐忑不安后，在冲锋途中被彻底激发出血性，非但没有一触即溃，反而在犬牙交错的骑军锋线中展现出超过往常水准的战力。

身经百战的李陌藩对此没有半点儿惊讶。天底下当然少有真正不怕死的人，但是在战场上，尤其是凉莽对峙的战场上，你越怕死就死得越快，这几乎是每一名新卒在进入北凉边军后，都会被老卒郑重其事告知的第一件事，北莽蛮子不会因为你的怯弱而手下留情。也许很多北凉新卒起先都感触不深，可当他们亲历战场博杀后，很快就会发现死人真的是一件很简单的事情，被箭矢贯穿，被战刀劈杀，被枪矛捅落。久而久之，能够活下来的新卒，自然而然就变成了老卒，也许内心深处依旧畏惧死亡，但是起码已经知道怎么让自己不因畏惧而减弱战力。偌大一座战场，也容不得谁伤春悲秋，当你浑身浴血，眼睁睁看着袍泽一个个倒下，甚至有些时候是替你去死时，你如何能够畏死？！你如果畏死，如何对得起那些并肩作战，不惜让自己战死以换你活下去的兄弟？！

李陌藩掂了一下手中那杆沉甸甸的铁枪，低头望去，然后转头看了一眼凉州方向。

大将军，我李陌藩脾气古怪，说好听点儿是恃才傲物，说难听点儿就是目中无人。这些年我在边境上也做了不少见不得光的腌臜事情，若是在离阳军伍，这辈子都出不了头。结果我还能够在雄甲天下的北凉铁骑中担任手握实权的正三品武将，拿最好的刀，骑最快的马，在这天高地阔的西北大漠之上，带着万骑在千里黄沙之中厮杀，马蹄之下更是战死边关的袍泽的累累白骨，这辈子的精彩经历，是别人几辈子累加也比不得的。

"在这个波澜壮阔的时代，就让那些英雄，在各自的战场上轰轰烈烈地死去；让那些枭雄，在庙堂上钩心斗角，机关算尽。求名求利求仁求义，各有所求各有所得，各有所求不得。所有的风流人物，无论敌我，都尽显风流。"

这段话是李义山说的。

李陌藩觉得，自己这种在中原恶名昭彰的家伙竟然都能义无反顾地当一回英雄，值了。他提了提长枪，轻轻说道："那就坦然赴死吧。"

一行人走在天井牧场的草地上，地面柔软，偶尔还会有积水从靴子周围缓缓溢出，足见陇西此处牧场的水肥草丰。作为仅次于纤离牧场的北凉道养马地，冬春无界，夏秋相连，气候条件得天独厚的陇西自古以来便是每个盛世王朝的马源重地。大奉王朝在陇东、陇西一带养马三十万匹，设置陇右牧马监一职，被誉为"不输大奉开国皇帝"的中兴之君刘泽两次北伐，就曾经在此地征集战马十六万匹。北莽陇关贵族其实最早就是八百年前大秦王朝在战乱中往北迁徙时流落的遗民，追根溯源，曾经都是陇西至潼关之间的大秦子民。

在一行人中，天井牧场的主事人赵绿园显得战战兢兢。没办法，身后暂时给他当绿叶陪衬的那五六号人物，有官职的，就像角鹰校尉罗洪才，无一例外都是北凉十四位实权校尉这种级别。至于那个唯一没有官身的，也是早先做过几年凉州将军的北凉军大将石符，只可惜被"上任北凉都护心腹"的标签拖累，不等新凉王上位，自己就识趣地请辞卸甲了，不知为何这次又给拎了出来。赵绿园也不知石符是要被秋后算账还是东山再起。赵绿园忐忑不安，除了因为身边那个年轻人便是徐凤年外，更多还是因为天井牧场这次临危受命，却只能抽调出不到五千战马，甲等战马更是只有六百余匹，距离北凉王的要求还差了不少数额。赵绿园是有苦自知，如果王爷早个半年来要马，别说是不分等级的八千匹战马，就是八千匹甲等北凉大马，他也能给出。先前北凉都护府从此地紧急抽调出一万匹战马，这六百匹甲等马还是他好不容易才留下的最后家底。当时他都跟前来牧场要马的怀阳关"钦差大臣"急红了眼，大骂那人是做竭泽而渔的勾当，说你们都护府有啥了不起的，还拍着桌子扬言要跟王爷的清凉山梧桐苑"告御状"。不过，如今凉王徐凤年来到身边了，赵绿园还真不敢当面说怀阳关那座北凉都护府半个字的坏话，只能絮絮叨叨说些"卑职无能有负所托"的废话。赵绿园又不傻，别说北凉，全天下人都晓得褚都护跟新凉王的关系——只是姓氏不同的真正的一家人啊。

徐凤年和赵绿园并肩走在牧场草地上，身后是正值壮年却常年沉默寡言的石符，还有角鹰校尉罗洪才等人，其中就有负责凉州西大门安危的陇西校尉赵容光。天井牧场地势开阔，风景旖旎，陇西冬长无夏，有六月寒凝霜的独特气候，所以时下比起别地要清凉许多。只是除了面无表情的徐凤年，罗洪才等人的神色都显得火急火燎，便是退出军伍已经将近两年的石符也眉头紧皱。

徐凤年望着眼前的肥美草地，感慨颇多。自版图延伸到西域的大奉起，天下军马半出此地的两陇，就有很多皇亲国戚和王侯将相在这里私养马匹，喜好以养马多寡比拼权势高低。生财有道的北凉道经略使李功德早年就提议是否可以打开马禁，向太安城和中原达官显贵贩卖乙等战马以下的马匹，因为这必将是一笔巨大的收入，可以减轻北凉赋税的压力，但是被徐骁直接拒绝了。士子赴凉后，不乏读书人提出同样的策略，在凉马一事上大做文章，认为在不削减甲、乙、丙等战马储备的前提下，此举能够增赋税，添兵饷，结交京城显贵，示好离阳赵室，可谓有百利而无一害。宋洞明的龙门和徐渭熊的梧桐苑对此都不敢擅自定夺，交由徐凤年决策后，他也有过一番深思，最终还是搁置了此事。

徐凤年在一处坡度平缓的山坡顶停下脚步，举目望去，只见绿意盎然。他突然转头对年近五十、老态毕现的赵绿园笑道："赵大人，这其实是咱们第二次见面了。当年本王年纪还小，陪着徐骁来这里避暑，记得那时候赵大人刚刚从凉州边军退出，在天井牧场上任不久，那会儿马场百废待兴，赵大人拍着胸脯跟徐骁保证，不出十年，就能让陇西变成离阳第一大的马场。不知道赵大人还记不记得自己答应过徐骁，总有一天要拿出一匹天下第一的神骏，庆贺我这个世子殿下的及冠礼？"

跟战马打了一辈子交道的老人顿时就激动了，颤声道："王爷还记得，还记得啊……卑职如何敢忘！天井牧场不仅兢兢业业培育良马，这么多年还一直托付边军将校和游弩手，只要在大漠草原上瞧见那俊逸非凡的野马之王，捕获以后一定要送到天井牧场。事实上，四年前还真有一匹神骏被送到牧场，只是王爷及冠礼的时候，老儿误以为王爷把这事给忘了，又怕被人说成是不务正业只知道溜须拍马的混账官员，犹豫了好些天，到底还是没有将马送往清凉山王府。最后实在拗不过咱们骑军周副帅的百般请求，只好送了出去，早知如此……唉，老儿真是悔死了！"

徐凤年笑道："没关系，我们北凉铁骑能有今天，包括天井牧场和纤离牧场在内的所有大小马场功不可没。时至今日，本王才上过几次战场？有两匹乙等马供骑乘倒也勉强配得上，再有匹甲等大马就是暴殄天物了。"

大概是知道赵绿园要为自己打抱不平，徐凤年摆摆手说道："你们先回去，我和石将军说些事情。"

众人离去，留下那个北凉公认宦途坎坷的石符。此人和幽州刺史胡魁昔年号称"凉州双璧"，都是年纪轻轻却战功显著的边军"老人"。"双璧"这个词，最早是说春秋战事中最早冒头的两位骑军将领吴起和徐璞。那时候徐骁还转战于各地，没有封王就藩，故而两人被誉为"徐家双璧"。如今一人在北莽敦煌城隐姓埋名，一人去了西蜀辅佐陈芝豹。陈芝豹离凉入蜀，徐凤年袭北凉王，成为石符和胡魁在官场上的一道分水岭。后者重新崛起，担任一方封疆大吏；官阶更高的石符却黯然失色，解甲归田。不过奇怪的是，对于石符的辞任，无论是清凉山还是之后设置的怀阳关都护府都置之不理，甚至哪怕褚禄山后来兼任凉州将军，也没有明确告知凉州军界石符已经退出军伍，军情折子依旧会按例每半旬一次送给在家休养的"凉州将军"石符。

徐凤年轻声问道："石将军，西蜀道这次一万精兵奔赴广陵道，韦甫诚和典雄畜两人仅任副将，交由一个外人呼延猰猱担任主将，而在北凉、西蜀两地交界的边境，陈芝豹让一个叫车野的年轻人镇守西蜀北门，对于这两件事，石将军有什么看法？"

石符眉头皱得越发厉害，闭口不言。

徐凤年安静地等待下文，似乎铁了心要等这位昔日的蜀王心腹开口，以此交纳投名状。但是石符咬着牙，就是不说话，神情越发黯然。若是年轻藩王问计流州，或是凉州虎头城、幽州葫芦口，石符自认都会知无不言，言无不尽，但是陈芝豹对他石符有栽培之恩，不管陈芝豹是否与北凉背道而驰，只要陈芝豹一天没有明确把矛头对准北凉，他石符就一天不会跟陈芝豹反目为仇。哪怕因此在今天惹恼了徐凤年，石符依旧在所不惜。对于身边这个年轻的徐家人，石符其实极其佩服，只是涉及触及底线的事情，石符过不去心里那个坎，所以当年身为骑军大统领的怀化大将军钟洪武才会破例对石符这个年轻人"刮目相看"，视为眼中钉。

徐凤年没有等到答案，又问道："如果本王说石将军举族三百人能够全部安然迁徙到西蜀，那么你会不会去西蜀？"

石符犹豫了一下，苦笑道："不同于韦甫诚、典雄畜，也不同于来自北莽孑然一身的车野，我石符的家族在凉州是大族，就算我本人愿意去西蜀，加上王爷也不阻拦，习惯了北凉风土的家族内不少老人也不会答应背井离乡，这跟我石符能不能在西蜀重新当上大官没有太大关系。不瞒王爷，说来无奈，退一万步说，石家真带着那些祖宗牌位搬去了西蜀，别的不说，家族与我同辈的三人，还有那四个在凉州边军中任职的侄子辈年轻人，应该都会留在北凉。如此一来，还没有离开北凉道，石家就已经四分五裂。"

徐凤年皮笑肉不笑地道："石将军倒算是坦诚相见。"

石符笑了笑，说道："藏藏掖掖也没用啊，我知道石家内就有安插多年的拂水房谍子。不是我有这份火眼金睛的能耐，而是褚禄山在就任北凉都护以前，专程到了石家跟我'坦诚相见'。所以这两年，我就没有哪天能睡安稳。说来好笑，早年在边军中，哪怕很多次深入北莽腹地，靠着战马随地休息，都要比如今在自家床榻上睡得好。"

徐凤年对于褚禄山在石家内安插眼线一事不置可否，转移话题，笑问道："天井牧场目前有八百白马义从，罗洪才和两名校尉的三千四百骑，以及牧场本身的陇西驻军和赵容光留在原地的两千骑，加在一起，仍是不足八千。接下来本王最多只能等三天，凉州东门潼关的两大校尉之一的辛饮马也会领三千精骑赶来，人数堪堪过万。石将军觉得这一万骑匆匆忙忙投入流州战场，是能够雪中送炭，还是远水解不了近渴？"

石符反问道："如果石符直言不讳，王爷当真会听？"

徐凤年淡然道："先说来听听看。你石符毕竟不是燕文鸾、陈云垂这样的春秋名将老将，也不是褚禄山、袁左宗这样战功煊赫的徐家自己人，还没有资格说什么就让本王听什么。"

石符叹息一声，仍是缓缓开口道："在我看来，王爷这一万骑虽说杯水车薪，对流州这一州之地的局势有所裨益，但断然无益于北凉大局。我如果是王爷，那就做得更加彻底些，由陵州两位副将汪植和黄小快领衔，以烟霞校尉焦武夷等校尉的兵马作为主力，要凉州境内的骑军拥入流州解燃眉之急，还应该果断让这些陵州拿得出手的骑军也北上进入流州，在战胜北莽西线的柳珪大军后，迅速填补凉州关外和怀阳关以南的那片空白……"

石符骤然感受到年轻藩王的杀机，坦然道："原本不知道情况，但是既然来了天井牧场，听说了这座牧场的战马数目，见微知著，石符多少也猜得出王爷和都护府的谋划，王爷对此不用多想。"

徐凤年点了点头，蹲下身，拔了一根甘草咀嚼起来。

石符继续说道："归根结底，凉莽之争，凉州关外和流州还有幽州，三座战场会各有胜负,但是真正决定我们北凉存亡的地方,其实只有凉州关外,这个地方输了,北凉也就丢了大将军和王爷两代人好不容易积攒起来的北凉大势。王爷兵行险着,让袁统领的一万大雪龙骑和两支重骑军奔赴幽州葫芦口,要一口气吃掉杨元赞的东线大军,自然没有错,还是出奇制胜的妙招。但是用兵一事,从来都应当奇正相和,不能赢在一时一地却失去大势。在春秋之中,有过许多这样明明将领赢了大仗却害得君王亡国的可笑战役。西垒壁战役最终分出胜负之前,外界谁都看好打了一连串细碎胜仗的西楚,但是大将军就是拼着兵力急剧消耗也要完成对西垒壁的围困,甚至不惜拿几支兵马在重要却不算关键的战场,主动引诱西楚大部精锐去吃掉,只为了造就西垒壁外围防御的那点点缝隙,袁统领大放光彩的妃子坟战役,就是一个明证。"

徐凤年猛然站起身:"石将军,这一万骑就交给你了,最迟三天,你就要带着他们去流州驰援青苍城和龙象军。"

石符愣在当场,既费解自己为何能够担当大任,也疑惑为何不是徐凤年亲自领军。

徐凤年吐出嚼烂的草根,沉声道:"今早得到的消息,虎头城已经失守,北莽大军直逼怀阳、柳芽、茯苓三镇。"

石符脸色大变,震惊地道:"虎头城怎么可能这么快失守?!"

徐凤年转身望向北方:"董卓这个疯子,先前每隔几天就派人挖一条地道去送死,十六条地道,结果死了整整五千人,但是谁都没有想到,这个丧心病狂的家伙根本不是挖了十六条地道,而是整整三十八条!其中十二条都只挖到城外就停下,然后在不计代价的地面攻城的配合下……"

说到这里,徐凤年不再说话。

石符喃喃道:"这个疯子,这个狗娘养的王八蛋……"

徐凤年转头对石符说道:"我马上要去怀阳关。石符,你从现在起就恢复凉州将军身份。不但是那一万骑,之后所有进入凉州境内的陵州骑军,都交由你统领。"

石符重重吐出一口浊气,抱拳道:"末将领命!"

苏酥从来没想过,自己这辈子能过上既有钱又有闲的神仙日子。他还记得以前在北莽那座小镇长大期间,就只有游手好闲的闲,但是到了这南诏后,尤其是赵老夫子跟某个白衣男达成盟约后,日子就真正滋润起来了,住着据说是属于昔年南诏皇室的避暑别院，吃着无不求精的山珍海味，连茅厕都比以前住的地方要豪奢。偶尔有客人在夜色中登门拜访，身份也一个比一个吓人，光是旧南诏的勋贵遗老，苏酥就见了六七个。老夫子身边也出现了越来越多的陌生面孔，尤其是那些个跟老夫子差不多岁数，又喜欢在名字前头加上什么尚书什么侍郎的老头子，几乎每个见着他苏酥，都会老泪纵横，泣不成声。苏酥知道，这些人应该就是闻讯而来的西蜀前朝老臣。老夫子要他苏酥多听少说，只管陪着那些老人一起默默流泪，若真哭不出来，事先在手心抹一把南诏特产的小雀椒粉末，作势垂首，伸手抹泪，那么一擦，想不哭都难。苏酥尝试过一次，就再也不想有第二次——眼睛红肿得两三天都没恢复，不过当时倒是效果显著，反正把那帮西蜀老臣感动得稀里哗啦，有个年纪最长的，更是当场哭晕过去。

今日苏酥被赵老夫子丢到一座名唤"目耕楼"的书楼，也不要他读书怡情，只需要在藏书楼内做做修身养性的样子就可以。苏酥趁着没人盯梢，坐到高楼栏杆上，身边站着目盲女琴师薛宋官。在那次两人差点儿死在陈芝豹手上后，苏酥就不再缠着目盲琴师玩那少侠和魔头的把戏了，大概一朝被蛇咬，十年怕井绳，对所谓的江湖有些畏惧了。这些日子，薛宋官都帮老夫子做着给南诏十八部牵线的事情，很忙，几乎跑遍了大半个南诏。苏酥很想她，但是等到真正重逢，又不知道该说些什么了，一男一女就这么沉默着。

苏酥抬起头，终于缓缓开口道："以前吧，最喜欢白天做梦，想着自己也许是某个大人物的遗腹子，要不然是个大门大户见不得光的私生子，说不定某一天认祖归宗，就彻底发达了，现在才发现自己竟然真的是一国太子。可惜美梦成真才知道，就算穿上了龙袍，明明真是太子，也不像个太子。亏得老夫子这一年来给我恶补了好些富贵人家的门道，什么奉帖唐碑、青田黄冻、蕉叶青花啊，一大堆物件。我从小就喜欢值钱的东西，这些东西够值钱了吧，瞧着它们，一开始也挺兴奋，恨不得睡觉都抱着它们一起睡，可不知道为什么，越到后来，就越提不起劲了。怎么说呢，就像一个在烂泥里打滚的穷小子，有天稀里糊涂娶了个貌美如花的媳妇儿，不是不喜欢，而是明白自己是守不住她的，她终归有一天是要离开的。"

陪着苏酥、赵定秀一起从北莽来到南诏的年轻琴师，目盲却心有灵犀，柔声微笑道："苏家做过足足两百年的西蜀国主，虽然在你爹手上丢了二十年，但如今有老夫子辅佐，又有那位蜀王的承诺，那么这份家业，其实是有机会守住的。就像陈芝豹所说，以后你虽然做不成蜀帝，但起码可以当一个封疆裂土的离阳蜀王，如此一来，也算对得起你们苏家的列祖列宗了。"

苏酥叹息道："如果不是徐凤年在北莽找到我们，我怎么可能有今天？书本上所说的'良禽择木而栖'，道理是挺有道理，可对我这种人来说，道理从来就不在书上，要么靠拳头，要么……"

这位在褓褓中就逃离西蜀皇宫的前朝太子苦笑了一下，伸手指了指自己的心口："要么就在这里。我苏酥虽然嘴上一直跟姓徐的不对付，也总在你面前说他的坏话，但你应该清楚，其实我这辈子也就徐凤年这一个朋友。当然，他徐凤年什么人啊，天底下兵马最盛的异姓藩王，堂堂四大宗师之一，还长得那般玉树临风，跟人并称'北徐南宋'，还有渊博的学问，这么一个屈指可数的风流人物，未必把我苏酥当朋友，但我是真把他当朋友。结果呢，到了南诏，得了天大的便宜，好不容易在这儿站稳脚跟，就只差报答人家的时候，那个面瘫的白衣男横插一脚，老夫子就把徐凤年的北凉撂在一边了。我也知道这是没法子的事情，可我心里头，真的是过意不去啊。"

薛宋官轻声道："你自己也说了，这是没有办法的事情。"

苏酥狠狠揉了揉自己的脸颊，然后双手捧着脸，含糊不清地道："是啊，没有办法的事情。我一个胸无大志也无真才实学的家伙，除了每天在这里吃好喝好睡好用好演好，能做什么？"

她犹豫了一下，感叹道："其实老夫子心里头也不好受，经常去跟你的铁匠叔叔喝酒解闷，有次喝醉了，很失态。"

苏酥放下手，双手撑在栏杆上，苦笑道："我从没有怪过老夫子，如果不是老夫子又当爹又当娘把我拉扯大，就没有我苏酥了。何况老头子什么样的脾气我还不清楚吗？就跟茅坑里的石头一样又臭又硬，如果不是为了我，为了那个其实早就没了的西蜀王朝，老夫子才不会违背心意如此行事。"

薛宋官点了点头。

苏酥突然感慨道："我都这么成天无所事事了，有时候还觉得累，你说，担负着三十万北凉铁骑生死存亡的徐凤年也好，那个野心勃勃志在天下的蜀王陈芝豹也罢，这些人是真的乐在其中，还是也会觉得累？"

目盲琴师摇头笑道："不知道啊。"

苏酥转过头，笑脸灿烂："如果，我是说如果有一天，我能够真正放下一切陪你去行走江湖了，我要是跟新认识的大侠宗师说一句，当年天下第一人的徐凤年还跟我蹭吃蹭喝过，会不会很有面子？"

女子想到自己当年在北莽，还差一点儿就在雨巷中杀了那位年轻藩王，会心一笑："不能再有面子了。"

苏酥笑意醉人："虽然还是很嫉妒徐凤年，但世上有种人，不管如何，只要认识了，你就讨厌不起来，是吧？"

目盲女琴师笑着没有说话。

苏酥小心翼翼地问道："你真的……不喜欢他？说实话，我如果是女子的话，恐怕也会对他念念不忘的。"

她无奈地道："喜欢他做什么？因为徐凤年长得玉树临风？可我是个瞎子啊。"

苏酥挠了挠头，总觉得这个理由有哪里不对。

她趴在栏杆上："以后我们去中原江湖的话，还是我扮演杀人如麻的女魔头，你假扮行侠仗义的少侠？"

苏酥望着远方，眼神坚毅："不了！我们做神仙眷侣！"

目盲女子破天荒红了脸，扭过头，轻声道："酥酥，我是个瞎子。"

苏酥低下头，看着她留给自己的后脑勺，温柔地道："我知道。"

这位指玄境界的女子高手柔柔怯怯地道："我岁数也比你大。"

苏酥笑道："我也知道。"

她转过头，抬起头，"望着"苏酥，似笑非笑地道："如果以后到了佳丽无数的中原江湖，给我发现你多瞅了几眼女侠仙子，我薛宋官就把她们直接打杀了。"

苏酥悻悻然道："这个嘛……以前真不知道，不过现在也知道了。"

她嫣然一笑："骗你的。"

苏酥伸出手掌轻轻放在她的额头上："我虽然不是瞎子，但我眼里只有你。"

北凉后山，两位刻碑老人米跻、彭鹤坐在一栋简陋的茅屋前，一张小凳子上搁了些下酒菜，然后又有一位老人如约而至，手里拎了两坛在清凉山王府地窖里珍藏多年的绿蚁酒。这位老人面白无须，无论是走路姿态还是说话嗓音都透着一股阴气。米跻和彭鹤作为见惯风雨的北凉名士，对此心知肚明，熟识之后也从不揭破。这位姓赵的老人是位宦官，至于为何会从大内深宫来到清凉山养老，米跻、彭鹤更没有探究的兴趣。起先两位名士对名叫赵思苦的老人没什么好感，不过，在年迈宦官隔三岔五跑到后山给他们搭把手后，加上赵思苦比起寻常大手大脚的匠人，年纪虽大，但是手脚伶俐，言谈风雅不逊清流士子，尤其办事滴水不漏，久而久之，年龄相仿的三人也就成了能坐在一起喝酒的好友。

米邝、彭鹤笑着招呼赵思苦坐下，三个年龄加在一起快有两百岁的老人围凳而坐。两个还来不及换上干净衣衫的北凉书法大家犹然满身墨香，各自哧溜一下喝光了杯中酒，重重呼出一口气，脸色都有些阴郁。赵思苦作为在离阳皇宫当过一手执掌印绶监的资深大宦官，如今虽然脱去了那件在皇宫中仍是极为扎眼的大红蟒袍，但察言观色的功夫依旧高。只不过赵思苦也不说什么，小抿了一口酒，挑了个相对云淡风轻的话题作为开场白："咱家刚从青鹿洞书院那边回来，黄裳黄山主托咱家跟两位老友要几幅字帖，咱家也不敢胡乱应承下来，只说把话带到。"

米邝摇头道："如今我和老彭哪有那份写字帖的闲情逸致，这事儿可能要让赵老哥和黄山主失望了。"

赵思苦如何看不出一天到晚刻碑的米、彭两人，此时举杯的手腕都还在颤抖，劳心劳力不过如此，于是笑道："不打紧不打紧，黄山主事先也说了，这事不着急，他能等，等个几年甚至十年都可以。"

彭鹤笑道："只要王爷打跑了北莽蛮子，别说三四幅字帖，就是三十四十，我老彭也能亲自给黄裳的青鹿洞书院送去。不过赵老哥，咱们都不是外人，我就丑话说在前头了。我和米老儿可是听说了，好些书院里的外地士子不是个东西，对咱们北凉军政指手画脚，总觉着他们来了清凉山王府或是去了怀阳关都护府就能力挽狂澜。这帮小兔崽子，站着说话不腰疼，就因为咱们王爷好说话，就得寸进尺，那黄裳也不管管？"

赵思苦毕竟是在皇宫里头耳濡目染的大太监，并没有一味附和义愤填膺的彭鹤，摇头道："这事儿不是不能管，但手腕生硬了，反而管不好。而且如今赴凉士子比起一开始到北凉那会儿也改变了许多，虽然偶尔依旧会有书生意气不知轻重的言行，但都是为了北凉好，好些一开始抱着树挪死人挪活心态奔着北凉官场前程来的年轻人，也都不知不觉以北凉人自居，这就是天大的好事啊。"

曾经当着徐凤年的面砸过珍爱的砚台的米邝嗯了一声："读书种子读书种子，这些年轻人，算是真正在北凉扎根发芽了，迟早有一天，咱们北凉也会有一棵棵足以让中原读书人仰视的参天大树，自成一座巍巍士林。"

彭鹤举起杯，停顿了一下，忍不住唏嘘道："怕就怕咱们几个老家伙等不到那天。"

更为性情中人的米邝愤愤地道："去了京城国子监的姚白峰不去说，道德、学问都是世间一等一的，的确当得'硕儒'称呼，哪怕离开了北凉，我米邛也希望姚大家能够在朝廷那边风生水起。可那严杰溪就真不是个东西了，靠着攀龙附凤当上了殿阁大学士，就忘本了！据说有望成为下一次会试的副总裁官之一后，他就放出话来，要减少咱们北凉进京会试的名额，将往年雷打不动的四十人一口气切掉半数，只许二十人参与会试！亏得当年还给这个老东西写过好些字帖寿联，老子恨不得把自己的手给剁了！"

彭鹤冷笑道："严乌龟这还不是为了避嫌。咱们扳手指头算一算，老一辈的姚大家，年轻一辈的陈望和孙寅，哪个不是庙堂上最顶尖的读书人，便是那个以礼部侍郎身份同样担任副总裁官的晋兰亭，一样是从我们北凉出去的，说不定这次减少北凉会试名额，就是严杰溪和晋兰亭这一老一小两个东西碰头，躲着合计出来的阴险勾当。"

赵思苦意味深长地笑道："两位老友放宽心便是，要咱家来看，这次北凉的名额最终不会削减，而是恰恰相反。很简单，越来越多的读书人拥入北凉，朝廷岂能不慌？这个时候，严杰溪和晋兰亭的提议不过是做做样子罢了，那帮朝廷中枢的黄紫公卿是不会接纳的，反而会增加名额。不但如此，这些进京赶考的北凉士子，不出意外，会有相当比例的幸运儿在太安城混得不错，朝廷无非想借此机会告诉咱们北凉的读书人，学成文武艺，货与帝王家，从今往后，朝廷给出的价钱都不会低，墙里开花墙外香嘛。"

彭鹤愣了愣，咬牙切齿地道："这朝廷，也太不要脸了！"

米邛更是直截了当地道："要我是王爷，就干脆拦下这些读书人，肥水不流外人田。"

赵思苦摇头笑道："北凉自大将军起就不做这样下作的事情，如今在王爷手上，想来也还是不会做。也许在很多离阳官员眼中，这是件蠢事，不过咱家看来，公道自在人心，这就够了。"

米邛点了点头："是啊，公道自在人心。"

彭鹤一口气喝光杯中酒，使劲攥着空空的酒杯，嗓音沙哑，道："虎头城主将刘寄奴死了，校尉褚汗青死了，校尉马蒺藜死了，整个虎头城的步卒和骑军，都死了。幽州葫芦口、卧弓城、鸾鹤城、霞光城，流州青苍城，这么多地方，这么多北凉边军，死了那么多人！他们离阳朝廷知道吗？中原百姓知道吗？"

彭鹤放下酒杯，用手重重捶了一下胸口，哽咽道："我不管他们知道不知道，我和米邛两个老不死的家伙，亲手刻上那么多年纪轻轻的北凉儿郎的名字，每天都是白发人送黑发人，我憋得慌啊！"

曾经作为赵家棋子看守天人高树露的赵思苦沉默无言。

公子，你如果没有英年早逝，如果能看到今天这一幕，会不会遗憾当年选择了陈芝豹，而没有像李义山先生那般竭力辅佐徐凤年？

第五章

议事堂激辩战局
葫芦口再筑京观

还未入秋，蓟州就已经处于让人焦头烂额的多事之秋了。

在这个时候，新任两淮道节度使的蔡楠以及随后成为经略使的韩林，很快就成为京城官场上的议论焦点，对于那员昔年大柱国顾剑棠的心腹大将，京城官员都不太乐意说好话，可旧刑部侍郎韩林却是太安城有口皆碑的清流文臣，故而京官大多抱以同情姿态，都惋惜韩大人命途多舛，好不容易外放为官，却接手了这么个烂摊子。不知为何，在这期间，一个比蔡、韩两位封疆大吏更早进入两淮道的赵姓人，从头到尾都无人提及，哪怕这人是先帝的三子。虽比不得大皇子赵武和当今天子，但其母也贵为北地士子集团执牛耳者彭家的嫡女，可是被封为汉王就藩蓟州的赵雄出京城以后，就像泥牛入海，杳无音讯了。要知道这位三皇子当年在太安城那可是响当当的一号人物，风流雅事就没有断过，在赵雄如日中天的时候，如今由王远燃领衔的京城四公子还不知道在哪个角落眼巴巴地艳羡着呢。先帝六个儿子，嫡长子赵武就藩辽东，且是唯一手握虎符兵权的皇子，被授予实打实的镇北将军，协助大将军顾剑棠和老藩王赵睢共同镇守北边；二皇子赵文去了烟雨朦胧、士林茂盛的江南道；五皇子赵鸿封越王，藩地在旧东越；六皇子赵纯因为年纪还小，尚未离京就藩。

新建汉王府邸内有一湖，被赵雄命名为听涛湖，世人皆知北凉王府有座听潮湖，赵雄取此名，用意令人遐想。听涛湖湖心有座亭子，四面皆水，不设桥梁，必须以采莲舟为渡。亭中有藤床竹几，瓶中插有数枝丰腴芍药，香炉中烟雾袅袅。

身穿素白便服的赵雄斜踞床榻，手持酒杯，有女婢在这位藩王身前手捧一本古籍；有婢女在旁端冰盘，盘中陈放时令鲜果；又有婢女站在赵雄身后打扇，驱除暑气。

赵雄看一页书，便饮一杯酒，不与人言，自得其乐。

一个下午就在年轻汉王的优哉游哉中缓缓流逝。

赵雄瞥了一眼窗外的天色，很快就有婢女帮他穿上靴子。赵雄来到窗栏附近，眯眼看着湖岸上那个纹丝不动的身影，啧啧出声："难怪能做上我朝年纪最轻的一州将军，也真是够拼的。"

赵雄离开亭子，乘坐莲舟回到岸边，上岸后走向那个正值风雨飘摇的蓟州将军，后者在藩王走近后抱拳沉声道："末将袁庭山参见汉王殿下！"

赵雄随意摆了摆手，笑呵呵地道："袁将军有话就直说。"

袁庭山缓缓抬起头，在岸边站了整整一下午，却眼睛熠熠，不见丝毫颓丧，脸上也毫无谄媚之色："恳请王爷替末将在那封能够直达御书房的密折上恶言几句。"

赵雄故作惊奇地道:"袁将军如何知道本王有密折上奏的职责,又为何要本王说你的坏话?本王可听说你袁庭山如今的处境已经够糟糕的了,先前非但没能在老丈人那边讨到好,最近连一些好不容易拉拢起来的心腹也投奔了蓟州副将韩芳,甚至连蔡节度使也对你闭门谢客,韩经略使就更不用说了。你今天来本王府邸等了一下午,不该是等一份雪中送炭吗,怎么反而要火上浇油?当将军当腻歪了,想当个阶下囚尝尝新鲜?"

听着汉王的冷嘲热讽,袁庭山面不改色,始终保持抱拳躬身的恭敬姿势,语气诚恳地道:"末将这次登门拜访,带了黄金万两、珍玩字画十箱……"

听着这个被某些京官私下骂作疯狗的年轻人娓娓道来,赵雄出现片刻的失神,没来由想起一幅画面,那幅画面他不曾亲见,却是多次亲耳听闻。

很多年前,有个年轻武将差不多也是这般模样,在离阳兵部衙门求着给人送礼。

赵雄抬头看着飘着大片大片火烧云的绚烂天空,自言自语道:"可惜没有下雨。"

袁庭山仰头看着这位明显心不在焉的汉王,低下头,悄悄咬着嘴唇。

两个老丈人,大将军顾剑棠已经明确表示不会对蓟州的糜烂局势施与援手;而李家雁堡也隐约透露出那近万李家私骑是最后的家底,不会交由他这个女婿肆意挥霍,一万私骑就算要战,也只会战于蓟南地带,甚至情况允许的话,要一口气转移到江南道北面,而绝不会由着他袁庭山带到蓟北边境去跟北莽死磕。如此一来,原本蒸蒸日上的蓟州将军府可谓内忧外患。这些事情,袁庭山都不介意,他甚至可以在仕途上一退再退,连这个蓟州将军也一并不要了,但是袁庭山无比忌惮一个人,那就是太安城坐龙椅的那个年轻天子。袁庭山怕自己在这位雄心勃勃的皇帝心中变成一个不堪重用的庸将,一旦在皇帝心中形成这种致命印象,他袁庭山就算打一百场胜仗都没有了意义。所以袁庭山来求汉王赵雄,求他在密折上弹劾自己,只有如此,才能让年轻皇帝觉得整个蓟州从上到下,所有人都在排斥他袁庭山,他就如同庙堂上的骨鲠孤臣,那他才能拥有东山再起的机会。

"黄金?本王姓赵,缺这玩意儿?古玩字画?本王这辈子亲手摸过的,比你袁庭山见过的还多。"

赵雄伸手拍了拍袁庭山的肩膀:"所以袁庭山,以后若有飞黄腾达的那一天,别忘了是谁在你走投无路的时候拉了你一把。"

袁庭山左手五指死死地抓住右拳手背，青筋暴起："末将誓死不忘！"

赵雄微微俯身，在袁庭山耳边轻声说道："其实你无论是在蓟州当将军，还是去广陵道带兵平叛，在某个人心底，其实都是不值得他信任的，只有你那老丈人死了，你才有出人头地的一天——这句话，就当是本王给你的回礼。"

袁庭山身体一颤。

赵雄似乎有些乏了，挥手道："你走吧，本王就不送了。"

袁庭山继续弓着腰后退出几步，这才转身离去。

赵雄看着那个背影，笑眯眯地说道："你也太小看我那个四弟了，嗯，也太小看我赵雄了。罢了，这次就帮你一回。"

江南洮州有一处风景旖旎的形胜地——散花台，山并不高，但方圆百里之内无山，就显得它格外突出。相传大奉王朝时有得道高僧在此说法，引得仙女散花，顽石点头。

暮色中，江南道风流名士呼朋唤友，云集散花台，要共赏月色辞夏迎秋。每人都自备坐毡、酒水、茶点、盏筷、香炉和薪米等物，在山巅席地鳞次铺排而坐。

今夜山上竟有九百人之多，在一位豪阀名士潇洒起身高声朗诵出"我辈文章高白雪"的引领下，近千人同唱那首脍炙人口的千古名篇《江南游》，一时间声如雷动，饮酒如泉。

深夜时分，洁白的月光洒满散花台。

在一众以相仿家世而相邻席地的江南文人中，散花台顶视野最开阔的绝佳观景地带，有一拨人无形中与别人格格不入。为首老人白发白衣，盘腿而坐，膝上趴着一只打瞌睡的大白猫。老人身边不过摆六七张席子坐六七人而已，其中有前些年请辞礼部尚书一职的卢道林。他是湖亭卢家的老家主，同时也是旧兵部尚书卢白颉的兄长，在短短十年内，卢家一门出了两尚书，果真无愧于先帝"卢氏子弟，琳琅满目"的赞誉。如今虽说卢道林归隐山林，卢白颉也黯然离京，但无损卢家在江南道力压其他三大家族的超然地位。还有姑幕许氏的老家主许殷胜。这位老人在嫡长子许拱获封龙骧将军后便安心颐养天年，虽说前些年许淑妃惨遭横祸被打入长春宫，害得整个许氏家族元气大伤，但好在许拱不负众望，入京担任兵部侍郎，撑起了大梁，之前一直闭门拒客的许殷胜也终于现身。老人身边坐着年纪最小的女儿许慧扑，做黄冠道姑状的她跟"棠溪剑仙"卢白颉那段有缘无分的恩怨情仇，在江南道士林中人尽皆知。那位名叫袁疆燕的中年儒士不但是伯枰袁氏的中流砥柱，更是名动朝野的清谈大家。

膝上趴白猫的沧桑老人身边坐着个丰神俊朗的年轻公子哥，他低头弯腰，轻轻摇动手中折扇，却不是给自家老祖宗扇动清风，而是给那只懒洋洋的白猫扇风。年轻人身后远远站着个滴酒不沾的青衫剑客，众人皆醉他独醒，众人皆坐他独立，极其碍眼。

湖亭卢氏、江心庾氏、伯枰袁氏和姑幕许氏，这四个江南道上的家族是与北地士子抗衡的南方主力。曾经青州的青党也是四大家族的天然盟友，可惜不成气候，被前任首辅张巨鹿随手折腾得分崩离析。四个姓氏，虽说在江南道上处处锱铢必较，一代又一代人不间断地展开明争暗斗，但是在太安城，在离阳庙堂上，四个姓氏家族无比团结，许拱能够从地方上进入京城，硬生生拿下那个兵部侍郎之职，那位养白猫的庾氏老家主、不惜亲自跑了一趟京城的庾剑康至关重要。

许殷胜望向比自己高出一个辈分的庾剑康，轻声感叹道："庾老，如今是乱象横生哪。就说那元虢，好不容易复出，当上了掌管钱袋子的户部尚书，没有几天工夫就给撵到了咱们隔壁的广陵道担任节度使，因为是藩王辖地，所以还是个副的。如果不是大祭酒和'坦坦翁'帮着说话，给压了下来，恐怕就不是蔡楠而是咱们棠溪去担任两淮的节度使了。庾老，虽说棠溪现在还任着兵部尚书，可是陛下明摆着已经动了要挪一挪位置的心思了，在庾老看来，棠溪接下来何去何从？咱们也好有的放矢，从长计议啊。"

庾剑康笑着伸出手指点了点卢道林："尚书大人的亲兄长都不急，你许殷胜急什么？"

卢道林无奈地道："不是不急，是急了没用。好在蔡楠已经去了两淮道，元虢又到了广陵道，现在棠溪只要不是被发放到南疆，想来都不会太差。"

庾剑康伸手摸着白猫的脑袋，淡然道："以前有张庐、顾庐，从京城到地方，都围绕着文武之争打转，现在两庐都已成过眼云烟，接下来就该轮到南北之争了。中书省齐大祭酒是典型的南人，副手赵右龄是南人，门下省'坦坦翁'是北人，陈望是北凉人，堪堪打成平手。咱们再来数一数尚书省六部，新任吏部尚书殷茂春，南人；先后两任户部尚书王雄贵和元虢皆是南人；如果再加上卢道林这个前任礼部尚书和卢白颉这个现任兵部尚书，你们就没有觉得咱们南方读书人在朝堂上最靠前的位置占得太多了吗？如此一来，若是再让许拱顺势执掌兵部，旧刑部侍郎韩林接任刑部尚书，那北方士子以后还怎么混？何况最近几届的进士人数，南人更是占据绝对优势。所以啊，韩林去了蓟州，元虢去了广陵道，这些都是情理之中的事情，不用大惊小怪。以后唐铁霜当上了兵部尚书，许拱只能继续在侍郎位置上熬个四五六年，也一样不用奇怪。"

说到这里，庾剑康略作停顿，笑了笑："有意思的是现在太安城多了一股不容小觑的新势力，大学士严杰溪，国子监左祭酒姚白峰，门下省的陈望，礼部侍郎晋兰亭，黄门郎严池集，以及暂时蛰伏的孙寅，无一例外都是北凉出身，但官场口碑都不错。人数不多，但个个说话都很有分量，尤其是那个陈望，更是了不得的人物，便是与当年'碧眼儿'的仕途相比，也仍是有过之而无不及。这跟当年在张庐、顾庐之间横插了一个青党有些相似，只不过相比墙头草的青党，这拨勉强可称为'凉党'的官员其实从未结党抱团。你们发现没有，这些人虽说都出自北凉，但对陛下的忠心，是庙堂其他文武百官都不能媲美的。以后呢，我猜会是由前途不可限量的陈望领衔，与我们南、北两拨读书人形成三足鼎立之势。"

袁疆燕感慨道："难不成是又一个'碧眼儿'？"

庾剑康摇头道："恐怕不止喽。"

卢道林抬头望着月夜，怔怔出神。

许慧扑不知为何神色有些哀伤，不知是想起了那位远在京城的"棠溪剑仙"，还是想起了某位喜欢身穿红衣已是阴阳相隔的徐姓女子。

庾剑康微笑道："接下来我们四家要做的就是先退一步。辽东彭家这些北方家族要在这个时候抢夺京城的座椅，咱们表面上装着勉为其难，暗地里都给他们好了。至于什么时候进一步，很简单，等，等到彭家他们人满为患之后，同时必须在陈望、孙寅、范长后这拨人真正成长起来之前，我们再出手便是。现在就让那帮北方佬跟那些年轻人去闹矛盾好了，他们啊，这几年内是能够给那些晚辈穿小鞋使绊子，但迟早有一天要吃大苦头的。在这期间，你们这些人，退一步不是真的就什么都不管了，不妨为前程似锦的太安城年轻人锦上添花，帮他们在文坛扬扬名，鼓吹鼓吹声望，时不时与之诗词唱和，就当结下一份善缘。"

袁疆燕哈哈笑道："这有何难！"

接下来庾剑康做了一个古怪的举动：举起酒杯，转身面向西北，遥遥敬了一杯酒。

我庾剑康替中原，敬你们北凉一杯，敬你们父子一杯。

自永徽末以来，离阳三省六部的大小衙门几乎可以说是城头变幻大王旗。首辅张巨鹿、兵部尚书顾剑棠、宋家老夫子等一批老人要么死了，要么就是离开了京城中枢，而由中书令齐阳龙领衔的一拨人则纷纷跻身庙堂占据高位。这中间既有门下省左散骑常侍陈望这样的京城"前辈"，也有在祥符元年通过科举成名的李吉甫、吴从先、高亭树等资历远逊陈少保的年轻读书人，更有唐铁霜和许拱从地方上入京担任侍郎职位，而旧有阁臣亦是变化巨大，包括赵右龄、殷茂春在内的一大批永徽公卿几乎人人更换了官场座椅，元虢、韩林、王雄贵更是全部外放，成为名义上的封疆大吏。

在这之中，唯独桓温是个异类。身为三朝老臣，无论同朝官僚如何更迭，这位"坦坦翁"始终稳坐门下省那座钓鱼台，虽说时下传言老人身体不适，要腾出位置给中书省二把手赵右龄和吏部天官殷茂春中的某一位，但是对见惯风雨的太安城文武百官而言，只要皇帝陛下不曾明确下旨，"坦坦翁"就依旧是那个对整个朝局都拥有莫大影响力的宰执人物。退一步说，桓温即便真的告老退位，到时候作为离阳王朝硕果仅存的功勋元老和文坛领袖，以后离阳朝廷也一样少不了问计于这位被先帝誉为"国之重宝"的老人，难怪太安城会有"桓府无冷灶"的善意调侃。

今年即将入秋之时，皇帝让内务府精心打造了四十余方篆刻有"祥符御用"的砚台赐给重臣，得之者均以为宝。唯有桓温独得三方，便是齐阳龙、严杰溪和陈望三人也仅获两方。桓温不但获此殊荣，而且有一株堪称冠绝辽东诸多贡品的老参和一坛椿龄酒一并赐下。如此一来，那些猜测"坦坦翁"未必能够熬过祥符二年的私下议论便瞬间烟消云散。

张庐、顾庐相继成为陈年往事后，随着中书、门下两省崛起和翰林院搬迁新址，以及六座馆阁设立后分流出去一大拨重要文臣，原本衙门云集的赵家瓮也不复早年"满朝公卿尽在此"的盛况。

立秋之日，皇帝特意开放四座皇宫花园中占地最广、风景最佳的金秋园，大宴群臣。在酒宴开始之前，颇有兴致的年轻皇帝还订立了一个离阳迎秋新规矩。他让司礼监掌印太监宋堂禄搬来一盆早就栽种在盆内的梧桐，等时辰一到，让陈望临时担任了一回太史官，高呼一声"秋来了"，然后皇帝亲手摘下一片梧桐叶，寓意君王代替苍生向天报秋。在这桩没有前例的即兴雅事中，成为离阳第一任"迎秋启奏官"的陈望无疑最为惹眼。皇后严东吴与弟弟严池集站在一起，这位母仪天下的动人女子看到这一幕后，轻声对身为翰林院新贵的弟弟说道："你务必争取成为明年的报秋人。"

最是害怕出风头的严池集头疼地道："姐，这种事情有什么好争的，而且我也争不来。有陈少保珠玉在前，明年估计也就只有礼部侍郎晋兰亭或者咱们翰林院的新任掌院学士才能担当此事。要不然，宋恪礼和范长后这几位也比我更名正言顺。"

严东吴扫了一眼那些神态各异的文武百官。年老如齐阳龙、桓温者，毕竟上了岁数，本身也已经位极人臣，无须以此为自己的官声锦上添花，故而对此事都是抱着不与年轻人争抢的淡泊心态。赵右龄、殷茂春等稍稍年轻一辈的权臣虽然略有差异，但同样不需要争抢什么，也不适合，不过看向低一辈的陈望时，眼神依旧都藏有一份羡慕。至于高亭树、吴从先这些刚刚在离阳庙堂崭露头角的年轻人，无一不是眼神炽热。这些年在太安城官运亨通的晋兰亭老神在在，似乎已经将明年报秋人视为囊中之物。

如今极有凤仪的严东吴目不斜视，并不与这个心爱的弟弟做窃窃私语状，脸色淡然，道："你姐夫需要你去争一争，只不过他不会明着跟你说什么，但是你如果有这份进取之心，他肯定会很高兴。"

严池集无奈地叹息道："好吧，那我尽力便是。"

严东吴用余光看着正在和武英殿大学士温守仁等庙堂大佬言笑晏晏的爹、洞渊阁大学士严杰溪，换上一种毋庸置疑的语气："咱们爹已经帮你铺路了。六大殿阁学士，加上如今新设的六位馆阁学士，这十二人将是以后我朝第一等清贵阁臣。你如今终究还年轻，资历也不足，不奢望咱们严家现在就一门两殿阁，但是你短则十年长则二十年成为馆阁大学士并不是难事。爹再过几年不出意外就能够由阁升殿，殿阁学士是类似上柱国的虚衔，并不因官员退出朝堂而被剥夺，而馆阁大学士是实职，到时候我们严家就有了'一家两殿阁'。爹是面子，你是里子，父子相辅相成，最少可保严家三代人百年无忧。"

严池集怯生生地道："姐，咱们终归是外戚，就不要避嫌吗……"

严东吴面无表情地转头，但是视线中分明有了几分怒意，她直接打断弟弟的言语，压低嗓音道："你当真看不出如今朝政的暗流涌动？！连你这个小舅子都不帮你姐夫，难道要寄希望于那些越来越会做官的文臣？"

严池集欲言又止，终于还是低头认错。

皇帝从远处走到这对姐弟身边，看到严池集的窘态，笑眯眯地打趣道："怎么，小舅子，又给你姐训斥了？严大学士每次见着朕，偶尔提起你这个儿子，总是难掩那引以为傲的笑意，你姐倒好，见一次训话一次，害得朕都忍不住为你打抱不平了。无妨无妨，虽然你姐跟你不亲，但是朕跟你这个小舅子那是亲得很，以后在你姐这儿受了委屈，只管来跟朕诉苦，咱俩一起喝酒解闷便是。"

严东吴柔声笑问道："不知陛下有何苦闷要解？"

给抓到把柄的年轻天子顿时语塞，这让隔岸观火的严池集倍觉有趣。皇帝赵篆伸手指了指这个幸灾乐祸的小舅子："忘恩负义啊，朕可是为了帮你小子才不小心引火上身的。"

若是寻常臣子听到一个皇帝口中说出"忘恩负义"四个字，估计就要吓得肝胆俱裂了，也不知严池集是太过迟钝还是怎么，竟是当真毫无忐忑，只是略微歉然地笑了笑。

年轻皇帝虽说表面上冷哼一声，但是内心深处，对小舅子的"恃宠而骄"非但不觉得窝心恼火，反而觉得很舒服。

不是一家人，绝对不会如此随意。历朝历代的皇帝，虽然嘴上自称寡人，但哪个皇帝真的喜欢孤家寡人的滋味？

严东吴突然低声道："陛下，宫女选秀一事，实在不能再拖延了。"

赵篆赶紧打了一阵哈哈，然后找借口说是要去找中书令大人讨论些军国大事。

酒宴过后，皇帝陛下让群臣自行游览金秋园，于是文武百官三三两两结伴散开，看似漫不经心，实际上中间有许多门道讲究。比如齐阳龙和桓温两位当朝大佬就并肩而行，并无人随行；而辞去吏部尚书的中书省赵右龄却拉着五六个吏部大员一起；现任天官殷茂春便和翰林院那帮履历厚重的黄门郎相谈甚欢；几位根基不稳的新任馆阁大学士自然而然携手共游；"碧眼儿"死后已是群龙无首的尚书省那六位尚书也各有山头，并不扎堆；赵室勋贵倒是比较抱团；兵部侍郎唐铁霜陪着两位与恩主顾剑棠一个辈分的大将军同行，其中一位便是不问世事很多年的大将军赵隗，另外一位则是这两年灰头土脸的杨慎杏；兵部尚书卢白颉反倒是与那些同为江南出身的年轻官员走在一起；而前些年趋于貌合神离的几位青党主心骨——吏部侍郎温太乙以及新近被召入京城的原青州将军洪灵枢等人，前两年才刚刚摆出要老死不相往来的架势，今天竟然重新碰头，看样子已经冰释前嫌，融融洽洽，难免让人揣测这青党莫不是要东山再起了；至于以彭家、刘家为首的北地两辽世族豪阀，在太安城的话事人也默契地待在一起。

齐阳龙和桓温这两个年迈老人走起路来其实并不慢，步子也大，于是跟后边的官员大队伍越行越远。两老径直来到了金秋园里一处著名景致——以将近百块春神湖石堆砌而成的春神山。春神湖石虽然很久以前就被一些江南名士钟情推崇，但真正称得上兴起，为朝野上下所熟知，是最近五年的事情。一块块巨石不断被从湖底捞起运往一座座富贵庭院，在去年更是"飞入"了帝王家，在金秋园一夜成山，名动天下。春神湖石以瘦、透、皱三字为珍，上等春神湖石玲珑透彻，形态起伏，气韵生动，所以又有"一斤石一两金"的说法。

桓温没有登山，而是站在距离春神湖山还有数十步的地方，望着那座据说云雾天气可见烟绕、阴雨天可闻雨音、大风中可听法螺声的矮山。中书令齐阳龙见"坦坦翁"没有登高的意图，也就笑着陪他站在原地。如今离阳朝廷的氛围极为轻松，相比张庐、顾庐对峙的时候，有张巨鹿和顾剑棠这两位不苟言笑的文、武领袖坐镇，文武百官做起官来可谓战战兢兢，生怕犯错，如今换成了脾气都很好的齐阳龙和桓温，人人都轻松了许多。又恰好碰上赵篆这般方登大宝还算不得积威深重的年轻天子，因此太安城官场前辈都喜欢跟私交甚好的晚辈调侃一句："你们这帮祥符新官比起咱们这些永徽老臣，算是遇上了好时候啊。"

在酒宴上没少喝酒的"坦坦翁"打了个酒嗝，转头对齐阳龙笑问道："中书令大人，晓得我桓温这个'坦坦翁'绰号的由来吗？"

齐阳龙笑着摇摇头。

桓温哈哈笑道："最早啊，可不叫'坦坦翁'，有个家伙帮我取了个'酒葫芦'的绰号，如果有些事情惹恼了他，还要被他骂成酒囊饭袋。'坦坦翁'这个叫法，相对而言是很后来的事情了。有次陪那家伙在禁中当值，我管不住嘴，就偷喝了酒，刚好给通宵批本的先帝逮了个正着。我呢，喝高了，言谈无忌，就跟先帝说'我桓温只要一天肚中有酒，就一天心中坦荡，如果哪天陛下不管酒喝，那么我就要满肚子牢骚'。然后先帝就被逗乐了，当场就让当时的掌印太监韩生宣去拎了好几坛酒来。那一次，有个从来都滴酒不沾的家伙也破天荒喝了一杯，脸红得跟猴子屁股差不多，我醉后笑话他别叫什么'碧眼儿'了，就叫'红脸儿'好了。他就回了一句：'管住嘴，好好做你的"坦坦翁"。'大概是从那个时候起，我就成了'坦坦翁'。也许很多官员觉得这个绰号是说我桓温在离阳官场上，不论朝局如何动荡，我都是个跟着一起摇摇晃晃偏偏最后都没倒下的不倒翁。"

齐阳龙感慨道："'坦坦翁'无论为人还是做官，都不曾行心上过不去事，不存事上行不过去心，我不如'坦坦翁'多矣。"

桓温翻白眼道："中书令大人，这话可就溜须拍马太过了啊，如果换成别人来说，我甚至都要觉得是骂人了。"

齐阳龙笑而不语。

他执掌离阳王朝废弛多年的中书省。在数十年前，偏居北地且藩镇割据的旧离阳赵室，中书省的中书令，左、右仆射和侍中等几个头衔，都被赵室赐予那些尾大不掉的藩镇武将和把持朝政的煊赫武臣，以示荣宠，都是虚衔，就像后来的大柱国和上柱国。只不过今时不同往日，大权旁落的中书省重新成为名副其实的庙堂重地，他齐阳龙也顺势成为继张巨鹿之后的又一位当朝首辅大人，而一些很早就被翰林院分走的职权也重新回归中书省。但是齐阳龙心知肚明，自己这个被先帝召入京城"救火"的中书令，说到底，就是个过渡宰相，把殷茂春、赵右龄等人扶上位后，就要全身而退，而桓温不一样，先帝也好，现在的天子也罢，对待这位与张巨鹿私交甚好的"坦坦翁"，都视为可以信任的帝师人物。这次沸沸扬扬的"桓温辞官让贤"一说，齐阳龙最清楚不过，哪里是年轻的天子对桓温生出了猜忌之心，分明是桓温自己有了退隐之意，这才有了桓温一人独得三方御赐砚台的美谈。

桓温轻声道："少年人要心忙，忙起来，则能震慑浮气。老年人要心闲，闲下去，方可乐享余年。"

齐阳龙摇头，沉声道："这个时候，朝廷上谁都能闲，唯独'坦坦翁'闲不得。广陵道，北凉道，两辽道，处处都不安生，朝廷这边很需要'坦坦翁'帮着拿主意。很多时候很多事情，'坦坦翁'哪怕不开口说话，只要坐在那里，哪怕是打着瞌睡，朝廷的人心就不会乱。家有一老，如有一宝，说的就是'坦坦翁'。"

桓温继续望了一会儿那座小山，缓缓转头笑道："论年纪、辈分，中书令大人与我恩师同属一辈……"

齐阳龙很快就摆手道："别来这一套，我跟你恩师当年不对付是出了名的，关于儒、法两家的皮、里之争，两人一辈子都没谈拢，在我入京以后，'坦坦翁'没有为难国子监和中书省，我就已经很庆幸了。"

桓温不再用"中书令大人"这个恭敬中透着生疏的称呼，语气诚恳地道："齐先生虽然与恩师政见不合，但是恩师当年便对先生做学问的功夫极为钦佩。在桓温看来，世人都说那'与其衣冠误事，不如布衣遁世'的道理，其实是要么做够了官，要么做不成官这类人的虚伪言辞，远不如先生这般布衣即学问，衣冠即济世。"

齐阳龙笑了笑："'坦坦翁'啊'坦坦翁'，咱们两个老头子在这里互相拍马屁，这也就罢了，问题是也没人旁听进耳朵啊，如何'传为美谈'，如何青史留名？"

说到这里，齐阳龙略带讥讽地道："想我年少时读史，初读某人某事，总觉得血脉偾张或是感人肺腑，后来回过味来，才知道是沽名钓誉至极，其心可诛啊。"

桓温爽朗大笑："先生好见地，学生年轻时也有如此感触。"

齐阳龙没来由叹气道："以前的写书人啊，以后的翻书人啊。"

桓温跟着叹息一声，突然问道："先生是不是没有见过那徐凤年？"

齐阳龙点了点头："那北凉王倒是去过一趟上阴学宫，可惜不曾见面。"

桓温嘿嘿笑道："我恩师跟老凉王当堂对骂过很多次，我这个当学生的，虽说跟那年轻藩王不过两面之缘，但是其中滋味，实在是不足为外人道也。"

齐阳龙没好气地道："这有何值得显摆的？"

桓温很开心很用力地笑了笑，毫不遮掩促狭之意。

桓温又问道："齐先生，你知道我入京当官以来最喜欢做的是哪两件事情吗？"

齐阳龙答道："愿闻其详。"

这位"坦坦翁"眯起眼，先是抬起左臂挥动了一下袖子，然后伸出右手，食指、中指并拢，在空中做轻轻敲击状："每日朝会，看着文武百官来来去去，鸾翔凤集，目不暇接；听着他们腰间玉佩敲击，叮叮咚咚，清脆悦耳，百看不厌，百听不腻。"

齐阳龙笑道："以前没觉得，以后我也要留心一下。"

桓温抬起头，不看山，看更高的天空："天地一个大玉盘，大珠小珠落其中，噼里啪啦，都碎了，都死了。"

齐阳龙闭上眼睛，脑袋微斜，似乎在侧耳倾听，喃喃道："是啊，西北那颗天地间最璀璨的珠子，终于快要碎了。你我二人，还有身后那些黄紫公卿，都是罪魁祸首。"

桓温笑道："我们这些愧对典籍的读书人啊。"

齐阳龙依旧闭着眼睛，轻声笑道："原来真正的读书人，不读书啊。"

虎头城的突然失陷，使北莽大军得以在龙眼儿平原南端铺展出极为舒服的进攻阵势，导致怀阳关和柳芽、茯苓两镇全线告急。值此危难之际，北凉步军副帅顾大祖力排众议，没有分散兵力增援前线，而是在怀阳关后方的重冢军镇一带集结，与骑军副帅周康拢起的那支大型边关骑军紧急会合。如此一来，作为北凉都护府驻地所在的怀阳关，与柳芽、茯苓两镇，无形中就成了第二座虎头城。但是，因为北凉名义上的边军第一把手褚禄山执意要亲自镇守怀阳关，顾大祖这种有见死不救嫌疑的行径，就把这位旧南唐出身的外来户老将推到了风口浪尖上。不光是骑军将领，便是步军体系内部，对顾大祖也颇多怨言，尤其是在同为步军副统领的陈云垂临时从幽州带兵驰援凉州后，官帽子分量相当的两位北凉步军大将也产生了不小的分歧，加上"锦鹧鸪"周康本身便是北凉军中典型的充满进攻性的统帅，顾大祖一时间在重冢军镇内众叛亲离，而雪上加霜的是，在骑军中不论威望还是资历都比周康高出一截的老将何仲忽在这个时候居然病倒了，凉州关外可谓内忧外患，整个北凉的形势变得岌岌可危。

在重冢军镇临时设置的将军府议事堂内，又爆发了一场几乎彻底撕破脸皮的争执，那些相对而言官职不高的校尉、都尉都有些麻木了。此时重冢与虎头城身后的那条怀阳关防线已经完全失去了联系，在此之前，已经有数名精锐游弩手在传递军情的途中战死。事实上，怀阳关和柳芽、茯苓两镇都已经算是孤悬关外，淹没在北莽大军的铁骑洪流之中。大堂内原先摆放了十来把椅子，顾大祖、周康、远道而来的陈云垂、六千铁浮屠铁骑的主将齐当国、白羽卫统领袁南亭等人各自都有座位，只是前天周康当着顾大祖的面愤而起身，一脚踢烂椅子离开了议事堂，在之后的议事中，这些原本象征身份的椅子就成了摆设。

今天，周康又跟顾大祖在重冢军镇接下来的定位上出现了不可调和的争议。这位有"锦鹧鸪"美誉的骑军大将站在搁有沙盘的桌案一侧，左手一拳狠狠砸在桌面上，接着伸出右手，用手指指着另一侧的顾大祖，怒道："守守守！就晓得一味龟缩防守！你顾大祖就这么点儿本事？真不知道当初王爷把你从中原请来我们北凉边军有什么用！要不是你写过一本《灰烬集》，要不是大将军和李先生当年也对你的'形势论'赞不绝口，本将都要怀疑你是不是北莽蛮子的谍子了！"

此话一出，别说铁浮屠副将宁峨眉这些相比老将只能算后起之秀的青壮派将领一阵胆战心惊，就是沉默寡言的陈云垂也听得眼皮子一颤——周康这番话显然是过了。陈云垂眼角余光瞥了顾大祖一眼，后者依然是无动于衷的神色，而周康丝毫没有要嘴下留情的迹象，变本加厉地用手指点了点顾大祖："连虎头城都守不住，怀阳关守得住？本就是依靠骑军灵活的机动性来主动寻找战机的柳芽、茯苓守得住？你顾大祖是步军统领，可本将是北凉骑军副统领，见不得柳芽、茯苓两镇上的过万骑军因为你的一己之见，就只能下马步战，最终只能憋屈地死在那城头上！更见不得本将麾下那数万骑军每天只能挤在这重冢附近，眼睁睁看着前线每天都有袍泽战死，却求战不得！"

到最后，周康几乎双眼冒火，斥责道："你顾大祖怕死也就罢了，你们步军喜欢当孙子我管不着，但你凭什么要我们骑军也在这里等死？！"

顾大祖淡然道："因为没有周统领的骑军支撑，重冢守不住。城池是死的，没有骑军的外围牵制，天底下就没有攻不破的城池。同理，没有稳固城池的配合，骑军就是无源之水，打几场胜仗不难，但赢下整场战役是不现实的。"

周康冷笑道："那你们步军就乖乖在重冢军镇内待着，配合我们的骑军，看着我们杀敌便是，这个要求不过分吧？现在董卓的大军还未真正站稳脚跟，但我们的骑军却是闭着眼睛都能逛完自家这条防线的，不说奔袭冲杀，哪怕是夜战，我们也能打得干脆利落，兵力上的劣势，可以由我方对地理形势的熟悉来弥补。顾大祖，你口口声声'要等流州青苍城和幽州霞光城两处战场的消息，最好是拖到凉州边境上那座新城建成'，但是你好歹也是领过兵打过仗的人，岂会不知沙场战机稍纵即逝的道理。怎么，该不会是想着等到褚都护死在怀阳关，你姓顾的好去那座新城当你的下任都护大人吧？"

顾大祖面不改色，只是凝视着这个口无遮拦的北凉骑军三把手，缓缓道："周康，军中无戏言，有些话我能忍，但有些话不是当作放个屁就能完事的。"

周康眯眼，阴沉地笑道："终于不能忍了？城外有本将的北凉右军三万骑，你还敢在重冢杀我不成？"

然后周康笑着故做环顾四周状："演义里都有那掷杯为号的有趣段子，是只要丢了酒杯，就会有刀斧手杀出来把人剁成肉泥，只不过你顾大祖手里也无酒杯，屋内这些将领校尉似乎也未必听你发号施令吧？"

顾大祖笑了笑："你我心知肚明，在重冢军镇，你周统领软禁我还差不多，在座诸将，如今都看我顾大祖不太顺眼。"

生怕火上浇油所以一直不怎么插话的老将陈云垂叹息一声：怎么事情就闹到这一步了？如果褚禄山在场就好了，要不然换成燕文鸾或者袁左宗任意一个也行啊，这便是群龙无首的结果。屋内的顾大祖也好，周康也罢，甚至是齐当国、宁峨眉这些北凉军伍的年轻翘楚，都能独当一面，足够决定一州战事的胜负，众人面对的若不是这种足以影响北凉走势乃至整个天下格局的大事，根本不会如此棘手头疼。陈云垂想到这里，突然有些伤感，记起了自己年轻时的那段戎马岁月，那时候也是这般猛将如云、谋士如雨、济济一堂，李义山、赵长陵、燕文鸾、吴用、徐璞、尉铁山、刘元季、钟洪武、陈芝豹、袁左宗、褚禄山……只是那个时候，最终都会有个人一锤定音，绝对不会出现这种近乎内讧的陌生局面。

可惜王爷要亲自赶赴流州救火，而死守怀阳关的边军第一号人物褚禄山也不知为何，并未对身后势力复杂的重冢军务做出任何预判性的决策。

陈云垂知道，自己要是再不做一回和事佬，今天的议事堂内保不定就要大打出手了。虽然陈云垂心底更倾向于周康的主动出击，但是毕竟顾大祖是步军一系在凉州的头面人物，对于锦鹩鸪肆无忌惮的侮辱打压，陈云垂难免也心有戚戚。归根结底，这不是什么周顾之争，而是北凉骑军和步军之间长久以来的天然分歧，这个矛盾哪怕是燕文鸾也无法解决。北凉步军数量居多，但在跟北莽的战争中，主角从来都是北凉骑军，最后决定胜负的也是骑军，就像先前北凉新旧交替时，龙象军和大雪龙骑各自奔袭北莽，大放异彩，甚至在号称"北凉步军大本营"的幽州，真正名动天下的，也是年轻将领郁鸾刀率领的那支万人幽骑。

陈云垂靠近桌子，双手轻轻按在桌面上，轻声道："凉州战局不利，流州也一样，连王爷都不得不亲自去那边直面柳珪大军，说不定还会对上那个拓跋菩萨，咱们就别给王爷添乱了，有话好好说，气话少……"

陈云垂停顿了一下，看了一眼左右对峙的周康和顾大祖："诸位，容我多嘴提醒一句，这里是规格仅次于北凉都护府的边军议事堂，不是文官动动嘴武官跑断腿的离阳庙堂，咱们更不是那帮置身事外，美其名曰'运筹帷幄'的文臣，你我都是带兵打仗的，说不定明天谁就要亲自奔赴战场，也许……也许今天就是我陈云垂跟你们最后一次见面。我相信顾将军的谨慎，也相信周将军的果敢，重冢骑军是战是守，目前看来，各有利弊，顾将军和周将军已经说了很多，现在怀阳关联系不上，袁统领又不在凉州，王爷也去了战况紧急的流州，那我们退而求其次，能不能商量出一个折中的打法？能否攻守兼备？比如顾将军认为周将军麾下的左军三万骑、齐将军的六千铁浮屠以及袁将军的白羽卫，一股脑儿倾巢出动，寻求在一场大型战役中取得杀敌十万以上的巨大战功，太过激进，那么……"

顾大祖犹豫了一下，仍是语气坚定地道："陈统领，实不相瞒，不但重冢要守住，而且更重要的是我们要为北凉留下足够多的骑军有生力量。这根本不是激进还是保守的问题，而是一开始就不能打这场仗。退一步说，就算骑军杀敌过十万，但只要己方损伤三万以上，导致整支左骑军在一年之内无法形成绝对战力，那么我们北凉其实就已经输了。再者，面对有备而来的董卓大军，面对董卓手下那些养精蓄锐已久的骑军，三万左骑军和齐将军、袁将军麾下的两支精锐骑军，果真能够保证就一定不伤元气地大获全胜？"

顾大祖拿起那根特制的竹竿，在重冢以南和凉州边境以北画出一个大圈："何仲忽的四万右骑军，为何到此时依旧按兵不动，没有听到虎头城的噩耗一怒之下便北上重冢？道理很简单，那座耗费我北凉一半家底的新城能否成功建成，决定了北凉能否再战于关外，在这个前提之下，怀阳关可以丢，甚至我们所在的重冢都可以丢，但是我们必须在破城之前，尽可能地把北莽大军的脚步阻挡在新城以北，时间越久越好！我北凉边军在此期间杀敌多少，军功多少，都不重要！甚至可以说，褚都护死不死，我顾大祖死不死，你陈云垂死不死，他周康死不死，一样不重要！"

顾大祖苦笑道："董卓恨不得我们的骑军主动与他一战，互换兵力，他这个南院大王高兴得很！说句难听的，他们北莽蛮子的西京和北庭，只会在意他董卓杀了多少北凉边军，而不会太过计较死了多少北莽士卒。你看看东线葫芦口，那个叫种檀的年轻武将，逼死了多少北莽攻城步军？可不管死了多少人，他只要攻破了卧弓城和鸾鹤城，不一样被那慕容老妇人加官晋爵，一跃成为新任北莽夏捺钵？在这里，我可以断言，只要左骑军出动，即便是战死万余人，他董卓屁股底下坐着的那把好不容易给我们打得摇摇晃晃的南院大王座椅，立马就可以再稳固个半年！"

顾大祖低头看着沙盘，嗓音沙哑："我知道，屋子里，恐怕除了我顾大祖，所有人都觉得，重冢既然有这么多兵力，却选择避而不战，对不住幽州葫芦口战死的北凉边军，更对不住虎头城和刘寄奴……"

就在此时，议事堂大门口传来一个略显冷漠的嗓音："够了。"

不仅是顾大祖猛然抬头，就连同周康、陈云垂在内的所有将领都快速转头望向那个修长身影。

年轻人风尘仆仆，但是偏偏让人感到无比心安。

这个人，正是独自从天井牧场赶到重冢军镇的徐凤年。为了以最快速度赶到怀阳关一线，也为了给重掌大权的凉州将军石符更多带往流州的兵力，徐凤年连一名白马义从都没有带。不计后果的赶路，让体内那些原本已经压制住的祁嘉节种下的剑气又蠢蠢欲动，这才让身为四大宗师之一的徐凤年脸色并不好看，但是真正让徐凤年感到愤怒的还是议事堂这场暗流涌动的风波。凉州虎头城失陷，刘寄奴战死，流州极有可能出现龙象军全军覆没的恶劣形势，幽州葫芦口能否将杨元赞大军包饺子还两说，凉州边境上那座新城尚未建成，再无巨城可依、无险隘可靠的凉州关外，就已经不得不面对长驱直入的董卓中线大军，而凉州骑军砥柱之一的何仲忽更是突然病危，徐凤年自己暂时又无法参战，可想而知，徐凤年此时此刻的心情有多么糟糕。只不过大步跨入议事堂的年轻藩王依旧竭力隐忍不发。即便徐凤年没有流露出对任何人兴师问罪的意思，天不怕地不怕的骑军副帅周康也是瞬间气焰全无，破天荒有些心虚。

徐凤年轻轻呼出一口气，沉默片刻，这才缓缓开口道："我也很想去流州青苍城外，逮着拓跋菩萨往死里揍一顿，最好是连柳珪也一并宰了，但是一来我如今做不到，再者凉州比流州更加重要，所以我只能一步都不敢停地跑来这里，嗯，然后站在门外听你们吵了差不多一刻钟。可惜没能看到顾统领和周统领大打出手，有些遗憾。"

脸色尴尬的周康咳嗽了几声。

一些年轻校尉看到这一幕，强忍住笑意，忍得很辛苦。

徐凤年没有继续挖苦几位老将，而是走到桌子北方，面向南方。左右两排武将自然而然都屏气凝神，肃然而立。

徐凤年道："不战而屈人之兵，那是文官老爷的拿手好戏，我们北凉不兴这一套。北莽蛮子要南下，那我们就战而胜之，打得他们连回北莽都回不了。

"战而胜之，这一向是我们北凉或者徐家铁骑的自信，不是自负，但就算是徐骁，也从来不觉得打一场顺顺当当的胜仗有什么值得高兴的。奠定我们北凉边军在春秋战事中第一军伍地位的战役是哪一场？是徐骁亲口对我说过的他那辈子打得最苦、最惨烈、死人最多，以至好几次他连希望都看不到，差点儿想要放弃的那场西垒壁战役！那么现在我们北凉就要面对第二场西垒壁战役。徐骁不在了，而且李义山、赵长陵、陈芝豹、吴起、徐璞、钟洪武等，也都走的走死的死，但是——

"但是现在我身边，还有当时在场的你陈云垂、周康、袁南亭、齐当国、宁峨眉，还有新入北凉的顾大祖；往北一点儿，怀阳关还有褚禄山；往东，幽州有燕文鸾的步军和郁鸾刀的骑军，有胡魁和皇甫枰，葫芦口内更有我北凉由袁左宗亲自领衔的两支重骑军；往西，有徐龙象、李陌藩、王灵宝的龙象军，有杨光斗和陈锡亮的流州刺史府；往南，那就更多了，不光有北凉本土的文武官员，连外地士子都有好几千人！

"已经退伍的尉铁山、刘元季等人，其中还有老卒林斗房，都已经明确表态要复出，重返北凉边军。"

徐凤年突然笑道："以后史书上有没有这么一段有关北凉以一地战一国的故

事，那是离阳文官的事情，咱们管不着，他们爱怎么写怎么写，但是我觉得，在座的各位起码争取都活下来，过些年，跟自己的子孙晚辈唠叨唠叨当年的戎马生涯，总是好的。

"大概就像徐骁那些年跟我唠叨的一样。

"万一在座的谁战死了，就没这份跟年轻人显摆炫耀的福气了。"

徐凤年说到这里，望向周康："比如你周康战死了，相信以后有个姓顾的老头子，若是遇上了姓周的年轻人，可能会坐下来随口聊几句，喝着酒，说当年你们家那个叫周康的老头子，说话总是不好听，但……是个愿意为北凉慷慨赴死的英雄。"

徐凤年的神色出现片刻的恍惚，然后笑道："如果我战死了，而你们当中又有谁活了下去，那就请告诉你们的子孙，北凉是死战而败，不是不战而输。"

位于怀阳关后方的重冢军镇不同于柳芽、茯苓，以守城步卒居多，只是相比拥有天险可供依托的怀阳关，又显得有些底气不足。事实上，在这条防线上，重冢军镇的守将面对其他三位官阶相同的同僚，一直都不怎么硬得起腰杆，说话的嗓门儿也从来不大。柳芽和茯苓两镇历来都驻扎有相当数量的边关骑军，两镇主将跟如今的两位骑军副帅都有些渊源，重冢就属于那种姥姥不疼舅舅不爱的尴尬角色，明明属于北凉骑军序列，但是步卒更多，却又跟顾大祖这条线扯不上关系，抱不上什么大腿，当怀阳关成为都护府所在地后，如同后娘养的重冢军镇就越发不起眼了。

徐凤年住在一座刚刚收拾打扫出来的别院里，院子不大，但胜在雅静，在几乎塞满凉州边关权贵的军镇，当下想要找出这么一座院落并不容易。徐凤年下榻小院后，对重冢释放出一个值得咀嚼玩味的信号：年轻藩王没有召见那位早年与数百老卒一起恭送世子殿下入京的"锦鹧鸪"周康，也没有召见他慧眼独具亲自从中原江湖的草莽中找出的顾大祖，甚至连与褚禄山、袁左宗一同身为大将军义子的齐当国也没有召见，而是喊了凤字营出身的宁峨眉在院子里一起喝酒。

新任铁浮屠副将的宁峨眉还是那个相貌粗犷、嗓音细腻的有趣汉子，只是比起当年的洒脱，多了几分情理之中的拘谨，毕竟如今面对面坐着喝酒的年轻人，不再是那个整个北凉都不看好的世子殿下了。

徐凤年跟宁峨眉碰了一下杯，感慨道："当年宁将军带着一百人陪我一起去江湖上胡闹，其中包括洪书文，很多人如今都不在凤字营了，成了地方军伍的都尉甚至是校尉。袁猛倒是还在，前几天在天井牧场，还跟我抱怨来着，说跟你提过一嘴，想进入铁浮屠，只是你非但不念旧情没答应，还骂了他一通。"

宁峨眉下意识地坐直身体，用那口东越女子一般柔婉的嗓音说道："这两年凤字营换了好些新人新面孔，末将觉着，有袁都尉这么个老人待在其中，才能放心。"

徐凤年笑道："有些以白马义从身份从凤字营出去的年轻人，私下偶尔会聚头碰面，听说喜欢询问各自当上了多大的官以及有希望当上多大的官，聊的是以后谁做了边关将领或封疆大吏，可不可能相互扶持一下。这一点，倒是有点儿像离阳朝廷科举的同年同乡。当年，我们北凉最早的边关游弩手也经历过这么个阶段，一开始重逢，都是在说谁谁谁战死沙场了，而且是用那种很羡慕的语气。几年十年以后就不一样了，都是询问新买的宅子有多大，新纳的小妾姿色如何，新到手多少亩上等良田。"

看到宁峨眉脸色骤变，徐凤年摆摆手微笑道："别紧张，这些都是人之常情，凤字营这种状况，暂时也是少数。水至清则无鱼，这个道理我懂，何况徐骁也说过差不多的东西。在他眼中，你我现在身处的这个世道，跟几十年前太不一样了，那个时候几乎人人都是想着怎么活下去，任何人的脑袋都拴在裤腰带上，区别无非在于老百姓的脑袋拴在草绳上，士大夫的脑袋拴在更值钱些的玉腰带上，其实谁都朝不保夕。但是现在人人都想着怎么活得更好，所以去年以来，很多家族搬迁到了北凉道境外——既然留在北凉有可能死人，那就逃到没有狼烟的地方，去个听不到北莽马蹄声的地方。淮南道不行，就去江南道，哪天江南道也打仗了，还能去广陵江以南，实在不行就去南疆，只要有钱，一路往南逃，终归是能活下去的。"

徐凤年手指旋转着那只精美不输江南世家用物的白瓷酒杯，微微举了举："我可是世间屈指可数的豪奢人，知道这只小酒杯的行情——在中原富饶的地方大概能卖两三两银子，辛苦辗转到了咱们北凉道，就得翻两番都不止。当然，真要说起来，清凉山的值钱物件才是不计其数。中原士子说我北凉'穷了百万户，富了一家人'，其实并没有说错，光是在梧桐苑过我手印上那'赝品'两字的名贵字画，就有三百幅之多。只不过比起钟洪武这些人，我徐凤年很早就以败家著称于世，跟他们这帮守财奴不太一样。"

徐凤年笑道："小时候，徐骁每次搜罗到价值连城的字画古玩都会捧着去梧桐苑，他也拎不清那些玩意儿到底怎么个好法，更不懂为何写几个字或者是涂抹些水墨就能卖那么高的价钱，只好次次跟我说这东西老值钱了，然后必然会加上一句这东西能买多少匹甲等北凉大马，能买多少柄北凉战刀。这几年来，我让经略使李功德和陵州刺史徐北枳，还有宋洞明帮着偷偷贩卖珍玩字画，看着一箱一箱东西被搬出清凉山，宁将军，你知道我在想什么吗？"

宁峨眉一本正经地使劲摇头。

"我就想跟徐骁埋怨一句：'你当年买亏了。'"徐凤年打趣道。

宁峨眉哑然失笑。

徐凤年收敛了笑意："远的不说，就说那白煜到了清凉山才几天，就已经跟宋洞明貌合神离。我又如何能让周康和顾大祖融洽无间？一个是当年少数愿意高看我一眼的北凉老卒，一个是我好不容易请来的外来户；一个在骑军，一个在步军，今天在议事堂，我帮谁说话都不对。家事国事天下事，就说家事，隐约成为北凉财神爷的王林泉和抑郁不得志的陆东疆，两个老丈人，两个亲家，一起一落，照理说，我应该帮一帮那个水土不服的陆家，可是陆家当真扶得起来吗？这中间，王林泉对陆氏子弟的那些算计，我只是不愿意深入探究而已。一个太精，一个太蠢，一拍即合啊。"

宁峨眉叹了口气，无言以对——不敢说什么，也不知道能说什么。

徐凤年望着宁峨眉，玩笑道："是不是觉得我当家不易？"

被看穿心思的宁峨眉点了点头，兴许是担心被当成溜须拍马，他沉声道："末将是真的这么认为！"

徐凤年道："我就是发发牢骚而已，还能跟你喝着小酒，其实容易得很。真正不容易的，是刘寄奴这些把名字刻在了清凉山石碑上的人。"

徐凤年放下酒杯："但是更不容易的，就是你宁峨眉和周康、顾大祖，是你们这些人了。"

徐凤年重重吐出一口浊气，站起身："也许离阳还会有类似北凉这样的地方，在这个人人能活得大好的世道里，有人愿意去死。但是肯定没有第二个地方，有这么多的人愿意一起去死。"

徐凤年转头望向宁峨眉："那些箱子里的东西，贱卖给其他道的达官显贵，我一点儿都不心疼。哪怕清凉山被搬空了，我徐家有一天家徒四壁，我也无所谓。"

徐凤年扯了扯嘴角，也不知是体内剑气作祟还是其他原因，他一副咬牙切齿的模样，恶狠狠地道："可是徐骁留给我的真正家底，比如三十万铁骑，在我袭了北凉王之位后，哪怕死一个，我都心疼。又比如我徐家军的士气军心，在我手上少一分，我都会愧疚！"

宁峨眉没来由想起一句话：多思者必心累，心重者必心苦。

徐凤年突然笑了起来，轻声道："知道这次我路过右骑军统领何仲忽的府邸，见着前去探病的尉铁山、刘元季那几个老将军，他们是怎么想的吗？其中刘元季跟我说了几句肺腑之言。老人说，短短二十年时间，就能让那个逢死战必身先士卒的年轻校尉钟洪武变成后来那个手握大权却只知道在军中排除异己的怀化大将军。刘元季跟我说，一定要好好珍惜现在的北凉铁骑，再过二十年三十年，恐怕就见不着了。所以他和尉铁山要趁着还能骑马提刀，痛痛快快地死在瞧见那样的北凉军之前。"

宁峨眉喝了一口酒，呢喃道："生在北凉，死在北凉，真是痛快！"

自言自语过后，极其注重细节的宁峨眉小心翼翼地放好手中酒杯，似乎觉得摆放的位置不正，还挪了挪，这才起身问道："王爷，末将心底一直有个问题，但是不敢问，今儿喝了酒，要不然就酒壮人胆，大胆问了？"

徐凤年愣了一下，微笑道："尽管问。"

宁峨眉咧嘴笑问道："末将就是想知道，如果有一天北凉三十万铁骑都没了，王爷你会不会后悔？"

徐凤年毫不犹豫地道："废话！肯定悔死，悔青肠子的那种！"

宁峨眉挠了挠头，脸上似乎没有任何失望的表情，反而有些理所当然，仅是嘿嘿笑道："果然如此。王爷做生意在行，至于收买人心嘛，始终是个蹩脚的门外汉。"

徐凤年哈哈大笑。

宁峨眉正色道："不过我知道，就算明知道会打光三十万铁骑，王爷从头再来，还是会做出一样的选择。"

徐凤年嗯了一声："我也看出来了，这几年我收买人心的本事马马虎虎，宁将军拍马屁的功夫倒是见长。"

宁峨眉坦然笑道："刘老将军说得对，死在当下，正好！"

在宁峨眉离开院子后，略带酒气的徐凤年正在收拾石桌上的残局，两位副帅周康和陈云垂联袂而来，脸色沉重。徐凤年已经有了几分预感，示意两位边军的山头大佬坐下。果然，陈云垂说出了一个噩耗：幽州骑军主将田衡兵分两路，让副将郁鸾刀领两万骑继续绕道赶赴葫芦口外，老将亲率万骑阻拦那股来自北莽两辽东线的铁蹄，三次且战且退，最终仅剩四千骑，全部战死于幽、河两州接壤处的鸡头坡。燕文鸾不得不从幽北紧急抽调出一万六千精锐步卒，增援巩固幽州东北地带的贺兰山防线。在此期间，两淮节度使蔡楠按兵不动，打定主意隔岸观火，导致整个河州形同虚设，王遂骑军如入无人之境，直扑幽州东大门。

陈云垂叹气道："虽说早就知道朝廷靠不住，但手握十多万重兵的蔡楠好歹曾经也算是顾剑棠的左膀右臂，到头来连象征性打一次场面仗的胆量都没有，也不清楚到底是蔡楠自己的意思，还是新任经略使韩林那个文官老爷暗中得了太安城的授意。"

"锦鹧鸪"周康冷哼道："没啥区别，蔡楠是顾剑棠养在外头的一条狗，顾剑棠本身又好到哪里去？一样是赵家丢到两辽的狗。这次避而不战，把偌大一个河州双手奉送给王遂，估计蔡楠和韩林是有默契的。朝廷希望北凉死人，顾剑棠想着保存实力，以后才好跟赵家讨价还价。现在姓顾的手底下真正的嫡系兵马，也就唐铁霜拉起来的朵颜精骑还算说过得去，若是蔡楠元气大伤，他这辈子就甭想风风光光地返回太安城了。"

徐凤年摇头道："其实蔡楠和韩林通过气，两人都是想打这一场仗的，只不过韩林是想马上打，蔡楠则在等顾剑棠的密信。"

陈云垂和周康面面相觑，周康是急性子，藏不住话，压低嗓音，好奇地问道："王爷，这是拂水房获取的谍报？"

徐凤年笑道："先前在武当山脚的逃暑镇，我跟殷茂春还有韩林的儿子打过交道，就顺手做了笔见不得光的买卖，这次韩林主动泄露京城中枢的真正意图，算是跟北凉表示诚意吧。"

周康惊讶地道："这就奇了怪了，难不成赵家小儿和姓顾的脑子都给门板夹到了？怎的突然转性，做起与人为善的菩萨了？"

徐凤年一语道破天机："顾剑棠要打，是形势所迫，不说他跟王遂这位东越驸马爷的恩怨，就说王遂这趟大摇大摆地离开东线，是明着打顾剑棠的老脸，顾剑棠再能忍，也得考虑朝野上下的悠悠众口。让蔡楠晚些出手，我猜是要配合两辽边军打一场大的。在这之前，自然要让王遂先跟我们的幽州守军死磕一阵子，他和蔡楠才好坐收渔翁之利。对顾剑棠来说，这次机会实在是太好了，一旦功成，两辽那边的两朝边境局势，就可以从势均力敌的持久对峙，瞬间转变成两辽占优势。至于朝廷那边……韩林也没有多说，我只能琢磨出一些言下之意，好像是有人在小朝会上提出了一份极富进攻性的战略方案，要以蓟北和河州作为诱敌深入的诱饵。为了完成部署，不光是蔡楠，还有袁庭山仅剩的李家雁堡私军，以及新近崛起的蓟州副将韩芳，都将成为身不由己的棋子。"

周康啧啧道："这可是太安城罕见的大手笔了，王爷，那帮尸位素餐的老家伙，如赵隗、杨慎杏之流，应该没这份魄力吧？"

徐凤年犹豫了一下，脸色晦暗不明："门下省左散骑常侍陈望，刚从国子监卷铺盖滚蛋的孙寅，从靖安王赵珣身边换了个新东家的隐士陆诩，肯定是这三人中某一个的谋划，只不过这份方略提出来后，没有齐阳龙和桓温的点头，没有赵右龄和殷茂春的附和，注定无法出京传达给地方上的韩林。"

周康神情古怪地道："怎么听着像是咱们北凉承了一份天大的人情？"

徐凤年打趣道："不能这么说，太安城里这帮人就是顽劣任性的小兔崽子，只是突然有一天稍稍知道顾及大局了，虽然说到底还是出于保全自身利益的私心，但难免还是会让旁边的大人觉得出乎意料。"

陈云垂笑过之后，忧心忡忡地道："王遂大军压境，会不会对葫芦口战事造成影响？"

徐凤年点头道："影响当然有，不过王遂依然改变不了大局，而且说不定王遂从头到尾就没这个念头。杨元赞，柳珪，重新复出的黄宋濮，都是王遂执掌北莽军权的拦路石，能够有先见之明地驰援幽州，在老妇人和太平令那边已经说得过去了。看着吧，只要北莽东线被顾剑棠拖入泥潭，加上杨元赞大军的覆灭，王遂一下子就能够脱颖而出，从仅仅一条战线的主帅晋身为不输董卓的权势人物，等到那一天，才是王遂真正施展身手的开端。"

陈云垂感慨道："虎头城丢得不是时候啊，不过也是没法子的事情，刘寄奴已经做得足够好了。仗打到现在这个地步，就只能看谁更能熬了。"

在李义山、燕文鸾这些老一辈北凉幕僚和军头的既定策略中，虽然早早设想到了北莽会以举国之力南攻北凉，但是具体以哪一处作为突破口，众人并没有达成一致意见除去后方的陵州，流州和幽州两座战场，显然都要比兵马鼎盛的凉州更符合常理。但是董卓先后做出了两个意料之外的举动：先是三线压境，最大限度地压缩了单支北凉铁骑在某一州战场上的战力优势以及北凉边军通过己方完善发达的驿路进行辗转腾挪的战术意图；然后是亲自坐镇中线大军，不遗余力、不计损耗地大举进攻虎头城，并且在凉州关外骑军主力精锐都悄然奔赴葫芦口的关键时期，"凑巧"攻下了原本有望再死守两到三个月的虎头城。

徐凤年平静地道："北凉、北莽这场大战，其实出现过两个转折点：第一个转折点是茯苓骑将卫良的贸然出击，双方各自设伏，现在回头再看，确实是董卓当时的胃口更大，只可惜因为那名茯苓小都尉乞伏龙冠横插一脚，让双方的意图都落空了，无意中也让北凉逃过一劫；第二个转折点是董卓试图重新把流州作为突破口，让数万董家亲军隐蔽地脱离中线，结果被褚禄山的八千骑拦下。我本来以为葫芦口会成为北凉掌握主动的第三个转折点……"

徐凤年自嘲一笑："现在说这个好像没什么意义了。"

陈云垂正色道："将近二十万北莽蛮子的头颅，尤其是还有杨元赞这么一颗！王爷，这岂会没有意义？！"

徐凤年沉默片刻，缓缓道："先前在议事堂，我只说了些鼓舞士气的空话大话，既然你周康主动找上门来了，那我就打开天窗说些亮话。"

周康悻悻然道："要打要骂，王爷随意，今天还能走进这个院子，没吃闭门羹，我就已经心满意足了。"

徐凤年摆摆手道："骑军方面，目前凉州关外有你周康召集的三万左骑军、齐当国的铁浮屠和袁南亭的白羽卫，加上何仲忽零零散散的四万右骑军，总计八万有余，可以说，我北凉边关骑军的大部分战力都在这里了。步军这边，抛开已经进入怀阳关和柳芽、茯苓两镇的兵力不说，顾大祖手上还有三万，在座的陈老将军也带了一部分幽州步卒。你周康不愿意龟缩在重冢一带没有错，但是顾大祖担心三万左骑军全部消耗在兵力互换里头更没有错。顾大祖有一句话可谓切中要害：现在凉州关外任何人任何兵马都可以死，但是只有让新城在祥符三年入秋以前顺利建成，才算死得其所。那么接下来，以怀阳关和重冢两地作为各自攻守中心的一切调兵和出击，都需要围绕这个宗旨进行。"

徐凤年倒满一杯酒，手指蘸了蘸杯中酒，在石桌上迅速指指点点："我凉州关外第一条完整防线，是以虎头城为核心，后方位于两翼的柳芽、茯苓两镇骑军用作牵制。坐拥险隘的怀阳关与倾向防守的重冢、清源两镇，作为大框架下的第二条小防线，两两成掎角之势，哪怕虎头城失陷，也不至于满盘皆输。现在，没有了虎头城这根肉中刺，北莽大军已经形成全线铺开之势，目前除去重冢，不但是怀阳关，柳芽、茯苓和清源三镇都已经面临北莽步军的攻城战。在我看来，茯苓、柳芽可以丢，甚至怀阳关也可以守不住，唯独清源这座军镇不能沦陷。丢了控扼凉州关外西门的清源，不但何仲忽分散在各处的四万骑军不得不收缩起来，还会让董卓想怎么打流州就怎么打。所以周康你需要驰援清源，拦截已经分流的董卓骑军，不但要阻止其顺畅地长驱南下，还要争取一口气吃掉这支人数在四万人以上的骑军。为此，我会让袁南亭调出一半白羽卫配合你，在清源一带形成我方在局部战场上的兵力优势。"

周康皱眉道："如此一来，重冢这边姓顾的……"

周康突然察觉到徐凤年轻轻投来的异样目光，赶忙改口道："顾统领会不会压力太大了？只有六千铁浮屠和一半白羽卫，重冢军镇在战事上可就完全丧失主动了。"

徐凤年瞥了一眼这位锦鹧鸪，沉声道："所以，这是顾大祖在以重冢步军当缩头乌龟被动挨打的代价，来换取你周康能够在清源驰骋沙场。"

周康默不作声。

徐凤年提醒道："我北凉无比在乎清源的得失，董卓多半也能看出，清源会不会成为北莽围城打援的圈套，这需要你们左骑军到了战场后自行判断，到时候我希望你们可以忍住数千人甚至上万人的军功。一旦落入北莽骑军主力的围堵，你应该清楚，谁都没有撒豆成兵的本事，给你再变出三万骑军投入清源战场。而且左骑军和半数白羽卫被北莽反包围后，别说清源，重冢都不用守了。我，顾大祖，还有陈老将军，只能一口气退到何仲忽军中，并且身后只有一座破土动工没多久的城池。"

周康突然小声问道："清源一战，敌我双方的企图依旧不算隐蔽，相信以董卓的眼光，北莽蛮子围点打援的可能性很大，最多就是没有想到不但我麾下三万左骑军全部出动，甚至还有白羽卫配合。既然如此，王爷，要不然咱们干脆就把目标直接定为北莽伏兵？我对咱们的游弩手有信心，在自家地盘上，肯定能够精准地找出北莽蛮子的后手，何况就算狭路相逢需要捉对厮杀，那董卓的乌鸦栏子也不够看！王爷你放心，我周康保证，绝对不会由着性子来，就听那顾大祖的，左骑军所有的厮杀，都以保存兵力为主。"

徐凤年毫不犹豫地摇头道："在清源打这一场，只是尽力让我北凉不至于太过被动。我不是不想兵行险着，不是不想豪气干云地去跟董卓在沙盘上豪赌一次，而是不能。北莽赌得起、输得起，甚至还能再赌输一次，但是我们一次机会都不能挥霍。"

说到这里，徐凤年笑问道："周将军，蛤蟆要命蛇要饱，是不是感到很憋屈？"

周康呵呵笑道："窝囊是有点儿窝囊，不过好歹是个跟随大将军在那春秋血水里摸爬滚打好些年的老卒，知道轻重。不过说心里话，到了北凉以后，我顺风顺水这么多年了，这次要不是王爷到了重冢，顾大祖未必拦得住我。"

一直言语不多的陈云垂若有所思道："确实需要反省一二。王爷你也亲眼见到、亲耳听到今日议事堂的事了，除了顾统领，恐怕连同我在内，都忍不下这口气。是啊，这二十年，咱们北凉边军跟北莽蛮子较劲，几百人的战事不说，过万人的战场，咱们就没输过一次，所以这回虎头城突然丢了，导致葫芦口那边即将到手的战果大打折扣，咱们一下子都有些蒙了。这根筋拧不回来，我们说不定这次就要吃大亏了。王爷，非是我陈云垂说奉承话，你这趟来得及时。"

徐凤年在把周康和陈云垂送到小院门口的时候，对周康没来由说了一句："若是董卓在清源设有两支甚至更多大规模的伏兵，你左骑军在撤退方向的选择上，不妨考虑一下西面，实在不行就绕个圈子再返回重冢。"

周康愣在当场："西边？王爷，再往西没多远，可就要跟流州边境接壤了啊。"

徐凤年没有说话。

周康猛然间眼睛一亮，小心翼翼地问道："王爷是说流州战事，咱们能拿下？"

徐凤年轻声笑道："寇江淮和石符两人，都是那种能够力挽狂澜的将领。至于他们到底能否做到，能否让清源骑战变成凉莽大战的第三个转折点，我们就拭目以待好了。"

宁峨眉当年能够由一个从六品的凤字营低级武将，一跃成为实权的从三品铁浮屠副将，显然是沾了跟徐凤年近水楼台的光。此次得以率先在小院觐见年轻藩王，虽然出乎意料，但也在情理之中，毕竟宁峨眉代表着北凉军新近几年所有被徐凤年破格提拔的青壮将领。徐凤年对宁峨眉表现得格外青眼有加，落在旁人眼中，自然是有意为之。陈云垂、周康两位目前重冢军镇内官职最高的边军副帅紧随其后踏足小院，就显得相当中规中矩。接下来，徐凤年分别接见了齐当国和袁南亭等人，最后以召见那拨常年驻扎在重冢军镇的将领校尉作为收官。在一场场紧密衔接的会晤中，徐凤年始终不温不火。这中间，重冢守将方面不太熟悉年轻藩王的脾性，其间有人想要用豪言壮语跟徐凤年表忠心和决心，结果徐凤年一笑置之，轻描淡写就转移了话题。这让那帮离开北凉传统官场好些年的武夫起身离开凳子时还在惴惴不安，生怕自己是马屁拍在马蹄上了，好在徐凤年亲自将他们送到院门口的举动让他们安心不少。

这也怪不得他们多想，自从徐凤年当政以来，边军上层暗中一直流传有新凉王"寡恩施惠，双管齐下"的说法，而寡恩的对象，恰恰就是他们这些边军大将。例如那位将陵州视为自家后花园的怀化大将军钟洪武，不就连一个寿终正寝的结果都没捞着？至于盘踞幽州的大将军燕文鸾，据说也给压制了许多锋芒，麾下虎扑营还被徐凤年摘了营号。新凉王还大力扶持了郁鸾刀，明显是要其接替田衡成为幽州骑军主将，并且这之前便调离了对燕文鸾百依百顺的刺史田培芳，换上了相对而言派系色彩不重、山头阵营模糊的胡魁，加上最早安插在幽州的嫡系心腹皇甫枰，这不是往幽州军政里掺沙子是什么？顾大祖与周康、陈云垂这些在边军中根深蒂固的大佬军头关系闹得那么僵，这里头当真没有年轻藩王的授意？否则一个进入边军没几年的外来户，能够在重冢议事堂那般硬气地说话？听说如今尉铁山、刘元季、林斗房等老人重返边军，更是无疑会在一定程度上分化削弱周康、陈云垂等人的既得兵权。

　　但不管怎么说，有和没有徐凤年坐镇的重冢，实在是有天壤之别。不管这位城府深重的凉王会不会借机对凉州左、右两支骑军清洗一番，只要他坐在那座小院中，哪怕不具体发号施令，那么接下来这场大仗，就能打。

　　小院众多的客人中，唯独少了一个极有分量的顾大祖。

　　徐凤年最终还是没有等到这位步军副帅主动登门拜访。一番权衡利弊过后，他也放弃了召见顾大祖的念头。徐凤年有些遗憾：无论胜负，以后顾大祖跟周康这些本土大将的关系注定难以恢复如初了。这种分道扬镳，不同于庙堂官员的朋党利益之争，反而类似政见相悖引发的貌合神离，越是如此，越难弥合。正如离阳桓温和张巨鹿在最后关头背道而驰，无法简单地评定谁对谁错。

　　徐凤年独自在复归寂静的小院内踱步。王遂领着北莽东线精锐铁骑突兀西进，让北凉的处境相当尴尬，这大概就是所谓的天不遂人愿吧。燕文鸾不得不分兵把守目前兵力向北倾斜的幽州东门，以防后院起火，甚至连累整个陵州都硝烟四起。如此一来，葫芦口内必然会溜走几条大鱼，也许是种檀的私军，也许是洪敬岩的柔然铁骑，甚至有可能是主帅杨元赞本人。不过就目前来看，董卓就算已经意识到葫芦口的战况不妙，匆忙派遣大军去葫芦口与杨元赞的兵马内外呼应，也无法改变北莽东线主力覆灭的结局，杨元赞一定会因他之前拆掉卧弓、鸾鹤两城和焚毁所有堡寨烽燧的激进举措而自食其果——没有了这些原本能够作为北莽临时据点的防御要塞，北凉铁骑和幽州步卒的两面夹击足以致命。葫芦口大局已定，关键就看袁左宗和郁鸾刀最后到底能够把多少条北莽大鱼抓到砧板上。

　　接下来可以预见顾剑棠会主动出击，蔡楠和河、蓟两州的边军也会拦截王遂的东归去路。这份边功，明眼人都看得出是北凉给离阳整条北线造就的机遇，不过太安城为皇帝陛下和顾大柱国歌功颂德的同时，肯定会假装看不到，只会盯着凉州虎头城的失陷大做文章。先前新任两淮经略使韩林有隐晦地提醒过徐凤年，朝廷如今在全国设置节度使已经是大势所趋，虽说暂时只是在各大藩王辖境内添设一名副节度使，以此掣肘历来兼任节度使的割据藩王，而有望成为北凉新任副节度使的人选，极有可能是那个在广陵道灰头土脸的杨慎杏。

徐凤年低声念叨了几遍"杨慎杏"这个名字。

杨慎杏作为离阳八位大将军之一，曾经的蓟州土皇帝，在整个祥符二年都可谓夹着尾巴做人，这次冒死出任北凉道副节度使，称得上孤注一掷，既是想着跟年轻天子和离阳朝廷将功赎罪，也有最后扶一把嫡长子杨虎臣这个新任蓟州副将的心思。北凉和离阳以及杨慎杏本人，三方都心知肚明，跑到北凉当节度使，不管带不带那个"副"字，实权都比不上一个官帽子只有芝麻绿豆大小的都尉。杨慎杏这趟主动要求贬谪西北，多半已经怀揣着必死之心。

因为一个杨慎杏想到各方势力盘根错节的蓟州，继而想到两辽和北凉自身的复杂形势，徐凤年不得不感叹庙堂外那些看不见的刀光剑影，才是真正的杀人于无形。小小一个蓟州，就牵扯到蔡楠这个两淮道名义上的军方一把手，虽然失势却依旧握有雁堡李家近万精骑的袁庭山，离阳皇帝亲手拉拢的韩芳和意味着家族势力重返旧地的杨虎臣，那个不动声色的新封汉王以及肩负身后文官集团的利益诉求的韩林。在疆域更为辽阔的两辽，除了台面上总领军政的顾剑棠，还有以兵部侍郎身份代替天子巡边的许拱，扎根已久的老一辈藩王赵睢，以彭家传统势力为首的北地士子，四雄并立，择出来单独看，似乎人人风光显赫，实则人人身不由己。

徐凤年不知不觉站到了小院墙根，伸出手掌贴在墙上，抬头望着墙头。

大厦将倾。

从先前通过拂水房汇总的谍报和离阳只下发到各州刺史一级的秘密折子来看，广陵道战局已经全面倒向西楚，继曹长卿率水师大败赵毅水师之后，在西楚京城以西的第二处战场上，三名西楚年轻人再度大放光彩。先前主持櫼檻政务的裴阀俊彦裴穗，辅助从西线返回主持防线的谢西陲，一起成功挡下了由南疆道头号大将吴重轩领衔的渡江大军，而在散仓一役中率领两万轻骑死战阎震春大军的骑将许云霞，更是渡江奔袭南疆大军的后方，切断了两条主要的粮草路线，不但减轻了西楚西线的压力，而且等于打破了离阳四线并进共同包夹西楚京城的方略，为西楚在广陵江以南的广袤地带打出了一大片宝贵至极的战略纵深。为了配合西线的南疆大军而选择快速西进的赵毅大军，骤然间就陷入了孤军深入的境地。赵毅麾下三万多擅长山地作战的嫡系精兵，被曹长卿用一万步军和两股各自人数仅三千的轻骑打得几近支离破碎，在短短半旬内被蚕食殆尽。若非南征主帅卢升象剑走偏锋，以五千骑突入东南部战场，随后八千步军连克饮马、阳颖两地，先锋骑军与曹部主力仅仅相隔五十里，迫使西楚放弃一鼓作气东进，恐怕赵毅就要沦为继淮南王赵英之后第二位战死沙场的离阳大藩王。

看上去西楚在各个战场上接连告捷，势如破竹，迎来了举旗复国以来最鼎盛的国势，但是徐凤年无比清楚，这其实只是烈火烹油、鲜花着锦的光景而已。收复饮马、阳颖两地的卢升象不过是小试牛刀而已，当这名辞去兵部侍郎一职的大将军彻底掌握南征兵权后，除非曹长卿亲自坐镇广陵江北，否则没有谁能够抵挡住卢升象的南下步伐。以前卢升象无所作为，不光是表面上被各方面扯后腿那么简单，也是配合朝廷削弱包括赵毅、赵英在内各大藩王的兵权，以此作为回报，离阳朝廷也默认了卢升象待价而沽的行径。至于吴重轩陷入江北战场的泥泞，何尝不是隔岸观火的燕刺王赵炳乐见其成的一种局面？西楚许云霞接下来要面对的真正敌人，会是燕刺王麾下头号猛将王铜山的南疆精锐。否则那个少年时便杀得南疆道各大蛮夷部落哭爹喊娘的燕刺王世子殿下，哪怕再昏聩无能，到了广陵道再水土不服，也不至于面对许云霞的偷袭，竟然连一战之力都没有。

徐凤年突然一脸幸灾乐祸地笑道："小乞儿啊小乞儿，你现在也不好受嘛，那位吴大将军肯定是彻底转向朝廷了。没办法，你南疆道已经对他功无可赏，可朝廷那边不一样，镇南大将军、兵部尚书、上柱国，甚至是大柱国都给得起，说不定死了以后还能以武将身份荣获'文'字美谥，所以确实不怪你跟吴重轩彻底撕破脸皮，眼睁睁看着西楚在吴老儿屁股上狠狠捅上那么一刀。"

徐凤年收起手掌，弯曲手指，随意敲了敲那堵墙壁，响声沉闷。

时至今日，北凉死磕北莽百万大军。号称"富甲天下"的赵毅，面对西楚，已经把家底打得一干二净。老靖安王赵衡拿自己的命才给子孙换来一个世袭罔替。淮南王赵英更是成为春秋以来第一位死在战场上的藩王。辽东赵睢就藩后则谨小慎微了半辈子。转眼间，吴重轩带着南疆道北部所有兵马投靠了离阳朝廷，原本兵强马壮仅次于北凉的燕刺王赵炳堪称元气大伤。

这一切，自然都是先帝赵惇和元本溪以及前首辅张巨鹿的谋划，与当今天子无关。

徐凤年对着墙壁冷笑道："赵篆，你啊，比你爹差了十万八千里。等到你用完老一辈留下来的永徽遗产，你以为还能轻松掌控这天下大势吗？顾剑棠，陈芝豹，卢升象，赵右龄，殷茂春，有哪一个是你可以肆意拿捏的？"

然后徐凤年沉默许久，扪心自问："那我？"

没有答案。

就在此时，顾大祖大步跨入小院，饶是这位春秋名将也压抑不住言语中的激动，嗓音颤抖地道："王爷！有两个消息……"

徐凤年笑道："两个消息？那先听坏消息好了，后头的好消息用来压惊。"

顾大祖哈哈大笑道："让王爷失望了，两个都是天大的好消息！"

流州方面，徐龙象、寇江淮和石符三人亲率五千骑奔赴清源！

幽州，除去先锋大将种檀不知所终和洪敬岩的一部分柔然铁骑逃出葫芦口外，连同大将军杨元赞在内，仅北莽将领就有四十六人战死！

葫芦口内筑起足足十六座巨大京观！

祥符二年，北凉在兵力处于绝对劣势的前提下，尤其是在凉州虎头城失陷的危殆形势下，以己方三州边军总计十余万人战死的代价，斩杀北莽大军三十五万。

北凉铁骑甲天下。

第六章

凉地家家着缟素

百无一用是中原

立秋十天遍地黄。

祥符二年入秋后，一个惊人的消息火速传遍大江南北，据传西楚姜姒即将登基称帝！这意味着这位曾经流亡多年的公主会成为北莽慕容女帝之后的第二位女子皇帝，更是中原王朝历史上的首位女皇。

与此相呼应，西楚各位在外领军的大将要员，除去镇守江北要隘的许云霞和负责与南疆吴重轩大军对峙的裴穗，连同曹长卿和谢西陲在内，所有西楚文武大员都陆续会聚京城。

相比之下，离阳朝廷下旨敕封为征南大将军的吴重轩，同时擢升横江将军为镇南将军的宋笠，兼任广陵道副节度使之一，奉旨重返广陵道辅佐广陵王为统领大军的赵毅，就要显得黯然失色。至于与宋笠悄然同行的两位暂时顶着工部观政郎头衔的年轻官员，在风云变幻的形势中，就越发不起眼了。短短两年内便先后担任过礼部、户部两任尚书的元虢，这位时下被笑称为"救火尚书"的旧张庐得意门生，既没有像同僚韩林那样被年轻皇帝寄予厚望外放地方担任封疆大吏，也没有如太安城官场预料的如同王雄贵那般被贬谪到战火纷飞的广陵道，没有就此担任副节度使，而是以传旨大臣这么个不伦不类的过渡身份，与宋笠一行人在见过卢升象后兵分两路：元虢去见吴重轩；宋笠则领着那两位工部从七品小官，熟门熟路地前往赵毅所在的藩王府邸。

随着元虢这位天子使臣的接近，战况不利的广陵西线的气氛似乎有些不同寻常。照理说吴重轩身为敕封对象，最该兴师动众，不说带着几位南疆大将一起出城十里相迎，最不济也该让人着手准备为元虢接风洗尘。且不说元虢是否有机会在庙堂东山再起重返中枢，便是以元虢在太安城官场多年积攒下来的声望，即将正式涉足离阳官场的吴重轩也怠慢不得，但是到头来，还是靖安王赵珣带着青州水师将军韦栋去迎接的元虢，吴重轩只是出席了在一艘水师楼船上举办的晚宴，唐河和李春郁两位嫡系大将没有露面，身边只跟着一个姓江的陌生年轻人。宴会开始之前，元虢面无表情地宣旨，穿着一身不合时宜铁甲的老将吴重轩也是面无表情地听旨接旨，在一大帮脱去公服官袍的文武官员中，吴重轩跪地和起身时满身甲叶的铮铮声响尤为刺耳。这使得之后的晚宴，满桌山珍海味、美酒佳肴都让人味同嚼蜡，寡淡至极，毫无喜庆可言。

夜幕中，离着这艘黄龙楼船有些距离的江面上，一艘今晚负责巡江的青州战舰静止不动。从这边望去，只能望见楼船上张灯结彩和一些模糊的身影，一个身穿便服的年轻人安静地趴在栏杆上，嘴角带着冷笑。

年轻男子左首依次站着王仙芝的二弟子宫半阙、三弟子林鸦和一名身材高挑、头顶帷帽的女子。右首四人都正值壮年，无一例外满身杀伐气息，赫然是南疆道步军大将张定远、顾鹰，原州将军叶秀峰，鹤州将军梁越！可以说除去燕刺王麾下第一猛将、天下用戟第一人王铜山，赵炳拿得出手的嫡系大将，此时都已经到齐。

赵铸没有抬头，微笑道："林姐姐，那个家伙就是你们武帝城的江斧丁吧？"

拳道大宗师林鸦神色复杂，点了点头。

赵铸揉了揉下巴："我就纳闷了，这家伙是怎么帮着吴重轩跟太安城搭上线的，这个媒人可不是随便一个普通人能当的。"

林鸦欲言又止。

赵铸转头看着登上过胭脂评的女子武道宗师，嬉皮笑脸地道："林姐姐你放心，吴重轩就算没有江斧丁牵线搭桥，一样会跟太安城眉来眼去，早晚的区别而已。不看僧面看佛面，我肯定不去跟姓江的较劲。哈哈，真说起来，这次咱们吴老将军确实高兴不起来，说好的封侯拜将，征南大将军是当上了，却没有封侯，就更别提封为祥符年间王朝第一位异姓王了，这跟在咱们南疆当头号大将有啥两样？十万南疆北部精锐大军，就折腾来个四征之一的将军，亏出血了。皇帝陛下这次出手，真算不得阔绰。"

那名身份神秘的高挑女子冷声道："不是朝廷舍不得给吴重轩封侯，之所以失信于人，无非因为广陵道战事不顺。如果现在就开始大封武将，等到尘埃落定，又该封赏什么？相信那位从京城来的元大人事后与吴重轩私下会晤，会把话挑明。"

赵铸嗯了一声："不当家不知柴米油盐贵，道理是这个道理。换成是我坐龙椅，兴许也会如此行事，先把你吴重轩拐骗上贼船再说其他。"

张定远轻声提醒道："世子殿下，唐河和李春郁乘小船过来了。"

赵铸玩笑道："幸好王伯伯忙着赶路，没在咱们船上，要不然就要一戟挑舟了。"

相貌俊美的顾鹰阴恻恻地道："还敢来面见世子殿下，当我们真不敢杀这两个白眼狼吗？"

赵铸摇头道："还真不敢，人家如今已是正儿八经的朝廷命官。何况咱们若真杀了人，也不过是让西蜀那位坐收渔翁之利。亲者痛仇者快的买卖，我不乐意做。"

一叶小舟没有太过靠近这艘高手云集的战舰，停下后，唐河和李春郁两人深深作了一揖，小舟便掉头离去。

南疆猛将梁越重重冷哼一声，五指握断船栏。

赵铸淡然道："女大出阁，鸟大出窝，随他们去吧。"

气氛凝重，只闻江水声。

水往低处流，人往高处走。

赵铸突然转头问道："张姑娘，那元虢是你父亲的门生，你若是想要见上一面，我可以帮忙安排。"

高挑女子漠然道："不用。"

赵铸下意识地伸手摸着腰间的破旧钱袋，笑着感慨道："即使你有刀，也杀不尽负心狗啊。"

随后，一言不发的赵铸怔怔地望向西北，流露出忧心忡忡的神色。南疆虽然有自己极其出色的谍报系统，但是这么多年来始终不曾把手脚伸到北凉那边，而北凉拂水房也默契地不去南疆安插棋子。这种尊重，不仅仅是因为北凉拥有三十万铁骑和南疆拥有二十万劲军，不仅仅是因为徐骁和赵炳两大实权藩王相互忌惮，更多的是一种英雄间的惺惺相惜。那种感觉，就像是看遍天下豪杰，平起平坐唯一人，而到了赵铸这一辈，他这个燕刺王世子与新凉王徐凤年，又岂是寻常交情？

之前他让龙宫林红猿掺和到那袭徽山紫衣的浑水里去，何尝没有告诉徐凤年"大不了你就干脆放弃北凉，终归还有南疆这条退路为你留着"的用意？

赵铸到手的谍报，最远都是从淮南道那边获取的零碎消息。如今蔡楠和韩林分别担任节度使和经略使，似乎刻意拦截了北凉军情传递的所有渠道，大小驿路都已被严密封锁，离阳朝廷的折子也对北凉局势只字不提，所以赵铸只知道王遂在二十天前，先是率领东线精骑大掠蓟北，然后奔赴河州，直指北凉幽州东面的贺兰山地。好像流州和凉州两处的战事都不利于北凉，在身边张定远、顾鹰、叶秀峰等人的推演中，北凉胜算极小，除非三线皆胜，否则无论是丧失流州龙象军这支机动骑军，导致凉州西门洞开，还是杨元赞大军攻破葫芦口霞光城，与王遂骑军在幽州境内会合，困守凉州一州之地的北凉边军都只能死：战死或者等死。至于凉州中线输了，更是一切休提。

赵铸呢喃道："输了也好，到时候你我兄弟二人并肩作战。"

赵铸站直身体，伸出一只手掌，紧紧握拳。

不同于广陵西线那艘宴客楼船的生硬气氛，在广陵王府邸内，赵毅、赵骠父子亲自为昔年的心腹下属宋笠大摆宴席。一直闭门谢客的广陵道经略使王雄贵也破天荒出现。当宋笠说起王大人的幼子王远燃跻身京城礼部担任仪制清吏司郎中一事，又特地因此向王大人祝贺一番后，原本难掩郁郁寡欢的王雄贵顿时笑逐颜开。酒宴上，暂时在工部观政的两位年轻官员，在宋笠亲自为其中一位姓陆的年轻人挡酒后，二人就被众人心有灵犀地忽略不计。那个贼眉鼠眼的王府客卿张竹坡，跟衣锦还乡的宋笠以往并不对付——一个是广陵道春雪楼首席谋士，一个是被赵毅视为福将的风流俊彦，不过在今晚，张竹坡寻遍理由向副节度使大人自罚了七八杯酒，喝得那两撇鼠须都黏糊糊的。世子赵骠对此眼神阴沉，赵毅则始终笑眯眯的。

酒宴落幕后的当晚，两位打着视察广陵江、河、渠旗号的工部官员在王府别院相聚饮酒，其中的陆姓男子竟然是个瞎子。

在宴席上喝得酩酊大醉的孙姓青年此时此刻哪里有半点儿醉态，懒洋洋地斜靠在一把大料紫檀制成的豪华太师椅上，帮对面目盲的年轻人倒了一杯酒，笑道："宋笠没安好心，故意为你挡酒，明摆着是给赵毅提个醒，告诉广陵王府，你这个工部小官吏，身份其实比我孙寅更加特殊。"

入京又出京的瞎子陆诩正襟危坐，远不如孙寅这个名动京华的狂士那么有气势，轻声道："镇南将军毕竟是春雪楼的老人，滴水之恩尚且要涌泉相报，这个举措并不过分。何况没有宋笠以礼相待在前，张竹坡想要找到孙大人谈事并不容易。"

孙寅放声笑道："他赵毅已经是这般凄凉光景了，除了破罐子破摔还能做什么？睁一只眼闭一只眼，由着那张竹坡良禽择木而栖，好歹还能给世子赵骠攒下点儿香火情。如此一来，朝廷上有宋笠有卢升象这两位武将，又有张竹坡担任文臣，赵炳以后才能稳稳当当做个享乐王爷，要不然等到天下太平了，武将式微，没有张竹坡在官场上护着，广陵道随便来个刺史就能轻松玩死赵骠。"

陆诩微笑道："大势是如此，但是史书上帝王将相意气用事导致的惨烈祸事还少吗？"

孙寅撇了撇嘴，面带不屑。

陆诩叹了口气："赵毅之流，不管他口碑如何，也不管他和其他几位藩王相比如何不堪，终归当得起我们这些乘势而起的后辈的几分敬重。"

孙寅皱了皱眉头，但是逐渐收敛了几分狂态，打趣道："陆大人，你也没年长我几岁，倒是老气横秋。"

陆诩默不作声。

孙寅压低嗓音："我很好奇，你是如何说服陛下的，让他竟然能够下定决心把兵部卢白颉撺来广陵道当节度使，为此你可是彻底惹恼了整个江南道士子集团。要知道庾剑康那几个老不死的可都希冀着'棠溪剑仙'能够暂时远离是非，宁肯他像许拱那样被朝廷雪藏在两辽，在仕途上耽搁个两三年，也好过现在来做出头鸟。所以很多人都说你在太安城攀附上了北地的辽东彭家，这才给江南道四阀下了这个绊子……"

陆诩抬起头，双眼紧闭，"看着"孙寅。

孙寅讪讪一笑，显然也有些难为情——在陆诩这个聪明人面前耍心机实在没什么意思。

孙寅有失厚道，陆诩却开门见山道："齐阳龙和'坦坦翁'不愿卢白颉来广陵道，一方面是惜其才华，另一方面则无法诉之于口。卢氏毕竟跟北凉徐家是姻亲，若是以史为鉴，所谓'天下归心'，归根结底，不过是士子归心；'人心所向'，也无非是获得读书人的认可。青州陆氏举族进入北凉已经是个前车之鉴，之后相继又有士子赴凉和武当佛道辩论的盛况，在这个时候，于情于理，卢白颉都不该来与江南道毗邻的广陵道。但是，人无远虑，必有近忧，而人一旦有了远虑，多半更有近忧。孙大人问我是如何说服陛下的，很简单，就一句话而已：'当下事当下了，近忧不用忧，远虑便不用虑。'"

孙寅一阵龇牙咧嘴："这话，有些霸道了。"

陆诩仰头喝光杯中酒，自嘲一笑："当然，离京前与君王促膝长谈一宿，为了这一句话，又说了千百句。"

陆诩放下酒杯："相较沙场争锋，人人赴死，我陆诩不过搬弄唇舌而已，百无一用。"

孙寅摇头笑道："百无一用是书生？张竹坡，宋笠，赵毅、赵骠父子，卢白颉，元虢，你的旧主赵珣，吴重轩，卢升象，加上整个广陵道……这么大一张棋盘，你我两个小小工部员外郎却能在这里纵横捭阖，岂能说无用？"

陆诩低头"望着"桌面，一如当年坐在永子巷，身前摆着一张棋盘。

陆诩自言自语道："下棋有输赢，赌棋有盈亏。可是为帝王为天下谋这种指点江山，你我的指尖都是血啊。"

在离阳寻常人眼中，如今的北凉就是一块死地，生灵涂炭是早晚的事，所以当一辆马车由河州驶向幽州，而不是从北凉往境外逃难时，便有些逆流而上的味道。

马夫是个一条袖管空荡荡的独臂男子，仅剩一只手握着马缰，尽量把马车操控得稳稳当当。所幸相比简陋的车厢，拉车的那匹马颇为高大神骏，并不需要中年马夫费心驾驭。

一位老人微微弯腰掀起遮挡风沙的粗布车帘，视线越过独臂男人的肩头向前望去，沉默无言，久久没有放下帘子。

马夫转头，小声道："爹，如果我没有记错，还有十几里路就能看到幽、河两州的界碑。"

老人点了点头，神情有些恍惚。

马夫皱眉道："就算北凉向来不认朝廷的旨意，可爹毕竟是名义上的北凉道副经略使，那徐凤年还敢暴起杀人不成？既然如此，爹又何必如此放低身段去讨好北凉，若是传到京城那边……"

老人干脆离开车厢，坐在儿子身后，摆手打断这位临时马夫的话语，笑道："有些风言风语传到太安城又如何？我杨家的根基从来都不在庙堂中枢。自从广陵道失利，你爹以戴罪之身去往京城，从皇帝陛下到小小的六七品兵部员外郎，有谁给过爹好脸色？别的不说，爹一手培植起来的数万蓟州老卒，朝廷说拿走就拿走，你到蓟州担任副将，也不过是让你带来三千兵马，这还是建立在需要你掣肘袁庭山的前提下，要不然啊，虎臣你一兵一卒都别想带回蓟州。"

马夫正是当年在与西楚余孽作战中失去一臂的杨虎臣，如今和那个家族沉冤得雪的忠烈之后韩芳同为蓟州副将，杨虎臣是既要防止袁庭山在边境重地蓟州拥兵自重的人物，也是离阳赵室监视汉王赵雄的棋子。老人当然就是朝廷新封的北凉道副经略使杨慎杏，昔年的四征、四镇八位大将军之一，这一年多在京城过足了虎落平阳被犬欺的惨淡日子，提心吊胆不说，还要被官场同僚看笑话，时不时被拉出去喝酒。他们嘴上说是帮着老将军喝酒解愁，其实就跟拉出去遛猴差不多，变着法子在老人伤口上撒盐。说到察言观色和落井下石的功力，京官几乎个个都是大宗师。如果不是杨虎臣被兵部任命为蓟州副将，意味着皇帝陛下对杨家还没有彻底失去耐心，恐怕老人这次出京，送行的人员就不是小猫小狗三两只的光景，而是一只都省了。老人这次途经京畿西和蓟、河几州，虽说本身没有要跟人拉感情的念头，但是沿途根本无人问津的境况，还是让杨虎臣这个做儿子的倍感心寒。想当年杨家从蓟州出兵广陵，那是何等盛况？那时候，不是郡守这个位阶的地方封疆大吏，都别想在杨家私宴上占个席位。

大概是察觉到杨虎臣的愤懑，老人拍了拍儿子的肩头，轻声笑道："虎臣啊，怨不得世态炎凉，自从爹当上大将军，咱们杨家这些年在蓟州作威作福惯了，也不是啥好鸟，欺男霸女的事情何曾少了，如今遭了报应，很正常。"

杨慎杏环顾四周。河州的景象与蓟州其实相差不大，到底都是西北边境，入秋以后，草黄如土，比不得江南那边犹有半城绿的旖旎景致。老人缓缓闭上眼睛，深深地呼吸了一口气，感慨道："反过来看，报应来得早，也是好事，太晚了，说不定朝廷连让你当蓟州副将将功补过的机会都不会给，何况爹比起已经战死沙场的阎震春那老儿，总归要幸运许多吧？你别看赵隗如今是仅次于卢升象的南征二把手，这老家伙当下也是热锅上的蚂蚁，爹敢跟你打赌，他若是吃了败仗，别说跟爹比，说不定连阎震春都比不上，因为朝廷对咱们这拨春秋老将的香火情，都在我和阎震春身上用完了。所以说爹这次出京，心情没外人想象的那么糟糕，说实话，离开了那座让人如履薄冰的太安城，爹的心情反而好了很多，一路行来也想通了很多事。"

杨虎臣如释重负，不管如何，只要爹心中没有太多郁结，就是好事，他也有信心带着杨家东山再起。

杨慎杏笑了笑："这次爹私下让人捎密信往清凉山，恳请北凉派遣官员在幽州边境接我，只要见不着官员的面，我杨慎杏便一步都不踏入北凉，就在边境上一直等着。我杨慎杏好歹是做过大将军的人物，现在摆出这种低三下四的可怜姿态，当然算不得豪杰行径，不过这又如何？京城所有人都在等我杨慎杏暴毙北凉的噩耗或是在某个场合被徐凤年大肆折辱的消息传出，我偏不让他们如愿。面子是虚的，里子才是实打实的，杨家正值风雨飘摇，爹是杨家在朝廷台面上的面子，没了就没了，只要虎臣你在蓟州重新站稳脚跟，五年十年后，面子自己就会跑回杨家口袋里，到时候就算你不想要，说不定别人也愿意跪着求你收下。"

杨虎臣低下头，眼睛有些红。身后那个从来不服老的爹，那个自他记事起就一直顶天立地的杨大将军，竟然会让他杨虎臣觉得真的老了。

杨慎杏叹了口气："现在怕就怕年轻的北凉王会因为朝廷而迁怒杨家，会因为爹当这个副节度使而对你心生不满，毕竟蓟州距离北凉不算太远。以前徐骁念着旧情，极少对北凉以外指手画脚，现在徐凤年当家做主，细观这几年北凉在徐凤年手上折腾出来的动静，显而易见，北凉锐气极重，不再刻意隐藏锋芒。归根结底，北凉跟朝廷就只差撕破脸皮的那一步了。这趟爹入凉，是风险，也是机遇。虎臣，你安心做好你的蓟州副将，爹在北凉自有打算。从今往后，你谨记几点。首先，你不要应酬任何蓟州旧部地方将领；其次，跟韩芳把握好亲疏远近的度；最后，多接近新任经略使韩林，要扮演不惜为其充当马前卒的角色，以后杨家能不能在太安城有一席之地，韩林至关重要。韩林不同于一般的张庐门生，表面上看他大大不如赵右龄、殷茂春，甚至不如元虢、王雄贵，但是在当今天子心目中，韩林才是最值得重用的一个。原因很简单，赵、殷、王三人，都是在先帝手上提拔起来的一等公卿，已经到了几乎封无可封的高位，而元虢、韩林两人属于陛下登基后才得以重用的人物，只可惜元虢表现不佳，已经被彻底放弃，如此一来，天子就会把所有的期望都倾斜到韩林一人身上，这对韩林来说才是最大的优势。韩林看似是当年张庐里最没有棱角的那个，但是这种不等同于平庸的中庸，恰恰才是官场上最大的依仗，时间越久，后劲越足，元虢就是反例。"

不知为何，杨虎臣越听下去，心情越沉重。

杨慎杏轻笑道："是不是听着像是在跟你交代遗言？虎臣你想岔了，爹刚才已经说了，这趟去北凉，爹没有抱着半点儿必死之心，更不会为了朝廷颜面而强出头。"

杨虎臣有些尴尬。

杨慎杏语重心长地道："自大秦朝的游士转变成根深蒂固的门阀以来，手里提刀的我辈武人，史书上的评价，从来都不怎么光彩。那些个留下名字的大人物，总离不开'藩镇割据'四个字，手中握笔的世家豪门却往往跟"数世几公"挂钩，传承一百年也称不上门阀，动辄两三百年甚至历史更悠久。反观我们，有几个活到'百岁高龄'的藩镇势力？能有三代人五十年的风光，那都是祖坟冒青烟的奇迹了。你别看现在朝廷大力抑制地方武将势力，人人自危，相比阎震春、赵隗这些老家伙，爹看得更长远些。将来离阳未必出现不了一个属于武将的百年姓氏，要做到这一点，一味愚忠的韩家是前车之鉴，而北凉徐家，却是……"

说到这里，杨慎杏突然闭口不言，到最后只有一声长叹："徐骁，不是枭雄啊！"

杨虎臣有些疑惑。

世人公认桀骜不驯的大将军徐骁如果不是枭雄，难道还能是个英雄不成？

杨慎杏笑问道："虎臣，你猜北凉会让谁来幽州边境当恶人。"

早就想过这个问题的杨虎臣轻声道："照理说是该由幽州刺史胡魁或是幽州将军皇甫枰迎来送往，只不过如今大战正酣，这两位未必能够脱身。不过，即便北凉有心让爹难堪，我想最不济也会让一个幽州郡守出面。至于名义上与爹品秩大致相当的李功德、宋洞明两人，可能性很小，毕竟一个要负责新城建造，一个要坐镇清凉山，我也不奢望徐凤年会如此兴师动众。再者，如果真是李、宋两人中的一个赶到幽州，我倒要怀疑徐凤年是不是居心叵测，到时候不管爹答应不答应，我都会亲自一路护送爹到凉州。"

十几里路程一晃而过。

当杨虎臣看到那块路边界碑的同时，也看到有四五骑在驿路旁静候。

其中有一骑显得格外扎眼——他除了年轻之外，还让杨虎臣有一种古怪的感觉，就像自己年少时第一次见到传说中的武道宗师，如见高山；就像去年在太安城皇宫内第一次面见皇帝，如临深渊。

杨虎臣甚至忘了转头，颤声道："爹，好像他亲自来了。"

杨慎杏在接近边境时就坐在车厢内闭目养神，听到杨虎臣的颤抖的嗓音后，有些纳闷：难道是胡魁、皇甫枰到了，或者干脆是李功德、宋洞明大驾光临？否则以自己儿子的心性，绝对不至于如此慌张。

当心情沉重的杨慎杏掀起帘子时，正午时分，头顶的阳光一时间有些刺眼。老人眯着眼望去，当看清楚那一骑时，不由得愣在当场。

突然，这位哪怕深入北凉虎穴也没有丧失斗志的老人，第一次真正觉得，自己确实老了。

不等杨慎杏下车，那一骑率先疾驰而至，瞥了一眼充当马夫的离阳猛将杨虎臣，然后对杨慎杏笑道："杨大人有个好儿子。"

杨虎臣听到年轻人的这句评语，一时间有些无语。

没有被称呼"杨大将军"的老人哈哈大笑，毫不生气，朗声道："这一点，杨慎杏远不如大将军！"

能够被正儿八经当过大将军的杨慎杏毕恭毕敬喊一声"大将军"的，在离阳王朝，唯有徐骁。

徐凤年翻身下马，杨慎杏就坡下驴也下了马车，二人并肩而行。徐凤年顺便向这位新任副节度使介绍了那拨人，原来是由铜山郡郡守领衔的本地官吏，纯属"拉壮丁"给拉出来见世面的。毕竟徐凤年可以不把杨慎杏当回事，可对铜山郡官员来说，这位蓟州土皇帝的偌大名头称得上如雷贯耳，尤其是杨慎杏麾下的蓟南步卒号称"独步天下"，有心跟燕文鸾的幽州军较劲也不是一年两年了，今日能够见上杨老将军一面，怎么都是一笔茶余饭后的上等谈资。

当下徐凤年问着老人一路西行是否顺畅的客套话，杨慎杏也笑容和煦，一一作答，气氛融洽得让铜山郡官员都满头雾水。事实上，身为当事人的杨慎杏，看似与年轻藩王一副相见恨晚的架势，其实捏了一把冷汗。北凉连圣旨都曾拒收，时值北凉兵荒马乱，众人脚下这荒郊野岭的，撂下一两具尸体算什么大事？回头扣上一个贼寇行凶的名头，朝廷真愿意刨根问底？徐凤年越是热络，杨慎杏越是忐忑，正如杨虎臣先前揣测的，以杨家龙困浅滩的艰难处境，来个幽州刺史接驾就算顶天的规格了，杨慎杏还没有自负到以为拥有让北凉王离开前线亲自迎接的分量。

好在徐凤年没有继续卖关子，先让铜山郡大小官吏返回官邸，然后在驿路旁一座小茶摊歇脚，喊醒那个打瞌睡的妇人，笑着要了三碗茶水，落座后便跟杨慎杏开门见山说道："我这趟来幽州，接人是顺手为之，喝完茶，很快就要动身去幽州东北的贺兰山地，王遂和他那几万北莽精骑暂时还在幽州大门口观望，我若是去晚了，恐怕就见不着这位大名鼎鼎的东越驸马爷了。"

杨慎杏面不改色地嗯了一声，心底则是飞快地盘算着。他这次顶着北凉道副节度使的绣花头衔黯然离京，也给人当成了凉水浇透的冷灶，途中没有任何书信往来，加上一路行来又不曾与人接触，对于天下形势完全一无所知，只知道出京前的那点儿消息——虎头城失陷，董卓大军得以铺开阵线，导致凉州关外第一道防线岌岌可危——以至杨慎杏都以为等到自己接近幽州时，就会看到大批难民匆忙逃离北凉的画面。但是徐凤年轻描淡写一句要去贺兰山地与王遂骑军对峙，让杨慎杏大吃一惊，难道是北凉已经准备放弃整个凉州关外战场？在半年前，两淮这边还有大量北凉相关的战报频繁传递给京城，北凉对此也没有刻意封锁，只是祥符二年开春以来，赵勾谍子和两淮官场就很难获取第一手的北凉军情了。杨慎杏听说几个顶风作案的赵勾据点都被连根拔起，一些披着江湖人外皮的谍子在跟随轩辕青锋共同赴凉后，好像很快也被拂水房拘禁起来，为此，朝廷的兵部、刑部大为恼火。

徐凤年从妇人手中接过茶碗的时候，杨虎臣实在忍不住翻了个白眼。妇人给他们父子送茶水那都是直接把碗敲在桌面上，唯独给年轻藩王，她是双手捧着碗走到桌边，粗壮腰肢愣是给她扭得跟条大水蛇似的。她也不急着把茶碗搁在桌上，等到徐凤年伸手去接碗的时候，自然少不了一阵蜻蜓点水的揩油。妇人占了便宜也不见好就收，嬉笑着调戏了一句"俊后生，娶媳妇儿了没？没娶的话，咱们村有个水灵闺女，婶婶给你当媒人"，把杨虎臣给震撼得说不出话来。这北凉娘们儿都这么泼辣？更奇怪的是，徐凤年非但没有大动肝火，反而笑眯眯地调侃了几句，半点儿不比市井泼皮无赖的脸皮子薄，倒是把妇人给说得破天荒羞臊起来。杨虎臣心底顿时有些不喜。作为久经沙场的一流武将，他对这个新凉王的印象本就不佳，如今亲眼见着徐凤年的轻佻言行，更是眉头紧皱。但是不知为何，杨虎臣余光瞧见爹一脸笑意，不似作伪，颇像是花丛老手瞧见了后起之秀，杨虎臣不由得有些发蒙。

徐凤年喝了口茶水，接下来的话语把杨虎臣吓得差点儿摔碗："中线董卓大军对怀阳关久攻不下，已经退军。流州战况最为惨烈，三万龙象军十不存一，柳珪率残部逃往龙腰州。至于幽州葫芦口外，杨元赞死了，种檀和洪敬岩不知所终。"

杨慎杏低头喝水，看不清表情，但是茶碗中水面涟漪不断。

杨虎臣下意识地脱口而出："这不可能！"

杨慎杏猛然抬头，怒道："虎臣，不得放肆！"

杨慎杏放下茶碗，转头对徐凤年歉然道："王爷，虎臣无礼至极，还望恕罪。"

徐凤年意味深长地道："恕什么罪，我徐凤年又不是离阳皇帝，如何能对一个蓟州副将治罪。"

杨慎杏额头渗出汗水。

杨虎臣单手握拳，死死地抵在桌下的膝盖上，也顾不得被老人责骂，盯着徐凤年的眼睛，问道："北凉果真大败北莽百万铁骑？！"

徐凤年答非所问，缓缓道："我北凉死了很多人。"

杨慎杏厉声道："杨虎臣！你给我闭嘴！"

在面见陛下后得了一个"忠孝两全"奇佳评语的杨虎臣，此时脖子上青筋暴起，竟是对老人的呵斥置若罔闻，瞪大眼睛，好像不惜豁出性命也要跟年轻藩王较劲到底。

徐凤年微笑道："你杨虎臣也好，你爹也罢，值得我诓骗？"

一根筋的杨虎臣追问道："敢问王爷，你们北凉是如何同时打赢三场仗的？"

不等徐凤年发话，杨慎杏就站起身，一巴掌狠狠拍在自己儿子头上："兔崽子，不说话没人把你当哑巴！"

堂堂一个官至蓟州副将的男人被自己爹打得头发凌乱，仍是誓不罢休，继续咬牙问道："王爷，北凉真的打赢北莽蛮子了？！"

徐凤年点头道："打赢了。"

杨慎杏差点儿就要一脚把这个王八蛋踹飞。徐凤年对老人摆了摆手："杨大人，算了。"

杨慎杏重重跺脚，痛心疾首地道："王爷，非是我自夸，虎臣如果不是这种该死的犟脾气，以他的带兵本事，早就能够去太安城捞个四平之一的实权将军了，我是真不放心他去跟那帮太安城的官油子打交道啊！王爷你瞅瞅，他这臭脾气一上来，连在王爷你面前也敢不知轻重，这要是去了京城，那还得了！别说丢官，掉脑袋都有可能！"

徐凤年笑道："杨将军只适合在地方上领兵治军，若是在天子脚下当官，肯定比不上那些早就成精的人物，估计杨将军哪怕当了四平之一的将军，也不痛快。"

杨慎杏感慨道："是啊，所以这次虎臣主动请缨回蓟州，我也没拦着，反正拦也拦不住。"

杨虎臣失魂落魄地喃喃道："赢了？真的赢了？"

徐凤年打趣道："怎么，杨将军不希望北凉打赢？就不怕你爹千里迢迢到了北凉，结果驿路上都是肆意往来的北莽铁骑？"

好不容易还魂的杨虎臣下意识地伸手摸了摸那条空落落的袖管："丢了一条胳膊，我杨虎臣从来不觉得算什么，只是有些遗憾是被咱们离阳自己人在战场上砍下的，而不是在塞外丢在北莽蛮子的刀下。"

杨虎臣咧嘴笑了笑，突然站起身，把老人惊得一哆嗦。杨慎杏生怕这家伙又要顶撞徐凤年，抬手按在儿子的肩膀上："坐下说话！"

杨虎臣摇了摇头，伸手举起茶碗，对徐凤年正色沉声道："王爷，没有酒，杨虎臣斗胆就以茶代酒，敬你，敬所有北凉将士一碗！我杨虎臣这辈子最大的愿望，北凉做到了，不管以后离阳和北凉是怎么个狗屁倒灶的光景，我杨虎臣都欠你一碗酒。以后你要是有朝一日死在凉莽沙场上，我就带兵去你战死的沙场上敬你！以后你徐凤年要是死在离阳朝廷手上，那我就单独去刑场上敬你那碗酒！"

杨慎杏闭上眼睛。虎臣这孩子，真是一心求死啊，这种大逆不道的晦气话是能说出口的？

但是出人意料，徐凤年也举起茶碗站起身，笑道："这一碗以茶代酒，我得喝。还有，以后你杨虎臣要是有机会来北凉，不管我死没死，都记得捎上一坛好酒，一碗怎么够？"

茶碗碰茶碗，徐凤年和杨虎臣各自一饮而尽。

远处，听不真切对话的妇人回头瞥了一眼三位客人，一边收拾着杂物，一边没好气地嘟囔道："这帮大老爷们儿也真是够可以的，喝个几文钱的茶水还喝出豪情壮志来了？穷讲究！"

喝过了茶水，昔年的蓟州头一号猛将杨虎臣便告辞返程，心有余悸的杨慎杏笑骂道："赶紧滚蛋！"

徐凤年和杨慎杏重新坐回凳子，妇人赶忙拎着茶壶又给两人见缝插针地倒了一碗茶。徐凤年笑道："老板娘，别只添茶水不加茶叶啊，这可就不厚道了啊。先前一碗茶水两文钱，现在这两碗只能算一碗一文钱。"

妇人两根手指在徐凤年的手臂上轻轻拧了一下，气笑道："好好好，一文钱就一文钱，就当姊姊给你占了便宜。不是姊姊说你，你说你生得倒是俊俏，听口音也是咱们北凉人，怎的一点儿都不爽利？别看姊姊觉着你看着顺眼，可真要挑男人一起过日子啊，我还是会选我家那个糙汉子。"

徐凤年坏笑道："是是是，身强体壮气大嘛。"

妇人红着脸，瞪眼道："小样儿！嘴花花，一看就是个读书人！还是那种考不到功名的半吊子！"

最后妇人犹豫了一下，不死心地问道："真不要姊姊当媒人？"

徐凤年哈哈大笑，摇头道："已经有媳妇儿啦。"

此时此景让杨慎杏有些唏嘘：北凉，是跟离阳不太一样。

徐凤年收敛了笑意，轻声道："穷地方的人，命苦，但很多人吃苦的同时，不认命。"

杨慎杏点头道："'天下精兵出辽东和两陇'，古话不是没有道理的。"

徐凤年问道："杨大人，现在有两条路，一条路是当个无所事事的副节度使，就当在清凉山安度晚年。"

不等徐凤年说出第二条路，杨慎杏云淡风轻地道："王爷，我就选这条路吧。老了，经不起折腾了，况且虎臣即便离开了京城，也还身在蓟州。"

徐凤年笑了笑："行，咱们北凉不大，风景自然也比不上中原，不过好歹武当山上能够避暑，'塞外江南'陵州也是适宜过冬的好地方，杨大人什么时候在清凉山待闷了，就随便到处逛逛。"

杨慎杏欲言又止。

老人不敢相信徐凤年会如此大度，能够容忍杨虎臣的冒犯，甚至能够让他杨慎杏在北凉享福。

"换成别人来北凉道当这个副节度使，就别想进入幽州了。"徐凤年望向远方，轻声道，"杨虎臣有个让他心甘情愿当马夫的爹，我徐凤年不是石头里蹦出来的，当然也有。我爹徐骁这辈子有本旧账，欠他的，有些讨回来了，有些没能讨回来；也有他欠人的，有些还上了，也有些他注定还不上。"

徐凤年看了一眼明显已经忘记某段往事的老人，微笑道："当年有个离阳校尉在接连输给东越王遂后，哪怕还攒下些银子，也没人乐意卖给他几百兵马了，当时就只有一个叫杨慎杏的武将，虽说同样没舍得给自己的人马，却是唯一没有说风凉话的，一次在去往兵部衙门的路上，甚至还主动跟他聊了几句。很多年后，那个已经不再是小校尉的老人对他的儿子说，做人要记仇，但也要念人的好。其中就提到有个叫杨慎杏的武将，带兵打仗，不行；做人，还凑合。"

杨慎杏感伤地道："原来还有这么一段陈年旧事啊，我都忘了，没想到大将军还记得，还跟王爷你说了。"

然后老人摸着雪白的胡须，嘿嘿道："能够让大将军亲口说出'还凑合'三个字，我杨慎杏也该知足了。当然，做将军的，被说成打仗不行，即便是大将军说的，我杨慎杏还是有些不服气。"

徐凤年对此不置可否，笑着说道："稍后会有人护送杨大人前往凉州，我就不送了。"

杨慎杏点头道："理当如此，万万不敢耽搁王爷的行程。"

徐凤年结过账，驿路上很快就有数十骑驰骋而来，其中一匹高头大马无人骑乘。杨慎杏翻身上马，对徐凤年抱拳道："王爷，告辞！"

徐凤年嗯了一声："回头凉州再聚。"

被数十铁骑给震慑到的茶摊妇人张大嘴巴，小心翼翼竖起耳朵的她听到"王爷"这个称呼，等到骑军远去后，她凑到徐凤年身边，好奇地道："后生，你的名字倒是古怪，姓王名爷，取名取得这么大，你爹娘真是心大。不过看模样，你爹是咱们北凉的将军吧？要不然，这茶水钱，你拿回去？"

其实是要去陵州而不是贺兰山地的徐凤年摇了摇头，笑道："如果再过两年，老板娘你还能在这里安安生生地卖茶水，而我凑巧又来喝茶的话，给我打个折，咋样？"

妇人笑道："行啊，几文钱而已，大不了就给我家汉子骂一句'败家娘们儿'。唉，可惜到时候，婶婶就不敢再摸你了。"

徐凤年无奈地道："还是你心大。"

阳光透过树叶的间隙，丝丝缕缕地洒落在小桌、长凳、茶碗上，显得安静而祥和。

马背上的杨慎杏回头望去，依稀看到那一幕。

不知为何，身在北凉的老人心底浮起一个念头：百无一用是中原。

徐凤年牵着一匹幽骑军战马，沿着驿路边缘缓缓而行。就像杨慎杏言谈之中多有保留，徐凤年当然也不会跟杨慎杏掏心窝子，他接下来要去的地方，不是大兵压境的贺兰山地，而是支撑起大半北凉赋税的陵州，更为隐秘的内幕则是徐凤年先前已经见过了王遂。徐凤年当时只带着八百白马义从，王遂领着北莽冬捺钵王京崇和数百嫡系私军，两方各自脱离大军，悄然会晤。

徐凤年没有急于策马赶往陵州，而是陷入了沉思。哪怕跟那位北莽东线主帅见过了面，他也没弄清楚王遂葫芦里到底卖的什么药。明明是王遂主动要求这场秘密会晤，但是真碰了头，王遂却没说半点儿正经事情，一番言谈，除了聊了些春秋故人旧事，倒像个关系不远不近的长辈见着了还算有些出息的世侄，只不过含蓄赞扬晚辈的同时，老头子可没忘记自我吹嘘他当年的风采，这让徐凤年很是无奈——很容易想起那些年在清凉山养老的徐骁。其间王遂讥讽离阳的格局属于一蟹不如一蟹，无论朝廷官员的才干还是文人的学识，都是一辈一辈递减，更骂离阳两个皇帝都是孬种，打不过野狼就只能打家犬，不敢跟北莽死磕，就只好收拾西楚余孽。徐凤年虽然没有附和，但听着确实挺解气的。到最后，王遂倚老卖老地拍了拍徐凤年的肩膀，再无言语，就那么潇洒地扬长而去。从头到尾，王遂就只有一句话切中时局要害：既然他王遂这趟西行游猎都没能够捞到好处，那么东线那边一时半会儿也就没谁乐意跟北凉过不去了。徐凤年清楚老人的言下之意：不是北莽东线死心了，而是北莽东线与顾剑棠对峙的驻军大多是草原上的保守势力，本来就对北凉没有念想，倾向于在两辽打开缺口直逼太安城，那么王遂在幽州东大门的受阻，极有可能在北莽两京庙堂上给予太平令和董卓雪上加霜的致命打击。

正是这句话，打消了徐凤年杀人的念头，陪着老人只谈风月，最终没有出手。因此这次贺兰山之行，谈不上有何惊喜，但也不算失望。对目前在凉莽大战中伤筋动骨的北凉来说，没有坏消息，就已经是好消息。所以杨慎杏来到北凉担任副节度使，只要不是抱着必死之心来帮朝廷往北凉掺沙子，那么徐凤年不介意送给杨慎杏一份安稳，甚至可以主动帮这位老人积攒一些功绩，让杨慎杏不至于太难做人。北凉和徐凤年对杨慎杏是如此，对两淮经略使韩林也是如此。

这般处处隐忍行事，当然算不得酣畅淋漓，更称不上任侠意气。

徐凤年终于翻身上马，鞭马前行之前，东望了一眼。

茶摊妇人百无聊赖地坐在长凳上，抬头看着那个有些书卷气的将种子弟一人一骑的背影在驿路上越行越远，想着方才这位俊哥儿与自己讨价还价的情景，笑了笑，心想：这后生出身肯定不差，却连几文钱也计较，倒是个会过日子的。

陵州州城，满城喜庆。这种喜庆由上而下，春风化雨一般。市井百姓不知道城中为何就突然重新热闹了起来，自然而然猜测是不是凉州关外和幽州葫芦口打了大胜仗，只不过始终没有确切消息流传开来，谁也说不准，但这段时日经常能够见到达官显贵尤其是将种门庭的大人物酩酊大醉，稀奇的是，不同于以往同辈间将种子弟一起偎红倚绿、把酒言欢，这次多是隔着辈分的一家人或者几家人一起欢庆。一些个往常针尖对麦芒的当地豪门家族，如今在酒楼狭路相逢了，竟也没了剑拔弩张的氛围，一笑而过。

暮色中，数骑恰好踩着门禁的点入城，直奔陵州别驾宋岩的那座府邸。门房是伶俐人，远远就发现那几骑虽未披甲，却不似寻常的豪门扈从，而是得以腰间悬凉刀的军伍锐士。得到门房通报的宋岩快步走出，看见牵马站在街道上的徐凤年，愣了愣。徐凤年让人腾出一匹马给这位推崇法家的陵州政坛大佬，两骑缓缓驶向还隔着一段路程的刺史府邸，宋岩神色激动，低声问道："王爷，真打赢了？"

看来不光是杨虎臣这种外人感到匪夷所思，就连宋岩这种北凉自家人也不是很敢相信从边关传递而来的谍报。徐凤年不知出于何种考虑，并没有在北凉道境内大张旗鼓地宣扬边关大捷，即便是宋岩这样的从三品实权高官，也只能从惜字如金的简短谍报上获悉三处战场的最后结果而已。

徐凤年点头道："惨胜。"

宋岩蓦然涨红了脸，嘴唇颤抖，这位当年初见世子殿下也能挺直腰杆的骨鲠文人，一时间竟是说不出话来。

徐凤年感叹道："这仗还有的打，不过半年内应该不会有太大的战事，边军可以暂时喘口气了，但是接下来你们陵州就要焦头烂额了，只会比之前更加忙碌。"

宋岩笑道："相比其他三州，唯独陵州远离硝烟，咱们这些当太平官的，忙点儿不算什么。只听说过在沙场战死的，还真少有听说在官场累死的。"

徐凤年犹豫了一下，看着入夜之后也喧嚣的繁华街道，轻声说道："徐北枳要卸去陵州刺史一职，从田培芳手上接任凉州刺史，但是徐北枳空出来的位置，宋大人你……"

徐凤年没有把话说完，宋岩默不作声，既没有流露出愤懑怨望的神色，也没有说些"身为文臣，只为百姓福祉，不求高官厚禄"的慷慨言辞。

徐凤年有些无奈，说道："数千士子赴凉，就如某些外地士子腹诽的，至今为止，都是做些芝麻绿豆大小的官，如同一个腰缠万贯的豪绅随手施舍路边的乞丐，不符合千金养士的道理。虽说宋洞明做上了北凉道副经略使，位居从二品，但毕竟不算严格意义上的赴凉士子。如外人传言，宋洞明更多与徐北枳、皇甫枰等人相似，是我徐凤年仅凭个人喜好破格提拔起来的心腹。"

说到这里，徐凤年自嘲一笑："现在北凉打赢了仗，照道理说，是到了封官许愿的时候，急需给这些嗷嗷待哺的士子一个盼头。北凉毕竟只有四州之地，官帽子就那么多，已经在各地衙门塞进不少外地士子，我总不可能赶走北凉本地官员给他们腾座位，不适合，就只好拿出一个正三品高位的陵州刺史来做噱头。原本以宋大人治理政事的能耐，当然是下一任陵州刺史的最佳人选。"

宋岩终于开口说话，没有任何藏藏掖掖，相反直截了当，问道："王爷，下官若是在陵州做不成刺史，能否去别州？"

徐凤年也坦诚地说道："在田培芳升任副经略使后，凉州刺史一职由徐北枳接任，这是板上钉钉的了。流州现任刺史是杨光斗，下任不出意外是陈锡亮，也只能是陈锡亮。在经历过一系列战火熏陶的流州，说句难听的，我就是愿意让宋大人调去流州，估计你也难以服众，这与你宋岩执政本事的大小没有关系。至于幽州，不妨与你实话实说，志在沙场建功立业的胡魁确实很快就要重返边军，但是下任刺史人选也是有讲究的。幽州相较凉州，更加重武轻文，要不然田培芳前几年也不会那么憋屈，抱怨自己是个花瓶刺史。当年他竭力运作想要来这陵州任职，是北凉官场路人皆知的一桩事情。这次凉莽大战，幽州方面出力极多，死伤最重，你去幽州，不妥。"

宋岩苦笑道："王爷这么说，下官就死心了。说开了也好，不用成天吊着那颗心。"

宋岩心知肚明，凉州、流州、幽州自己去不了，而在陵州，自己非但这次升不上去，在开了千金买马的官场先河之后，未来可能依然没有适合自己的那把交椅，因为陵州必然会成为安置赴凉士子的最佳地点。不闻战鼓、不见狼烟的塞外江南，天然适宜舞文弄墨的读书人，北凉也许会因此顺势形成北将南相的稳定局面，所以宋岩才格外忧心。他并不是个迂腐文人，虽说不是那种太过热衷名利的官员，却也从不愚忠于谁。施展抱负一事，毕竟是跟头顶那官帽子的大小直接挂钩的。试想张巨鹿若是个清水衙门的小吏，又如何能够一手造就如今的离阳大势？

徐凤年轻轻呼出一口气，没有转头正视宋岩："三年，如果能够撑到三年以后，当初允诺你的，我才能办到。如果……如果你觉得委屈了，刚好趁着这次杨慎杏入凉，我可以让你从北凉官场脱身，前往太安城。"

徐凤年平静地道："我这不是试探你，北凉自徐骁起，就没有玩弄庙堂心术的习惯，这块土地上，读书种子本就不多，哪里经得起折腾，能出来一个是一个，就算墙里开花墙外香，也不拦着，更不会用凉刀砍掉。"

宋岩身体微微后仰，肩头随着马背轻轻起伏，懒洋洋地道："我宋岩若是去了太安城，赵家天子能够与我并驾齐驱吗？不能吧。会为了我升不了官特地跑来亲自解释一二吗？更不能吧。我的宋岩膝盖称不上有多硬，可在北凉好歹不用每天去朝会上跪着，日复一日年复一年，就没个尽头。一个读书人，站着当官总比跪着当官舒坦些，何况我当下这个官也不算小了。当然，要是有一天赵家天子让人来找我说，宋岩啊，朝廷六部缺个尚书，要不你先将就着，回头再让你去中书省或门下省当主官，保证进棺材的时候能有个'文贞'啥的谥号。我保证会心动，恐怕到时候就算王爷拦着，我也要一哭二闹三上吊地赶去太安城。"

徐凤年哈哈大笑："宋大人啊宋大人，那你就甭想了，宋姑娘相貌不差，可还真没到祸国殃民的份儿上。不说学识才干，人家严阁老在生女儿这件事上，比你强。"

宋岩很不客气地冷哼一声。

到了刺史府邸，徐北枳还是那天大的架子，得知北凉王亲临后，别说兴师动众大开仪门，就是露个面都欠奉，徐凤年只好和宋岩前往书房。胆战心惊的府上管事小心翼翼地推开房门，只见还没有脱下公服袍子的刺史大人正坐在椅子上处理政务。乱糟糟的书房里，书散落一地，徐凤年弯腰捡起一本本书，宋岩笑着走到窗口打开窗户透透气。等到徐凤年差不多整理完书房，徐北枳才搁下笔，揉了揉手腕，抬头瞥了一眼徐凤年，后者笑眯眯地道："现在清凉山上宋洞明和白煜神仙打架，虽说都是有身份有修养的文人，闹不出什么大风波，但终归不太让人放心，这不就想着让刺史大人去凉州当个和事佬，以凉州刺史的身份帮我盯着。"

徐北枳淡然道："且不提那两位心里会不会有疙瘩，就说陵州这烂摊子，你不让熟门熟路的宋别驾来当刺史，只为了安抚赴凉士子，就交给一个外人，你真以为到时候能不出半点儿纰漏？"

徐凤年笑道："那你说咋办？"

徐北枳开门见山道："李功德有没有说要辞任经略使，由宋洞明来顶替？"

徐凤年点头道："说过这么一嘴，他的意思是不当经略使了，只保留总督凉州关外新城建造的虚衔，但是我没答应。"

徐北枳冷笑道："怎么，怕被人说卸磨杀驴，寒了北凉老臣的心，还是担心李翰林那边说不过去？"

徐凤年笑而不语。

徐北枳隐约有些怒气，沉声道："一个陵州别驾，不小了！"

徐凤年摇头道："是不小，但也不够大。"

徐北枳说道："那就让宋大人去当凉州刺史，我只在清凉山占个闲职，一样能帮你起到制衡的效果。"

徐凤年还是摇头，丢了一个眼神给隔岸观火的宋岩。

宋岩幸灾乐祸道："王爷啊，天底下哪里还有不愿当刺史只肯当别驾的官，这不是为难宋岩吗？再说了，凉州刺史可比咱们陵州的刺史要金贵许多。这违心话，下官说不出口。何况徐刺史明摆着是要飞黄腾达的，被下官这么一掺和，结果丢了刺史跑去凉州坐冷板凳，官越当越小，等徐刺史哪天回过味，那么下官这些日子好不容易攒下的香火情也就没了。于公于私，下官都不会帮着王爷劝刺史大人。"

经由宋岩打岔，书房内没了原先的紧张氛围，徐北枳大概是发泄过了积郁已久的牢骚怨气，很快恢复心态，收敛锋芒，说道："是信不过宋洞明，还是信不过白煜，或者是两人都不信？"

徐凤年搬了把椅子坐下："谈不上怀疑谁，但有橘子你待在清凉山，我在北凉关外能更安心些。"

看到徐北枳死死盯着自己，徐凤年有些心虚："陈锡亮打死都不肯离开流州，摆明了要在那里扎根，我实在没法子。"

徐北枳微笑道："王爷还真是会捏软柿子啊。"

徐凤年讪讪然没搭话。

宋岩脸色古怪。王爷跟徐北枳、陈锡亮两人的关系，还真是值得琢磨琢磨。听徐刺史这口气，怎么跟在家中争夺大妇位置的女子似的。

徐北枳突然脸色缓和下来："流州是不容易。那场各自胜负只在一线的大仗，双方都拿出压箱底的物件了。"

尤其是兵力处于劣势的北凉方面，不光三万龙象军全部投入战场，还有除了青苍之外的流州两镇兵马，加上火速驰援的凉州骑军，连刘文豹和司马家族柴冬笛临时集结的四千西域私兵，以及六珠菩萨紧急调动的烂陀山两万僧兵，都一一浮出水面，甚至连曹嵬的那一万隐蔽精骑都不得不掉头增援流州，这才无比惊险地堪堪打赢了这场血战。

可以说，任何一股兵马的缺失，都会导致流州失陷，更别提在战后抽出几千骑军进入中线战场，与北凉关外骑军左右呼应，最终迫使董卓放弃玉石俱焚的打算。如果北莽仅是在葫芦口全军覆没，已经拔掉虎头城这颗钉子的董卓可以完全不用理会，继续向南推进。所以，原本最无关大局的流州，才是祥符二年这场凉莽大战真正的胜负手。

徐北枳站起身，死死地盯着徐凤年："你应该清楚，虽然我在战前就大举囤粮，在战时也通过各种手段跟北凉周边各地'借粮'，甚至连西蜀都没有放过，但是如果想要打赢下一场大战，别说朝廷限制漕运，就是离阳漕运不倾力支持北凉，那么结果就是，仗不是没法打，但是我们北凉会多死很多人，也许是三万，也许是五万，也许更多。北凉该怎么办？"

徐凤年安静地坐在椅子上，沉默许久，终于开口说道："我在离开这间书房后，就会动身去一趟太安城。"

宋岩脸色骤变。

徐北枳猛然一拳砸在书案上，勃然大怒："你徐凤年丢得起这个脸，我北凉丢不起！虎头城刘寄奴，流州王灵宝，幽州田衡，我北凉战死的数万英魂丢不起！"

徐凤年默然起身，走出书房。

宋岩欲言又止，但最终只是一声叹息。

徐北枳对着那个背影怒吼道："北凉铁骑连北莽百万兵马都挡得住，打下离阳的两淮很难吗？！"

徐凤年没有停步。阴暗廊道中，那个并不苍老的背影略显伛偻。

第七章

江湖宗师齐聚首

抗旨赴京入太安

一支不经朝廷兵部许可而擅自离开藩王辖地的骑军共八百骑，由北凉道幽州入河州，过蓟州，缓缓前往京畿西。

一路行去，本该出面阻拦这支轻骑的各州地方驻军个个噤若寒蝉，连象征性的出面质询都没有一句，使得八百骑在离阳北方边防重地上如入无人之境。在这之前，北莽东线精骑倒是也在蓟、河两州的北部防线如此行事，可问题在于当时王遂麾下是数万来去如风的虎狼之师，而这支骑军人数不过八百而已。

按常理来说，寥寥八百人，别说是在离阳、北莽双方重兵驻扎的辽东，恐怕就算丢入战火纷飞的广陵道，也打不起一个小水漂。

随着八百骑远远算不得风驰电掣的东行，一封封分别出自两淮节度使蔡楠、经略使韩林、汉王赵雄、蓟州副将杨虎臣等王公重臣的谍报，以八百里加急的速度传到京城。

终于，在京畿最西的边缘地带，出现了一支专职负责京师安危的精锐之师：以西垒营作为主力的畿辅驻军西军三大营倾巢出动，兵力多达七千人，骑、步各半。这支西军本该由被敕封为平西将军的袁庭山遥领，只不过这位蓟州将军如今已经连蓟州将军的实职都保不住，就更别提对战力仅次于京畿北军的西军有半点儿掌控力了。今日这七千西军，由出身赵家宗室的安西将军赵桂作为主将，由头顶奋武将军勋位的京城四大实权校尉之一的胡骑校尉尉迟长恭作为副将。

养精蓄锐的七千人，对上风尘仆仆的八百轻骑，竟然是前者如临大敌。

与杨虎臣、宋笠等青壮名将齐名的尉迟长恭还好，到底还能够保持面上的镇静，正儿八经的安西将军赵桂可就是汗如雨下了。他畏畏缩缩地坐在马背上，满腹牢骚，低声咒骂宗人府那帮老不死的都不是好东西，自己说身体抱恙咋就是作伪的了？连兵部唐铁霜那边都睁只眼闭只眼认可了，不承想到头来是自家人坑害自家人，那帮老不死的甚至还威胁自己，这回若是不愿领兵，就要以宗人府的名义跟陛下弹劾自己临阵退缩。

头顶烈日的赵桂喝着那西北风，真是想死的心都有了。如果是一旬前，要他领着七千大军在自己的地盘上去拦截几百北凉蛮子，别说兵部和宗人府软硬兼施逼着他来，就是拦也拦不住他来捞功劳。只是随着那支骑军离开北凉，一些个小道消息就从西北传入京城中枢重地，继而又从衙门的门缝和宫闱的某些珠帘缝隙里飘出。听到那些个骇人听闻的消息后，床上"厮杀"功力远比沙场动刀子要更出色的赵桂就彻底蒙了：这帮北凉蛮子当真打败了北莽百万大军？据说连北莽名将杨元赞都给人在那个叫啥葫芦口的鬼地方割下了脑袋？更有人信誓旦旦说幽州那边的京观一座接着一座，就跟咱们京城冬天堆出的雪人一样多？

赵桂嘴皮子打架得厉害，转头向尉迟长恭颤声问道："尉迟将军，万一那徐小蛮子……哦不，是北凉王，他北凉王不肯停下步子的话，难不成咱们真要跟他们打一架？"

早年正是被这位宗室勋贵挤掉安西将军位置的尉迟长恭面无表情地道："赵将军，上头的旨意如此，我等总不能抗命。"

以往遇上尉迟长恭都要故意喊上一声"校尉大人"的赵桂艰难地挤出一个笑脸，道："兵书上不是说'不战而屈人之兵，方为善之善者'？那北凉王要是不识大体，我跟南军那边关系不错，不然告知一声，再喊个几千人过来？也好教北凉王知晓咱们京畿驻军的赫赫威势。"

尉迟长恭平淡地道："赵将军，如果末将没有记错，无论是谁，胆敢私自调遣京畿兵马离开驻地，都是要杀头的，别说你我，就是兵部唐侍郎也没有这个资格。"

赵桂干笑道："我这不是担心那位常年远在西北的年轻藩王不晓得利害轻重吗？"

尉迟长恭眯起眼望向远方，没有跟这位安西将军闲聊的兴趣，只是耐心等待下一拨斥候传回军情。相较赵桂这种从宗室中矮子里拔高个的所谓大将军，尉迟长恭及冠后便前往辽东边境第一线，脚踏实地积累战功成为一名边关校尉，才在家族打通关节后返京，一步一步升迁到如今的位置，自然不是赵桂这种靠着姓氏才上位的草包货色。京城中目前真正知晓北凉详细战况的大佬绝对不超出一双手，便是在那兵部，如今尚书空悬，侍郎许拱巡边，也许就只有身在京城总掌兵部大权的侍郎唐铁霜一人清楚内幕。尉迟长恭因为曾经在辽东历练，跟唐侍郎有些宝贵的私交，所以比赵桂知道更多西北实情，不但确定北凉打退了北莽三线压境的百万大军，连凉、莽双方的粗略战损也有个数。加上尉迟长恭在边境切身领教过北莽骑军的惊人战力。越是如此，尉迟长恭越是感到震惊。别看他此时比起赵桂要处之泰然，其实尉迟长恭的右手就没有离开过腰间的佩刀，指关节都已经泛白。

赵桂也许只是畏惧那个年轻人的藩王身份，畏惧"三十万北凉铁骑"这个说法，最多加上新凉王那个"武道大宗师"的恐怖头衔，而尉迟长恭却是真真正正毫无信心：远离硝烟多年的七千人，果真经得起八百骑军的冲杀？一次冲杀己方可能稳得住阵形，两次、三次以后呢？正史上的战场，以正卒对阵乱贼，以头等精锐对阵寻常正卒，纸面上的兵力优势从来皆是毫无意义的。远的不说，就说只隔了二三十年的春秋大战，多如蝗虫的数万甚至十数万流寇给几千朝廷大军杀得血流成河何曾少了？大规模的战场上，一方以千人甚至是数百精锐大破敌阵的例子也不少见。以前尉迟长恭对北凉边军"铁骑甲天下"的说法，虽说不像离阳士子那般轻视，但也不算特别当真，总觉得老将杨慎杏的蓟南步军不说能跟幽州步卒一较高下，也相差不多的，更认为两辽防线上如朵颜精骑、黑水铁骑这样的百战雄师，就算放在北凉边军中也是第一等的战力，可如今尉迟长恭没有这么乐观了。

尉迟长恭下意识地握紧刀柄，心情极为复杂。假设北凉骑军不是十数万，而是真正的三十万，那是不是就可以直扑北莽腹地的北庭，帮助中原第一次彻底征服大漠和草原？可如果北凉真有如此兵力，既然能打掉北莽，那么打下自己身后那座太安城就算更难，又能难多少？

当斥候疾驰而来禀报八百骑离此不过十里地后，赵桂强颜欢笑问道："尉迟将军，想来那北凉王总不会真在天子脚下大动干戈吧？"

尉迟长恭也没有再对赵桂落井下石的心情，皱着眉头道："再等他们推进五里，如果北凉到时候主动派遣斥候跟我们大军接触，就意味着那位藩王会遵循规矩行事。"

不知不觉赵桂的头盔都有些歪了，他赶紧颤颤巍巍地伸手扶了扶，顺手擦了擦额头上的汗水，小声问道："如果见不着北凉先锋斥候，咱们咋办？"

尉迟长恭沉声道："列阵迎敌而已。"

赵桂哆嗦了一下，差点儿当场从马背上摔下去，他立即打了一个哈哈掩饰自己的窘态，自我安慰道："应该不会的，上回北凉王进京觐见先帝，不管是在下马嵬驿馆还是在朝堂上，到底还是懂规矩、讲规矩的。"

安西将军显然已经把那位世子殿下在国子监外的举动和九九馆的风波都自动忽略了，更把自己当年"要是碰着那小蛮子一定要过过招"的豪言壮语抛诸脑后了。

两军相距不过五里，仍是不见任何一名北凉骑军出现。

赵桂一巴掌甩在自己脸上，愤愤地道："你这张乌鸦嘴！"

尉迟长恭不用去看身后的骑卒，就已经感受到那种令人窒息的压迫感。遥想当年，胡骑校尉尉迟长恭在辽东以骑军伍长的身份初次上阵杀敌时，就仿佛能够清晰地听到自己粗重的呼吸声。因为过于紧张，新卒在冲阵之前，往往会觉得天地间变得万籁俱寂，甚至会听不到战鼓声。

两军相距不过三里地，依旧没有北凉骑军离开队伍。

赵桂如丧考妣，已经没了跟尉迟长恭说话的心气，眼神痴呆，在马背上自言自语："北凉王，咱好好说话行不行？说到底北凉跟离阳还是一家人嘛，自家人动刀动枪多不好啊，你们北凉杀了几十万北莽蛮子还没杀够吗？杀自己人算什么英雄好汉……再说了，王爷你老人家好歹是跟邓太阿并肩的高手，跟我这种人打打杀杀的，多掉身价啊！"

尉迟长恭高高举起一只手，没有转身朝后，竭力地吼道："起阵！"

四千步军居中，层层布拒马阵，盾牌如墙，弓箭手已经准备挽弓。

左右两翼总计三千多骑军开始提起长枪。

两淮和赵勾双方的谍报显示，那八百北凉轻骑不曾携带长枪，一律仅是负弩佩刀。

已经策马来到左翼西垒营骑军阵前的尉迟长恭悲哀地发现，自己好像又成为那个初次陷阵的辽东边军雏儿。

西垒营是京畿西军第一营，营号取自西垒壁，向来眼高于顶，坚信一个西垒营就能打趴下其余两个营。

不过二十多年，连同尉迟长恭本人在内，都忘了西垒壁是谁打下的了。似乎只有此时，当他们站在北凉的对立面，真正自己去直面徐家铁骑时，才意识到这个被遗忘的真相。

脸色苍白的安西将军赵桂带着一队亲骑扈从去往骑军右翼，不断转头瞥向尉迟长恭那边，这是他这辈子头回后悔跟尉迟长恭交恶。

每逢大战必须有将领身先士卒历来是离阳军律，只不过除了两辽，至多加上南疆，其他绝大多数地方的军伍，或多或少都不再如此生硬刻板。

这会儿主将赵桂在不断缓缓往后撤退，导致整个右翼骑军都发生轻微骚动，阵型出现涣散。

京畿西军中的寻常士卒虽说并不知道北凉已经大破北莽的惊人消息，可是谁没有听说新凉王是胜了武帝城王仙芝的武道大宗师？这种可是飞来飞去的神仙人物！哪怕他们觉着年轻藩王一人怎么都不可能将七千大军杀干净，可杀个七八百人是可以的吧？作为两翼骑军之一，冲锋在前，可不就是先死的那拨？这么算，三四个骑军里头就要死一个，运气不好可不就是给杀鸡一般杀了？退一万步说，他们侥幸活下来了，但三十万北凉铁骑共主的年轻藩王在这个地方战死了，惹来北凉大军直扑太安城，这笔账算在谁头上？还不是他们这些小卒子！位高权重的六部大佬会跟你讲义气?

阳光下,大地上。

众人视野中,那支清一色身披白甲的轻骑熠熠生辉。

八百骑军缓缓前行,暂时并未展开冲锋。就在众人以为北凉骑军会止步于阵前,然后派人来跟安西将军、胡骑校尉两位大人交涉的时候,异象横生!

八百骑几乎在眨眼间就铺展出一条冲锋阵形。

没有铁枪,但是八百白甲轻骑都握住了腰间的北凉刀。

明摆着这支兵力占据绝对劣势的北凉骑军,面对以逸待劳的七千朝廷大军,依然是随时都会抽刀出鞘,随时都会开始冲锋。

安西将军赵桂开始快马加鞭,却不是陷阵杀敌,而是展露出惊人的"精湛"骑术,绕到了右翼骑军的最后头。

胡骑校尉尉迟长恭无比清楚,只要北凉骑军开始冲锋,己方无论获胜还是兵败都是小事,一旦使得貌合神离的朝廷跟北凉完全撕破脸皮,秋后算账,一个尉迟长恭加上整个尉迟家族,都担不起这份罪责。

但是他也不能后退,一步都不能退。今天退了,那他这辈子的仕途就算彻底完蛋了,不光是他尉迟长恭遭殃,整个家族都别想在离阳官场有一天舒坦日子。

所以尉迟长恭猛然夹了一下马腹,单骑出阵,来到离北凉骑军的锋线不足百步处,躬身抱拳,大声道:"末将尉迟长恭,参见北凉王!"

北凉每一排骑军锋线不过两百人,而居中地带孤零零地停着一辆扎眼的普通马车,附近不过四五骑护驾。马车的前帘静静低垂。

没有得到任何回应的胡骑校尉继续低着头,朗声道:"启禀北凉王!藩王入京,按离阳律,北凉、淮南两王扈从需要停马于京畿西军大营!"

尉迟长恭抱着拳,度日如年。这名实权校尉咬牙缓缓抬头,看到一名都尉模样的北凉骑军没有任何开口说话的迹象,只是手势已经由握刀变成抽刀。

尉迟长恭咽了一口唾沫,硬着头皮,沙哑地说道:"末将恳请北凉王依律行事!"

就在此时,西军一阵哗然。

原本已经心如死灰的尉迟长恭愕然地转头望去,只见三骑疾驰而至,其中一人身穿醒目的大红蟒袍,是宫中老太监,一手高举黄绢,尖着嗓子嘶声喊道:"圣旨到!"

随行两骑中有个颇为年轻的官员,看那官补子,应是来自兵部的翘楚人物。

尉迟长恭顿时如释重负，如同在鬼门关走了一遭，只差没有瘫软在马背上。

就在大太监一旁听宣的胡骑校尉竟是没有听仔细圣旨具体说了什么，只听出个大致意思，是说皇帝陛下特许八百藩王亲骑随同北凉王一起入京，在下马嵬驿馆附近驻扎。

当蟒袍老太监高声喊出"接旨"两个字的时候，全场寂静。

尤其是那个年纪轻轻的兵部官员，嘴角翘起，笑意味深长。

那个运气不好被抓来做恶人的礼部官员就要老到深沉许多，只是眼观鼻鼻观心，如果不是圣旨才宣读结束，他都恨不得在马背上装着打瞌睡。

车帘子纹丝不动。

高居司礼监秉笔太监之位的年老宦官，一张枯如树皮的僵硬老脸竟是跟车帘子如出一辙，丝毫不动，就连尉迟长恭都能感受到老太监的阴沉气息。

作为司礼监的二把手，太安城众多宦官中一等一的大人物，得以身穿大红蟒袍的高高存在，此时此刻，哪怕面对如此大逆不道的臣子，老人仍是死死地压抑住怒火，不流露出半点儿多余的表情，不言不语，捧着圣旨。

一个嗓音响起："说完了？"

老太监愣了一下，终于低下头，缓缓道："说完了。"

车中那个嗓音没有任何起伏："那就给本王让路。"

尉迟长恭瞠目结舌。

年轻的兵部官员正要出声斥责，年迈的太监立即转头，阴恻恻地瞪了后者一眼。

然后这位几位尚书都要执礼相待的司礼监秉笔太监对尉迟长恭轻声道："尉迟校尉，还不为北凉王护驾？"

当尉迟长恭拨转马头去指挥大军散开阵型的时候，如今风头一时无两的京城红人，在兵部观政巡边中声名鹊起的榜眼郎高亭树握紧拳头，指甲刺入手心。

老太监低眉顺眼细着嗓子说道："北凉王，老奴还要先行返京，就不能陪同王爷了。"

车厢中没有回应。

老太监带着兵部、礼部两位官员率先返程。

圣旨依旧在。

离阳一统天下以来，自永徽元年到祥符二年，只有两次圣旨被拒。

而且两次拒收圣旨的悖逆之徒是同一人，就是那个连车帘子都懒得掀起的北凉王。

礼部官员小心翼翼地偷瞥了一眼司礼监秉笔太监，却在老人脸庞上看不到任何变化。

高亭树转头看了一眼从西军步卒大阵中央穿过的八百骑军，冷笑道："好大的架子！"

礼部官员明明不见秉笔太监的嘴唇如何张开，却偏偏能听到一阵从喉咙里渗出的细微笑声，这让他毛骨悚然。

高亭树的嘴角再度翘起。先前正是他有意无意放缓速度，而秉笔太监也未提出任何异议。高亭树知道一场好戏就要揭开序幕了，因为这里是太安城，而不是北凉啊。

太安城的城墙一点儿一点儿映入北凉骑军的眼帘，显得越发高大巍峨。

徐凤年终于掀起帘子一角，举目望去。他身穿那件由北凉金缕织造局自行缝制的藩王蟒袍，对驾车的马夫微笑道："上次来这里，觉得城墙很高，现在再看，好像还不如咱们葫芦口的那些京观。"

充当马夫的徐偃兵扯了扯嘴角，没有说话。

祥符二年，深秋，北凉王入京。

都说这世上没有不透风的墙，太安城墙虽高，风却也大，耳报神更是数不胜数，故而小道消息总能以惊人的速度传遍各个角落，新凉王下榻下马嵬驿馆没多久，北凉骑军跟京畿西军的冲突事件就传得沸沸扬扬。如此一来，朝廷以礼部尚书为首亲自迎接藩王入城这件原本平常的事，也让人咀嚼出一些不寻常的意味。多数老百姓在赞誉陛下宽宏大度的同时，不遗余力地痛骂年轻藩王蛮横无理，认为朝廷就应该把这个西北蛮子晾在城外，什么时候他幡然醒悟，晓得上折子跟陛下请罪，才准他入城。

相比不知水深水浅的市井百姓，太安城的文武百官，尤其是有资格参与早朝，等于在离阳官场上登堂入室了的那拨官员，本该是最有底气对北凉军政颐指气使的一撮人，这次却破天荒出现了齐齐噤声的"盛况"。例如，官职不高却身份清贵的御史台言官和六科给事中，私底下相互通气之后，纷纷绝了弹劾那位年轻藩王的念头。理由很简单，随着那辆马车驶入太安城，除了北凉轻骑跟赵桂、尉迟长恭两位将军的对峙浮出水面，还有那个北凉大破北莽的惊悚消息也传入了京城。在这个敏感的时候弹劾堪称新朝边功第一的武人，任你找出千般理由也没用。

反观倾尽半国赋税打造的两辽边军，二十年来杀敌多少？有十万吗？按离阳军律来算，斩获八十北莽士兵的首级就可以让一名底层士卒跃升为边军都尉，据说这次北凉不但杀敌无数，连北莽大将军杨元赞的脑袋都摘掉了，要是论功行赏，这得是多大的军功？既然那徐小蛮子已经贵为藩王，那么离阳读书人梦寐以求的封侯拜相就没了意义，难不成先帝才摘掉的老凉王的大柱国头衔，眨眼的工夫，旧凉王就又要从当今天子手上拿回去了？

与此同时，品秩较低的京官自然而然腹诽起北莽蛮子的不堪一击：先前东线大军还气势汹汹地一路推进到葫芦口霞光城，怎的临了临了，便如此不济事了？太安城顺带着连那位位极人臣的大将军顾剑棠也给埋怨上了：人家北凉三十万边军能把北莽百万大军赶回老家，两辽边军也不少，别说什么雷声大雨点小，你两辽是整整二十年连个像样的响雷都没有啊！

徐凤年只带着徐偃兵入住下马嵬驿馆，八百白马义从都由兵部、礼部妥帖地安置在邻近的驿馆中。徐凤年下车后发现，驿丞等诸多官吏不同于上次进京时，都是些更为年轻的生面孔，看到身穿黑金蟒袍的北凉王，眼神中都透着深深的畏惧。

徐凤年抬头看着驿馆外那棵龙爪槐，物是人非。

下马嵬驿馆一直是独属于北凉道的驿馆，也是寥寥无几得以建造在京城内的驿馆。由于老凉王徐骁在封王就藩后极少进京面圣，这些年这里始终是一种惨淡的情景，兵、户两部官员无数次谏言裁撤下马嵬，以至到了前几年，后进官员入了兵部、户部后，就此事老调重弹成了一个约定俗成的规矩，颇像一份投名状，谁要是敢不拿此事递交折子，少不得被前辈同僚好一顿排挤拿捏。不过先帝和当今天子对此都是留中不发的微妙态度，以至有官场老油子打趣：哪天要是下马嵬驿馆真给拆了，就该无趣喽。

徐凤年对这座驿馆很熟悉，跟那位洪姓驿丞点名要了后院的一间屋子，等到战战兢兢的驿丞躬着身子缓缓离去，徐凤年搬了两把藤椅到檐下，与徐偃兵一人躺着一人坐着。对这趟看起来属于徐凤年临时起意的匆忙入京，清凉山并不是没有异议，只不过如今徐凤年对北凉铁骑和整座北凉道官场的掌控达到了顶点。除了徐北枳在陵州见面时发了一通怒火，也就宋洞明让拂水房谍子送来一封密信，措辞含蓄，大抵是不赞同徐凤年以身涉险，估计这也道出了包括燕文鸾在内的一拨老将的心声。唯独白煜经由梧桐苑姗姗来迟地送来一封信，言辞中却是持赞成意见的。

徐偃兵轻声道："二郡主说让呼延大观跟着进京，王爷应该答应下来的。百足之虫，死而不僵，何况离阳赵室远远没有到日薄西山的境地，即便没了韩生宣、柳蒿师、祁嘉节这几个顶尖高手，钦天监炼气士经过两场波折所剩也不多，可到底仍是这天下的首善之城，不容小觑。"

徐凤年笑道："我没有请呼延大观出山，赵家天子也没让顾剑棠火速入京，就当扯平了。"

徐偃兵感慨道："要是当时圣旨再晚到一些，咱们北凉就算跟赵家分道扬镳了吧。"

徐凤年摇头道："打不起来的。赵篆的本意是让京畿西军试探一下我的底线，如果咱们好说话，那他就有底气狮子大开口。如果我没有猜错，前去颁旨的司礼监秉笔太监定然得了皇帝授意，务必要踩着点露面，所以不管如何都不会在京畿之地开战。真要打起来，足足七千精锐给八百骑打得屁滚尿流，皇帝和朝廷的脸面往哪里搁？即便西军侥幸打赢了，烂摊子一样不好收拾。"

听到徐凤年说起"精锐"二字的时候故意加重语气，徐偃兵会心一笑："北凉地方驻军，不说凉州、幽州，说不定陵州都比他们硬气。"

徐凤年并没有丝毫讥讽："其实离阳军伍的春秋底子还在，可惜承平二十年，年年演武终归比不得边军的真正厮杀，也就没了锐气，毕竟一把刀，开过锋和没开锋，天壤之别。不过要是给他们几年时间的战火磨砺，未必就差了。打个比方，假设我北凉要立国，撑死了也就是一个小北莽，注定耗不过蒸蒸日上国力渐盛的离阳，而北凉如果孤注一掷，在北莽不趁火打劫插手中原的前提下，以千里奔袭之势猛攻太安城，我相信拿下两淮……"

说到这里，徐凤年笑了笑："一个月，最多一个月，北凉铁骑就能让包括蓟州在内的整条离阳北线鸡犬不留，而且战损绝对不会超过两万，然后直接就兵临太安城下。"

徐凤年双手放在脑袋下，望着京城的天空："但是要攻破京城，太难了。京畿地带，除了南部利于骑军驰骋，其他地方都不行。到时候别说顾剑棠的两辽边军和胶东王赵睢以及靖安王赵珣，兴许连南疆大军都要趁势北上。只不过前者都是想着立下勤王之功，后者嘛，心思就多了，最希望的大概就是渔翁得利。这中间别忘了还有一个野心勃勃的陈芝豹。至于卢升象、唐铁霜之流，也都不是庸人。一场广陵道战事就能让谢西陲、寇江淮迅速跻身名将之列，一场仗打久了，离阳很容易就冒出几个什么王西陲、马江淮的。若说北凉与西楚联盟，胜算更大，反过来说，狗急跳墙的离阳难道就不能去跟北莽借兵？"

徐凤年轻声道："就算所有北凉铁骑都愿意跟着我徐凤年当乱臣贼子，到时候会有多少人战死异乡？整个天下，又要死多少人？要是让北莽铁蹄借机拥入中原，且不说什么千古罪人，就说徐骁……会睡不安稳的。"

徐偃兵由衷地感叹道："当官要比习武难。习武之人，一根筋未必不能成为宗师；当官要是死心眼，可就没前途了，当官已是如此，更别提当藩王当皇帝了。"

徐凤年笑道："顺心意何其难，不妨退而求其次，求个心无愧。"

两人一时无言。

徐偃兵突然问道："接下来怎么说？"

徐凤年轻轻说道："等京城势成，火候够了，我再去参加一次朝会。在那之后，是桓温还是齐阳龙见我，是晓之以理、动之以情，还是诱之以利、胁之以威，其实我也很好奇。"

一门两尚书的江南卢家，旧礼部尚书卢道林和上任兵部尚书卢白颉如今已先后离京，一个致仕还乡，一个平调广陵，比起一门两夫子的宋家，目前的境况看似要好上许多。只不过暗流涌动之下，只要人不死，还没有得到那盖棺论定的谥号，就谁都不知道最终的结局是好是坏。

兵部孔镇戎、翰林院严池集、陈望、孙寅、陆诩，大学士严杰溪，礼部侍郎晋兰亭，还有分别以殷长庚和王远燃为首的两拨京城权贵子弟——徐凤年的熟人看上去比想象中的要多一些。

徐偃兵面有忧色："但是万一朝廷对漕运死不松手？"

接下来徐凤年的答案让徐偃兵都感到震惊。

"凉、莽短时间内无战事，你离阳空有雄甲天下的北凉铁骑不用，眼睁睁看着西楚连战连捷，也太不像话了吧。我徐凤年还是乐意帮助朝廷排忧解难的。归根结底就是，朝廷小气，不给北凉粮草，没关系啊，咱们北凉照样愿意出兵！不但要出兵，还让大雪龙骑军赶赴广陵道！"

徐偃兵揉了揉下巴："换我是坐龙椅的，要头疼。"

徐凤年坐起身，眯眼笑道："不仅头疼，要离阳胯下都疼！"

就在此时，徐偃兵瞥了一眼院墙那边，嘴角泛起冷笑。

徐凤年感叹道："让我想起逃暑镇的祁嘉节，出场架势都是一个模子里刻出来的，恨不得比'剑气近'黄青还要剑气近。"

姓洪的驿丞哭丧着脸走入小院，小心翼翼地说道："王爷，驿馆外头有客来访。"

徐凤年点头道："知道了，你回去跟他说一声，就说我让他滚蛋。"

驿丞脸庞明显抽搐了一下，但还是毕恭毕敬地退出院子。

没过多久，就有人用隔着两条街也清晰入耳的嗓音朗声道："在下祁嘉节首徒，李浩然！有请北凉王生死一战！"

徐凤年有些哭笑不得。

徐偃兵亦是如此，啧啧道："这家伙脑子进水了？还生死一战？"

很巧，紧跟着京城著名剑豪李浩然的邀战，又有一个大嗓门儿喘着气火急火燎地喊道："老子管你是谁的徒弟，是我先到这下马嵬驿馆的，要不是方才内急去寻了茅厕，哪里轮得到你！要跟北凉王过招，那也是我先来！北凉王，别听我身边这家伙瞎咋呼！我先来我先来！在下辽东锦州好汉吴来福，今日斗胆要与王爷切磋切磋！斗胆，斗胆了！"

很快，驿馆外那位差点儿给李浩然截和的英雄好汉就补充了一句："王爷，其实咱们是老乡啊！"

坐在藤椅上的徐凤年扶住额头。

徐偃兵问道："要不然我随手打发了？"

徐凤年起身，笑着打趣道："没事，我去见见老乡。"

徐凤年走出驿馆，结果看到大街上冷冷清清，只站着一个玉树临风的年轻剑客，不过，街道两旁的酒楼茶馆中倒是有无数颗探出窗户的脑袋。

徐凤年有些纳闷，转头跟驿丞问道："那个辽东锦州的？"

驿丞脸色古怪，低声道："回禀王爷，不知为何，那人还没见着王爷的身影，就嚷了一句'有杀气'，然后……然后就一溜烟儿跑路了。"

徐凤年无言以对。

这哥们儿是个人才啊。

很有某人当年的风采。

给那家伙插科打诨弄得气势全无的李浩然原本脸色阴沉，但是当他看到身穿蟒袍的北凉王出现后，没来由一阵心潮起伏，竟是瞬间剑心蒙尘，不复先前出场时的通明清澈。

更让人崩溃的是那个姓吴的辽东王八蛋去而复返，一路小跑到李浩然身边，腰间挎了把锈迹斑斑的黑鞘铁刀，咧嘴憨憨笑道："北凉王，老规矩，还是我先来。这不刚才有点儿事，去了趟隔壁街。今儿我吴来福也不敢太过叨扰王爷，只要王爷能够接下我一刀，只要一刀！我二话不说就走，如何？"

徐凤年笑意玩味，点头道："好啊。"

街道两侧窗后头无数凑热闹的看客只见那家伙一脚踏出，怒喝一声，猛然拔刀后，却不前冲。然后，就没有然后了。

李浩然深呼吸一口气，抬头望向天空。

满街死寂。

漫长的等待后，只见这名刀客收刀入鞘，站定抱拳道："北凉王好身手，竟然达到了手中无刀心中有刀的玄妙境界！这次你我巅峰过招，是在下败了！青山不改，绿水长流，后会有期！"

这位大侠潇洒地转身，甩了甩头，大踏步离去，尽显"高手风范"。

"老子等你半天了，你好歹来一刀啊！"

"王八蛋玩意儿，还巅峰过招，巅峰你大爷！"

"你小子叫吴来福是吧，老子记住你了！看老子回头不找人抽死你！"

大街上顿时谩骂无数，不光是气愤至极的看客往窗外丢出茶杯酒碗，有些脾气暴躁的，直接把椅子砸在了街面上。更有几拨人实在忍无可忍，已经冲到街道上，要拾收收拾那个家伙。可惜那家伙很快就没影了，众人不得不感慨，不说这人武艺如何，跑得那叫一个快啊。

好不容易恢复止水心境的青衫剑客李浩然沉声道："北凉王，是否可以一战了？"

众人心想好戏总算来了。

李浩然作为祁大先生的首徒，在京城也是有数的一流剑客，哪怕打不赢那个在江湖上声势鼎盛的年轻藩王，打上三四十招终归不是啥问题吧？那么他们花了大价钱，打破头颅才争来风水宝地，也就算回本了。

徐凤年没有理睬李浩然，而是望向街道尽头。

高低老少，三个身影，并肩而立，无声无息。

在三人身后更远处，还有一位脖子上坐着个绿衣孩子的男子。

更有一名年轻道人从拐角处出现，腰佩一柄桃木剑，行走间道袍飘摇，恍如神仙中人。

徐偃兵不知何时来到了徐凤年身边。

徐凤年没有理会这些替太安城待客的人物，而是抬头向一栋酒楼的屋顶望去，忍住笑。

有个头戴一顶廉价貂帽的古怪小姑娘坐在那里自顾自啃着一张大饼，悠然自得。

徐凤年的心情一下子很好，笑脸灿烂。

街两旁花重金买座位的看官中不乏家世不俗的胆大妙龄女子，亲眼瞧见这一幕，顿时痴了。

屋顶的小姑娘呵了一声。

这条通往下马嵬驿馆的小街不宽，不长，人也不算多。

但是当那些人零零散散地站在街上，与驿馆遥遥相对时，见识再短浅的外行看客也意识到事情不太对，换句话说，就是年轻藩王的处境不太妙。

徐偃兵笑道："阵仗挺大。"

徐凤年如数家珍道："并肩站着的三人，好像都是跟拂水房打了多年交道的'老朋友'，除了亲手捣鼓出赵勾的元本溪，还有五个真正做事的，其中广陵道那个死在了元本溪前头，是被曹长卿亲手做掉的。眼下那个跛脚老人，是本该腰悬铜鱼绣袋的刑部暗处次席供奉，见不得光，只知道姓姚，跟柳蒿师一样，是个给太安城看门的，勉强算是能摆在台面上的赵勾头目。瞧着是青壮岁数的家伙，其实是驻颜有术，早年藏藏掖掖故意出手过几次，原来都是障眼法，此人也从来没有出现在钦天监，所以在拂水房密档中给误认为小鱼小虾了，既然这次胆敢露头，可以确定是那个掌管所有北方炼气士的赵勾头目之一。那个横挂短刀在背后的'少年'，应该是跟那个被邓太阿飞剑钉杀的龙虎山赵宣素相似，凭借秘术走了条返老还童的路数，难怪拂水房抓不住他的蛛丝马迹，谁能想到一个人越活越年轻，连易容的面皮都省了。不过既然是个少年，还没变成稚童，说明道行其实一般。"

相比对待这三人的云淡风轻，对更远处那个脖子上骑着绿衣女孩儿的男人以及卓尔不群的年轻道士，徐凤年明显要更加重视："于新郎，齐仙侠，两个属于意料之外的人物。"

徐偃兵问道："怎么个说法？"

徐凤年眨了眨眼睛，低声道："我堂堂藩王，跟一大帮打出江湖人旗号的家伙打打杀杀，不像话吧？赢了，我无非还是四大宗师之一，也当不成凌驾其余三人之上的世间第一人，打平的话，就算一个挑他们一群，不还是跌份儿？"

徐偃兵略显无可奈何，道："王爷，老老实实跟我承认自己带着内伤不便出手，围殴之下很有可能会输，不就行了？"

徐凤年突然一本正经地说道:"问题在于,我是打算跟他们干一架的。"

徐偃兵满脸讶异,郑重其事地望向徐凤年,等待那个答案。

徐凤年点了点头。

徐偃兵笑着转身走回驿馆,没有半点儿拖泥带水。

街道尽头,坐在于新郎脖子上的绿衣女孩儿轻轻问道:"小于小于,那个天底下枪术第一的大叔怎么走了?他就不管那家伙的死活啦?你刚才不是说那家伙不太对劲,好像体内气机相当紊乱,如多条蛟龙在翻江倒海,导致洪水泛滥吗?"

于新郎柔声道:"我也不太清楚,但是你不觉得这个时候的他突然变得很像两个人吗?"

女孩儿使劲瞪大眼睛望去,苦恼地道:"像谁?我认不出啊!"

于新郎神情复杂,有苦涩,有神往,也有几丝罕见的茫然:一甲子前无敌于世的李淳罡,无敌于世一甲子的王仙芝。

于新郎叹息道:"走吧,咱们找找看附近哪里有冰糖葫芦卖。"

绿衣女孩儿嗯了一声。

于新郎走向那个行走江湖多年的龙虎山小天师齐仙侠,看了一眼年轻道士腰间那柄桃木剑,问道:"齐道长,要向北凉王问几剑?"

曾经以性子冷清著称于世的齐仙侠先对绿衣孩子笑了笑,然后对于新郎平静地道:"不问剑,只问道。"

于新郎继续问道:"听说齐道长与武当李掌教结伴而行,沿着广陵江走了千里,敢问道长今天要问的道,是道理的道,还是天道的道?是龙虎山的上山,还是武当山的下山?"

小女孩儿老气横秋地叹了口气,忧郁地道:"小于,我听不太懂啊。"

齐仙侠如遭雷击,脸色苍白,然后闭上眼睛,嘴唇微动,不断呢喃:"大道不长生,大道不长生……"

于新郎转头看了一眼远处站在驿馆门口的蟒袍藩王,再看着这个近在咫尺的龙虎山道人。

小女孩儿用下巴敲了敲于新郎的脑袋,纳闷地问道:"小于,你说他一个道士,辛苦修道不为长生,那图啥啊?"

于新郎跟齐仙侠擦肩而过,走远了以后,才说道:"不好说,不过我想这位出身天师府的道长,是要从龙虎山下山,由武当山上山了。"

世人不知,这一天,龙虎山那株仙气紫绕的紫金莲"横生枝节",并且绽放出六朵之多的紫金莲花，而原本只差半步便可证得长生的齐仙侠，刹那间修为尽失，他在离开太安城的时候，只是低头看着道路，满怀欢喜，轻轻说出了三个字："大道矣！"

天上少了一位仙人，人间多了一位真人。

几乎同时，已经沿着广陵江到达春神湖的一对师徒中，师父李玉斧朝太安城方向郑重其事打了个稽首。

最早发现蛛丝马迹的不是处于武道巅峰境界的徐偃兵，而是体内依然有凌厉剑气作祟的徐凤年，只不过他选择了袖手旁观。

那个相貌粗朴的北方炼气士宗师紧随其后察觉了异样，转身死死地盯住那个龙虎山道士，内心像是在天人交战，犹豫是否出手阻拦齐仙侠的大逆行径，但是最终他喟然长叹，面容悲哀，放弃了出手的念头。

不管齐仙侠是否得道，从这一刻起，顺乎本心选择扶龙而不是缝补天道缺漏的赵勾头目自知此生已经无望天人合一了。

悔意一闪即逝，他仰天大笑："陆地神仙！好一个陆地神仙！"

一瞬间，形似中年男子的炼气士就衰老成一个老态龙钟的迟暮老者。

但是以肉眼可见的速度衰老后，北方炼气士第一人的武道境界则是一路高歌猛进，由指玄、天象两境之间攀升至大天象境，才趋于稳定。

只不过街道两旁的绝大多数看客，别说一品境界，就是小宗师境界都没有，根本感受不到那股磅礴气势，只觉着真是白日见鬼了，心生惊惧之余，面面相觑的他们都看到了对方莫名其妙的神情。

跛脚老人沉声道："怎么回事？"

炼气士微笑道："好事坏事各半，假以时日，未必不能跻身陆地神仙之列。"

横刀在身后的"少年"既有欣慰，也有嫉妒，没好气地道："先前的谋划，是不是不作数了？来赌一把大的？"

跛脚老人摇了摇头。

他们今日来此，皇宫里头的意思很明确：不杀人，能伤人最好；不能伤人，也不要输得太难看。只要让太安城知道所谓的"四大宗师"之一不过如此，连几个"无名小卒"都能轻易叫板。

当然，三人心知肚明，他们就算真想杀人，也无异于痴人说梦。

一个徐凤年，加上一个徐偃兵，怎么杀？

但是现在情形大不相同了，因为有了一个距离陆地神仙只差一线的大天象境宗师坐镇，所以横刀"少年"才有此提议。

跛脚老人压低嗓音道："先生死了，但是别忘了先生的孩子还活着。"

"少年"眼神阴沉："咱们真是窝囊！"

修为突飞猛进的炼气士皱眉道："有些不对劲，齐仙侠和于新郎走了，可我目前……"

"少年"讥讽道："这不明摆着的嘛，在徐偃兵眼中，现在的你，一样比不上于新郎加齐仙侠。"

炼气士对于同僚的挖苦并不恼火，心情沉重地道："恐怕没有这么简单。"

站在三人和徐凤年之间的李浩然愤怒至极。

年轻藩王的心不在焉让师出名门的李浩然最为受伤。

徐凤年皱了皱眉头，不过很快就舒展开来，终于向前跨出一步。

靠近街道尽头的一栋酒楼内，窗户那边已经拥挤不堪，人们只为了一睹为快。

一位两鬓霜白的青衫儒士不知为何没有去凑这个千载难逢的热闹，跟店伙计要了一壶酒后，独坐角落，自饮自酌。

对面酒楼一样有个独饮的白衣人，如果不是北凉王的名头太大，街道上的风波够劲，估计很多人都会多看几眼这个神情冷漠的英俊男子。

白衣男子要了一壶绿蚁酒，举杯次数不多，但每次举杯必然会饮尽杯中酒。

邻近青衫儒士所在酒楼的一栋楼内，东越剑池的李懿白被人认出，只好坐回座位，同桌还有一位老人和一对少男少女，分别是柴青山、宋庭鹭、单饵衣。

毗邻白衣男子的客栈厢房内，一名谐音"无剑"的沧桑老人站在窗口。

太安城城门口走入一名英气勃发的俊逸"公子哥"，身边跟着一位头戴帷帽的朱袍女子。

两人前脚入城，后脚就有个牵毛驴的中年汉子入城。

一处城墙上，有个裙摆打结的紫衣女子迎风而立。

祥符二年，在这个蝉声稀疏的深秋，在北凉王徐凤年入城后，一座太安城内，徐偃兵、于新郎、齐仙侠、贾家嘉、曹长卿、陈芝豹、吴见、柴青山、洛阳、徐婴、邓太阿、轩辕青锋皆至。

第八章

下马嵬风声鹤唳

太安城噤若寒蝉

西北秋风吹皱了京城官场一池水，风过水无痕，可水面之下，已是暗流汹涌。

继卢道林、元虢之后成为礼部尚书的司马朴华迎接完那位跋扈至极的年轻藩王，返回赵家瓮那座与兵部毗邻的衙门，古稀之年的老人身体显得格外衰弱。

重建于永徽初的尚书省六座衙门并排而设。离阳朝左尊右卑，主官被誉为"天官"的吏部自然位于最左端，当时担任兵部尚书的顾剑棠出人意料地把衙门选在了最右端，故而从东至西，依次是吏户刑工礼兵。由此可见，礼部在永徽年间是如何不受待见。最初京城一直有"礼部侍郎贱如别部员外郎"的说法，随着卢道林、元虢两任尚书执掌礼部，礼部的日子这才逐渐好转起来，如今就更不用说了，馆阁学士出礼部已是不成文的规矩。

司马朴华自祥符二年起，每次朝会，腰杆子挺得比年轻官员还要直，哪怕时下是深秋时分了，也给人满脸春风的感觉。可是今天老尚书回到衙门的模样，落在猴精似的礼部官员眼中，就跟丢了魂差不多。老人病恹恹地进了屋子落座后，开始长吁短叹，以至左侍郎晋兰亭和新任右侍郎蒋永乐联袂而至，老尚书都不曾察觉，还在那儿唉声叹气。

蒋永乐看见这般光景，心顿时凉了一截。地方官员只知道他这个原本执掌礼部祠祭的清吏司之所以能够升迁为侍郎，是因为在殷茂春和陈望两位大佬主持的京评中得了上佳考语，这才从礼部一拨品秩相当的同僚中脱颖而出，可是芝麻绿豆大的京官都心知肚明，他蒋永乐能够捞到这个越来越让人眼红的右侍郎，无非当年在徐瘸子死后的谥号一事上，他走狗屎运赌对了先帝的心思，提出的"武厉"谥号得以通过，所谓京评出彩，不过是朝廷的一层遮羞布罢了。一些个瞧不上蒋永乐的京城公卿重臣，那可是直截了当喊他一声"狗屎侍郎"的！先前蒋永乐也懒得计较什么，也计较不出个花样，他在京城为官多年，却始终根基不深，否则当时也不会摊上裁定谥号那桩祸事。在蒋永乐看来，水涨船高的侍郎官身才是实打实的，不服气你们也去踩狗屎啊，能让你们的官补子变成绣孔雀吗？只是冷不丁听说"武厉"谥号主人的儿子——新凉王徐凤年毫无征兆地闯入京城时，蒋永乐就吓蒙了。本来他还有几分偷偷摸摸跟晋兰亭一较高下的念头，希冀着不小心再踩一次狗屎，说不定就真当上礼部尚书了，现在哪里还敢如此嚣张？尚书的座椅是让人眼馋，可小命更要紧啊。因此这一路结伴而行，蒋永乐的姿态摆得比六品主事还要低，心想着今儿一定要跟这位左侍郎请教取经，如何才能做到跟北凉处处针锋相对还依旧官运亨通。

老尚书终于回过神，伸手示意两位副手入座。看着这两个侍郎，司马朴华以往是不太舒服的：一个岁数能当自己儿子；一个更过分，都能当孙子了，可两人的官品与自己的相差不过一阶而已，只等自己致仕还乡，其中某人胸前的官补子就该换成二品锦鸡了！只是年迈老人今天没了这份小心思，倒是生出同病相怜的感觉。他轻轻瞥了一眼屋门，咳嗽一声，润了润嗓子后，这才缓缓说道："今日本官突然奉旨迎凉王入城，想必两位大人都是知道的。"

蒋永乐使劲点头，如同小鸡啄米。因蓄须明志一事在太安城传为美谈的晋兰亭神情不变，不愧是被誉为"风仪大美"的晋三郎。

接下来司马朴华说了些平淡无奇的官场话，这样的官腔，如果是平日里的衙门议事，古稀老人能够说上一两个时辰都不带喘气的——这就是公门修为了——但是今天老尚书没有絮絮叨叨个不停，而是止住话头，伸手抚摸一方御赐的田黄镇纸，沉默片刻，一句话似乎用了很大气力才说出口："分别之际，那位藩王跟本官说了，有时间会来咱们礼部坐坐。"

晋兰亭泰然处之。蒋永乐则目瞪口呆，也不知是不是错觉，他总觉得尚书大人说完后有意无意看了他一眼，其中饱含怜悯之色，如同在看一个临刑的可怜虫。

司马朴华眼皮子低敛，不温不火地添了一句："那人还说，要叙叙旧。"

晋兰亭眯起眼，捋了捋保养精致的胡须，微笑道："哦？"

蒋永乐汗如雨下：叙旧，是找晋兰亭，还是找自个儿，或者是把礼部上得了台面的官员给一锅端？

老尚书那两根干枯如柴的手指下意识地摩挲着那方质地温润的田黄瑞狮镇纸，不知是镇纸跟二八芳龄的新纳美妾的肌肤相似的缘故，还是在感受皇恩浩荡。

年轻藩王说要来礼部坐一坐是真，说要叙旧也是真，只不过司马朴华漏说了一段，其实新凉王在这之外，跟他这位二品高官寒暄了不少。现在高亭树、范长后这拨"祥符新官"大概都不知道，只有资历更老的"永徽老臣"才晓得，太安城官场早年有个不小的笑话。那是北凉道进贡了一批出自纤离牧场的战马，司马朴华当时担任礼部员外郎，看到过手的奏章上写着北凉大马高近六尺后，忍不住捧腹大笑，立即跟一大帮礼部同僚分享这个趣闻，还不忘点评了一句"北凉这大马还真是够大，都比得上咱们太安城拉粪的骡子了，天下之大，真是无奇不有，又数这北凉最奇怪"。结果等到凉马入京，一辈子都没握过刀的读书人司马朴华才明白，战马高度不是以马头算的，而是仅至战马背脊！

闹出这么个天大的笑话，司马朴华好些年抬不起头，只不过随着司马大人的官品越来越高，这个笑话也就越来越少被人提及，不承想就在今天，那个年轻的藩王又揭开这个伤疤，笑着跟尚书大人说了一句"尚书大人，不知京城里头哪里有高近六尺的拉粪骡子，本王一定要见识见识，才算不虚此行，对不对啊"。

当时司马朴华还能如何作答，只好低眉顺眼干笑着不说话，难不成还点头说"是"？

此时老尚书越想越憋屈，一向自认养气功夫不俗的老人不知不觉五指攥紧了镇纸。

蒋永乐已经开始盘算要不要托病告假，实在不行，就咬咬牙结实地摔一跤，摔他个鼻青脸肿！

晋兰亭终于开口说话，只是言语却让蒋永乐一头雾水："尚书大人，下官府上刚收了几笼产自春神湖的秋蟹，正是最为肥美之时，无论是清蒸还是盐焗皆不错。大人何日得闲，与下官一起尝一尝？"

老尚书嗯了一声，脸上有了笑意："听闻有'诗中鬼才'之称的高榜眼新近作了一首传遍京华的品蟹佳作，堪称绝唱。有酒有蟹有诗，三两好友，何其美哉！"

蒋永乐当上礼部右侍郎有运气成分，可是在人人绕圈子打哑谜的功夫无与伦比的礼部衙门厮混久了，修为其实不差，略微回味，只比尚书大人略慢一些就听出了晋兰亭的言外之意。

老尚书提及的新科榜眼郎高亭树那首诗中，有画龙点睛一语：但将冷眼观螃蟹，看你横行到几时！

只是蒋永乐立马就又忧心忡忡起来。理是这个理，可燃眉之急是那只气焰嚣张的"西北大蟹"马上就要闯入礼部衙门，你司马朴华在太安城根深蒂固，又有显贵超然的尚书身份，而晋兰亭则是先帝作为储臣交给当今天子的大红人，有皇帝陛下撑腰，你们两个熬得过去，可我蒋永乐只是一个官职不高不低的右侍郎，一旦那藩王大打出手，不找我找谁？姓徐的到底横行到几时我不知道，我只知道老子极有可能很快要横着离开礼部衙门了！

晋兰亭率先告辞离开，蒋永乐欲言又止，老尚书已经朝这位右侍郎摆了摆手，下了逐客令。

失魂落魄的蒋永乐都不知道自己是怎么离开屋子的，在院子里的廊道上发了许久的呆。

不同于夏日满城刺耳的蝉声，入秋后，蝉鸣依稀渐不闻。赵家瓮六部衙门按律不植高木，此时此刻的深秋时分，这座院子里早已不闻一声蝉鸣。蒋永乐颓然靠着廊柱，没来由感到寒意阵阵。

礼部、兵部虽是邻居，但隔得其实并不算近。对礼部官员而言，是不幸中的万幸，要不然起了纷争，秀才遇上兵，一个用嘴巴说理，一个用拳头说理，自然是后者更"占理"；而对兵部来说，这帮官阶高低不同但都属于酸文人的礼部官员，属于一帮看着厌烦，打了都不显能耐的绣花枕头，所以兵、礼两部素来是尚书省内最互相不沾边的两座衙门。但是两部此消彼长之下，习惯了只乐意对吏部正眼相看的兵部大老粗难免心中抑郁难平，同样是短短几年内走掉三位尚书，兵部是顾剑棠、陈芝豹和卢白颉，礼部是李古柏、卢道林和元虢，可两部未来几年的走势显而易见，兵部如今连尚书之位都空着，换礼部试试看？若是司马朴华突然有一天死了，那还不是第二天就有权贵重臣在朝会上提出人选？更让兵部感到英雄气短的一个事实是，左侍郎许拱甚至都不在京城，直接给皇帝陛下撺去辽东了！只剩下一个从地方上调来的右侍郎唐铁霜，是个一天京官也没当过的外来户，如何能够在各方势力盘根错节的京城左右逢源？加上连京城老百姓都知道，唐铁霜是顾老尚书的心腹嫡系，而前任尚书卢白颉又不得陛下的心，说是平调，明摆着是被贬谪去广陵道，连京官外放常见的明升暗降都算不上。兵部衙门群龙无首本就已经难以在庙堂上抬头了，暂时领头的人物还自身难保，哪来为下属谋些恩惠福利的本事，广陵道战况不利更是火上浇油。

兵部官员真是一夜之间成了孙子。这日子，过得真是遭罪啊。

在这种危殆形势下，高亭树和孔镇戎两位逆流而上的晚辈就极为耀眼。这两个声名鹊起的年轻人，榜眼郎高亭树更为风流恣意，本身是一甲出身的读书人，靠着晋兰亭等人的推波助澜，诗名逐渐传遍朝野上下，先前大柱国顾剑棠返京，来兵部衙门旧地重游，众目睽睽之下，高亭树在顾、卢先后两位尚书面前谈笑风生的场景，至今历历在目。高亭树的飞黄腾达毋庸置疑，现在就看高亭树需要几年光阴积攒声望，以及会以哪个新设馆阁作为下一个台阶去鲤鱼跳龙门了。相比高亭树，沉默寡言的孔镇戎为人就要低调许多，但据说这个北凉出身的年轻人早年跟某位皇子亲近，即使算不得一条潜龙，也算是一条不容小觑的幼蛟了，再者孔镇戎和严池集是公认的铁打关系，那位黄门郎可是皇帝陛下的小舅子！

不同于其他五部左、右侍郎不在一屋，兵部两位侍郎历来同处一室，甚至在顾庐时代，顾尚书自己都不例外，后来陈芝豹成为尚书省的夏官，才辟出一座独院。许拱、唐铁霜的两张书案在兵部大堂一左一右，呈东西对峙之势。当下右侍郎唐铁霜坐在西边那张书案后处理政务，偶尔抬头看一眼天色，并不去计较堂中诸多官员的窃窃私语。京畿西军三大营七千人马的调动，便是唐铁霜亲自敲定的，现在年轻藩王大摇大摆地入了京城，安西将军赵桂和胡骑校尉尉迟长恭的人马一起沦为保驾护航的滑稽人物，别说唐铁霜注定会迅速成为官场笑柄，整座兵部都会跟着丢人现眼，完全可以想象明日早朝各部官员的异样眼神了。

至于凉莽战事的真实情况，右侍郎唐铁霜不开口，其他人就不敢触霉头妄自议论，涉及军机要事，在公开场合，还是乖乖修炼闭口禅为妙。

在一名武选清吏司主事的带领下，兵部大堂出现了几张陌生面孔，个个龙骧虎步，哪怕踏足兵部重地也毫无不适。

有"冷面阎王"绰号的唐铁霜破天荒露出笑脸，起身后大步走向那几人，根本无须那名下官介绍，一拳重重砸在其中一名魁梧男子的胸膛上，大笑道："老董，你们这帮家伙，要不来就一个都不来，要来就干脆凑一堆，约好了的？"

那几人没有身穿官服，被右侍郎称呼"老董"的中年男人撇了撇嘴："知道你是穷鬼命，要是一个一个来找你，你请得起酒喝？"

董姓男子身边的一个粗壮汉子玩笑道："侍郎大人，你们这兵部衙门可真难进啊，跟防贼似的……"

唐铁霜瞪了口无遮拦的家伙一眼，随即笑道："出去说，带你们四处逛逛。"

满屋子官员都丈二和尚摸不着头脑：没听说兵部有调令要从两辽边军中提拔人入京为官啊。

车驾司员外郎孔镇戎今日不在兵部大堂内做事，只是恰好来找郎中禀报一份军务，看到这一幕后，仅是有些诧异，也未深思，等唐侍郎带人离开后，才走出大堂。刚出门便突然被人喊住，孔镇戎停步转头望去，竟是刚刚从武选清吏司主事升任员外郎的高亭树。两人从无交集，孔镇戎不知这个在京城名气比许多侍郎还要大的同龄人有什么事情，淡然问道："高大人，有事？"

气宇轩昂的高亭树微笑道："听说孔兄喜好收集兵书，恰好前不久我无意间捡漏儿，得到一部奉版《虎钤经》。坦白说，若是忍痛割爱送给孔兄，还真不舍，但是孔兄取走借读个一年半载，我还是乐意至极的。"

如果是刚离开北凉入京那个时候，孔镇戎二话不说就一拳头砸过去了。如果是一两年前，孔镇戎都不等这位榜眼郎说完就会立即转身。可现在，孔镇戎不动声色地等高亭树说完，摇头笑道："我是个粗鄙莽夫，但在京城待久了，也听说过读书人之间'借书如送妻，送书如赠妾，故而书送得，唯独借不得'的趣谈，怎么，高兄要打破常例？"

高亭树愣了一下，爽朗地笑道："孔兄真是妙人。罢了罢了，送书便送书，我也打肿脸充胖子阔气一次，明儿就亲自捧书去孔兄家里头，还望孔兄看在我割肉的分儿上，打赏几杯酒喝啊。"

孔镇戎咧嘴笑道："吟诗作对，要我的命；喝酒嘛，我在行，怕就怕高兄酒量一般，不够尽兴。"

高亭树哈哈大笑，没有立即离去的意思，而是跟孔镇戎结伴而行，低声道："孔兄可知那三人的身份？"

孔镇戎摇了摇头。高亭树凑近几分，嗓音更低了几分："我知道些，也猜到些。"

孔镇戎轻声道："愿闻其详。"

高亭树没有故作高深卖关子，而是缓缓说道："雍州刺史田综，洮州副将董工黄，青州水师都督韦栋。好像朝廷有意在咱们兵部添设一名侍郎，专职处理京畿戎政。简单来说，就是从某些四镇、四平大将军手里头拿回一点儿兵权。不出意外，董工黄会担任此职。虽说只是由从三品提到了三品，但是由地方上的一州军伍二把手升入京城，成为独掌一部兵马大权的兵部侍郎，自然是高升了。田综田刺史多半会平调，坐上韩林留下的刑部侍郎位置。虽然暂时只是个侍郎，但是刑部柳尚书身子骨是怎么个情况，咱们都一清二楚，田综前程之远大，毫不逊色于董大人，甚至犹有过之。至于本该待在青州水师大军中辅佐蜀王陈芝豹的韦栋为何会突然离开广陵，又会担任什么，毕竟咱们太安城可没有适合水师将领坐的座椅，我也琢磨不透。"

孔镇戎思索片刻，说道："也许是来兵部和朝廷过个场子，升迁肯定升迁，只不过很快就会返回广陵道，成为广陵水师的大都督，说不定同时还会兼任旧职。"

高亭树认真想了想，点点头，笑道："当是如此，孔兄高见！"

这位武选清吏司员外郎没有让孔镇戎看到他一只手瞬间握紧又松开。

两人又聊了些无关痛痒的兵部事务，难得忙里偷闲的高亭树就说要回屋子处理政事。廊道上，两位官阶相同年龄相仿的年轻人背道而行。

高亭树走出一段路程后，扭头看了一眼那个高大的背影，重新转头后，自言自语道："呦，原来不是真的缺心眼啊。"

孔镇戎始终没有转身，面无表情。这个昨夜被父亲厉声斥责不许前往下马嵬驿馆的年轻人、前程锦绣的车驾司员外郎，狠狠揉了揉脸颊。

年哥儿。

曾经的兄弟四人，严吃鸡成了国舅爷，也像他小时候希望的那样，安安心心做起了文章学问；而我孔武痴，也会做官了。

我和他还是兄弟。

曾经最怕死的李翰林，竟然当上了凉州关外游弩手的都尉，跟你一起上阵杀敌。

你们还是兄弟。

我只想知道，我们和你们，还是兄弟吗？

年哥儿，这些年我在太安城帮你搜集了六十多套兵书，你还愿意要吗？

田综、韦栋和董工黄三人绕过兵部审议悄然入京，三人的官场升迁路途，正如高亭树和孔镇戎所说所想。

唐铁霜拉着三人四处闲逛，没有说任何国事军政，都是聊些鸡毛蒜皮的地方风俗，甚至一次都没有提及他们的共同恩主——大柱国顾剑棠。

雍州刺史田综，当年覆灭旧南唐，拿下了渡江首功。

淞州副将董工黄，跟田综一样没有跟随大将军入京，而是留在地方上，上任初始就杖毙了姑幕许氏的三公子，迎娶了江南大族庾氏的嫡女。

与现任青州刺史早早成为姻亲的"韦龙王"韦栋，跟吏部侍郎温太乙以及比他们更早入京的青州将军洪灵枢关系深厚。

如果加上已是两淮节度使的蔡楠和就站在三人身边的兵部侍郎唐铁霜，应该足以让看到这一幕想到这一层的京城官员感到浓重的寒意。

顾庐是没了，可顾剑棠依旧手握离阳王朝规模最大的两辽边军。当年不同于徐骁，顾剑棠近乎只身进入兵部，旧部很早就被打散，但是，除了此时位高权重的四人，还有更多昔年的嫡系心腹不曾浮出水面。

唐铁霜突然沉默。

离阳先帝打散顾部将领，是放；当今天子收拢顾部旧人入京，是收。

不能说先后两位皇帝谁的手腕更加高明，因时而异罢了。

当今天子解决了北凉道，就等于完成了削藩大业的一半。

那么整肃完顾部留在地方上的势力，何尝不是完成了抑制地方武将这一任务的大半?

真正让唐铁霜伤感却不会流露丝毫的事情,不是皇帝陛下拿他们制衡张庐旧部文官的手段,也不是利用他们这帮武人震慑文臣以及一定程度上阻断永徽老臣与祥符新官联系的帝王心术,而是早年在沙场上可以换命的几个老兄弟中,也许除了老董,田综和韦栋对此次升迁,都是个人的惊喜远远超过对大将军处境的担忧。

唐铁霜很快恢复正常,笑了笑。这就是庙堂,这就是人心。明知道高处不胜寒,人还是要往高处走。

离阳版图上的众多武将,从杨慎杏、阎震春这拨春秋老将到他唐铁霜这些青壮将领,都成了某双手随意摆弄的棋子。

文官也不好受啊。张巨鹿一去,齐阳龙一来,其实就是一场变天。

随着隐约成为江南道士子领袖的卢白颉失意南下,许拱也被雪藏在边关,由辽东彭家领衔的北地士子开始崛起,如今分崩离析的青党又有抱团复苏的迹象,江南豪阀这两年无比高涨的气焰立即弱了很多,更有姚白峰之流在中枢稳稳占据一席之地。原本那副各方阵营泾渭分明的棋盘彻底乱了。唯一不乱的,只剩下那个在重重幕后的下棋人。

乱中有序。

唐铁霜不知道这盘棋,先帝、当今天子、张巨鹿、元本溪,四人中谁贡献更多,谁付出的心血更多,唐铁霜根本分辨不清。只是这屈指可数的下棋之人,除了姓赵的,下场都如何?

然后唐铁霜想到一个年轻人,顿时笑意欢畅。一枚位置被摆放得死死的棋子,有一天竟然能够恶心到下棋之人。

奇了怪哉!

何其快哉!

唐铁霜暂时不在的兵部大堂在得知一个消息后顿时哗然。

下马嵬驿馆那边出现了一场对峙?!

高亭树嘀咕了一句:“可惜不能杀人。不过,一个自恃武力的藩王,不小心淹死在江湖里,也算说得过去吧?”

随着时间的推移,礼部、工部、刑部、户部、吏部,赵家瓮六部衙门都沸腾了。

然后是中书、门下两省，国子监，翰林院，六座馆阁……

其中，桓温和赵右龄不约而同都给了"胡闹"两个字。

不过"坦坦翁"是说年轻藩王的举动不符身份，而赵大人则是恼火幼子赵文蔚竟然跑去下马嵬那边看戏。

唯独中书令齐阳龙置若罔闻，无动于衷。老人一手拎着那本被朝廷列为禁书又给他拎出来的诗集，看得津津有味，一手时不时从桌上的小碟子里抓出几粒花生米，吃得亦是津津有味。在那本并无署名的诗集中，那个一辈子都不曾走入江湖的张姓读书人，原来也能写出"我有匣中三尺锋，有蛟龙处斩蛟龙"这般肆意的诗句，同样也作得出"但愿白首见白首"这般婉约的诗句。

咦？碟子空了。

至于写诗之人，早已死啦。

老人怅然若失。

皇宫一座戒备森严的大殿内，此时没有朝会，也没有随侍的宦官，但是龙椅上坐着一个身穿龙袍的年轻人。

空旷寂静的大殿里，皇帝坐北朝南，用只有自己才能听到的嗓音说道："你知不知道，只要北莽多死一个董卓和二十万人，你们北凉也多死十万人，那么这个天下，就是太平盛世了。"

当徐凤年悠悠然向前踏出一步时，一袭黑金蟒袍的大袖随之轻盈地摇动。

不远处的李浩然，祁嘉节首徒，佩有名剑"八甘露"，号称"拥有指玄境八剑"的北地剑道高手，仍是纹丝不动。

下马嵬驿馆两侧楼上楼下的看客们都忍不住默默在心中为李浩然赞叹一声：不愧是能够在太安城站稳脚跟的年轻宗师，哪怕面对天下四大宗师之一的徐凤年，还能如此云淡风轻。难怪在高深莫测的京城江湖，很多前辈大佬扬言，李浩然不出十年，武学境界就有望比肩祁大先生，有生之年未必没有机会登顶剑林，去看一看李淳罡、邓太阿寥寥几人眼中的剑道风景。

外行看热闹，内行看门道。

返老还童的横刀"少年"就忍不住嗤笑一声：这个姓李的小子哪里是胸有成竹，根本就是吓傻了。准确说来，不是吓傻，而是不敢动弹。徐凤年那一步，看似平淡无奇，却是一场邀战，其意气之长，早已蔓延至整条街道，邀战的对象，有他们赵勾并肩三人，更有街道两旁楼内一些深藏不露的人物。所以这一步的意思很简单：既然到了下马嵬驿馆这边，那么来者是客，他北凉王"家大业大"，都招待得起。只可惜，李浩然不在此列。

距离徐凤年最近的李浩然有苦自知，他没有跻身指玄境界高手却能使出多式指玄剑，对气机的感知颇为敏锐。按理说，遭遇强敌，狭路相逢，与主人灵犀相通的鞘中"八甘露"应该跃跃欲试、颤鸣不止，但是鞘中长剑非但没有为此示威，反而做起了缩头乌龟，死气沉沉，以至出现人剑离心的境况，恍如阴阳相隔。李浩然天赋极好，习剑多年，在武道修行上一帆风顺，无论是与师父祁嘉节一年一度的请教切磋，还是当年"棠溪剑仙"卢白颉奉旨入京为官，他在师父的授意下前往城外以剑相迎，都不曾遭遇这种事情。此时此刻，李浩然才明白一个道理，无论是对自己寄予厚望的师父，还是气度非凡的"棠溪剑仙"卢白颉，都是在怜惜后辈剑士，所以从未倾力而为。

跛脚老人脸色沉重，向炼气士宗师问道："附近除了东越剑池的柴青山，难道还有其他高手？"

实力暴涨到大天象修为的炼气大家苦涩地道："除了我们三人，只察觉到北凉王还分出六股气势，其中四股就在这驿馆酒楼内，其余两股都不在此。只是与你差不多，除柴青山之外，我也不知道那五人的身份。甚至如果不是徐凤年以这种方式邀战，我先前都发现不了他们的存在。"

跛脚老人皱眉道："京城内拿得出手的大小宗师，先前都已经向皇宫和钦天监两地靠拢，若说吴家剑冢的老家主因为隐居在城内，今天跑来下马嵬观战，还算情理之中，那五人又是何方神圣？"

说到这里，跛脚老人忍不住环顾四周，满脸匪夷所思，感慨道："整整五人！五个敌我难分的大宗师？！随便一两个打起来，这京城还不得鸡飞狗跳？"

突然，跛脚老人与北地炼气第一人面面相觑，双方都从对方眼中看到了深深的恐慌。

他们同时想到了一种可怕的可能：如果这五人中恰好有一个曹长卿，又如果大官子的到来是北凉、西楚形成的默契，而其余三位一旦选择冷眼旁观……

原本以太安城的雄厚底蕴，这二十年来，除了武帝城王仙芝想要进入他们不一定能拦住，饶是曹长卿也无法得偿所愿。虽说如今韩生宣、柳蒿师、祁嘉节三人都已不在，这意味着太安城四城中的宫城、皇城、内城和外城，除了跛脚老人一如既往地负责看守外城，其他三城都丧失了至关重要的坐镇守城之人，但是当下吴家剑冢的剑道大宗师吴见算是顶替了柳蒿师，加上龙虎山数代天师层层加持的那座隐蔽符阵，以及衍圣公府圣人张氏在元本溪和谢观应两位读书人的帮助下精心造就的那个大手笔，赵勾因此才胆敢对皇帝陛下保证，新武帝徐凤年只要是单枪匹马入宫，一样是只能进不能出的惨淡结局。只不过届时要殃及池鱼多少，是一千还是两千，或者更多，赵勾也不敢拍胸脯给个准话。

可如果徐凤年身边多出一个相似境界的大宗师，太安城内的北地炼气士又死伤殆尽，两座大阵被削弱不少，一旦吴家剑冢的吴见不愿出死力拦截，后果不堪设想。

横刀少年伸手握住背后短刀的刀柄，冷笑道："婆婆妈妈能做甚？不管了！这一架，我来打头阵！"

跛脚老人正要说什么，就见清秀少年容貌的赵勾头目已经开始前冲。他不急于拔刀出鞘，而是身体前倾，前奔每一步都如同蜻蜓点水，极为轻盈灵动。

不知何时，蟒袍扎眼的年轻藩王已经站在了始终"不动如山"的李浩然身侧，与他肩并肩，只是一人面对大街，一人面对下马嵬驿馆大门。

眨眼间，众人只觉得一个迫不得已的恍神之后，那个寂寂无名的横刀少年就像是傻乎乎地站在年轻藩王身前，依旧保持那个握刀的姿势，刀锋仅仅出鞘一半。

期待着一场货真价实的巅峰大战的看官彻底看不懂了。前不久那个叫吴来福的混账玩意儿好歹在北凉王身前完完整整地拔出了一刀，到你的时候，往前冲的架势挺人模狗样的，怎么人都跑到北凉王身前了，突然就没动静了？你说你一个裤裆里带把的，又不是江湖上那帮子思慕北凉王的女侠仙子，咋就在那儿呆若木鸡了？大街两侧顿时嘘声四起，往死里喝倒彩。

下马嵬驿馆外，除了跛脚老人和炼气士宗师，瞧得出门道深浅的都不去窗口凑热闹，至于抢到风水宝地想着一睹为快的好汉、女子，想要看到的是那种天翻地覆的精彩过招，怎么惊天地泣鬼神怎么来。

几乎没有人发现清秀少年握刀的那只手已是血肉模糊，尤其贴紧刀柄的手心，可见白骨，握刀那条手臂的袖子更是支离破碎。

与年轻藩王面对面的赵勾头目嘴角渗出血丝，面目狰狞，又透着不信和不甘。

两人身边那个"敌不动我不动，敌已动我还是不动"的李浩然汗流浃背，只听到北凉王笑着跟那人说道："知道你藏着撒手锏，不过你之所以现在活着……"

这名"人不可貌相"的赵勾头目瞬间卸去所有伪装，就在此时，怔怔然低头望去，就见小半条略显纤细的胳膊刺透了胸膛。

胳膊缓缓抽回。杀人如麻的赵勾巨头艰难转头，只看到一顶老旧貂帽、一张秀气的脸庞，少女还啃着半张葱油大饼。

杀人吃饼两不误。

他认识她。赵勾头等机密的档案里有过模糊记载，青州襄樊城外，她是杀了天下第十一王明寅的刺客，是一个数次孤身阻拦过王仙芝入凉的疯子。

徐凤年随意地伸手推开那具尸体，看到那顶因为略大而有些遮掩眉眼的貂帽，帮她把貂帽提了提，接着轻轻按了按。

徐凤年笑道："你要是真不放心，接下来就站在我身后，不用出手。嗯，远一点儿就是了。"

她没有说话，板着脸走到徐凤年身后，十步。徐凤年转头，一脸无奈地看着这个姑娘。

她不情不愿地掠向驿馆外那棵龙爪槐，坐在了一根枝丫上，手臂蹭了蹭树枝。

徐凤年轻轻吐出一口气，望向远方，朗声道："曹长卿、陈芝豹、邓太阿、轩辕青锋，你们谁先来？"

半城可闻。

李浩然咽了口唾沫，小心翼翼地问道："王爷，要不然我让一让？"

徐凤年笑道："没事，你只要站在我身后就行。"

跛脚老人沉声道："我们可以走了。"

炼气士宗师有些遗憾，点了点头，两人一闪即逝。这潭浑水，他们蹚不起，蹚得起的人，全天下屈指可数。

先前那名赵勾同僚的刀没能出鞘，等于徐凤年告诉他们一个残酷的真相：天象之下，一招而已。炼气士宗师不希望拿自己的性命去证明"陆地神仙之下，也是一招"。

某栋酒楼内的青衫儒士笑了笑，只是给自己倒了一杯酒。

街对面的白衣男子皱了皱眉头，坐在他隔壁桌一个面白无须的男子欲言又止。

太安城城头的紫衣女子犹豫了一下，然后在屋脊之上飞掠，如履平地。

从城南到下马嵬驿馆，平地起惊雷。东越剑池的少年宋庭鹭涨红着脸，怒气冲冲地道："师父，这家伙也太目中无人了，凭啥不算上师父你？！"

背负多柄长剑的少女掩嘴娇笑，胳膊肘很是往外拐。

柴青山惆怅地道："师父既然在武当逃暑镇不曾出剑，那这辈子也就没了向他出剑的资格，没什么好生气的。庭鹭，你要是替师父感到不值，那就用心练剑，别三天打鱼两天晒网，武道一途，仅靠天赋是吃不了一辈子的。"

少女"落井下石"地做了一个鬼脸，少年冷哼一声。

客栈窗口那位吴家剑冢老家主笑骂道："这小子！"

屋内一个老人用尖细的嗓子提醒道："别忘了本分。"此人正是当时对北凉王宣旨的司礼监秉笔太监。

吴见没有转身，收敛笑意："哦？"没有穿上那件大红蟒袍的秉笔太监下意识地后退一步。

吴见语气淡然："老朽和蜀王此次前来观战，不过是确保那曹长卿不会趁机前往皇宫，你们不要得寸进尺。"

那条南北向的御街等级森严，一个只能老老实实走在最外侧御道上的牵驴男子看到一个快步小跑的年轻佩剑侠客，喊道："年轻人，能否借剑一用？"

正赶着去下马嵬驿馆观战的年轻人不耐烦地道："凭啥？！"

中年人一副讨价还价的语气："凭我是邓太阿。"

那位少侠先是愣了愣，然后哈哈笑道："滚你的蛋！你是邓太阿？牵头驴就真当自己是'桃花剑神'了？老子还是北凉王呢！哥们儿，要不然咱俩就在这里过过招？"

牵驴的汉子叹息道："现在的年轻人啊。"

年轻人瞪眼道："咋的？你不服？！"

汉子拍了拍老驴的背脊："老伙计，等会儿，我去去就回。我啊，就借着这一剑，去跟曹长卿打声招呼，当是与他道一声别了。"

刹那之间，太安城正南门到下马嵬驿馆这条直线上，只要是带剑的剑士，无论男女老少，无论佩剑背剑，无论剑长剑短，千百人，身边都站着一个不起眼的中年人，握住了他们不知何时出鞘的剑。

曹长卿终于放下酒杯，站起身。

一条紫色长虹直向下马嵬驿馆撞来，撞向徐凤年，仿佛不死不休。

国子监前，前不久竖起十数块新碑，篆刻有翰林院新近黄门郎们手抄的儒家经籍，供天下士子观摩学习，京城为之轰动，不说文官，便是那些不通文墨的老牌宗室勋贵也是接踵而至，以示"崇文"。

两名中年儒士先后乘坐马车到达国子监牌坊附近。大概是烈日当空的缘故，来此抄写经书的学子并不算多，只不过两人等挤到一块石碑前仍是足足等待了小半个时辰，两人相视一笑。碑下蹲着个身前摆放有小案几的年轻人，衣衫寒酸，也不知是从地方上慕名而来的外地书生，还是科举落榜后留京等待下一场礼部春闱的落魄士子，想来案几上那套文房四宝耗去他不少盘缠。其中一位中年儒士颇有兴致地弯腰望去，欣赏年轻书生伏案奋笔疾书的模样。年轻人每次蘸墨极少，落笔极快，估计是以此来省钱，不过勾画始终一丝不苟，很漂亮的一手正楷。

那弯腰儒士微微点头，同行儒士则没有看碑也没有看人，伸手遮在额前，望向远方的天空。

年轻书生心无旁骛，偶尔搁笔揉一揉手腕，从不抬头，也就没有发现身侧的两名前辈读书人。不过年轻人就算认真打量，也认不出两人的身份。

低头凝视了许久，那位腰悬一块羊脂玉佩的儒士终于直起腰，轻轻挪步，走到年轻人身后，有意无意为衣衫清洗得泛白的贫寒士子挡住了那份烈日曝晒，然后轻声问道："谢先生，都来了？"

被称为谢先生的男人语不惊人死不休，点头道："来是都来了，不过真正站在徐凤年那边的，不多，除徐偃兵外，也就白衣洛阳和那朱袍女子。邓太阿只是想在曹长卿自取其死前意思意思，双方肯定点到即止。至于曹长卿这趟入京，大概是想跟徐凤年说几句遗言吧，否则以曹长卿以往的脾气，哪里会悄悄入京，故而这次恭请衍圣公来此，是陛下多此一举了。有吴见和柴青山出手阻拦，加上姚、晋、韩三位赵勾，徐凤年即便铁了心要行悖逆之举，也很难。再者徐凤年这次擅自入京，是冲着漕运开禁来的，其实太安城没必要一惊一乍，一张桌子两张凳就能聊完的事情。"

站在年轻士子身后的儒士平静地道："谢先生似乎漏说了蜀王殿下。"

谢先生微笑道："与衍圣公，谢某懒得打马虎眼。"

当代衍圣公眉宇间布满阴霾，似乎有些怒气，稳了稳心绪，沉声道："谢先生就这么希望北凉和朝廷玉石俱焚，以便先生辅佐的蜀王火中取栗？"

在那幅陆地朝仙图上高居榜首的谢观应一笑置之，收起手掌，转头看了一眼这位忧国且忧民的衍圣公："有忠心耿耿的顾剑棠手握数十万辽精锐，又有赵炳的南疆大军虎视眈眈，哪里轮得到蜀王趁火打劫？"

好像知道彻底惹恼一个衍圣公并不是什么好事，谢观应不再出言挑衅，叹了口气道："实不相瞒，蜀王从广陵道北上进京，我是不答应的。进了京城这是非之地，假设徐凤年疯了要大开杀戒，那你陈芝豹是护驾还是不护驾？袖手旁观，事后传出去天下寒心；出手阻挡，没任何好处，连兵部尚书都早早当过了，如今又是蜀王，就算拿到一个不会增加一兵一卒的大柱国头衔，也并无裨益。这个时候，卢升象、唐铁霜之流可以强出头，陈芝豹、顾剑棠、燕刺王这三位，是蝉是螳螂还是黄雀，仅在一线之隔。显而易见，谁更有耐心，谁获利更多。"

衍圣公眉头紧皱。

谢观应轻声笑道："自大秦亡国以后，天下跟谁姓，只有两种人不上心：第一种是反正只能听天由命的老百姓；第二种，就是衍圣公府内姓张的，天翻地覆了，衍圣公还是衍圣公。龙虎山的下场如何，衍圣公没有看到？那株天人赐下的谪仙莲，如今没剩下几朵紫金莲花了。"

衍圣公由衷地感慨道："兴亡交替是大势所趋，但是在兴亡之间，我希望少死人，尤其是少死一些读书种子。"

谢观应略带讥讽地道："所以才去广陵江上见曹长卿？又如何了？曹官子听衍圣公的了吗？衍圣公啊衍圣公，读书人是读书，可别忘了还有那个'人'字，是人就有七情六欲，道教典籍上的仙人尚且无法做到真正长生，读书人也不能总做读书一件事。荀平、张巨鹿放下书本走入庙堂，一个英年早逝，一个晚节不保。徽山大雪坪有个叫轩辕敬城的读书人，为情所困，至死都没有走出一座徽山。曹长卿也好不到哪里去，一生一世都不曾真正走出过西楚皇宫，什么儒圣什么曹官子，不过就是个棋待诏罢了！"

衍圣公摇头道："曹先生绝非你谢观应所说的这么不堪。"

头一回被直呼其名的谢观应无动于衷，冷笑道："一个死了那么多年的女子都放不下，何谈收官无敌？下棋下棋，结果把自己下成棋盘上的可怜棋子，滑天下之大稽！"

张家当代圣人对着这个睥睨天下国士的"端碗人"摇了摇头。

谢观应大笑着离去。

衍圣公站在原地，喃喃道："先生先生，当对天下形势未卜先知，救民于水火，于国难当头之际，不妨先死一步。你谢观应只是个一心想着亲笔书写青史的书生，书生而已啊。"

这位身份显赫的张家圣人转过身，看着那一块块石碑，久久无语。那个抄书士子发出一阵浑浊的呼吸声，应该是手腕终于扛不住，酸疼了，然后他意识到那个影子，于是扭头看着站在自己身后的陌生儒士。

衍圣公对他微微一笑，问道："若是不介意，由我来替你抄写一段？"

那寒士犹豫片刻，好像做了个极其艰难的抉择，终于点点头。

衍圣公卷了卷袖子，从摇晃起身的年轻人手中接过那支笔，盘腿而坐，开始落笔。

寒士重新蹲下身，歪着脑袋看去，如释重负。这位前辈的字乍看之下不显风采，规规矩矩，虽然不至于让人觉得匠气，却也没什么让人眼前一亮的清逸仙气，但是久而久之，就让年轻人浮起一种中正平和的感觉。

但是看着这位正襟危坐的前辈不急不缓写了百余字，年轻人就有些着急了，小声提醒道："先生可否稍稍写快些？"

衍圣公点头笑道："好的。"

看到他果真加快速度落笔，很担心墨锭不够支撑抄完碑文的年轻人悄悄松了口气，不过，等那人又写了两百字后，年轻人只得厚着脸皮说道："先生……"

衍圣公歉然道："知道了，再快些。"

随着时间的推移，年轻人又着急起来，可事不过三，他实在没那脸皮再要求这位好心的前辈读书人。只是他今天好不容易才占到就近抄写碑文的位置，明天就未必有这么幸运了。京城有夜禁，只有近水楼台的国子监学子才能让官府睁一只眼闭一只眼，由着他们挑灯夜抄书。而且，就算囊中羞涩的他有幸求学于国子监，也委实心疼购买灯油的银钱，所以只能在烈日下才有抢占一席之地的机会。

虽然没有抬头，但好像已经察觉到年轻人的焦急，儒士一边落笔一边说道："真的不能再快了。"

年轻人大概是破罐子破摔了，咬咬牙，笑道："先生，不急。"

那个中年儒士好似也就顺杆子往上爬了，一本正经地道："写字行文，读书做学问，都是一辈子的事情，慢一些，扎实一些，方能徐徐见功。"

两腿发麻的年轻人干脆一屁股坐在地上，听到颇似酸儒口吻的言语后，忍俊不禁道："先生说得是。"

衍圣公目不转睛提笔书写的同时笑问道："听你的口音，是北凉人氏？"

年轻人嗯了一声，轻声道："晚生来自幽州胭脂郡，会试落选了。"

衍圣公继续问道："怎么没去找左散骑常侍陈大人或是洞渊阁大学士严大人？不然找一找国子监左祭酒姚大人也好嘛。这几位都是北凉出身的大人物，据说对北凉士子都是多有照拂。"

年轻人坦诚地道："不是没想过，只是国子监大门我进不去，而大学士府邸和陈少保的家门估计更难。京城里人都说'宰相门房七品官'，我又是脸皮薄的人，生怕自己好不容易走了十几里路，到头来连敲个门都不敢。再说有这来回二十多里路的工夫，我还不如多抄些经书。"

衍圣公微笑道："听你所讲，不像是个急躁性子，怎么……"

年轻人尴尬地道："这不总想着写快些，就能少用些墨锭。我们不比你京城读书人，还讲究什么浓墨淡墨枯笔渴笔的，像好些跟我一样在北凉寒窗苦读的同乡，在溪边用手指蘸水在青石板上写是写，用芦苇秆子在地上写是写，到了冬天在大雪地里拿把扫帚写也是写。嘿，到了京城，就算到了下雪天，就我住的那地儿，门口好不容易有些积雪，一大早就给家家户户清扫干净了。"

衍圣公会心一笑，半真半假打趣道："你说京城人讲究多，那我还真要跟你说个讲究：不管是会试还是之后的殿试，写什么字是有很深的学问的。像早年宋家父子主持科举的时候，同等才学的文章，写没写宋体字，名次就有高下。下一次春闱呢，不出意外是礼部尚书司马朴华和礼部左侍郎晋兰亭负责。其中，司马尚书的字，以前无人问津，在他当上礼部主官后，'自然而然'就流传较广了。你要临摹虽不算容易，但也不算太难。记住一点便是，弃楷用行，终归是无大错的。至于那位晋三郎，心高气傲，在字一事上投其所好，没有半点儿意思。"

京城卖糖葫芦的小贩都敢说自己见过七八位黄紫公卿，一个儒士善意地侃侃而谈，年轻人毫不奇怪，他感激地道："学生记住了。"

衍圣公点头道："不迂腐，很好。酸儒做不得。"

年轻人忍不住又笑了。

衍圣公突然问道："上次殿试，好像没有北凉士子？"

年轻人嗯了一声，没有多嘴。内幕如何，太安城心知肚明。离阳朝廷限制北凉会试名额是一方面，另一方面是上次春闱正赶上新凉王成功袭位，尤其因为拒收圣旨一事跟朝廷闹得很僵，北凉士子想要出人头地，天时、地利、人和，一样都没有。

年轻人想了想，苦笑道："当时一起进京的五人，四人在今年开春都回去了，下马嵬驿馆那边会给咱们北凉落第士子返程的盘缠，所以四人把余下的银钱都掏给我了，其实他们的道德文章，作得不比我差。"

衍圣公纳闷地道："怎么回去了？下一次会试，你们会顺利许多的。就算不知道这个……你们五人千里迢迢来到京城，怎么就不再搏一搏？而且，当时北凉不是正要打仗吗？"

年轻人咧嘴笑道："所以才回去啊。"

衍圣公停下笔，若有所思，转头问道："冒昧问一句，你们那位北凉王，为人如何？"

年轻人自嘲道："我一个穷书生，在北凉除了两任家乡县令，就再没见过什么高官了，哪敢置喙王爷的好坏。"

衍圣公把毛笔还给北凉寒士，两人换了个位置。

年轻人这次没有急于落笔，望了那块近在咫尺的石碑一眼，然后转头对那个猜不出身份的儒士说道："先生，知道我们北凉竖起多少块石碑了吗？也许有一天，会比国子监所有石碑上的字还要多。我留在这里，不是贪生怕死，是怕京城庙堂上只有晋兰亭这样的北凉人，是怕整个离阳误认为我们北凉读书人都如晋兰亭这般不堪！我自幼体弱多病，去上阵杀敌恐怕只能成为北莽蛮子的战功，但是留在这里，可能我今天只能与先生你一人说这些，但也许有一天，哪怕北凉打没了，我还可以跟一百个一千个先生说这些。"

衍圣公没有再说什么，站起身，走出几步后，转头看了一眼那个年轻北凉士子消瘦的背影。

这个两次催促那儒士写字快些的年轻人，肯定打破脑袋都想不到，天底下的皇帝可以同时有几个甚至十数个，但八百年以来，乃至千年以后，张家圣人衍圣公，一代传一代，当世只有一人。此时聚精会神抄书的年轻人也没有发现国子监大门口内聚集了数千学子，密密麻麻，全部瞠目结舌地看着他跟那个"不知名"儒士闲聊。

在国子监一大帮官员的约束下，没有一人胆敢越过雷池跨出大门，前去打扰衍圣公。

这一天，当代衍圣公离开了京城。

轩辕青锋来得太快，以至当她撞向徐凤年的时候，有好些坐在屋顶观战的江湖人，仿佛看到了一条从城南延伸到下马嵬驿馆街道的紫线，这条紫色轨迹的起始处色彩偏淡，然后依次加深，直到变成此时的浓重大紫，而这位女子武林盟主掠过小半座太安城也闹出了极大的动静，她一路飞掠的速度实在太快了，快到在一处处高楼屋脊上炸开长串雷鸣。

众人先见其紫，再闻其雷。

大雪坪徽山紫衣从一栋酒楼的楼顶迅猛地坠入大街，直冲向那袭绘有九蟒五爪的黑金蟒袍。

大街上响起一声巨响，以蟒袍和紫衣为圆心，道路上来不及清扫干净的凌乱落叶违反常理地先在地面打了个旋，尔后猛然飞起，朝撞在一起的两人飞去，又在距离圆心三四丈的空中瞬间化为齑粉。大街之上，有一片原先刚好从高枝掉落的枯黄梧桐叶，不知为何，它没有被无比磅礴的两股气机扯碎，而是像一只黄蝴蝶，萦绕着两人急速旋转，让人眼花缭乱。这片落叶的飞旋无迹可寻，但是每次带起一抹纤细弧线在街面的青石板路上轻轻擦过的时候，竟然发出铿锵的金石声！

酒楼内，东越剑池李懿白已经带着那双师弟师妹来到窗口。李懿白仗剑游历江湖多年，极富侠名，毫不逊色于京城里的祁嘉节首徒，好事者还给了他们一个"南北剑林有双李"的说法。只是李懿白远比坐井观天的李浩然更知道江湖的水深水浅，故而待人接物不是李浩然可以媲美的。李懿白临时想要三个临窗观战的绝佳位置，酒楼众人还是愿意给这份面子的，毕竟多看几眼下马嵬驿馆和卖给李懿白一份人情，孰轻孰重，谁都拎得清。

白衣少女单饵衣扯了扯李懿白的袖子，小声道："怎么打得这么热闹？姓轩辕的娘们儿就算比祁嘉节略胜一筹，也不至于跟北凉王纠缠太久吧？"

李懿白曾经亲眼见识过年轻藩王瞬杀祁嘉节的惊悚场景，比绝大多数中原武道宗师都清楚徐凤年骇人的战力，从逃暑镇返回太安城的途中，他数次跟宗主柴青山揣测徐凤年，两人都认为，别说二品小宗师，就算到了指玄境界，并且在此境界稳固积淀十几二十年，也未必能够挡下徐凤年一次出手。徐凤年的武学，杂而精，尤其杀人的手段，跟当初"人猫"韩生宣颇为相似，都是在生死相向的厮杀中，你差我一境，那你就肯定会死，而且会死得极快，是眨眼后便生死立判的事情。但是以天象境界的大宗师修为对阵徐凤年，结果如何，李懿白和宗主柴青山有了歧见，李懿白不相信仅在陆地神仙之下的天象境，这凤毛麟角的一小撮人，面对徐凤年仍是毫无还手之力。

李懿白参不透真相，又不是喜欢信口开河的人，故意忽略了小师妹言语中对离阳武林盟主的不满，摇头道："轩辕盟主终究是天命所归一般的江湖骄子，放眼整个天下，即便加上北莽，也只有她在武道上的攀升速度能够与北凉王一较高下。早年她就已经做出过广陵江上拦截王仙芝的壮举，如今修为渐深，能够跟北凉王僵持不下也不算太过奇怪。"

李懿白说完这些话，眼神有些恍惚。大街上，紫衣和蟒袍如同蛟龙绕大岗，委实赏心悦目。李懿白清晰地记得自己初见轩辕青锋，是在春神湖畔的快雪山庄，这袭紫衣以势如破竹的无敌姿态傲视群雄，就连李懿白都感到了一种莫名的自惭形秽。这个女子，独站徽山巅，包括李懿白在内，几乎整个离阳江湖的年轻俊彦，对其都只能远观仰视。

少女单饵衣这两年来听腻歪了如北凉王与徽山紫衣暗中眉来眼去的狗屁江湖传闻，虽说徐凤年把听潮阁武库大半秘籍转赠大雪坪缺月楼是一个板上钉钉的事实，但是在单饵衣这样的少女心中，从不认为北凉王当真会跟轩辕青锋有任何不清不楚的牵连。一个成天阴气森森的女子，就算武功高了点儿，脸蛋漂亮了点儿，身段婀娜了点儿，终究还是不讨喜的嘛。

白衣少女笑眯眯地问道："李师兄，你说是不是北凉王故意放水了，以免那娘们儿输得太难看？她若是在太安城丢尽颜面，还怎么当武林盟主，是不是这个理？"

宋庭鹭翻白眼道："师父亲口说过，轩辕青锋可是正儿八经的大天象境界，修为不下于当年以力证道的轩辕大磐，这类武夫，无论体魄还是心境，都不是寻常武道宗师能比的。师妹，你真当姓徐的天下无敌啊，咱们离阳还有曹官子、'桃花剑神'两位大宗师呢。他在北凉耀武扬威是一回事，出了北凉，那就是另一回事了！你瞧着吧，等到曹、邓两大高手出手，姓徐的就会被打回原形！"

柴青山没有跟剑池三名晚辈站在一起，但也没有曹长卿、陈芝豹、吴见几人的那份闲情逸致。老人一直闭目凝神，仔细捕捉大街上两股气机的流转。

柴青山叹息一声，刹那间原地便没了这位剑道巨匠的身影。窗口那边恍如掠过一阵清凉秋风，下一刻，只见柴青山站在了酒楼门口的台阶上。

街对面客栈的一扇窗户后头，吴家剑冢的老家主吴见迅速伸手出袖，其中两根手指轻轻叩在窗栏上。

吴见身前这一侧街道，从下马嵬驿馆到大街尽头的数百丈距离，从楼顶到地面，立起一幅模模糊糊的剑气帘幕，涟漪阵阵。

这一侧看客只觉得突然有凉意扑面而来，如炎炎夏日置身于深潭附近。

街道另一侧的柴青山轻轻跺脚，整座大街仿佛剧烈颤抖了一下。

在吴家剑冢和东越剑池两位剑道宗师分别一叩指一跺脚后，所有人才发现，紫衣、蟒袍所在的圆心外，青石街面上出现了千万条粗如手腕细、形如蚯蚓的裂缝，这些裂缝不断向街道两侧疯狂漫延，恰似洪水决堤，汹涌冲向两侧楼房内的数百看客，吓得许多人肝胆俱裂。他们不过是想着来下马嵬一睹北凉王风采的，可从来没想过要把自己的小命搭进去。所幸这些游走如小蛇的崩裂纹路，在撞到吴见叩指剑气成墙的雨幕前，冲势略微凝滞，虽然裂缝很快就沿着这堵"墙壁"向上攀缘，但在爬到大概与酒楼客栈门等高的地方时，气势终于以常人肉眼可见的速度衰竭下去。这一切始终无声无息。

密密麻麻的缝隙在向柴青山那边迅猛铺去的时候，以东越剑池宗主脚下的台阶为界线，在那条直线之上，所有的缝隙同时轰然炸裂，尘土飞扬。

李懿白惋惜地道："先后两场比试，轩辕青锋输给了北凉王，同时我们宗主也输给了吴家剑冢的家主。"

宋庭鹭愤愤不平地道："师父和吴家老祖皆以指玄剑术来阻挡轩辕青锋倾泻的气机，师父是硬碰硬，所以才闹出些动静；吴家老祖就阴险多了，不但出手招式花里胡哨，看似以静制动胜了师父半筹，其实师父只要用上我们剑宗秘传'山高水深剑气长'七剑的任意一剑，一样不会差！"

少女没有那么多宗门荣誉感，撇嘴道："师父用上了压箱底的剑术，吴家老人只是随手为之，师父不仍是输了？何况如此一来，师父连气度都输了。"

少年郁闷地道："师妹！"

因为轩辕紫衣的出现本就心情不佳的少女握剑瞪眼道："咋了？你不爽？！"

少年悻悻然低声道："秋高气爽，秋高气爽。"

李懿白突然提醒道："你们注意北凉王那边！"

徐凤年和轩辕青锋相对而立，两人相隔不过两丈而已。

徐凤年双手负后，神情自若。

轩辕青锋也没有生死之战过后的疲态，但是她来时挽了一个小结的裙摆已经松开。

结已解。

轩辕青锋手中多了那片梧桐叶，语气淡漠地道："三年后我跻身陆地神仙之列，大雪坪分生死。"

徐凤年微笑道："到时候我如果还没死，不管你有没有成为陆地神仙，我不出意外都会去徽山那边看看。"

轩辕青锋双指捻动梧桐叶，眯起眼，气息阴沉。

徐凤年嘴唇微动，没有出声，但是轩辕青锋知道他在说什么。

徐凤年的意思很简单，想要把他当成磨刀石，一战胜之，从而登顶武道，现在为时过早。时下太安城，曹长卿、邓太阿、徐偃兵、陈芝豹、洛阳这些大宗师都"盯着"这里，怎么都轮不到你轩辕青锋出头。

轩辕青锋不动声色。

龙爪老槐树上，呵呵姑娘皱了皱眉头，屁股下的枝丫轻轻颤抖，但是她犹豫了一下，还是选择安安静静地坐在原地。

只见街面上那具本该死绝的"尸体"身形暴起，而且这一次总算是完整出刀了。

"死尸"的身影如同陆地起龙卷，刀锋绽放出炫目的雪白电光，如同一颗光球，地面上被撕开一条沟壑，碎裂的青石疯狂飞溅。

滚刀之势，有几分轩辕青锋出场时的风范。

但是，不同于轩辕青锋光明正大地露面，这位的暴起杀人显得尤为诡谲凶悍。

李懿白这般能够第一时间发现异样的江湖人，都以为接下来会是一场短兵相接的血腥厮杀，但是下一刻的景象让他们感到荒诞至极：看似搏命的刀客在离年轻藩王五步左右的时候猛然折向，然后脚尖一点，就要掠过高楼，这是打算逃之夭夭？

徐凤年看都没有看一眼赵勾头目，而是望向了一座酒楼门口。

那个去势惊人的家伙突然安静地悬停在了空中，不升不落，就那么"挂"在那里。

李浩然猛然发现，这个"少年"宛如一件瓷器被人用小锤敲击了成百上千次，瓷器本身其实已经碎裂不堪，却偏偏没有就此解体。

以秘术返老还童并且成功装死的赵勾头目，这一次是真的死得不能再死了。

轩辕青锋拔地而起，紫虹长掠而走。

在几乎所有人都望向静止"少年"或是轩辕青锋逝去身影之际，一位两鬓如雪的中年儒士跨过门槛，缓缓走下台阶。

阳光下，青衫儒士没有转身面朝年轻藩王。

徐凤年面带笑意，双手下垂，轻轻抖了抖袖子。

街道尽头，一位貌不惊人的中年剑客率先映入眼帘，紧接着是第二位、第三位，每一位无论容貌还是气韵，都如出一辙！但是每人的持剑式则略有不同。为首剑士的持剑式，是那位"桃花剑神"成名的"倒持太阿"。他，或者说他们，不断踏足这条通往下马嵬驿馆的青石板路。同一人，不同剑。

与此同时，青衫儒士双指拈住一枚棋子，轻轻松开，任由那枚棋子缓缓坠向地面。

棋子下坠半尺有余时，他开始背朝那群剑士，大踏步走向徐凤年。

已经露面的街上数十提剑人，在那枚棋子下坠后，所有手中剑，无论是何种提持姿势，剑尖不动，但剑身无一例外开始向下弯曲。

然而异象不止于此。

身穿蟒袍的年轻藩王站在原地岿然不动，但是他的左右两旁同时出现了一位身影缥缈的羊皮裘老人，双手负后抬头望天，一副对天下事浑不在意的神态；一名背负剑匣的矮小老人，咧嘴笑着，缺门牙；一个魁梧赤足的白发麻衣老人，双臂环胸，气势如虹；一位身穿武当道袍的高大老人，缓缓抬手，做出一指断江式；有个黑衣和尚，板着脸摸着自己的脑袋；有个身穿大红蟒袍的宦官，双手十指交错搁在腹部……

柴青山很没有宗师风范地直接坐在酒楼门槛上，望着年轻藩王身边那个穿着一双草鞋的老者，眼神恍惚。

吴家剑冢老祖宗手肘搁在窗栏上，微笑着。

司礼监秉笔老太监看到这一幕，嘴唇泛白。

陈芝豹终于来到窗口附近，身后跟着身穿便服的司礼监掌印太监宋堂禄，后者看着街上那个大红蟒衣的前辈，神情复杂。

老槐树上的貂帽少女停下啃大饼的动作，不知是她吃饱了，还是想着留些给那个人吃。

大战在即！

所有人都情不自禁地屏住呼吸，长街上再无喧嚣，落针可闻。

天下四大宗师中的三人，离阳三位陆地神仙，新武帝徐凤年、"大官子"曹长卿、"桃花剑神"邓太阿齐聚京城，三足鼎立，皆是一人战两人！

第九章

黑金蟒袍入礼部
白衣缟素闯钦天

今日的太安城早朝，盛况空前。

永徽至祥符，朝会尤其是早朝，很大程度上就是离阳王朝政局形势的直观体现，其中，参与朝会人数的多寡，往往是对某些中枢重臣的一种无形评价。例如，陈芝豹和卢白颉先后赴京担任兵部尚书，上阴学宫大祭酒齐阳龙出山，大将军顾剑棠离京主政两辽，对宋家老夫子、阎震春的谥号决议，还有卢升象、唐铁霜、许拱三位地方名将初次入京，少保陈望升任左散骑常侍，以及原户部尚书王雄贵和原礼部尚书元虢"流放"外地，刑部侍郎韩林高升外任，卢白颉黯然离京等，早朝人数有显著差别。

必须参加每日早朝的文武百官不去说，有朝会资格却不必参加的三种人：与国同姓的皇室宗亲，曾经有功于离阳获得世袭爵位的豪阀勋贵和皇帝开恩特许无须早朝的年迈公卿。他们去早朝的越多，自然就意味着某个官员的地位越发显赫。若是朝会官员略显稀疏，比如当时王雄贵和元虢上朝辞别，还有那前不久前往北凉道担任副节度使的老将杨慎杏，就没有惊起丝毫波澜，几乎完全没有宗室、勋贵、老臣这三种人到会。

虽然是个昨夜骤然阴雨的糟糕天气，但今早的朝会可谓群贤毕至。

秋雨绵绵，京城许多道路泥泞，对某些要穿过小半座京城参与早朝的官员而言，若是搁在以往，恐怕就要在马背上或是车厢内叫骂几句了，可今天几乎人人都兴致勃勃，毫无疲态。一些早朝前有在车厢内点灯读书习惯的臣子，如今都心不在焉地翻动书页，时不时撩起车窗帘子查看位置，或是直接跟马夫询问还要多久到达。

门下省左散骑常侍陈望的宅子所在的街道，其街坊邻居都是离阳王朝一等一的勋贵王公，除了他的郡王老丈人，还有燕国公高适之、淮阳侯宋道宁这些退居幕后多年的离阳大佬，他们的沉默，并不意味着他们丧失了影响朝政走向的话语权。

天未亮，这一大片府邸就处处灯火辉煌，奴仆早已备好车驾，一个个身着紫黄的王侯公卿陆陆续续坐入马车。在车水马龙中，陈望的那驾普通马车难免稍显寒酸，但是在一个转角处，前头那辆本该先行拐入大街的一位侯爷却主动让人放缓速度，为陈大人的马车让路。陈望轻轻掀起侧帘，那位养尊处优故而年近五十依然没有老态的侯爷看到陈大人跟自己点头致意的时候，笑着回礼，放下帘子后，捋着胡须，既有跟左散骑常侍打上些许交道的扬扬自得，心底也有唏嘘后悔。当年先帝从赵家宗室和公侯勋贵中挑选女子指婚给陈望，他有个孙女本来是有希望的，只是他当时只想着跟一位权贵国公爷攀上亲家关系，如今回头再看，虽说得偿所愿把孙女送入了国公府，但是相较陈望这位货真价实的"乘龙"快婿，真是亏大了。

燕国公高适之和淮阳侯宋道宁是至交好友，奇怪的是门当户对的两家竟然没有任何亲上加亲的联姻。真说起来，燕国公晚年所生的高士廉、高士菁兄妹，放在太安城都是相当出彩的年轻子弟，而淮阳侯子女众多，又属于倒吃甘蔗节节甜，照理说，即便不是嫡长子女，与高家兄妹年龄相当的那几位宋家男女若是与之成亲，也不算如何高攀了燕国公府。

今天燕国公和淮阳侯不但都要参与早朝，还共乘一辆马车。车厢宽敞，尚未入冬，国公爷高适之就让人添了个精巧小炉，焚香、取暖皆可，这是为了照顾早年染寒的好友宋道宁。

宋道宁眯着眼打着盹儿，高适之轻轻弯腰，动作轻柔地挑了挑炉火。

宋道宁睡眠极浅，很快就睁开眼。

高适之看到宋道宁投来的视线，问道："有话想说？"

宋道宁默不作声，余光瞥了一眼他们和马夫之间那幅厚重的帘子。

高适之又问道："你家那位老马夫终于也自行请辞了？"

入秋便惧冷的宋道宁伸手拢了拢领子，轻轻嗯了一声。

高适之笑了："既然如此，为何还不敢畅所欲言？"

宋道宁脸色淡漠："经过这么多年，习惯了。"

作为患难兄弟的高适之心有戚戚焉，轻声感叹道："这么说来，还要感谢那个一刻不愿消停的年轻藩王，否则陛下就算有心撤走赵勾，也绝对没有这么快。"

宋道宁嗓音沙哑，道："一开始，我对先帝此举是有怨言的，这么多年下来，反而心安了。说实话，以往偶尔出行，明知道有个先帝的眼线盯着，其实也没什么不自在的。现在陛下撤走谍子，高兄，你觉得如何？"

高适之冷笑道："宋老弟，我高适之又不是官场雏儿，当然是跟你如出一辙，不自在，很不自在。还不如双方其实心知肚明，只要不捅破窗户纸，就能相安无事。现在倒好，明面上走了个马夫，是不是府上就会暗中多个仆役婢女？"

一向在太安城以木讷寡言著称的宋道宁笑意带着玩味："高兄，你是否因此便觉得陛下气量不如先帝？"

高适之皱眉道："你不觉得？"

宋道宁摇头道："陛下此举，在我看来，不是想要让咱俩为此感恩戴德，陛下不至于如此浅薄，不过是给了你我一道不需要宦官代劳的密旨罢了。你若是不谙深意，接下来的那场盛宴，就没有你的座椅了。"

国公爷顿时神情凝重起来，问道："此话何解？"

宋道宁缓缓道："自祥符元年起，京城官场风云变幻，让人目不暇接。诸多起伏，不是几个人的官场升迁那么简单。文官方面，以北地彭氏为首的士族开始迅猛崛起，由卢、庾两氏领衔的江南士族突然崛起又突然沉寂，青党死灰复燃，翰林院从赵家瓮独立出去，等于跟三省六部彻底撇清关系，新任翰林院学士是根正苗红的天子门生，出身普通士族，与张庐以及江南、两辽两大世族都无太大关系。六座馆阁的设立，亦是从三省六部分权之举。武将这边，暂时不说老的两朝藩王，就说最近几年在京城进出过的人物，之前的兵部侍郎许拱、唐铁霜、蓟州副将杨虎臣、韩芳，重返广陵道大权在握的宋笠，以中坚将军李长安为首获得提拔的七位京畿实权武将，还有刚刚入京的董工黄、田综和韦栋。"

高适之自嘲道："宋老弟，你就打开天窗说亮话吧，你说的这些我都晓得，陛下的大致意思我也算马虎领会了，你就只说你的真知灼见好了。我一个大老粗，兜圈子不在行。"

宋道宁轻声叹息道："算了，对牛弹琴，还不如省点儿气力，毕竟这么多年没有参加过早朝，要是不小心站晕过去，就丢脸了。"

高适之抬起手挥了挥，笑骂道："姓宋的，别以为自己是个侯爷，我就不敢揍你啊！"

宋道宁突然说了一些题外话："让士廉、士菁不要和殷长庚走得太近……对了，还有，如果士菁那丫头不是太反对，你不妨撮合一下她和赵右龄的幼子，年纪是差了几岁，可不都说'女大三抱金砖'？这些都是小事。"

高适之不客气地道："怎么老弟你也跟那些眼窝子浅的家伙一样了？殷茂春就算比赵右龄慢了一小步，但是三省六部三省六部，不说尚书令，也还有中书省、门下省两个，殷茂春和赵右龄一人一个茅坑，都不用抢什么……"

说到这里，高适之猛然住口。

宋道宁讥笑道："怎么，总算想通了？知道两人之中注定有一个会输得很惨了？还是这个做了多年储相第一人的殷茂春？！"

高适之丈二和尚摸不着头脑，小声问道："那两家孩子结个屁的亲啊？！"

宋道宁淡然道："别忘了，殷长庚与赵淳媛的婚事是先帝的意思。殷、赵两人顺水推舟，只是各自给对方后人留一条退路而已。"

国公爷啧啧道："这帮读书人，弯弯肠子就是多！"

宋道宁轻轻感慨道："文人心眼多，武人不服管，陛下登基以来，其实相当不容易，殊为不易的是陛下做得很好。"

高适之盯着这位无话不可深谈的好友，沉声问道："你决定了？真要帮着陛下制衡各个文官党派和各方武将势力？"

宋道宁答非所问，深深呼吸了一口气，道："虽然我们这帮各个姓氏的邻居这么多年来给'碧眼儿'打压得几乎喘不过气来，但是不能否认，有和没有'碧眼儿'坐镇的庙堂，有着天壤之别。既然'碧眼儿'走了，那我们不说为江山社稷考虑，好歹也要对得起那些每年都要去祭拜的祖辈牌位。"

高适之伸了一个懒腰："反正你如何我便如何，就这么简单，我才不去费这个神。"

宋道宁突然笑了："还记不记得年轻时候的事情？"

高适之愣了愣："啥事？咱哥俩年轻时候的壮举可不少，你问的是？嘿，王远燃这拨不成气候的兔崽子比起我们当年差了十万八千里！"

宋道宁下意识地揉了揉自己的胸口，然后指了指眼前这位赫赫国公爷的脸。

后者瞬间涨红了脸，骂了一句娘，整个人气焰全消。

宋道宁破天荒哈哈大笑。

当年，很多年前了，那时候他小侯爷宋道宁和好兄弟高适之带着扈从纵马京郊，结果遇上一位女子，那名女子真正是倾国倾城的绝色，便是眼高于顶的宋道宁也惊为天人啊。

只是他们才刚刚上前，还没开口搭讪，那女子也安安静静不曾说话，就有个操着辽东口音的土鳖远远地跑了过来。双方都是热血上头的年纪，一言不合那就是用拳头讲道理了，宋道宁和高适之两个打一个竟然没打过，挨了些不轻不重的拳脚。但是两位权贵子弟人多势众，很快就追着那个王八蛋打，揍得他那叫一个灰头土脸。关键是这个家伙身手还行，可那张嘴巴真是骂人一百句都不带重复的。这哪里是什么英雄救美，分明是丢人现眼了，跟豪迈气概完全不沾边，分明是两拨登徒子内讧，谁都不是好鸟。

然后……

然后就是宋道宁被那个背剑女子一脚踹出去七八丈，高适之被一巴掌甩得在空中旋转了七八圈。

再然后就是那个辽东年轻人满脸"感激"地冲到女子身前，一把抓住她的手，说着不着边的感谢言语，就是不肯松手。

高适之和宋道宁是很后来才知道，那个姓徐的王八蛋下场比他们好不到哪里去，整个人倒飞出去老远，重重地趴在地上后，仍是咬牙切齿挤出个难看的笑脸，扯开嗓子使劲嚷嚷道："你就是我徐骁的媳妇儿了！你要么打死我，要么就嫁给我！"

以前，太安城只要有徐骁在，就不缺热闹。

现在，太安城来了他的儿子，好像也很热闹。

燕国公和淮阳侯这些平日里神龙见首不见尾的大佬很是大失所望，因为今日早朝，那个闹出天大风波的年轻藩王并没有出现。

相比之下，另外一个消息只是让文武百官稍稍精神振奋了一下。

原燕刺王赵炳麾下的头号南疆大将吴重轩，瞒天过海地从广陵道抽身北上，突然出现在京城庙堂上，升任离阳兵部尚书，同时皇帝让其退朝后马上返回广陵道督战，以征南大将军的身份遥领兵部，何时平乱成功何时正式赴京履职。

清晨时分。

一辆马车在离阳兵部的旧址前缓缓停下。这里距离赵家瓮不过一里左右的路程，在改址之前，被南方八国骂作北蛮子的离阳王朝，兵部在三省六部中的地位超乎现在所有离阳百姓的想象。那时候别说吏部，只要不是实职是地方藩镇将领，任你是中书省中书令还是门下省左仆射，别说在路上跟兵部侍郎的车驾相逢，就是跟低了好几品的兵部郎中，前者也要乖乖让路。至于那些当今趾高气扬的言官，那会儿唯一的作用就是给兵部官员当出气筒，被人无缘无故拿马鞭抽个半死都不稀奇。

先后两个皇帝，短短四十余年，就让中原承认了离阳的正统地位。

无数读书种子在太安城这座当年的边境之城扎根发芽，成长为一棵棵参天大树，形成文林茂盛不输西楚的局面。

从马车上走下的年轻人站在台阶下，看着那几乎无人出入的朱漆大门，怔怔出神。

这里现在不过是兵部武库司下品官吏处理政务的地点。

一个还睡眼惺忪的武库司小吏刚跨出门槛，当看到门外不远处那袭从未听说过更从未见过的黑金蟒袍时，他使劲揉了揉眼睛，满脸茫然。

太安城，天子脚下，谁敢在官袍公服一事上有半点儿僭越？何况是到了蟒袍这个地步！

身份不过是武库司浊流小吏的家伙身体僵硬，不敢往前走出一步，更不敢视而不见直接转身。

一个粗重的嗓音在小吏身后响起："黄潜善！你还不去兵部衙门跟洪主事禀报？！靴子给狗屎粘住了？"

小吏吞了一口唾沫，转头道："杨大人，有人来了。"

小吏身后那个一样不曾脱离浊流跻身清流品第的高大男子绕过姓黄的家伙，看到那个年轻人后，使劲瞧了几眼，不动声色地转身，再以迅雷不及掩耳之势跑入大门，最后彻底失踪，一气呵成——这大概就是黄潜善要对他喊一声杨大人的理由了。

杨大人这一跑，等于彻底把黄潜善的退路给堵死了，他如果再跑，自己都觉得说不过去。

这个小吏硬着头皮快步跑下石阶，弯腰问道："不知……"

说到这里，他顿时噎住，方才慌慌张张，没敢仔细辨认那袭黑金蟒袍上蟒的数目、趾数和水脚等细节，哪里知道该称呼眼前的年轻人"国公爷"还是"侯爷"，或是"世子殿下"？

在太安城做官的门道实在是太多了，仅是官员的住处，就能分出个权、贵、清、贫、富五种，到了每一地，都要烧不同的香，否则进错庙烧错香，坏了规矩犯了忌讳，回头在衙门坐几年冷板凳那都算事情小的。

徐凤年轻声笑道："本王只是来此看看，你不用往衙门里头通报什么。"

"本王"！听到这个惊世骇俗的"自称"，小吏双腿一软，差点儿就瘫软在地。

偌大一个离阳王朝，能够自称"本王"的数目，从先帝手上敕封出去的本就不多，如今又死了好几个，而在当今天子登基后，封王就藩的所谓"一字并肩王"，按照赵室宗藩律例，照样不得随意入京。

眼前这个身穿藩王蟒袍的王爷既然如此年轻，那么身份就水落石出了。

靖安王赵珣是个什么货色，京城官员心里都有数，别说大摇大摆穿着蟒袍到处闲逛，恨不得待在深宅大院内谁都不见。

小吏牙齿打战道："北……北……北凉王，有什么需要下官去做的吗？"

徐凤年笑道："刚才杨大人不是说让你去兵部吗？"

额头渗出汗水的小吏战战兢兢地道："不妨事……不妨事，王爷初来乍到，咱们这衙门太蓬荜生辉了……"

徐凤年挥手道："走吧。"

就在小吏弓着腰准备脚底抹油的时候，只听这位恶名昭彰的西北藩王轻声道："黄潜善是吧，记得离开之前大声说一句'衙门重地，无关人等，没有兵部许可，不得入内'。"

唯命是从的黄潜善脑子一片空白，等到老老实实喊完话走出去很远，这名后知后觉的武库司小吏才悚然惊醒，吓得只能颤颤巍巍扶墙而行，心想：我是找死吗？

只是当他又走出去一大段路程后，好像突然想到了什么，愣在当场，回头望去，看向那个还站在原地的年轻藩王，那个自己几年前还经常与同僚一起痛骂讥讽的年轻人。

黄潜善眼神复杂，叹了一口气，转身前行。

恐怕一辈子都不会有资格参与朝会的小官吏逐渐没有了惊惧和狐疑，只是不知为何，觉得有些不是个滋味。

徐凤年上车的时候，徐偃兵问道："怎么不走进去看几眼？"

徐凤年笑道："徐骁年轻时跟人装孙子的地方，我就不进去了。"

徐偃兵会心一笑，点头道："大将军应该也是这么想的。"

马车驶向并不遥远的赵家瓮。正值退朝，许多马车迎面而来，毕竟京城除了权势煊赫的六部，还有足可谓庞杂繁多的大小衙门设在别处。

一辆辆马车、一个个骑马官员与这辆不起眼的马车擦身而过。

徐偃兵在礼部衙门外停车，礼部官员的马车和坐骑早已把位置占满，让进出衙门的原本宽阔的道路变得拥挤不堪。没有办法，礼部如今是第一等清贵且显贵的王朝重地，迎来送往极其繁多，许多以前不乐意踏足礼部半步的别部官员如今隔三岔五也来礼部找个郎中、员外郎叙叙旧套套近乎，至于礼部尚书司马朴华和左侍郎晋兰亭就别奢望了，除非是别部侍郎一级的人物，否则是根本见不着面的。话说回来，本身到了侍郎这个位置，既不太拉得下面子，当然也无须用这种粗陋的方法来笼络关系。

所以，当徐偃兵随意停了个位置后，很快就有礼部小吏走过来，倒没有立即颐指气使、恶语相向。太安城水深蛟龙多，无数鲜血淋漓的前车之鉴已经总结出了一个道理：与人为善，能忍则忍，肯定不会有错。当只缩头乌龟，总比做伸头王八给人一刀剁下头好吧？

那名小吏很快就万分庆幸自己的谨小慎微，当他看到那个掀起帘子的年轻人的衣饰时，立即就醒悟了。不愧是礼部的人，不像兵部武库司那两人荒唐滑稽，这家伙很快就深深作揖，毕恭毕敬地道："下官参见北凉王！"

徐凤年走下马车，点了点头，径直走向礼部衙门。

身后那个礼部官吏等到徐凤年都走入大门了，还是不敢起身，一副恨不得弯腰作揖到天荒地老的谦恭架势。

为年轻藩王领路的，是一位运气糟糕至极的礼部祠祭清吏司郎中——他正巧跟这位北凉王狭路相逢，逃都没地方逃，同行几个下属更是瞬间就跟这位郎中大人拉开了大段距离，连半点儿"舍生取义"的觉悟都没有。

如今礼部的大门不容易进？若是没有品秩足够的熟人领路，来者就会被憋了许多年怨气的其他礼部官员百般刁难？这自然是事实，可是眼前这一位会管你这些狗屁倒灶的规矩？人家还是北凉世子殿下的时候，就已经可以佩刀上殿了！

所以，当祠祭清吏司郎中听北凉王说要见老尚书的时候，屁都不敢放一个，低头哈腰帮着带路，只说尚书大人退朝后还有一场雷打不动的御书房议政，可能需要王爷稍等片刻。

徐凤年走入司马朴华那间屋子，也没有拒绝那个礼部郎中的端茶送水。

看到年轻藩王站在尚书大人那幅心头爱《蛙声出山泉》前驻足欣赏，小心翼翼递去一盏热茶的郎中大人这才记起一事。这个年轻人当年被骂作暴殄天物——肆意在价值连城的真迹字画上胡乱题跋题签，甚至干脆盖印"赝品"二字，起初，不知道多少京城官员和中原文人雅士，在得到从北凉王府流传出的字画后，一个个捶胸顿足，恨不得把那个年轻人从梧桐苑抓住去痛殴一顿，不承想才几年工夫就变了脸，一个比一个笑得合不拢嘴。理由很简单，不管风骨铮铮的士林领袖如何抗拒，这些经由年轻藩王之手的字画，只要你肯卖，下家出的价最不济都要翻一番，既便如此，依旧有价无市！

想到这里，郎中大人有些心虚。当最憎恶北凉的晋兰亭进入礼部坐上第二把交椅后，他就忍痛割爱，公开卖掉了好几幅字画，以表忠心，但是仍然偷偷私藏了一幅《清凉帖》，想着哪天等到自己上了年纪离开官场回乡了，再拿出来跟人好好炫耀一番，或者保不齐哪天到了可上可不上的仕途关键时刻，再将那幅不过寥寥两字的小帖，"低价"转手给自己早年的科举房师。白送？做梦吧！清凉帖，清凉山，只凭"清凉"这两个意义极其特殊的字，郎中大人保守估计就值他个五百两！黄金！

徐凤年喝完了茶，走到书案附近，随手打开一只精美的檀盒，里头整齐地摆放有六锭墨。他取出其中一锭，锭身是双龙吐珠描金纹，正中篆书"华章焕彩"，显然是出自旧南唐制墨大家褚直的宫廷贡墨。像这样的珍稀物件，经过数十年辗转，想来如今都成了离阳官员书案上的东西。不过，比起颠沛流离的春秋遗民，同样是背井离乡，这些死物似乎要幸运许多，它们能熬到另外某位识货的读书人爱不释手，许多亡了国的遗民，就只能死在不知道何处的异乡了。

尚书大人司马朴华还是没有回到礼部衙门，在一旁饱受煎熬的郎中大人脸色越来越白。

门外响起一声咳嗽，祠祭清吏司郎中不动声色地走出屋子，看到是一位关系不错的精膳清吏司员外郎——老好人一个，当了整整十来年员外郎也没能升官，后者哭丧着脸悄悄道："柳大人，尚书大人到了衙门口就转身走了，说是要去门下省办事，还说千万不要让王爷晓得，让咱们只说今日议政耗时极长，晌午以前都未必能出宫，还让咱们好好招待王爷，谁出了纰漏，大人就要问罪。"

听到这个噩耗，郎中大人差点儿跳脚骂娘，他强忍住当场跑路的冲动，在屋外做了数次深呼吸，仿佛心肝都在疼。

这个时候，郎中大人灵光乍现，在员外郎耳边窃窃私语，后者一脸为难，郎中大人重重拍了一下后者的肩膀，以斩钉截铁的语气说道："赶紧去！"

交代完了事情，郎中大人如履薄冰地回到屋内，尽量语气平静地跟年轻藩王说了这么一回事，说话的时候满脸诚恳和愧疚，前几年偷偷收了府上一个丫鬟，被悍妇捉奸在床的时候，也没见郎中大人如此卑躬屈膝。

徐凤年瞥了他一眼，面无表情地嗯了一声，说道："尚书大人不在，蒋侍郎和晋兰亭总该在的吧？"

郎中顾不得琢磨两个不同称呼的言下之意，小鸡啄米般点头道："蒋大人在的在的。原本蒋大人是告了假的，临时又回衙门处理政务了。晋大人退朝后便直接返回礼部，也在的！"

相比鹤立鸡群的尚书屋，两位礼部侍郎的屋子虽然也是各只一人，但是屋子连着其他几位郎中、员外郎的屋子，就显得没那般别有洞天了。

礼部，本就是教人讲规矩的地方，自身的规矩、繁文缛节多到吹毛求疵的地步。

徐凤年和郎中走向右侍郎蒋永乐的屋子，结果郎中发现蒋永乐刚好从外边一路跑回来，气喘吁吁的，顾不得在下官面前保持什么气度风仪了。

郎中看到这位右侍郎大人的时候，心中只有一个念头：蒋大人啊，自己保重了，不是下官有意要拖你下水，而是尚书大人已经狠狠坑了下官一次，我要是再不让人把你连骗带吓弄回来，下官恐怕就见不着明天的太阳了。嗯，其实下官家里那个小兔崽子有句当作口头禅的江湖俚语，现在想来确实挺在理的："混江湖，就是混出一个死道友不死贫道。"真说起来，你蒋大人要是不小心暴毙了，下官定会尽量把你肩上那份礼部的担子挑起来的。

把北凉王请入了屋子，蒋永乐关上门后，也不说话，只是扑通一声，跪在地上死活不起身了。

便是徐凤年也有些哭笑不得。其实与外界想象的截然相反，北凉从徐骁到李义山再到他徐凤年，对于谥号一事早就心中有数，徐凤年袭位后拒收圣旨，宣旨太监都没能进入幽州境，这是徐凤年为人子的责任，也是北凉必须拿出的姿态，并不意味着徐凤年对蒋永乐这个礼部小人物就真有什么深重的记恨。何况当时庙堂之上，文武百官中，只有国子监左祭酒姚白峰为徐骁说了一句公道话，其他大学士严杰溪、晋兰亭、卢升象等人，关于谥号评定的建言，都比蒋永乐心狠手辣太多。事实上，当时徐骁与李义山笑着讨论他的"身后事"，说一个恶谥是绝对跑不掉的。很凑巧，极少翻书的徐骁在百无聊赖的时候，经常会去梧桐苑拿出礼部典籍，自己给自己评定谥号，最后，徐骁给自己挑选的两个字，恰恰就是"武厉"！

"我徐骁是个武夫，要什么武臣美谥'文'字！'厉'字更好，有功于国，屠戮过重，功过相抵，就当我徐骁与离阳一笔旧账两清了！"

当然，徐凤年对蒋永乐没有什么恨意杀心，不意味着他就会有什么好脸色给这位礼部三号人物，但这么一位堂堂礼部侍郎大人，死死地跪在那里摆出引颈就戮的无赖模样，让徐凤年大开眼界。

没过多久，当年轻藩王走出屋子的时候，祠祭清吏司郎中依稀听到屋内有一阵阵抽泣声。郎中既如释重负，但内心深处也有几分遗憾。

徐凤年走到礼部左侍郎的屋外，屋门大开，气质风雅的晋兰亭坦然坐在书案后，看着那个曾经高高在上的年轻藩王。这位在太安城官场平步青云的晋三郎面无惧色，冷眼相向。

晋兰亭眯起眼，纹丝不动，连起身相迎的姿态都免了。

你袭了北凉王，得寸进尺，但我晋兰亭早已不是那个小小郡县的小小士子了！

接下来，祠祭清吏司郎中听到北凉王说了一句："你们退远点儿。"

这位手握北凉三十万铁骑的年轻人跨过门槛后，没有关门，但是没有谁敢去抬头看里头到底会发生什么。

很快，屋内就传出一声巨响。祠祭清吏司郎中吓了一大跳，浑身哆嗦了一下。

不知道过了多久，年轻藩王走出屋子，轻描淡写地拍了拍并无尘埃的袖子，扬长而去。

祠祭清吏司郎中犹豫着要不要进屋，就听到那位最注意言谈举止的左侍郎扯着嗓子嘶吼了一句："都给我滚！"

整座礼部衙门有了隆冬时节的彻骨寒意。

徐凤年走向马车，看到徐偃兵的好奇眼神，笑道："没杀人，不过有人应该比死了还难受。"

徐偃兵的眼神有些古怪。

徐凤年无奈地道："我可没脱裤子。不过你要有这癖好，我可以领你过去，那家伙现在估计还梨花带雨。"

徐偃兵赶紧摆摆手，哈哈大笑。他好不容易止住笑声，在徐凤年即将钻入车厢的时候问道："接下来去那钦天监？"

徐凤年点头道："去。"

徐偃兵突然侧望向远处大街上的一行人——清一色骑马而行。距离退朝已经有些时候，道路并不算拥堵，但是那五骑的彪悍气势十分扎眼。

徐凤年在徐偃兵转头的时候就掀起了车帘。五骑除了为首一骑没有向他们望来，其余四骑都脸色不善，其中一骑更是停马不前，单手握住马缰绳，身体微微后仰，充满了倨傲自负。

徐偃兵轻声道："看那个老人的官袍，好像是四征、四镇大将军和兵部尚书才能穿的正二品武臣朝服。"

徐凤年说道："应该是先前被敕封为征南大将军的吴重轩，看来这次是来京城领赏了，说不定已经当上了兵部尚书，也难怪他手底下那几个嫡系如此嚣张跋扈。"

徐偃兵皱眉道："要不然我出手教训一下？"

徐凤年摇头道："算了，吴重轩好歹跟某个家伙还剩下些香火情。就算要教训，也是以后让他亲自动手。"

一波未平一波又起，就在徐凤年打算不理睬对方眼神挑衅的时候，那停马一骑抬手做了个手掌抹脖的动作。

徐偃兵平淡地道："王爷，你总不能让我来回一趟就真的只当个马夫吧。"

徐凤年笑道："行。记得下手别太重。"

徐偃兵问道："半死？"

徐凤年回答道："对方又不是手无缚鸡之力的文官，打了也不光彩，但是对于一个身经百战的南疆武将来说，半死怎么够，你要不把他打得大半死，都对不起他们那南疆劲军'媲美北凉铁骑'的天大名头。"

松开马缰的徐偃兵忍俊不禁道："还有这么个道理？"

徐凤年放下帘子，缓缓道："只要北凉铁骑在，就是道理。"

徐偃兵一闪即逝，下一幕便是徐偃兵一脚踹在那匹大马的侧腹部，南疆武将连人带马都横飞出去，那匹骏马四蹄腾空，重重摔在远处，轰然作响。

根本没有人看到徐偃兵是如何出手，还未从马背上滚落的魁梧武将就又被踹得飞出去五六丈。也亏得这条仅次于京城御道的大街够宽，否则他就要陷入墙壁了。

徐偃兵一脚踩在奄奄一息的武将的头颅上，看着其余几骑，除了不动声色拨转马头的吴重轩，余下个个表情愤怒狰狞。

徐偃兵没有说话，只是用鞋底在武将脑袋上狠狠碾了碾。

我北凉管你是什么兵部官员，管你是什么南疆将军！

吴重轩微微扬起马鞭，拦住了暴躁三骑的报复举动。如今身穿正二品狮子官服的老将独自策马缓缓向前，俯视着徐偃兵，明知故问："北凉徐偃兵？"

徐偃兵不咸不淡地回了一句："有没有带一两千精兵驻扎在京畿南军大营？否则我怕晚上还不够一顿消夜。"

吴重轩扯了扯嘴角，转身离去。

麾下三骑疾驰向那名不知生死的武将，收拾残局。

徐凤年坐在车厢内，双手如老农笼袖，袖内十指交错，微微颤抖。

钦天监，就要到了。

京城"白衣案"的源头在此！

春秋刀甲死于此！

有传言是用来镇压京城水脉的龙须沟天桥边，有个久负盛名的小饭馆子，叫九九馆，达官显贵络绎不绝。

老板娘是个风韵犹存的寡妇，这些年却从未有风言风语传出。不管世族公子和膏粱子弟为了抢占一张桌子如何在九九馆起纷争，也不管双方打得如何昏天暗地，似乎从没听说有大人物罩着的九九馆总能在第二天照样开张。去得晚的话，小馆子只要到了打烊的点，任你是尚书的儿子还是大将军的孙子，一律闭门谢客。九九馆越是如此，越是让京城老饕心痒痒，虽说极有可能侍郎这般的大人物，下馆子的时候，也会被胆大包天的店伙计甩脸色，但人人乐此不疲。

　　宋家两夫子，"坦坦翁"桓温，国子监姚白峰，除了顾剑棠之外的几乎所有历任六部尚书，双手加上双脚都数不过来的中枢重臣，无一例外都到此大快朵颐过。

　　今年又多了个天大的人物——齐阳龙。据说中书令大人还没正式成为离阳臣子的时候，入京第一件事不是觐见天子，而是直奔九九馆，喝了个酩酊大醉。更夸张的是，这么个当之无愧的文人领袖，却差点儿被老板娘赶出九九馆。

　　今日九九馆的生意依旧火爆，正门还没开，外头那一辆辆豪奢车驾和一匹匹高头大马就已经让那条临河的街道变得拥挤不堪，许多食客都耐心排着长队。

　　一个身材矮小的跛脚老人来到九九馆后院门口。比起正门的熙熙攘攘，这条不为人知七拐八拐才能走入的狭窄巷弄极为冷清，兴许是人迹罕至的缘故，墙脚根附近都长出了些许幽绿青苔，阳光被高墙遮挡，显得有些阴气森森。跛脚老人没有急着敲门，而是盯着一个蹲在台阶上打哈欠的年轻人，后者也张着嘴巴瞪大眼睛瞧着跛脚老人。

　　其实他们相互都"认识"。往常只把宝贵视线搁在藩王公卿身上的老人之所以记住了这个无赖家伙，是因为年轻痞子昨天要死不死出现在了下马嵬驿馆外的街上，还跟年轻藩王有了一场"巅峰之战"。跛脚老人当天回到赵勾后，很快就知道了这个年轻人的底细，的确是辽东锦州官府颁发的路引，老人甚至连他到了京城后住了什么客栈、吃了什么饭菜都一清二楚，连这个叫吴来福的家伙跟客栈老板就房钱砍价的细节，都被录入了赵勾档案。本来老人已经大致确认这个所谓"锦州第一少侠""辽东第二刀"不是什么见不得光的谍子人物，就是个不知天高地厚、无意中卷入京城旋涡的市井无赖，但是看到吴来福出现在此时此地，向来坚信世上无意外人、无意外事的赵勾大头目顿时心生杀机。

　　将那把铁刀搁在膝盖上的吴来福冷不丁嚷嚷道："老头，我认识你！虽然你昨天从头到尾都没有出手，但我知道，你其实跟我一样，都是高手哇！"

　　吴来福皮笑肉不笑，在思考如何不动声色地杀掉这个家伙。

　　九九馆是赵勾的禁地。离阳谍子无论身份高低，一律不得靠近——这是在元

· 217 ·

本溪手上订立的一条死规矩。虽说元先生死了，但是跛脚老人不到万不得已，还是不愿意因为一点儿鸡毛蒜皮的"小事"惊动那个大隐隐于市的妇人。这次跛脚老人自己坏了元先生的规矩是不得已而为之，新任赵勾主事人发话了，所以他不得不来这里讨人嫌。

连北凉王和拂水房都只知道他姓姚的跛脚老人看着那个小心翼翼抱刀的年轻人，笑问道："吴少侠，怎么有闲情逸致蹲在这里？看太阳啊？"

吴来福的武艺是不入流，但一点儿都不傻，要不然也不能赶在李浩然之前抢了风头，如今"吴来福"三个字在京城的名气也不小了。他昨天两次去而复返，把那场大战的首尾都瞧在了眼里，其中，中年汉子的衰老和横刀少年的死翘翘都让他叹为观止，那么始终不显山不露水的跛脚老人自然不是什么他吴来福可以掰手腕的。所以吴来福很紧张，手心都是汗水，但他仍是保持那张很欠揍的笑脸说道："前辈啊，看太阳哪里不是看，是吧？我这是来九九馆讨份活儿做。从辽东走到京城，这不盘缠都用光了，我又不是那种恃武犯禁的江湖人，是最为奉公守法的良民。"

跛脚老人笑眯眯地道："找活儿？京城这么大，哪里找不是找？"

年轻人的笑脸越发僵硬，眼珠子急转，犹豫了一下，压低嗓音道："前辈，咱们都是痛快人，我就不妨跟你直说了。京城都晓得九九馆的水很深，我琢磨着吧，一个妇道人家就能撑起这么个馆子，要么她是深藏不露的绝世高手，要么就是馆子里的伙计是一等一的武道宗师，要么指不定某个厨子是退隐江湖多年的江湖名宿。我来九九馆找份营生，赚钱是其次，主要还是希冀着跟高手学一身足以称霸武林的绝学！"

跛脚老人盯着这个异想天开的年轻人，不知道是一巴掌扇死算完，还是应该竖起大拇指称赞一句"你小子真有慧根"。

跛脚老人看着这个眼神无比真诚、脸上写满"无辜"的家伙，忍不住调侃道："我如果没有记错，吴少侠可是只输给北凉王一招半式的高手，怎么，还要在武道一途更上一层楼才知足？"

吴来福憨憨地笑着："技多不压身嘛，江湖上藏龙卧虎，我多学几手压箱底的本领，终归不是坏事。你瞧瞧人家北凉王，拳头，刀剑，还有最后那招'请神'，手段层出不穷，我跟他一比，到底还是差了些火候啊。"

跛脚老人笑道："在我看来，吴少侠有样本事就比北凉王要强很多。"

吴来福轻声问道："不会是脸皮厚吧？"

跛脚老人对这个家伙伸出大拇指："吴少侠不愧是天赋异禀的练武奇才！日后武学成就一定不可限量！"

年轻人挠挠头，对于这份"恭维"，笑纳了。

跛脚老人不知为何没了杀心，不理会这个辽东少侠，走上台阶，轻轻敲了敲门。

后院没有回应。

跛脚老人就这么不急不缓地敲下去。

老人不急，吴来福从一开始的好奇、揣测、期待，到最后的打哈欠、翻白眼、抠耳屎，实在是等不下去了。吴来福站起身，佩好那柄铁刀，然后一巴掌重重拍在掉漆厉害的木门上，喊道："老板娘，老板娘！我是昨天那个要给你做店伙计的吴来福啊，你不给我开门就算了，可我身边还有个德高望重的江湖前辈急着找你呢，别耽误了大事！老板娘，真的，我不蒙你，真有前辈登门拜访，老早就在这儿等着了，我一开始怕前辈打扰你休息，愣是没有礼数地挡了他半天！老板娘，你看都这样了，你再不开门，无论是从江湖道义来说，还是就来者是客的道理而言，老板娘你都说不过去了啊！"

跛脚老人扯了扯嘴角，忍了。

吴来福把小门拍得惊天动地。

当那扇门突然打开的时候，吴来福一个不留神，差点儿一巴掌拍在开门之人的身上，好在后者轻轻挪步躲过，但是吴来福跌入门内，摔了个狗吃屎。

那惊鸿一瞥，让吴来福坐在地上发呆。

那年轻女子肯定不是老板娘，老板娘是徐娘半老，挺有女人味，可毕竟吴来福不好这一口，他中意的还是年岁相当的年轻女子，脸蛋要漂亮，胸脯要大，腰肢要细，屁股要圆，双腿要长。他认为要求不算高，跟他的少侠身份刚好符合，而开门的女子，是吴来福这辈子见过的最动人的女子，甚至加上下辈子可能都是最好看的女人了。

吴来福坐在地上，看着那个站在门口的背影，这个敢跟北凉王耍心眼的年轻人，竟然都不敢跟她说话。

身为刑部次席供奉的跛脚老人看着这个胭脂评榜眼的女子，欲言又止。

她原本应该成为元先生最出彩的妙手之一，但是世事无常，便是算无遗策的元先生也功亏一篑。当年那副棋盘上，有一场三人对弈，虽然元先生想好了一系列定式，可惜最终有人下出了"无理手"。在那次交锋中，元先生事后自称他和黄三甲都输了，输给了同一人，是此生一大憾事！

看着眼前这个曾经亲自护送自己入京的老人，女子淡然道："姚先生是来催我前往那座辽东藩王府邸的？"

跛脚老人叹息一声，摇头道："不是，我来找洪掌柜。"

她皱了皱眉头，摇头道："洪姨不会见你的。"

老人也摇了摇头，直呼其名道："陈渔，这件事，你说了不算。"

陈渔。听到这个名字后，吴来福如遭雷击。胭脂评榜眼！

陈渔默不作声。

饶是对美色早已生不起波澜的老人，不论见过她多少次，依旧是不得不由衷感慨她的钟灵毓秀。难怪当年就连元先生都赞叹了一句"乱世祸水，盛世皇后"。

吴来福突然被人一脚踹在后背，又一次摔了个满脸灰土的狗吃屎。

一个妇人站在吴来福身边，没有走近院门，而是看着没有跨过门槛的跛脚老人，冷声道："九九馆没有骨头让你们叼！"

被骂成是狗的跛脚老人面无表情，轻轻弹指，吴来福的脑袋如遭重击，向后晃荡了一下，倒地不起，不知死活。

然后老人轻声道："洪掌柜，这次请你走出九九馆，是皇后娘娘的意思。"

老板娘不说话，陈渔低敛眼帘，跛脚老人安静地等待下文。

老板娘终于开口，语气充满讥讽："怎么，要我去皇宫大门口拦着，还是直接在大殿外守着？早知如此，何必当初？！现在终于知道怕了？"

老人眼皮子颤抖了一下，说道："皇后娘娘的旨意是……让洪掌柜去钦天监。"

说完这句话后，无论说话还是杀人从不拖泥带水的老人破天荒加重语气，重复了那最后三个字："钦天监！"

原先一直神色平静的老板娘勃然大怒："滚！"

她伸手指着跛脚老人，愤懑至极地道："姓姚的，你滚回皇宫，告诉那个不要脸的女人，我跟她赵雉交情没好到这个份儿上！"

老人似乎料到妇人的态度，继续板着脸说道："皇后娘娘让我捎两句话给洪掌柜，一句是'如果洪掌柜愿意前往钦天监，那么陈渔就能不去辽王府做王妃'。"

妇人怒极反笑道："赵雉啊赵雉，整个离阳都知道你偏爱赵篆远远胜过赵武！不但逼着嫡长子把龙椅让出来给他的弟弟，如今连长子本该得到的这点儿可怜补偿也省了！"

陈渔置若罔闻，仿佛是个局外人。

北凉世子殿下，先帝赵惇，大皇子赵武，四皇子赵篆。

当年，身为春秋十大豪阀之一的破落家族要她入京，先当皇贵妃，再争皇后的位置。

后来，一个说话含糊不清的元先生要她接近当时尚未迎娶严东吴的四皇子。

再后来，那个成为皇太后的妇人要她嫁给此生无望穿上那件龙袍的嫡长子——辽王赵武。

没有人问过她，她想要嫁给谁。

那个曾经在中原文林以风骨著称于世的爷爷，临死前只是跟她说，家族中兴需要她。

那个"半寸舌"元本溪，只是用手指蘸着酒水，当着她的面，在桌面上写下了六个字：你皇后，我苟活。

最后，她被召入宫，遥遥看着那个妇人，只看到妇人好像点了点头，就让自己出宫了。

她一次都没有抗拒。

陈渔从不向往江湖，因为她知道，江湖里的男人看似风光，其实人人身不由己。

她也从不向往皇宫，因为她知道，那里的女子，人人都是笼中雀。

陈渔知道自己不想要什么，却从来不知道自己想要什么。

所以对于一次次顺其自然的颠沛流离，陈渔谈不上有何悲哀，也没有什么自怨自艾，如浮萍随水流。

当听到教自己剪纸的洪姨再次对跛脚老人说了个"滚"字后，陈渔还是没有半点儿伤春悲秋，去不去辽东，当不当王妃，重要吗？

老人看着这个守寡多年的妇人，没有生气，一个能够让先帝和元先生都另眼相看的传奇女子，就算一拳砸在自己的脑袋上，老人也不会计较什么。

老人平静地道："洪掌柜，皇后娘娘的第二句话，是说谢观应已经在钦天监了，蜀王陈芝豹也可能在。"

妇人瞬间安静下来，嘴唇发白。

她痛苦地闭上眼睛，呢喃道："赵雉，你从来都是这样，以前为了自己的男人，可以什么都不顾，现在为了儿子……"

老人看了一眼天色，提醒道："再不去，就晚了。"

她缓缓睁开眼睛，问道："马车备好了？"

老人点了点头。

妇人走向门口，经过陈渔身边的时候，突然握住她的手，柔声道："跟洪姨一起去吧。咱们如果死在那里，挺好的。"

陈渔想了想，笑了。

钦天监，在市井中名声不显，却是离阳京城首屈一指的王朝重地，许多三省六部的黄紫公卿一辈子都没机会涉足其中，于是，官员能否去钦天监藏书楼借阅一两本书，无形中成了衡量京官分量的一个标杆。

卢白颉在辞任兵部尚书之前，所做的最后一件事情，是秘密从内城禁军抽调出八百精锐甲士，负责守卫钦天监。

就在两天前，已经算是重兵把守的钦天监，又连夜悄悄增加了六百余精兵。

两名身披甲胄而不是武臣官袍的将领，一位年近花甲，一位正值青壮年龄，两人俱是按刀而立，站在钦天监门口充当两尊"门神"。

相差一个辈分的两个男子面容酷似，像是一对父子。

事实上正是如此。老将军是驻守京畿北部的射声校尉李守郭，在春秋战事中军功平平，不过累功至芝麻绿豆大小的副尉而已，所以五年前李守郭成功一步步晋升为京畿四大校尉之一的射声校尉，在京城官场和京畿军伍中只被传为笑谈，众人很不客气地给了个"太平校尉"的绰号，意思是他李守郭如果是在乱世，就他凭那份拉稀本事，别说是当上离阳权力最大的校尉，能否当个都尉都悬，这些年就是溜须拍马的功夫委实了得，不会打仗却会当官，尤其是侥幸攀上了征北大将军马禄琅的高枝，这才捞到了这么个炙手可热、让人眼馋的官位。

只不过这种腔调的议论，随着李守郭长子李长安去年在京畿军中脱颖而出，逐渐消散。李长安不过而立之年，就在当今天子登基后被迅速提拔为离阳常设武将里的中坚将军，是极为结实的从四品将领。其意义相当于文官里六部郎中调到地方担任郡守一职，由虚转实，如果在任上能够不犯大错，板上钉钉是要坐等升官加爵的。说来奇怪，从未去过两辽边境，更无战功傍身的李长安，在这之前虽然不算寂寂无名，但比起更为年轻的殷长庚、韩醒言之流，显然是不够看的，但是此人偏偏就成为陛下第一拨擢升的武将中的一员，让京城官员倍感雾里看花。好事成双的是，李长安的弟弟李长良，不过是跟着包括王远燃在内的几个纨绔子弟去北凉幽州游山玩水了一趟，回京后很快就得到兵部调令，一举成为辽东朵颜精骑的一名都尉。

父子三人,一个射声校尉,一个中坚将军,一个朵颜都尉,这让祖坟冒青烟的李家突然在朝野上下有了个"小顾家"的说法。

虽然是父子联手把守钦天监大门,但是李守郭和李长安始终目不斜视,没有任何视线交错。

相比李长安的镇定自若,李守郭脸色自若的同时,其实心底一直在打鼓。嫡长子李长安前段时间有天突然奉旨进宫面圣,之后很快就被调离内城,领八百京城禁军驻守位于皇城、宫城之间的钦天监,而他本人也从京畿北火速入京,进京的调令甚至不是出自常理之中的兵部文书,而是作为李家恩主的征北大将军的虎符!要知道大将军马禄琅已是年近八十的老人,卧榻多年,在离阳军伍中,论资历,也就赵隗、杨慎杏、阎震春寥寥数人可以比肩,加上杨、阎两员春秋老将一贬一死,即便马禄琅已经将近十年不曾参加庆典和朝会,先帝和当今天子也从来没有缺过对马家该有的赏赐。谁都清楚,马禄琅一天不死,就算是只吊着半口气,只要不彻底咽气,那么宅子地理位置比燕国公、淮阳侯府邸还要好的马家,就依旧是那个在京城咳嗽几声,庙堂上就有巨大动静的马家。

李守郭原本猜不透一座跟官场不沾边的钦天监为何需要如此兴师动众,六百禁军加上自己麾下京畿北军最精锐的八百悍卒,一千四百人,是在提防谁?又有谁当得起这份隆重的对待?

直到听闻北凉王入京带着八百西北骑军,就让胡骑校尉尉迟长恭率领的京畿西军沦为护驾扈从,李守郭终于恍然大悟。因为本身就是射声校尉这种实权武将,加上在东越战事中救过老将军独子的性命,很早就成为征北大将军马禄琅的座上宾,李守郭早年在马家府邸内依稀听到过一桩秘闻,好像是说太安城有过一场云谲波诡的阴谋,矛头针对当时尚未封王就藩的"人屠"徐瘸子,如今已经病逝的钦天监监正南怀瑜,在其中扮演了不太光彩的角色。大将军马禄琅的独子,此时手握整支京畿东军兵权的安东将军马忠贤,醉酒后含含糊糊说起此事,神色间颇有引以为傲的扬扬自得。李守郭知道,一个射声校尉远远不够触及那场阴谋的内幕,也许只有等到长子李长安做到四征、四镇之一,才有希望了解那个被遮掩在层层帷幕后、被积压在厚重尘埃下的骇人真相。

四征大将军——马禄琅在病榻上苟延残喘多年,家族恩宠不减。

赵隗不理纷争多年,在危难之际东山再起,与南征主帅卢升象共掌大权。

杨慎杏很早就离开京城前往蓟州,看似逍遥自在,其实已经远离王朝中枢,

223

也影响了杨虎臣的攀升速度。如果杨虎臣不是在广陵道战场上丢掉一条手臂，代价太大，以至让朝廷过意不去，否则别说蓟州副将，他恐怕会就此沉寂，然后等到杨慎杏哪天老死了，杨家也就迅速沦为离阳的二三流家族。

阎震春，战功煊赫的著名骑军统帅，真正有大勋于赵室的武将，竟然率全军战死于广陵道边境，到头来只有一个带入棺材的破格美谥，仅此而已。

四位品秩相同且仅次于大将军顾剑棠的王朝大将军，最后是四种几乎截然不同的下场。

李守郭在摸清那份隐蔽的来龙去脉后，既有惊悚，也有寒意。

马禄琅，离阳旧兵部的大佬，是最早对老凉王徐骁表现出强烈敌意的京城老牌勋贵。

赵隗，当年坚定拥护打一场西垒壁战役的将领，但是在春秋战事临近尾声时，曾经跟徐骁并肩作战过的赵隗开始向顾剑棠靠拢，之后更没有跟随徐家铁骑入蜀，而是选择了辅助顾剑棠攻打南唐。在后来京城那场封赏功臣的浩大盛宴中，赵隗与徐骁交恶。在先帝登基前与老靖安王赵衡的争锋中，赵隗更是先帝的马前卒之一。

杨慎杏，跟徐骁关系浅淡，几乎没有任何私交可言。

阎震春，在徐骁离京就藩之际，这位对徐骁极为推崇的将领，亲自将徐骁送出城。

李守郭不知道那位德高望重的老将军在生平最后一次领军出征的时候是什么心情。

一向沉默寡言谨小慎微的嫡长子李长安在毫无征兆地升迁为中坚将军后，没有答应他这个父亲去办一场宴席，只是父子二人有了一场绝对不可让人知悉的密谈。在那场谈话中，是李长安这个儿子在教李守郭这个爹如何当官，说的不是迎来送往的粗浅门道，而是近似如何领略圣心的附龙之术。直到那个时候，李守郭才知道，原来自己儿子早就是皇帝陛下的心腹。与其余那拨更早被先帝秘密钦定为扶龙之臣的同僚武将不同，李长安是靠着自己的机缘际遇，从而有幸得到当时还是四皇子的皇帝陛下的信任。李长安直截了当地告诉他这个爹，陛下有过一些隐晦的暗示：以中坚将军作为起步台阶，他李长安三年后就会以父亲李守郭致仕作为代价，升任下一任安北将军，再三年，是去辽东还是广陵，或者是西北那个地方，能否成为身挂铁甲的封疆大吏，就要看李长安自己的本事了。

这一刻，百感交集的李守郭轻轻叹息。李家从他到两个儿子，净是富贵险中求啊。

当李守郭看到远处那辆马车的时候，开始大口喘气。就算自己今天死在这里，只要儿子李长安活下来，李家就真的有希望成为第二个徐家，而不是什么"小顾家"！

挂有那块"通微佳境"匾额的大门后，钦天监内，有一座社稷坛，铺有出自广陵道的五色土：东青、南红、西白、北黑、中黄。

一个中年儒士蹲在南方的红色贡土前，他身边站着一个嘴唇紧紧抿起的少年，身穿钦天监监正官服。

地位与龙虎山当代天师相当，成为本朝第二位羽衣卿相，贵为北方道教领袖的青城山道士吴灵素，此时因为不好跟着儒士一起蹲下，可本就身材高大的吴神仙若是挺直腰杆站着，又显得对那位绰号"小书柜"的少年监正大人太过不敬，所以只好尽量弯着腰。

跟儿子吴士祯并称"太安城大小真人"的吴灵素，拥有仙风道骨的极佳卖相，这两年在京城可谓呼风唤雨，连那位晋三郎也要把他们父子奉为贵客。但是这个时候，弯着腰的吴大真人战战兢兢，后背那浸透道袍的汗水，不知是太阳晒出来的热汗，还是吓出来的冷汗。

一位身穿白衣的老人走近，台面上官位最高的吴灵素第一个匆忙出声，对这位身负大玄通的老人毕恭毕敬地道："监副大人，贫道有礼了。"

负责为朝廷推衍星象、颁布历法的钦天监，真正为离阳赵室倚重的大人物，除了监正、两监副外，不是春、夏、中、秋、冬五位官正，品秩更低的挈壶正之流就更不用说了，而是那些不穿官袍，仅是身着白衣的仙师，何况这位还顶着监副的头衔。眼前这位古稀之年的白衣炼气士，吴灵素之前数次见面时，他还是中年男子模样，一夜之间，吴灵素再见他，便是这番景象了。

昨天在下马嵬驿馆那边打破瓶颈，成功跻身天象境界的钦天监监副大人面有忧色，对没有起身的男人轻声道："谢先生……"

儒士伸出手掌平放在土壤上，笑道："我知道衍圣公已经离开京城了，放心，我会亲自主持那座大阵的运转。"

炼气士宗师正要说什么，就见谢观应起身拍了拍手，转身说道："除了李家父子的一千四百人，还会有三百御林军，已经在赶来的路上了。"

炼气士宗师仍是欲言又止的模样，谢观应瞥了一眼那座高耸入云的京师僭越建筑，似笑非笑："怎么，非要我说蜀王殿下也在，你才能真的'安心'？"

那位监副松了口气，然后面带苦涩地自嘲道："谢先生，我舍了天道不去走，与轩辕大磐之流的纯粹武夫无异，自然无法得知蜀王殿下已经到了。"

谢观应语气玩味："齐仙侠先去武当山见了洪洗象，结茅修行；又见了李玉斧，沿着广陵江畔走了几百里路；到了太安城，被于新郎无意间点破那层玄之又玄的窗户纸，舍了证道飞升不说，连陆地神仙也不去做了。晋心安，你做何感想？"

晋心安已经数十年不曾被当面喊出名字，一时间神色有些恍惚。

谢观应抬头望向万里无云的天空，轻声道："吕祖有言，'莫问世间有无神，古今多少上升人'。又言，'降得火龙伏得虎，陆路神仙大真人'。"

吴灵素细细咀嚼一番，只觉得玄妙是玄妙，只是对他这个半吊子修道人来说并无用处，不过余光看到晋监副陷入沉思，神情变幻莫测。

谢观应缓缓走向通天台。他尽心辅佐的蜀王最近接连两次行事都出乎意料：一是北上入京，一是入钦天监。

谢观应脚步不停，对晋心安撂下一句话："如果还存有飞升之念，记得一定要趁早杀李玉斧。"与皇帝皇后关系都极为亲近的少年监正跟在谢观应身边，毫无大战在即的觉悟，嘿嘿笑道："谢先生，有个叫范长后的棋士，下棋比你厉害哦。"

谢观应微笑道："比我厉害有什么了不起的，下棋这种事情，我连公认臭棋篓子的李义山都比不过，只不过我知道自己的长、短处，从不去自取其辱。纳兰右慈就不一样，记得当年，我眼睁睁看着他连输了李义山十六把，还不服输，胜负心重的人我见多了，这么重的，还真就只有他一个。哦不对，你的老监正爷爷也算一个，他到死还想着你能赢黄龙士一局吧？"

少年叹了口气，无奈地道："是啊。其实我是不太喜欢下棋的，监正爷爷偏要我学下棋，没法子的事情。"

谢观应曲指敲了一下少年的脑袋："多少人要死要活却求之而不得的东西，你这孩子倒嫌弃上了。"

少年咧嘴一笑，突然压低声音道："谢先生，你是在挖皇帝陛下的墙脚吗？"

谢观应毫无惊讶，登楼的步伐依旧坦然从容："别告诉他。"

少年眨眼睛："为什么？"

谢观应步步登高，轻声笑道："答应了，我就告诉你，你的监正爷爷为何始终都输给黄龙士，为何当不上春秋十三甲里的棋甲。"

少年想了想："一言为定。"

"我给晋心安帮忙去了。"少年转身，噔噔噔一路跑下阶梯。

谢观应来到站在通天台那条"天道"附近的陈芝豹身后，问道："这一步，还是不乐意跨出去？"

陈芝豹没有应声。

谢观应缓缓道："南、北两派炼气士，澹台平静自己都不知道她坏了道心；晋心安更是不如，舍本逐末，原本数十年厚积薄发，最有希望的一粒天道种子，硬是拔苗助长，自己把自己给折腾没了；而老监正南怀瑜又说服了先帝，没有采纳李当心撰写的新历，如此一来，旧有天道逐渐崩塌，你我都是从中得利最多的人，曹长卿即便不死，不让你气数加身，你一样可以成为千年以降继吕祖之后唯一的三圣人境，高树露也要黯然失色。恐怕除了王仙芝，甲子前处于最巅峰时的李淳罡，刚刚战胜王仙芝时的徐凤年，以及接下来决意赴死时的曹长卿之外，放眼天下无人是你的对手。"

今日退早朝后，皇帝陛下不同于以往召开小朝会议政，只让司礼监掌印太监宋堂禄喊住了左散骑常侍陈望。当时陈望刚要陪着门下省主官桓温走下白玉台阶，结果只好站在原地。

因为左散骑常侍是位列中枢的重臣，在老百姓所谓"金銮殿"上，位置颇为靠前，所以每次退朝，等到陈望跨出大殿的时候，大殿外的文武百官往往早已潮水般退散干净。

但是因为本次早朝实在拥入太多太多陌生面孔，包括燕国公高适之、淮阳侯宋道宁在内，一大拨勋臣贵胄齐聚，让原本十分开阔的大殿显得拥挤不堪，所以陈望停步时，仍是不断有人跟这位当之无愧的"祥符第一臣"擦肩而过，甚至给京城官场"不问世事"印象的宋道宁也主动寒暄了几句。

几个曾经与旧西楚太师、上任离阳左仆射孙希济一起搭过班子的年迈老臣更是热络得跟对待自己女婿似的，如果不是掌印太监宋堂禄的眼神示意，这帮在家起居都要人小心搀扶的老臣，好像能够站在这儿跟陈大人畅谈半个时辰。

陈望和身披大红蟒袍的宋堂禄站在一起，大殿内外的人渐渐走得一干二净，陈望没有仗着跟当今天子远超同朝文武的君臣情谊，开口跟离阳宦官之首的掌印太监询问缘由，始终闭口不言。倒是宋堂禄沉默许久后主动轻声说道："还要劳烦陈大人稍等片刻。"

陈望嗯了一声。

面对陈大人不冷不热的回应，令满朝文武忌惮如虎的蟒袍宦官心中没有丝毫不满。宋堂禄从"人猫"韩生宣手上接掌司礼监后，赶上离阳一朝天子一朝臣的新老交替，已经很少对某位官员心生敬意。在宋堂禄心中，陈望陈少保的名次仅在齐阳龙、顾剑棠和桓温三人之后，还要在赵右龄、殷茂春之前。寒士出身的陈望与一个老人实在太相似了，无论是个人操守还是仕途履历都如出一辙，甚至让人生不出太多眼红嫉恨。

陈望神游万里，以至肩头给人拍了一下才惊觉回神，转头看去，无奈一笑，轻轻作揖。

年轻的皇帝没有身穿龙袍，而是换上了一身不合礼制的便服，跟陈望并肩站在台阶顶部，而宋堂禄早已猫腰倒退而行，细碎的脚步悄无声息，给这对注定要青史留名的祥符君臣让出位置。

陈望看到远处几个宦官合力搬来一架长梯，忍不住好奇地问道："陛下这是要做什么？"

皇帝笑眯眯地道："先陪朕等个人。"

当陈望看到那架梯子被小心翼翼地架在金銮殿屋檐上时，有几分了然的陈少保顿时哭笑不得，欲言又止。年轻的皇帝为陈望伸手指了指远处两人：一位一袭朱红蟒袍，显然是个地位不逊宋堂禄太多的大宦官；还有一位身穿普通儒生的衣饰。随着来人越行越近，陈望终于清楚地看到那两人的模样：司礼监秉笔太监，一个资历极老的年迈宦官，此时走在比身旁年轻人稍稍靠前的位置，微微弓腰，一只手掌向前伸出，另外一只手托住袖口，像是在给那人带路；后者闭着眼睛，步子不大。

秉笔太监率先一步走上台阶的时候，陈望依稀听到老太监说道："陆先生，小心脚底，咱们这就要登阶了。"

皇帝转头笑道："猜得出是何方神圣吗？"

陈望点头道："青州陆诩陆先生，永徽末年由靖安王呈上的二疏十三策，京城明眼人都看得出来，是出自这位身居幕后的陆先生之手。"

皇帝突然有些忧郁，趁着双方还有些距离，压低声音说道："陆诩棋力极厚重，朕估计咱们两个加在一起都要被人砍瓜切菜，随手就给收拾了。"

陈望忍俊不禁，轻声打趣道："不然拉上十段棋圣范长后？再不行，陛下不是还有钦天监小监正可以撑腰吗？咱们四人一起上，还怕赢不了一个陆诩？实在不行，还有那个自称只输给范国手的吴从先嘛。若是仍然不行，咱们车轮战，个个故意长考，看陆诩能够撑到什么时候，不怕他不出昏着儿。”

年轻皇帝轻轻一手肘撞在陈望腰上，笑骂道：“欺负陆先生眼睛不好，找范长后给咱们当狗头军师也就算了，竟然连车轮战也用？咱们要点儿脸行不行？”

陈望耍无赖道：“微臣的脸皮子反正也值不了几个钱。”

皇帝抬起手肘又要出手，陈望赶紧挪开几步。

司礼监秉笔太监领着陆诩走近皇帝和陈大人，离着十来级台阶的时候，皇帝陛下就快步走下台阶，拉住陆诩的手，微笑道：“陆先生，这次匆忙请你入宫，唐突了。”

陆诩没有流露出半点儿诚惶诚恐的神情，坦然道：“可惜陆诩是个瞎子，看不到皇宫的壮观景象。”

弯腰低眉的秉笔太监瞧见这一幕后，眼皮子抖了一下。

年轻皇帝和仍是白丁之身的陆诩一起登上台阶顶后，陈望笑着向陆诩打招呼道：“门下省陈望，有幸见过陆先生。”

陆诩作揖道：“陆诩拜见陈大人。”

陈望坦然受之。

那一拜，是陆诩入京后，直到人生尽头，第一次也是最后一次向某位离阳官员行礼。

很多年后，陆诩悄然病逝，首辅陈望站在唯有一名白发老妪所在的冷清灵堂，还了今日一拜。

皇帝对宋堂禄和秉笔宦官沉声说道：“朕要和两位先生登梯，你们一人屏退附近所有人，一人守在梯子下面！记住，一炷香后，朕在屋顶，视野之中，在宫内要看不到一个人！”

年迈的秉笔太监快步离去，他自然不敢跟宋堂禄去争抢守护梯子的位置。

在皇帝不容拒绝的授意下，陈望只好先行登梯，陆诩紧随其后，年轻的皇帝和宋堂禄一左一右为两人扶住梯子。

宋堂禄没有抬头，但是余光瞥见了正仰着头的年轻天子。

一位在朝野上下口碑极佳的皇帝，正在为一位年轻臣子和一位白衣寒士扶梯，皇帝的头顶上，有两双靴子。宋堂禄突然眼眶有些泛红。

等到三人都上了巍峨大殿的屋顶，司礼监掌印太监的头顶彻底没了身影，他的双手依然不敢松开梯子，但是微微抬起袖子擦了擦眼睛。

陈望搀着陆诩走到屋脊附近坐下，为年轻的皇帝留下中间的座位。

赵篆坐下后，笑问道："第一次在这里看京城的风景吧？哈哈，我也是。"

我。

他有意无意不再用"朕"这个字眼了。

赵篆双手放在膝盖上，正襟危坐，眺望南北向的御街，缓缓说道："我还是四皇子的时候，在京城就听说世间有两座楼最高，连太安城钦天监的通天台都比不上，一座是徽山大雪坪的缺月楼，一座是北凉的听潮阁。其中大雪坪我去过，是很高啊。轩辕青锋这女子了不得，愣是不让我入楼。当时陈望你就在我身边，咱们是一起吃的闭门羹，所以我这么揭自己的短，心里头要好受许多。这天底下，不管什么事情，有两个人扛，总归是轻松很多。"

陈望笑了笑。

赵篆伸了个懒腰，晃了晃脖子："可惜听潮阁没去过，其实很想有一天能去那边登楼，毕竟我媳妇儿是北凉人。女人嘛，不管她嫁给了谁，只要嫁得还不错，怎么都想着能够回娘家一趟的，这就跟我们男人想着富贵不还乡如锦衣夜行是一个道理，虽然我媳妇儿嘴上不说，但我心里头难免会装着这桩事。但是现在朝廷和北凉闹得很僵，别说老丈人被北凉同辈文人在私信里骂得狗血淋头，甚至顺带着跟徐凤年是好兄弟的小舅子，上次都到了清凉山北凉王府，也没能见着徐凤年的面。这一次徐凤年入京，一样是为了避嫌，我那个小舅子也没去下马嵬驿馆。其实啊，见了面，我根本不会介意。我哪里会介意，我对他们严家是有愧疚的。"

赵篆手肘抵在腿上，双手托着下巴，望着那条一路向南延伸，仿佛可以直达南海之滨的御道："为臣之道，循规蹈矩。为子之道，'孝'字当头。但是在我看来，为人臣也好，为人子也罢，都逃不过为人之道的底线——念旧，念好，念恩。太安城，尤其是咱们屁股底下这座民间所谓金銮殿，什么最多？当官的最多！很多当官的，当官的本事很大，处处左右逢源，事事滴水不漏，可做人的水准嘛，我看悬。但是很多时候，明知道大殿内外那些人怀揣着什么私心，一般而言，只要不害社稷，我和先帝这些坐龙椅的，都会睁只眼闭只眼，水至清则无鱼嘛，甚至有些时候还要亲自为他们推波助澜，但这不意味着我们心里头不腻歪，日复一日，年复一年，听着高呼万岁万万岁，听着歌功颂德，真是一件很无聊的事情。"

赵篆突然忍不住笑出声，无奈地道："说出来不怕你们两个笑话，好几次我睡觉说的梦话，都是'众卿平身'这四个字，为此被自己媳妇儿有事没事就拿来调侃。"

瞎子陆诩仰起头，日头未高，清风拂面，很惬意。

陈望突然说道："每天对着堆积如山的奏章，是一件很累的事。"

赵篆感慨道："只要是想当个好皇帝，就一天不得停歇，这才是最心累的事情。小时候经常会跟母后抱怨见不着自己的爹，很奇怪当皇帝的男人就一定要一年到头才与自己儿子见那么几次面吗？那时候我就信誓旦旦地跟母后说，以后我长大了，不要当皇帝，一定要整天跟自己的儿女嬉耍，看着他们一点儿一点儿长大成人，然后各自婚嫁……"

陈望叹息一声。

赵篆笑容灿烂，指着南方："我知道庙堂之外有个江湖，尤其这一百年来，十分精彩。早先有个青衫仗剑的李淳罡，也有春秋十三甲，后来王仙芝在武帝城号称'无敌于世'，在黄龙士将春秋八国残余气数散入江湖后，顶尖高手更是多如雨后春笋。前几年我偶尔也会想，如果我不是一个皇子，而是江湖门派里的年轻人，有没有可能登上武评？就算不是一品高手，当个能够在州郡内叱咤风云的小宗师总不难吧？别的不说，就凭我每天批阅奏折也不皱下眉头的不俗定力，怎么都该混出个名堂吧？"

陆诩微笑道："寻常的高手，想要在武林中博个偌大名声，可不比在官场厮混攀爬来得简单轻松。"

赵篆点头道："所以，我如果只是赵篆，那么我其实很羡慕徐凤年。"

年轻皇帝停顿了很久："也很佩服徐凤年。"

陆诩柔声道："在青州一条叫永子巷的小地方，我跟北凉王赌过棋，赢了他不少钱，所以大致知道，想入北凉王的法眼，说起来很难，这满朝文武，屈指可数，但同时也很简单，可能贩夫走卒，只要跟他对上眼了，他就愿意以朋友待之。"

陈望笑道："如果不是北凉王买诗文的银子让我凑出了进京赶考的盘缠，我如今多半就在北凉道做私塾的教书先生了。"

赵篆坦然道："所以说，如果不是他徐凤年，今天我们三个就不会坐在这里，也许我要过五年、十年，甚至二十年三十年，才能与另外的人坐在这里聊天。我要谢谢徐凤年，也要谢谢你们。"

陆诩淡然道："换成别的人当皇帝，我陆诩和陈大人一辈子都无法坐在这里，所以不用谢我们两人。"

瞎子读书人的言下之意不言而喻。

赵篆并不恼火，轻声道："徐家八百骑从北凉道一路长驱直入京畿之地，我让人捧着圣旨恭送他入京，让礼部尚书守在城门口，因为这是为中原守国门的三十万北凉铁骑应得的待遇。他徐凤年在下马嵬驿馆大杀四方，引得无数宗师联袂而至，接二连三的巅峰大战堪称江湖绝唱，我没有理会，因为这是他徐凤年作为离阳武道大宗师该得的待遇。在来这里之前，我听说他穿着藩王蟒袍去了礼部衙门，不但打了左侍郎晋兰亭，甚至连咱们晋三郎的胡子也给拔了，我依旧不生气，因为他是我离阳名列前茅的权势藩王，我赵篆能为他再退一步，哪怕他连老尚书司马朴华一起收拾了，我还是能忍让。先帝能忍徐骁到什么地步，我就能忍徐凤年到什么地步，甚至更多也无妨，因为我坐龙椅，他替我守江山。"

赵篆双手紧握成拳头，撑在膝盖上，眯起眼道："但他要去钦天监，去我离阳赵室的龙兴之地，要毁掉无数人积攒起来的心血，我不能忍！我宁愿他来皇宫，在四下无人的时候，指着我赵篆的鼻子破口大骂。"

赵篆站起身，转头望向钦天监那边，沉声道："我离阳漕运每年入京八百余万石粮草，除去京城不可或缺的数目，原本打算每年为北凉道开禁一百万石！在这个前提下，北凉每杀死十五万北莽人或是每战死五万边军，我就再分别给他五十万石！既然两辽顾剑棠杀不了人，只要还在我离阳版图内的你们北凉能杀，那我就肯给你兵饷粮草！"

接下来赵篆面无表情地道："钦天监，先前李守郭、李长安父子一千四百甲士，一百刑部铜鱼袋高手，三百御林军，再加上已经开赴钦天监的一千两百骑军，是整整三千人。按照先前所说，每年一百万石，加上杀敌军功和战死抚恤，他北凉现在拥有了三白多万石漕运粮草，等他徐凤年离京，这些粮草就会沿着广陵江源源不断送入北凉道。但是，今天在钦天监，他每杀我太安城一人，我就要为离阳、为朝廷留下一千石漕粮！"

中原的粮，买北莽的人头，也买北凉的命。

陆诩无动于衷。

陈望欲言又止。

正在赶去钦天监的那个年轻人，是徐骁的儿子，还是吴素的儿子，看上去一样，但大不一样；是三十万铁骑共主的北凉王，还是习武大成的江湖宗师徐凤年，看上去一样，但依旧大不一样。

唯一站着的年轻皇帝平静地道："所以你徐凤年要是有本事杀完三千人，那就杀吧。"

第十章

有北凉死战在前
中原当弘毅在后

李家一千四百铁甲如洪水涌至钦天监大门口，森严结阵如拒马！

事实上，铁甲之前，不过一人而已。

一千四百特意换成重步甲的精锐甲士，除了李守郭、李长安两位将领，全部都在钦天监大门之内，无一人踏出大门。

披上这种重达五十斤的大型札甲，等于步卒摒弃了一切灵活机动性，原本应该出现在以步阻骑的特殊战场上，凭借单副甲胄的先天重量，辅以密集阵形凝聚成势，来对抗骑军冲锋的冲击力。但是，如果一支队伍只装备有重甲大盾辅以长枪强弩的步卒方阵，无论他们何等稳如山岳，往往因为过于沉重，即便成功阻滞了骑军的冲撞，也无法追击已经大溃败的骑兵，只能守成，断然无法扩大战果。

只不过在今天的古怪战场上，一千四百人违反常理的装备，却没有人感到荒谬，甚至绝大多数阵中士卒都恨不得自己能够再穿上一套长久披挂后足以窒息的札甲。

一百名刑部历年来从离阳江湖中精心筛选招安的铜鱼袋高手分作两拨，站在步阵两翼，站位极有讲究——略微分散尽量挤压钦天监场地的同时，又能够呼应，以防敌人绕阵入门。

钦天监外那条宽阔街道两侧的尽头，步、骑皆至。

三百名悬佩鞘绣金纹的御林军率先离开骑军，快步如飞，贴着墙根直奔钦天监而来，挡在了一千四百步卒身前。

一千两百名紧急从京畿北军抽调出来的骑军气势雄壮，远比京畿西军胡骑校尉尉迟长恭的西垒营更加符合"虎狼之师"的称号，人马俱甲！

他们没有急于展开冲锋，在街道两端安静地停马，虎视眈眈！

先前不曾露面时，战马铁蹄整齐地砸在街道地面上的声响如同雷鸣，已经显示出一部分这支骑军撕裂敌阵的恐怖战力。

这支从来不曾出现在京城视线中的神秘骑军，是征北大将军马禄琅用大半辈子心血、耗费巨资亲手打造出来的精锐铁骑，驻地和兵力从不记录在兵部档案，而离阳户部也完全不用承担这支骑军的兵饷，二十年来，一向是直接从赵室皇库调拨军饷，以此来支撑维持骑军运转的惊人费用。

历来只有老兵部尚书顾剑棠才有资格接触到内幕，等到陈芝豹和卢白颉短暂接管兵部时，已经无法了解太多细节，只能大致知道这支骑军数目的增长态势，从最初的三百骑逐渐增长到五百骑、八百骑。在陈芝豹卸任尚书封王就藩前，这支骑军始终停留在一千骑的规模。卢白颉在被贬谪到广陵道担任节度使之前，只能从其他途径发现这支骑军出现人数暴增的迹象，因为当今天子登基后，尤其是北凉大破北莽的详细方略逐渐被拼凑齐全后，兵部和户部都出现了不合法度的秘密调配。兵部挑人挑马挑甲，户部即便勒紧裤腰带也得给出一笔数目巨大的银子，连哭穷都不敢，而且账上必须干干净净，要连那些不涉及具体事务的户部郎中都看不出端倪。

不过，就算是当过一任兵部尚书的卢白颉也不知道，这支骑军除了锐不可当的惊人战力，对于离阳赵室三任皇帝都有着极为特殊的重大意义。二十五年中，骑军只有三次秘密入京。第一次是奠定离阳正统地位的高祖皇帝亲自颁布密令，杨太岁和柳嵩师两人亲自领军入城。第二次是高祖皇帝夺得天下分封功臣之际。最后一次，则是先帝赵惇成功穿上龙袍的那一晚，"半寸舌"元本溪领军长驱直入太安城，围住了当时仍是皇子的赵衡的府邸！

所以说，这根本就是离阳王朝的一支扶龙之军。

九九馆老板娘环顾四周，不知为何笑容有些凄凉，喃喃道："荀平，这就是你当年想要打造的离阳军威吗？"

她摇了摇头，收敛了思绪，转头对赵雉嘲讽道："怎么，还不走？留在这里好用你的太后身份牵扯徐凤年，让他不敢放开手脚大开杀戒？"

赵雉神情复杂，凄苦，痛恨，畏惧，最终一声叹息，自嘲道："很久以前，你就只是吴素的朋友，虽然我们认识更早。现在，你也只把吴素的儿子当作晚辈，我的两个儿子，赵篆也好，赵武也罢，你连看都不愿意多看一眼。"

老板娘好像听到一个天大的笑话，厉声道："争，你赵雉争了一辈子，到今天还是这副德行，什么都要争！徐骁的风头掩盖了赵惇，你有怨气！吴素名动京华，你不服气！如今徐凤年和赵篆两个年轻人堂堂正正，靠各自的家底和本事来掰手腕，你掺和什么？！你又能掺和什么？"

赵雉脸上有些罕见的哀伤和颓废，撇头看了一眼钦天监，轻声道："吴素、徐骁都死了，我男人一样死了，儿子也当上了皇帝，我又有什么好争的？但是你不清楚钦天监对赵家意味着什么。'刀甲'齐练华杀光了钦天监炼气士，已经影响了离阳赵室的一些气数，如果徐凤年今天执意杀人，破掉龙虎山历代天师建造的大阵，让上代张家圣人衍圣公亲自恭送入京的东西被毁，你知道这将是一场何等巨大的浩劫吗？你肯定不知道，为何百万大军连北凉道关外都没打破，就死了三十多万人，北莽女帝仍是没有立即剥夺南院大王董卓的主帅身份。她就是要让大胜之后的北凉看到再打一场大胜仗的希望，要徐凤年进京讨要漕运粮草，在此期间来到钦天监翻那笔旧账，好坏了离阳的根基。所以现在盯着钦天监的人，有那个老妇人和北莽太平令，有西楚曹长卿，有南疆燕刺王赵炳，还有两辽顾剑棠，当然，更别说此时此刻就站在钦天监里的谢先生和蜀王。"

赵雄感叹道："一座钦天监，真的只是徐凤年和三千甲士的生死吗？北凉铁骑，西楚叛军，南疆大军，两辽边军，都已经被牵涉其中，一不小心，北莽百万大军就会把马蹄狠狠地踩在我们中原的版图上，就算他们最终被打退，被赶回大漠和草原，但是我们离阳要死多少人？"

老板娘故意流露出一脸惊惶，捂住心口："吓死老娘了。"

陈渔嘴角微微翘起，倾国倾城。

老板娘突然大步走向赵雄，举起手就要狠狠地甩下一个耳光。

赵雄纹丝不动，眼神冰冷。

老板娘笑着收回手："算了，怕脏了老娘的手。老娘九九馆做的虽然是小本买卖，但好歹做出来的东西都是干干净净的。至于你们这些大人物掺和的军国大事，是怎么个乌烟瘴气，是如何忧国忧民，我关心个屁！反正我只知道一件事，有吴素的儿子在，只要他徐凤年活着一天，不管他是在太安城还是北凉，也不管他是今天死在钦天监，还是将来死在关外沙场，都让我觉得是件大快人心的事情。因为让我觉得这天底下，不是只有我的男人是一个敢冒天下之大不韪的傻子，还有徐家父子，徐骁，徐凤年！"

老板娘走向马车，陈渔紧随其后。

老板娘在车厢坐下后，看着弯腰进入的陈渔，打趣道："现在后悔了没？"

陈渔那双灵气盎然的眼眸笑盈盈的，望着老板娘，没有说话。

老板娘纳闷地道："如果说当年他只是个狼狈不堪的登徒子，你看不上眼就算了，怎么如今仍是不动心？"

陈渔犹豫了一下，脸色古怪，终于说道："当年，他只是想着把我抢回北凉，给他弟弟徐龙象当媳妇儿啊。洪姨，你认为我能答应吗？"

老板娘忍了半天，捧腹大笑起来，擦了擦眼角的眼泪："这小子，比年轻时候的徐骁还王八蛋！"

赵雄也回到车厢，看向神色凄凉的女儿——隋珠公主赵风雅。

赵风雅低头道："四哥都答应我不嫁给陈芝豹了。"

赵雄怒道："我不答应！"

一骑拼了命疾驰而来，从街道尽头的铁骑边缘一冲而过，直奔向徐凤年。

徐凤年距离钦天监大门不过二十步，看到这个翻身落马的年轻人后，叹了口气。

翰林院黄门郎、当今皇后的弟弟严池集满脸汗水和泪水，站在徐凤年身前，哽咽道："年哥儿，不要再向前走了，陛下说可以对北凉开禁，输送漕粮三百万石，但是今天三千甲士每死一人，就克扣一千石。"

徐凤年柔声道："回去跟孔武痴说一声，还是兄弟。"

严池集突然死死地抓住徐凤年的袖子，泪流满面道："年哥儿，别去，就当我求你了！"

徐凤年轻声道："放心，我不会死的，而且不管我杀多少人，三百万石漕粮，离阳一石也不敢少。"

然后徐凤年轻轻抖袖，挣脱严池集的束缚，笑骂道："赶紧滚蛋。你要是留在这里，我会分心。"

严池集内心天人交战，一咬牙，不再废话，猛然转身，再度上马。

这个年轻人没有转头，只是高高举起手，伸出一根大拇指。

徐凤年望向钦天监，左手轻轻按住悬佩在腰间左侧的那柄旧凉刀刀柄。

一名脸色发白的铜鱼袋首领从阵中走出五六步，高声道："来者止步！立即退到钦天监大门外五十步！"

下一刻，这名刑部供奉整个人高高飞起，如断线的风筝一般，重重跌入大门内的步军方阵。

徐凤年不知何时站在了他刚才所站的位置。

北凉，可战可死，不可退！

面对北莽百万大军尚且如此，何况你赵家三千甲？！

三百名御林军侍卫同时按住刀柄，哪怕先前年轻藩王一招击退刑部高手，摆出了要硬闯钦天监的架势，这三百披轻甲佩金刀的赵室精锐仍然没有立即抽刀杀敌。

当然，这并不意味着御林军是中看不中用的绣花枕头，更不是御林军脾气有多好，如果换成其他任何一个人站在门口，身负密旨的三百御林军早就冲上去大开杀戒了。

但是，眼前不知为何没有身穿藩王蟒袍的年轻人毕竟是手握三十万西北铁骑的大将军徐骁之子，更是与曹长卿、邓太阿齐名的武道大宗师，仅论江湖声势，恐怕还要胜过其余两位陆地神仙一筹。

谁先抽刀谁先死，道理就这么简单。

刑部供奉给人打飞了，御林军副统领只好硬着头皮顶上位置，这名身形魁梧的大内绝顶高手腰间悬佩着一把"永徽天字号"御制刀。

御林军侍卫副统领深呼吸一口气，口气不再像先前的刑部倒霉蛋那样死板僵硬，沉声道："北凉王，请不要让我们为难。"

按刀而立的徐凤年默不作声，没有抽出那柄铸造极早的普通老式凉刀，而是轻轻叩指一弹刀柄，如同北凉鼓响。

能够当上离阳赵室的御林军副统领，自然不会是贪生怕死之辈，这名魁梧男子洒然一笑，有了几分既食君王之禄便为君王慷慨赴死的意气，大概是心知必死。他没有了往年在皇宫天子身侧当差的古板，看着眼前这个西北藩王，爽朗地笑道："旧东越乡野武夫杨东坪，十二年前入京担任御林军侍卫，算来已经远离江湖十二年，此生最后一战，能够跟北凉王交手，不枉此生！"

说完遗言，杨东坪抽出那把不知自己战死后会交给谁的永徽天字十七号御刀，大声道："迎敌！"

三百柄祥符大业刀整齐出鞘。

杨东坪率先持刀前冲，怒吼道："随我退敌！"

一瞬间，连同杨东坪在内的二十名御林军先后扑杀而来。

除了维持钦天监正面大门外阵型厚度的一百名御林军侍卫没有挪步，其余侍卫都向北凉王和杨东坪那座战场的左右两翼掠去，显然不但要阻挡年轻藩王的前行之路，连退路也要拦截。

两百余御林军侍卫身法极快，一时间钦天监大门外如同有一群蝴蝶翩翩飞舞，让结阵于大门内的李家甲士都感到眼花缭乱，更生出一阵透骨寒意：在这种气势凌厉的围杀中，寻常高手当真能侥幸存活下来？

身先士卒的杨东坪每一步都在街面上发出沉闷的震动，他不敢跃起当头劈下——面对北凉王这种自己与之实力悬殊的大宗师，空当太多，注定是一招毙命的下场。哪怕是颇为自负的一品金刚境，杨东坪也仅是挑选了最为保守的招式——刀作剑用，刀尖直刺北凉王胸口，且这一刀并未使出全力，留下了三四分气机以备后路，万一不敌，拼着受伤也要逃出生天，绝不能让北凉王一招得手。虽然杨东坪远离中原江湖十多年，名声不显，但是他在珍藏有无数武学秘籍的皇宫大内一日不敢懈怠，武道一途如逆水行舟，不进则退，天赋、根骨都算出众的杨东坪在这十多年中更是耐住寂寞，并不在意指玄高手的虚名，而是把金刚境界修为锻炼得无比坚实，眼下这一刀，将数种不传世的绝学融会贯通，又曾经接受过前任司礼监掌印韩生宣的指点，几乎达到返璞归真的大成境界，没有任何多余的磅礴气势，朴实无华，气息内敛。

虽然杨东坪丝毫不敢轻视当今天下的新宗师，但是他很快就发现，自己多年没有与顶尖宗师生死相向，一旦遇上了北凉王这个级数的人物，些许纰漏，就足以致命。

杨东坪的本意是一刀无法建功，见机不妙就争取跟北凉王错身而过，要不然就当场撤退，有身后御林军侍卫补位，帮忙拖住对手，自己终归还有一线生机，到时候再战便是。

可惜杨东坪没有想到，自己竟然死在了没有高估自己，却严重低估对手这件事上。

那个身穿缟素的年轻人没有任何出手阻拦的企图，任由那把削铁如泥的永徽十七号御刀直刺胸口。

当时的取舍之间，生死一线，以为有机可乘的杨东坪五指间猛然气机暴涨，不再蓄力，御刀护手中的三条玉龙顿时发出铿锵龙鸣。

当刀尖堪堪触及年轻人心口麻布然后便能顺势一刀透体时，突然从刀身传回一股巨大劲道，手中刀如撞山岳，仿佛以卵击石。

杨东坪立即放弃这把珍贵非凡的永徽御制刀，但是北凉王在他刚刚松手之际，已经一掌拍出，杨东坪整个人就像是遭受了攻城槌的剧烈一撞，以至身子还保持着前冲之势时，整个胸口瞬间已经凹陷下去，而后背则同时凸出一大块。

一品金刚境杨东坪，御林军侍卫副统领，当场死绝。

杨东坪的尸体倒飞出去，又撞在一名伺机向前扑杀年轻藩王的侍卫身上，无与伦比的冲劲在来不及躲闪的后者胸口炸出一大片肆意飞溅的血花。

身后有侍卫试图伸手拦下身负"重伤"的同僚，却听咔嚓一声，手臂炸裂，根本不给他后悔的机会，倒退势头毫无衰竭迹象的两人狠狠撞在了他身上。

然后便是三具尸体一同倒飞出去，在地面上滑行，最后在一百位结阵不动如山的御林军之前缓缓停下，地面上流淌出一条猩红血迹。

死人已死，活着的人触目惊心。

杨东坪被一掌击杀后，那把本该在战后传给下一位御林军副统领的永徽天字刀脱手而出，徐凤年轻描淡写地随手一挥，那把被高高抛起的出鞘御刀略作停顿，然后如被陆地剑仙驾驭的飞剑，先是一刀抹过一名御林军侍卫的脖子，下一瞬间就穿透了他身侧同僚的肩头，左肩进右肩出，附近一个举刀高高跃起的侍卫更是被一刀拦腰砍断。

御刀在徐凤年四周回旋出一个大圆弧。

这拨御林军毕竟是数得着的大内高手，在永徽十七号那条圆弧的运转轨迹上，不乏侍卫出刀，或保命，或拦截，但是无一例外，只要出刀，暂时无主的永徽十七号毫发无损，其他侍卫手中的祥符大业刀都当场崩裂。

不见徐凤年有何动作，永徽十七号开始画出范围更大的第二个圆弧。

与此同时，在徐凤年身边的第一个大圆内，所有来不及出刀便战死的御林军侍卫的佩刀也开始离开地面，飞入空中，加入那条圆弧轨迹。

第二条更加远离徐凤年身影的弧线上，不断传出大业刀炸裂崩断的刺耳声响，不断有尸体倒地。

还活着的一百六十多名御林军侍卫被迫站在了圆弧之外，看似层层包围了那个还未真正出刀的北凉王，其实连年轻藩王的一片衣角都未曾抓住。

当徐凤年开始提脚前行时，那条快不可见却有迹可循的弧线骤然间出现一阵涟漪，偶尔会有刀跳脱离开弧线，抹杀某个侍卫后才继续返回弧线轨迹。

二十多名措手不及的侍卫立即毙命。

不知谁第一个喊出"一起破阵"后，在圆外的御林军侍卫开始舍生忘死地劈向那条弧线。

一个呼吸，常人恐怕自己都不会察觉，而对在武学上登堂入室的寻常武夫来说，一口气机依旧不过如同雨珠滴落屋檐，触地即消，但是武道大宗师的气机绵长如江河，从亲手划分制定武夫一品四境界的人间天人高树露起，就有"体内刹那流转八百里"的说法传世。

实力相近的高手对敌，很大程度上就是那"一气之争"，谁的气息更长，谁就更能立于不败之地；谁的换气时间更短，便能够更快地抓住稍纵即逝的机会，从而我生你死。

剩下的御林军发现，不管如何，自己都不能再让年轻藩王继续舒服地"一气呵成"。

徐凤年继续前行，没有理会御林军侍卫的倾力破阵，转头望了一眼手持刹那枪的徐偃兵，后者笑着点了点头。

徐偃兵这次随行，不是帮忙杀人，甚至都不是帮着徐凤年阻挡街道两头的铁甲重骑军，这些人，都会交由在下马嵬驿馆跻身一种崭新境界的徐凤年自己解决，而是在徐凤年走入钦天监之前，牵制两个人和两座阵。

徐凤年今年今日身处太安城，就像昔年昔日王仙芝站在武帝城！

这种心境与武道修为的高低有关系，但同时关系又不大。

但是有无这种心境对修为的影响，先前徐凤年在下马嵬最后关头真正做到名副其实的一人战两人，已经说明一切。

当时，曹长卿、洛阳、吴见、轩辕青锋等人，是有心为之；邓太阿、陈芝豹、于新郎、柴青山等人，则是无意为之。

空旷的大街上，徐偃兵轻吸一口气，手中枪杆大震。

这位在离阳王朝和中原江湖都一直被严重忽视的男人，一个旁人几乎从未听说走出过北凉辖境，也无太多显赫对敌战绩的中年武夫抬头望向钦天监那座通天台："陈芝豹，谢观应，谁先来，还是一起来？！"

通天台内，谢观应无奈地道："咱们两个，能打的，你不愿意出手；能跑的，我暂时又不能跑，怎么办？头疼啊。"

陈芝豹淡然道："钦天监内两座大阵，龙虎山那座用来禁锢徐偃兵不就行了。"

谢观应叹息一声："虽说春秋各国大小六十余方玉玺皆在，有没有衍圣公亲自坐镇，影响并不大，但是如果没有龙虎山大阵先去削弱徐凤年的实力，效果肯定有天壤之别。最重要的是你又不愿意出手……"

陈芝豹打断这位野心勃勃的读书人的言语："你应该清楚，徐凤年来这里，是在做一件我原本将来也会做的事情，我站在这里就已经很给你面子了。你想要借机让离阳、北凉的气数玉石俱焚，那就凭你的本事去做。"

谢观应自嘲道："知道了知道了，咱们合作，都是在与虎谋皮嘛，我谢观应心里有数。"

这个时候，做了二十年北地炼气士领袖的晋心安突然跑入通天台，神色惶惶不安。

谢观应皱了皱眉头，袖中手指快速掐动，自言自语道："衍圣公突然离京，并不奇怪，但是除此之外，还能有什么大的变数？"

晋心安脸色灰白，惨然道："谢先生，我刚刚去了一趟玺库，才发现衍圣公不知何时取走了中央那方象征儒家气运的大玺。"

谢观应先是错愕，继而大笑，大袖抖动，举目眺望南方，意气风发地道："衍圣公啊衍圣公，你当真以为如此大逆不道行事，就能阻挡我谢观应了吗？弄巧成拙罢了！你们这些死读书、读死书的读书人啊！"

驿路上，一辆从北往南的简陋马车上，中年儒士和一名小书童坐在车厢内。

小书童看着破天荒坐立不安的先生，实在想不通天底下会有什么事情能够让自己的先生都感到心神不宁，终于忍不住好奇，问道："先生，怎么了？"

不等先生给出答案，小书童灵机一动，觉得自己找到答案了，咧嘴笑道："先生该不会是到了京城水土不服，吃坏肚子了吧？"

中年儒士的膝盖上放着一个雕工古朴的小木盒，听到孩子的打趣后，他依然不动声色。

小书童忧心忡忡，苦着脸问道："先生是在忧心天下大事吗？我能为先生分忧吗？"

很快小书童就重重地叹气道："肯定不能的，我如今连功名都没有呢。"

中年儒士微笑道："天下兴亡，匹夫有责。有无能力是其次，有道义在心要先于能力。"

小书童的脸色还是不见好转："跟着先生读了那么多圣贤书，这些道理自然是知道的。"

儒士笑道："这次你非要陪着我进京，说到底还不是想着偷懒？给先生读书！"

小书童哦了一声，开始大声诵读先生用毕生心血总结出来的家训十则。

先生的家训，即是天下所有读书人的"家训"。

车厢内外，书声琅琅。

中年儒士开始闭目凝神，读书人，听着读书声。

"见贤思齐焉，见不贤而内自省也。"

"己所不欲，勿施于人。"

"吾日三省吾身……"

当小书童读到十则最后那句"士不可以不弘毅，任重而道远"的时候，中年儒士跟着默念了一遍，然后突然睁开眼睛，拍了拍小书童的肩膀，眼神坚毅，缓缓道："正因为任重道远，我辈读书人才更要记住一件事：士不可不弘毅！"

小书童不明就里，使劲点了点头。

正是当代衍圣公的中年儒士笑着打开盒子。

空的。

衍圣公轻声道："徐凤年，有你北凉死战在前，我中原自当弘毅在后！"

本朝北地炼气士第一人晋心安站在谢观应和陈芝豹身侧，俯瞰钦天监大门外的场景，看着那个年轻藩王身陷战阵依旧极力压抑的气势，突然有些感慨：何苦来哉？你既然都已经杀到钦天监，为何不肯放手一搏？

晋心安作为白衣扶龙之人和赵勾头目，这位明面上的监副大人知道许多京城卿相都不了解的内幕。比如两座大阵的存在，才是真正抗衡王仙芝、曹长卿这些顶尖武夫的中流砥柱。北莽西京曾有大缸藏蛟龙，可借机寻觅种种人间异象，钦天监的手段一样不差，甚至犹有过之。晋心安更知道，这次为了针对姓徐的年轻人，离阳赵可谓不择手段。在谢先生的谋划中，选中三百御林军并非纯粹倚重这些侍卫的战力，而是他们与离阳赵室的气数休戚相关，尤其是说服当今天子让马禄琅调教出来的一千两百重骑紧急入京，更是希望以此损耗徐凤年自身的气数。

晋心安作为首屈一指的望气宗师，知晓气数气运之事看似虚无缥缈，其实简而言之，就是人心所向，就是时来天地皆同力，相反，就是不再奉天承运，就是运去英雄不自由，万事皆休。所以谢先生真正心狠手辣之处，不是漠视三千铁甲的生死，而是要让北凉好不容易凝聚起来的气数，被徐凤年亲手打散。当时祁嘉节的赴凉一剑没有做到让徐凤年动用北凉气数，年轻藩王拼了性命也要让那万里一剑不入幽州，谢先生这一次正是再度逼迫徐凤年做出艰难抉择：是意气用事，闯入钦天监，不计后果也要力扛两座大阵；还是给处于离阳、北莽夹缝中的北凉留下一丝逐鹿中原的悬念？

现在看来，比起当初祁嘉节一人一剑先后入凉，徐凤年的心境有所转变，不再束手束脚、有所顾忌了。

虽说站在年轻藩王的敌对阵营，但当晋心安看到门口那一幕时，仍是不得不感到由衷的佩服。由这个年轻人领衔的离阳新江湖，李玉斧、齐仙侠、轩辕青锋……一个个都实在是太让人刮目相看了。

钦天监门外，昨日邓太阿才在太安城内显露了一手刹那间千人千剑的壮观手笔，今天徐凤年就现学现用。只见站在门外的一百御林军侍卫，每人身前都出现了一位强行借走大业刀的"年轻藩王"，一百御林军几乎都被一招破甲击退，纷纷倒撞在外墙上，整面厚重墙壁轰然作响，摇摇欲坠。如有体魄强悍的侍卫不愿退缩，誓死夺回御刀继续拦路，很快就会被一刀捅入身体，连人带刀钉入墙壁。

杨东坪带来的三百御林军，此时只有不到百人活着，杨东坪更是第一个战死，而那两辆马车才刚刚到达街道尽头的拐角，才刚刚与终于展开冲锋的重骑擦肩而过。

一辆马车上，陈渔掀起帘子，透过缝隙看到这支铁骑最后头还有许多正在辎重辅兵帮忙下披甲上马的高大骑卒，除此之外，还有数百匹不曾被人骑乘的闲散战马。

陈渔惊讶地道："我还以为这支兵马就是以披甲骑军的姿态进入太安城的呢。"

九九馆老板娘忍不住笑道："傻闺女，这可是春秋战事中都没出现过几次的重骑军，他们在行军途中是绝不会披甲的，临敌陷阵之前所骑乘的战马也一定是辅马。否则人马俱甲，时间一久，骑卒和战马都吃不消，别说到了战场上摧枯拉朽，发挥出一锤定音的关键作用，恐怕还没怎么冲刺，就已经自己把自己累趴下了。临阵挂甲是重骑军的规矩，只有这样，才有足够的体力撕裂敌方最密集、最重要的阵型。但即便如此珍惜战马脚力，在战场上，能够在保持阵型齐整的前提下展开两次长途来回冲锋就很了不起了。至于说让一支千人重骑军玩出迂回的花样，那根本就是演义小说，当不得真。"

陈渔恋恋不舍地收回视线，放下帘子，感叹道："洪姨，原来是这样啊，我以前还觉得铁骑铁骑，就是说他们能够一路披甲奔袭千里。"

老板娘眼神恍惚，轻声道："真正的铁骑是如何骁勇，得去北凉亲眼看过了他们厮杀才能知道，我其实也就是当年听我男人随口说的，不过那时候徐骁就借着酒劲，拍胸脯说过一些豪气干云的言语，说他这辈子总有一天会领着十多万精锐骑军，打得一百万北莽蛮子当缩头乌龟，连家门口都不敢出。当年我男人苟平和徐骁，一个囊中羞涩的穷书生，一个还要看兵部脸色的大老粗，竟然能喝到一块儿去，还能吹牛皮不打草稿，已经够奇怪的了。我和吴素两个女人，每次看着他们在酒桌上摆出天下英雄舍我其谁的臭屁模样，其实都挺无奈的。"

谢观应突然打趣道："真不跟徐偃兵打一架？还是说等你们分别熬到走出那一步和半步，才来一场类似徐凤年和王仙芝的生死一战？不过我先把话说前头，这样的机会未必有，对你对他都一样。"

陈芝豹探出手，一抹光华猛然间从天而降，落在通天台之上。

陈芝豹握住那杆梅子酒，轻轻拔出，身影一闪即逝。

晋心安饶是一举跻身了大天象境界，在那杆长枪落地之际，仍是不由自主地向后退了退。那一刻，炼气士宗师明白了一个道理：他晋心安的境界，在徐凤年、陈芝豹、徐偃兵等人眼中，也许如同蝼蚁戏耍。

谢观应转头对晋心安抛出一个凌厉的眼神，后者稳了稳心绪，点点头，一掠下楼。

钦天监一座隐蔽的阁楼内，离阳王朝的北方羽衣卿相、身穿紫金道袍的大真人吴灵素在晋心安入楼后，两人一起正了正衣襟，分别从两位守楼多年的古稀道人手中接过一炷香，走向一张紫檀大料雕成的几案。案上摆放有一尊仙气袅袅的古朴香炉，炉中常年插有一炷稚童手臂粗细的大香，这炷香的香火一日不可断。晋心安来此之前，不但穿上了钦天监监副官服，还借来了监正腰牌悬挂在腰间，而吴灵素更是兴师动众戴上了朝廷颁布给他的金敕，敕文上盖有"皇帝三玺"和"天子三玺"总计六大玺中专门用作祭祀天地百神的"天子之玺"的朱红印文。

晋心安和吴灵素毕恭毕敬地将手中的香插在香炉左右两侧。

两人一起出声。

晋心安双手叠放，平视前方，沉声说道："替天行道。"

吴灵素视线低敛，作揖道："以镇四夷。"

香炉之后的墙壁笼罩在层层烟雾之中。

墙上依稀可见悬挂有一幅幅与真人等高的庄严画像。

随着晋心安和吴灵素各自说完四字，浓郁的烟雾逐渐消散，那些原本不显山不露水的画像开始露出真容。

不是真人不露相。

墙上所挂画像，正是龙虎山天师府历代飞升大真人。

晋心安神情复杂，先前谢观应曾经对他说过一句话："莫问世间有无神，古今多少上升人。"眼前这些画像所绘的真人，便是真正的飞升人啊，或骑龙，或乘鹤，或扶鸾。

世人只知龙虎山天师与离阳赵室同姓，实际上，其中渊源之深，可以追溯到离阳的开国皇帝。

因为武当山，身为天潢贵胄的赵黄巢甚至不得不在龙虎山隐姓埋名，修孤隐，在地肺山豢养恶龙，以此牵制西北玄武。

香炉中原本火光微淡的三炷香瞬间绽放出三朵绚烂的火苗，尤其是正中那炷香，以肉眼可见的速度飞快燃烧殆尽。

当香烧完时，墙上那一幅幅挂像无风自动，楼内如同响起一阵翻书声。

悬在左右两端的两幅崭新画像最先出现摇晃，也最早出现异象，距离画像三寸的空中仿佛变成了出现玄妙涟漪的"水镜"。

两位身穿黄紫道袍的真人身影虚幻，从画像和"镜面"中走出，飘落在地，走向楼外。

一个个仙风道骨的大真人陆续落在地面，纷纷飘逸地走向门外。

有仙人负古剑，有仙人手持紫金宝册，有仙人手捧拂尘，最后出现的三位仙人中一位骑着祥瑞白鹿，慷慨而歌。

在白鹿仙人之后，两位仙人并肩出现。一位面容清奇，头顶莲花冠，着大袖鹤氅羽衣，不同于先前诸位仙人的出场，无论是气韵还是眼神，都有几丝"天地怜我，我怜众生"的人情味；与之同行的另外一位仙人则极为年轻，三十左右的容貌，眉宇间尽是杀伐气，他落地后随手一抬，便将数百年来始终供奉在楼内的一柄符剑"郁垒"握在手中，掂量了一下，嘴角翘起。

晋心安保持双手叠放的恭谨姿势，目不斜视。

离阳朝野上下公认是撞大运而窃位素餐的吴灵素战战兢兢，早已大汗淋漓。

一位位天上仙人出现在了凡间的钦天监，绝大多数就那么直接"穿过"了李家甲士的步军大阵，来到钦天监大门口。除了两名甲士突然先是眼神涣散，然后浑身骤然散发出紫金光芒，变得眼眸金黄、气势雄浑外，其余仙人都在门口依次排开，所站位置与楼内挂像如出一辙，丝毫不差。

顶替了三百御林军侍卫的仙人神态各异，右侧一位脚下紫气升腾的仙人转头望向身边那位龙虎山最新飞升的上任掌教"赵丹霞"，笑问道："就是此子？"

每吐一字，钦天监大门附近便如闻天人之声。

赵丹霞轻轻点头："正是此人，在此世弃了玄武大帝真身，自绝仙路。"

紫气萦绕的仙人微微皱眉，怒视那个身穿缟素的年轻人，出声斥道："大逆不道！"

最左侧，与赵丹霞联袂飞升的老真人赵希夷也在与身旁一位祖师爷交谈，后者听到正是这人阻断了赵黄巢的飞升之路后，勃然大怒，身体四周飞剑成阵，轻声喝道："放肆！"

当这位仙人说出两字后，京城所有道观的钟鼓都蓦然作响，长鸣太安城。

一名站位更为居中的仙人，宽大道袍内隐约可见披挂有金甲。仙人瞥了一眼街道左侧的冲锋骑军，微微一笑。

只见一团金光炸开，仙人掠向为首一名骑将。

那名骑军一瞬间仙人附体，整个人大放光明，熠熠生辉。

金甲仙人，策马而冲。

一个个仙人在前，徐凤年面无表情地看着这些高高在上的成仙之人，没有说话，只是提了提手中凉刀。

仅此而已。

第十一章

地发杀机起剑雨

仙人抚顶断长生

神仙志怪小说里头，描述那些修行坎坷的得道高人，最后大多会赋予"位列仙班"四字，意思就是说在天上有了一席之地，其实说到底，跟世间读书人鲤鱼跳龙门，考取了功名，在庙堂上在金銮殿中有了位置是一个路数。钦天监大门口这些显然不是人间人物的神仙真是让李家甲士大开眼界。在天子脚下讨生活，什么光怪陆离的人和事都能看到。比如先前姜泥一人一剑飞过十八门，就有许多京城百姓有幸目睹，但对于姜泥的风采，顶多也不过暗赞一句"有谪仙人丰姿"，真正的仙人，肯定是头一回瞧见，而且眼下一口气出现数十位身穿道袍的仙人，给人一种目不暇接的感觉。所有李家甲士大气都不敢喘一口，个个瞪大眼睛，使劲看着那些或高或低的背影。

不是冤家不聚头。

位于居中位置的那位"年轻"仙人，手握符剑郁垒，本是与武当"剑痴"王小屏那柄神荼齐名的道教重器，大概因为太过珍贵，被深藏供奉于京城钦天监内，久而久之，世人便只知神荼而不闻郁垒了。反观武当山，别说没有敝帚自珍的习惯，便是吕祖遗剑这样的镇山之宝，也不过是随意地悬挂在檐角上。当初齐仙侠去武当山砸场子，不过是多瞧了几眼遗剑，当时的年轻掌教洪洗象那也是说借就借，倒是齐仙侠觉得太过儿戏而没有接受。武当山和龙虎山虽然同为道教祖庭，但是修行之路实在是大相径庭。后者步步登天，只求一个飞升；前者最近的一百年，历代掌教，从黄满山、王重楼，再到洪洗象和李玉斧，都勤于行走人间，从无黄紫贵人和羽衣卿相的说法。

此时的提剑仙人，无论是相貌还是神态，都与龙虎山当代掌教赵凝神极为似，只不过比起璞玉一样的后者，这位仙气鼎盛的年轻道士更为锋芒毕露，如同一块雕琢大成的国之大玺，身体四周隐约有无数黄金符箓一闪即逝。

其实，早年在春神湖畔，赵凝神请下的祖师爷，正是此人。只不过当时仙人面容模糊，加上北凉世子请下了气势更加恢宏的真武大帝法相，一下子就破去了赵凝神所请之神，因此除去龙虎山天师府为数不多的赵家子弟，几乎没有人知道赵凝神所请祖师是哪一位。

相较其余三位龙虎山下凡真人的气势汹汹，这位提剑仙人面对年轻藩王，眼神复杂难辨，脸上没有什么愤怒神色，他似乎没有看到那名金甲仙士已经对北凉王发起冲锋，缓缓开口道："你们徐家父子二人真是不消停啊。"

与此同时，那个被仙人附体的金甲将领已经疾驰而至，与徐凤年相距五十步时，他伸手随意往空中一抓，手中便多出一杆通体萦绕紫电的金色长枪，枪身绘有晦涩艰深的道教云纹。

金甲仙人大喝一声，气势如虹，一枪刺向徐凤年的头颅。

徐凤年没有转身，微微后倾躲过那一枪，同时抬手，轻描淡写地握住了那杆金色长枪，不光是五指间电闪雷鸣，整条手臂都笼罩于辉煌夺目的金光紫气中。

策马狂奔的金甲仙人被握住长枪后，胯下战马竟是再也无法向前突进一步，仙人试图以横扫千军的姿势砸烂这个凡人的脑袋，但是那杆长枪纹丝不动，气机震荡之下，象征仙人天威的那副金色甲胄一阵颤抖。

徐凤年五指加重力道，金色长枪发出一声砰然巨响，直接就被他当场捏断。

金甲仙人满身的绚烂金色随之一暗，他顿时怒喝道："大胆！"

徐凤年终于转头正视这位包裹在金光中的飞升仙人，扯了扯嘴角。

你既然都下凡了，那就一起下马吧。

徐凤年将那半截长枪往右一扯，先前始终不愿长枪脱手的金甲仙人被顺势扯落下马。后者显然也意识到不妙，离开马背的同时就松开长枪，一手高高举起做托物状，好像要用某物对这个胆大包天的凡夫俗子进行镇压。

果不其然，金甲仙人手上悬停有一枚雷光大盛的道门方形法印，仿佛道教典籍中所载的雷霆都司宝印。仙人将法印朝徐凤年头顶重重砸下，同时沉声道："天雷轰顶！"

左手刀徐凤年不见如何大幅度动作，仅仅是摆出一个刀尖微微上挑的起手式。

钦天监门口持郁垒剑、头顶莲花冠和骑白鹿的三位仙人几乎同时欲言又止，其中莲花冠仙人微微叹息，骑白鹿的仙人更是差一点儿就忍不住出手。

徐凤年这一招，恰好是顾剑棠的成名绝学——方寸雷。

罕有出手的顾剑棠在最近十年中，仅仅是在曹长卿携手姜泥一起进入太安城皇宫的时候，以此招向大官子还了一礼，之后身份特殊的江斧丁入凉挑衅，与徐凤年对敌之时用过一次，这就被徐凤年偷了师。此时此刻，徐凤年用出方寸雷，声势远比江斧丁惊人。估计一向自负天赋异禀的江斧丁看到这一幕，也会自惭形秽。

金甲仙人刚要砸下那枚雷霆都司印，整个躯体就名副其实地如遭雷击，向高空飞去，那枚刚刚成形还未彰显天道威严的宝印也烟消云散。

徐凤年衣袖微动，拔地而起，身体扭转了一圈，大袖随风飘摇，尽显人间第一人的无尽风流。

徐凤年恰好出现在止住身躯的金甲仙人的头顶，也是伸出一掌，同样五指张开，却不是请出法印，而是对着那个仙人简简单单地一拍而下。

古诗有云：仙人抚我顶，结发授长生。

寥寥十字便说出了道家真味，令无数凡间修道之人心生向往，多少人遍访名山大川，不正是为了一睹仙人真容，得授长生术？

但是今天，一身缟素的年轻藩王在被仙人怒斥大逆不道之后，真正做了件大逆不道的事情。

我抚仙人顶！

一手断长生！

金甲仙人根本来不及出手抵挡，就被这气机磅礴至极的一掌给砸落街面，在迅猛落地的眨眼之间，仙人的遍体金光以极快的速度退散消逝。

当仙人附体之躯在地面狠狠砸出一个大坑的时候，那名骑将除去眼眸依旧残留金色光彩，先前披挂的金色甲胄已经不复存在。恢复大半凡人身躯的骑将下场凄惨，七窍流血，奄奄一息。

徐凤年面无表情地站在大坑边缘，俯瞰那名其实到头来无论如何都难逃一死的重骑军将领。以世间武人体魄承载谪仙身躯，除非是达到金刚境和天象境，否则都是不堪重负而亡的结局。

儒释道三教中人有别于寻常江湖武人，跟佛门得道高僧一入一品即金刚相似，道教宗师往往一入一品即指玄，这也算是得天独厚的机缘，常人艳羡不来。不过相同境界对敌，自然是按部就班、循序渐进的纯粹武夫更为善战。如早期的武道宗师，如韩生宣和轩辕大磬之流，别说面对一个金刚境界高僧或是指玄境真人，就是两个三个，也能毫无悬念地一并轰杀。所以，修道之路，有快有慢，也有得有失，就看各自如何取舍了。但是大抵说来，各人有各人的造化机缘，姜泥剑术精进一日千里，轩辕青锋接连遭逢奇遇武道大成，赵凝神请神失败却因祸得福，心境受损的江斧丁在打潮之后别开生面，陈芝豹更是数次坐收渔翁之利，谢观应和轩辕敬城只是翻书读书就能读出大境界，妙不可言，说不得，说不得。

魁梧骑将彻底断气。

然后一抹璀璨白虹从大坑中平地而起，向天空迅猛掠去。

我自天上来，我往天上去。

凡人奈我何？

只可惜他遇上了杀过天人也杀过天龙的徐凤年。

想当年，返璞归真的道教大真人赵宣素以稚童面容现世，差一点儿就躲过李淳罡成功把徐凤年做掉，就算被"桃花剑神"邓太阿以飞剑钉杀，临终之际仍是歹毒至极地阴了徐凤年一把。

遇上了万里借剑和出海访仙之前的邓太阿，与仙人不过只差一线的赵宣素尚且逃脱不掉，如今这位不知何年何月得道飞升，本身又被天人下凡的条条框框限制的龙虎山仙人，遇上了正值意气无双、如同置身武帝城面对天下群雄的徐凤年……

在徐凤年出手拦截之前，钦天监大门口的仙人很多都不约而同地露出震怒神情，那名站在赵希夷身侧的飞剑仙人更是怒不可遏，当"竖子尔敢"的惊雷嗓音在原地响起时，仙人早已不见踪迹。

下一刻，许多位于左、右两侧的仙人在抬头望见一幕后，都有些震惊，然后与邻近仙人面面相觑，开始窃窃私语。

原来，那抹白虹在飞剑仙人出手阻拦徐凤年出手后，仍是在数百丈高空给一道横空出世的方寸雷拦腰截断了，从此消散于天地间。

不远处，之前已经展开冲锋的两支骑军在接二连三的冲击之下只好停下战马，然后很不甘心地转身撤离战场：前方两拨神仙打架，任他们是当今战场上的大杀器，也不敢造次。

在徐凤年身前，千百柄紫金飞剑如同滂沱大雨倾泻而下，紧随其后的是那位脚踏一柄巨大飞剑御风而行的仙人，他双指并拢在胸口，口吐真言。

徐凤年一脚向前跨出一步，一脚后踏，双膝微屈，左手执刀，刀尖微微上挑，直指驭剑仙人，右手亦是双指并拢在刀侧，他轻声道："破阵。"

没有飞剑如洒雨的壮观景象，没有气象威严的道教真言，徐凤年只有简简单单一个持刀抬手，简简单单两个字。

一条青色罡气如游龙，直接破开了从天空倾斜落地的密集剑阵，撞向那名高高在上的剑仙。

脸色剧变的仙人手指掐诀，胸口前方悬浮出一块晶莹剔透的笏。

笏一物在大奉王朝朝堂最为风靡，离阳王朝在一统春秋后就逐渐弃之不用。按大奉律例，天子用玉，藩王诸侯用象牙笏，士大夫用竹笏。由于大奉朝崇尚黄老，因此特赐道门获封真人称号的道士持玉笏。只是终大奉一朝，也不过为屈指可数的道士敕封真人，据史可查的大奉真人总计八人。不同于离阳，当时大奉历代皇帝都推崇武当而贬抑龙虎，所以七位真人都出自武当山，仅有一位龙虎山道士赵正真获封洞虚真人，而这位在大奉末年大名鼎鼎的龙虎山神仙又有种种驭剑凌空的传说。

想来这位重返人间的驭剑仙人，就是那位传言在大奉末年一脚踩剑一脚踏笏飞升的洞虚真人赵正真了。

玉笏浮现后，来也匆匆，去更匆匆。

青色罡气与洁白玉笏轰然撞击在一起，引发出宛如天地为之震撼的异象。

别说李家甲士和街上骑军都忍不住满脸痛苦地捂住耳朵，就连许多仙人的衣袂都开始向后飘荡。

两者硬碰硬地一撞之下。

玉碎！

青色罡气裹挟风雷撞碎玉笏，透过仙人身躯，刺入高空。

风雷之声余音不绝，在天空中久久回荡。

仙人赵正真的下场和之前的金甲仙人如出一辙。

长生真人不长生。

那些剑雨没了主人加持，顿时杳无踪影，一时间天地清明。

两位仙人简直就是毫无还手之力。

徐凤年弹指间，仙人灰飞烟灭。

剩下的仙人面面相觑，并无惧色，只有怒意。

不下三十位仙人联袂飘出。

徐凤年轻声笑道："人多了不起啊？对围殴，我熟门熟路得很，三次游历江湖不是白走的。"

徐凤年做出了一个让仙人都匪夷所思的举动：放刀回鞘。然后他双臂张开，骤然抬起。

起！

祥符二年。

太安城下了一场剑雨。

祥符二年还未入冬。

太安城就又下了一场剑雨。

那一次，从天而降的剑雨有雷声大雨点小的嫌疑，十数万飞剑落雨不伤人。原来，早先落地的气机看似消散，其实已经悄然汇聚到钦天监附近。

这一次，剑雨由地向天。

原来是，要杀，就杀仙人。

三十多位前掠仙人，一个瞬间，就如同跨入雷池，全部消失于大雨之中。

年轻藩王还有那份自言自语的闲情逸致："技术活儿，没法赏啊。"

炼气士晋心安和大真人吴灵素并没有离开那栋小楼。吴灵素虽然靠着偏门手腕捞到一个活神仙身份，但是对自己有几斤几两真本事从来都清楚，并没有因为在太安城厮混得顺风顺水就忘乎所以。这倒不是吴灵素的定力真的有多好，实在是家里有那头母老虎盯着，每次不等他志得意满就会被冷水浇头，想不清醒都难。要知道皇宫里大门上每次迎新辞旧的贴朱符箓都出自那个娘们儿之手，他吴灵素不过是装模作样地把东西从袖子里掏出贴上而已。此时吴灵素一想到她前不久提出的那个要求，身体就忍不住打摆子，汗流浃背。难道自己真要做两姓家奴？准确说来，也不算两姓家奴，其实姓氏相同。但是天子人家的同姓之争，兄弟阋墙，其血腥程度，可比庙堂上的党争倾轧还要恐怖啊。若是能够保证吴家香火、富贵绵延，确保独子吴士祯能够袭了羽衣卿相的头衔，也就罢了，可是按照她的说法去做，到手的富贵确实不小，但风险也更大。

吴灵素战战兢兢。如果是今天之前，他还觉得离阳赵室能在他的脑袋上贴上一张保命符，天高皇帝远，何况一个远在西北的藩王，但是当那个年轻人杀到太安城甚至直入钦天监后，吴大真人就得好好掂量掂量了。

晋心安没有深究吴真人的失态，只当是假神仙遇上了真神仙，对方担心吴家在离阳朝廷的地位不保而已。何况晋心安自顾不暇，懒得分神去重视一个两代皇帝的牵线傀儡。晋心安抬头望着墙壁上那些挂像，图仍安好，但是许多图中人物已经凭空消失，这对一心想要跻身陆地神仙之列，继而赶在天门关闭之前证道飞升的炼气士宗师而言，是一种莫大的打击。自古以来，修道之人都认准一个死理：飞升之人得长生！但是如果连仙人都有可能身死道消，那么自己帮着谢观应为虎作伥，即便飞升，当真逃得过天理循环？

朝中有人好做官，欲做仙人，何尝不是如此？龙虎山天师府为何自大奉后，几乎代代有人飞升，而同为祖庭的武当山却香火凋零？如果当初吕祖没有过天门而不入，有了吕洞玄那份"祖荫"，武当的情况是不是就会截然不同？以黄满山、王重楼的高深修为，飞升岂不是唾手可得，何至于整整四百年福地无仙人？

相比吴灵素的惶恐和晋心安的失神，两位常年在此负责敬香添香的年迈道士则是面容枯槁。其中一人背靠廊柱，眼神涣散；其中一人虔诚地跪在蒲团上，默默口诵真言。

谢观应懒洋洋地坐在通天台边缘，双脚挂在空中，似乎一点儿都不担心城门失火，殃及池鱼。事实上，无论是藏拙还是逃命，他谢观应自认天下第二，还真没人敢自称天下第一。他在西蜀境内躲过了邓太阿杀意凛然的千里飞剑，但在更早的洪嘉年末，更躲过了两场堪称惊心动魄的追杀。当年"北谢南李"，他谢观应和李义山，两人都是年轻气盛的天之骄子，一拍即合，共评天下，尤其精通谶纬的谢观应更是道破天机，结果惹下滔天大祸。寒士李义山是个光棍人物，只有才华而无背景，照理说早就该死了，只不过无意间傍上了徐骁那棵大树，竟然给他躲过了那场大风大雨。反而是出身豪阀的谢飞鱼，众叛亲离被当成弃子不说，还被东海武帝城当成了必杀之人，甚至连随后登基的老妇人也怀恨在心，不惜让拓跋菩萨潜入离阳刺杀他，为此他只好隐姓埋名，大隐隐于朝，连亲生骨肉都不知道他的生死。于是世上再无希冀着鱼跃龙门的谢家飞鱼，只有应当躲在幕后观自在的太安城谢先生。

　　在冷眼旁观天下大事二十余年的谢观应眼中，李义山、纳兰右慈是一类人；荀平、张巨鹿和元本溪又是一类人；三寸舌祸乱春秋的黄龙士，更是另外一类人。

　　但是说到底，谢观应觉得他们都是一类人：为他人、为一地、为一国、为天下谋，唯独不擅长为自己谋。独善其身尚且做不到，何谈兼济天下？这中间元本溪是想为自己谋，却谋不得。黄三甲是能做到，却不屑为之。谢观应所谋，是真正的不鸣则已，一鸣惊人，他要这中原大地再度陆沉，然后亲手谋得千年长安。若说谢观应是谋求一个首辅或是帝师身份，或者是几十年太平盛世，又或者是飞升仙人，那也太小看他谢观应了，既然黄龙士说世上从无百年帝王千年王朝，那他谢观应就要跟这个自称知晓千秋后事的"外来户"掰手腕。

　　谢观应突然有些寂寞，老面孔的熟人，这些年都走得差不多了，除了纳兰右慈，好像都死得一干二净了；而新人虽多，但其实除了那个官运亨通的陈望，其他人就算前程可期，也还需要经过种种打磨和各方审视，相较而言，北凉的徐北枳和陈锡亮算是脱颖而出得比较快的。官补子不逊色陈望，已经官至礼部左侍郎的晋兰亭？谢观应从来都没有把这种跳梁小丑放在眼里，烈火烹油从来不是长久之计，昙花一现而已。在新老交替之间，谢观应不看好赵右龄和殷茂春，倒是卢白颉、元虢、韩林，这三位或贬或升至地方的文臣，有希望从齐阳龙和桓温手中接过担子，短暂地位极人臣，不过依然是为陈望、严池集、李吉甫等人铺路搭桥而已。

　　永徽年间，离阳王朝真正的中流砥柱只有两根：文有"碧眼儿"张巨鹿，武有"人屠"徐骁。正是这两人的存在，震慑了朝野上下所有的龙蛇鱼虾。有张巨鹿在，有事功之心的文人老老实实治国，崇尚清谈的文人继续大谈风月。有徐骁在，陈芝豹出不了西蜀，曹长卿复不了国，燕刺王赵炳不敢大张旗鼓北上，顾剑棠只能做他的两辽总督，北莽大军更不敢挥师南下。

但是正因为他们两人，一个在庙堂中枢，决定着所有官员的升迁；一个在西北边陲，手握三十万铁骑，先帝赵惇就不敢把龙椅交给儿子赵篆，因为椅子上的刺太多了。

这中间最大的死结在于，徐骁不死，北莽就不肯也不敢孤注一掷地南侵中原，而北凉能以守替战，让离阳蒸蒸日上国力渐盛，牵制并且拖死北莽，但是如果主动北征大漠，一来北凉胜算不大，二来赵惇也不敢。徐骁不会反，但是一旦北伐顺利，世子徐凤年在北征中树立了威望，徐骁会不会生出也给自己儿子换一个比藩王座椅更大的位置的念头？即便徐骁不会，徐凤年自己会不会因为京城白衣案而顺势造反？就算徐家只打下了半个北莽，可有了南朝的广袤疆域作为战略纵深并提供丰富补给，离阳怎么抵挡身经百战的北凉铁骑？到时候风雨飘摇之际，本就没有太多威望可言的新君赵篆，难道还真能靠太安城文官的嘴皮子去阻挡北凉马蹄？

借助西楚叛乱削藩和抑制地方武将势力，同时借机在广陵道战场上天下演武，是先帝与张巨鹿、桓温以及元本溪不得已而为之的策略，其实就是在争取时间，趁着徐凤年羽翼尚未丰满，就算西楚不反，离阳也会逼着曹长卿揭竿而起。朝廷先后让顾剑棠亲自坐镇两辽和陈芝豹就藩西蜀，对北凉处处做出咄咄逼人的姿态，一个没有援手的北凉，何尝不是让养精蓄锐二十年的北莽觉得有机可乘，有希望一举打下终于没有了徐骁统率边军的北凉？北莽攻打北凉，意义就等同于当初徐骁展开西垒壁战役，虽然代价巨大，但是毕竟结果显著：一战而定国姓！

现在看来，两朝的大势走向不曾变动，但是出现了不少偏差。广陵道战事哪怕在吴重轩脱离南疆投入离阳怀抱后，仍是没有迅速改观。北凉更是获得了一场荡气回肠的惨胜，惨烈，也壮烈。更出人意料的是，北凉边军比离阳推演预料的要少死十万人，尤其是那十三四万骑军，更是没有大伤筋骨，如今依旧维持在极为可观的十万人左右。原本离阳的推演结果是，北凉不但只是惨胜，而且第二场凉莽大战，会直接让战火蔓延到北凉道境内，甚至有可能是陵州。现在看来，北凉死战于关外，并非痴人说梦。所以这次徐凤年擅自离开藩地，离阳步步后退，不是太安城突然喜欢跟人讲情义讲道理了，而是生怕恃功而骄的北凉一怒之下，会做出什么无法弥补的举动。

只可惜老一辈的那几个布局之人，除了一个心如死灰的"坦坦翁"，都已经相继死了，现在关键就看被赵惇寄予厚望的齐大祭酒如何应对了。

赵惇在死之前，明里暗里做了很多谋划，在官场上埋下的诸多伏笔，都赋予赵篆登基后最大限度施展手腕、恩威并济的机会，目前看来，年轻天子做得还不错。便是心中憋着一口怨气的桓温，在祥符新朝依旧兢兢业业，与齐阳龙没有太多明显嫌隙地做起了江山缝补匠。

不同于徐凤年能够凭借在战场上出生入死来赢得北凉将士的军心，年轻皇帝赵篆就像天底下最尊贵的一只笼中鸟，靠的只是龙袍这一张皮而已，所以他的帝王威仪需要年复一年的水磨功夫才能铸就。当然，如果赵篆能有徐凤年的武道修为，比如说当初曹长卿和西楚公主登门"送礼"的时候，在顾剑棠、柳蒿师之前就把曹官子干趴下，那就另当别论了。可是习武一途，从来就没有不拼命就能成为大宗师的好事，即便是实力突飞猛进的轩辕青锋，也做过拦江跟王仙芝死战一场的疯子行径，天赋优秀如元本溪的私生子江斧丁，哪怕受过包括顾剑棠、柳蒿师、祁嘉节在内的一大帮高手的授业指点，到头来一样沦为东海打潮人。

谢观应轻声道："数根国之栋梁能够联手支撑起一座风雨飘摇的金銮殿，但是一根中流砥柱，却能够让一个王朝在遇到百年不遇的狂风暴雨时依旧屹立不倒。赵篆，你身边的陈望毕竟还是太年轻了。想成为张巨鹿一般的人物，是需要时间的。你能等，别人不愿意等。"

谢观应闭上眼睛，气定神闲。

他根本不关心那些走出挂像的仙人好似飞蛾扑火般赴死，反正损失的都是徐、赵两家的气数，亲手造就这个局面的谢观应高兴都来不及。

南、北两拨炼气士都死绝了，更有利于谢观应的长远谋划，所以晋心安能够俯首听命是最好，不肯的话，谢观应也不是只有逃命的能耐。不过澹台平静误打误撞"拖家带口"跑去了北凉，倒是不好下手了，现在她好像又孤身去了广陵道，算是个隐患。至于西域烂陀山不再冷眼避世，在刘松涛死后也放下架子，选择入世依附北凉，白衣僧人李当心也去了北凉，甚至连呼延大观一家三口……怎么都是拖家带口的？最近还要加上一个毫无征兆便离开京城的衍圣公，要知道这位圣人前不久还帮着离阳赵室去劝说过曹长卿。

原先还有些笑意的谢观应突然皱了皱眉头，睁眼，坐起身，眺望西北。

谢观应有些懊恼：之所以视线开始模糊，是因为自己也成为局中人了吗？

然后谢观应猛然间收回视线，低头望去，结果看到那个仿佛天真无邪的少年监正，这个绰号"小书柜"的孩子，正在对自己咧嘴微微笑着。

同样是高处，大殿屋顶上的年轻天子、陈望，还有陆诩，都没有怎么说话，只有司礼监秉笔太监时不时站在屋檐下，用不轻不重刚好清晰入耳的嗓音详细禀报钦天监那边的状况。

当听到两辆马车四位女子出现在那边的时候，年轻的皇帝有些自嘲和无奈。

之后小舅子严池集入宫觐见，是他本人的授意，要严池集赶去给徐凤年传话，也是不可或缺的一个重要环节，但是当严池集匆忙返回后死死跪在檐下时，年轻的皇帝显然有些怒气。

连掌印太监宋堂禄都有些忐忑。

宋堂禄清楚，严池集除了皇亲国戚的身份，更是一杆极为特殊的秤。

至于先帝心中的秤，其中就有大学士严杰溪，这位北凉文坛和官场的双重大佬背叛北凉跻身庙堂，自然让先帝龙颜大悦，对严家上下也就倍加恩宠，严杰溪由此获封六位殿阁大学士之一，女儿严东吴如今更是贵为皇后。其实晋兰亭也是，所以他平步青云，速度之快让京城瞠目结舌。姚白峰也是，但这位理学大家数次在朝会上倾向北凉和徐骁，所以始终是一个徒有清望却无实权的国子监祭酒。作为张庐旧人的元虢更惨，好不容易复出，当上了礼部尚书，却因为在漕运和版籍两事上略微站错了位置，很快就卷铺盖滚出太安城了。

当文人，有没有风骨很重要。

当文臣，有没有风骨，远没有读书人自己想象的那么重要。

一字之差，天壤之别。

皇帝陛下和那位年纪轻轻的黄门郎，口碑都很好的君臣二人，一高一低，一坐一跪，就这么僵持不下。

陈望笑着站起身，年轻天子好像有些赌气地说了句"别管他"，可是陈望依旧沿着梯子来到地上，扶了扶严池集。没有扶起来，陈望也没有勉强，站在这个翰林院后起之秀的年轻人脚边，望着那紧闭的宫门，轻声道："起来吧，你越是跪着，越于事无补。揣摩圣心一事，不可深陷其中，但不可全无。你又不是那种沽名钓誉以直邀宠的官员，当然你严池集也不需要，事实上你也做不出来，既然如此，与其让陛下迁怒北凉王，你还不如站起来，死皮赖脸跟着我上屋顶去，就当看看风景也好，最不济别让坏事变得更坏，是不是？"

严池集低头跪着，一言不发。

一向温良恭谨的陈望骤然压低声音，厉声道："怎么，就不怕连累你爹和你姐？！还是说你严家比琳琅满目的江南卢氏还要香火旺盛，少了你一个严池集，随随便便就能再拎出几个？！你严池集要真有本事，就拉着皇后和严大学士一起来跪着，到时候我陈望陪着你们一起跪，大家一起凑个热闹，如何？！"

严池集肩膀颤动，不再默然流泪，而是泣不成声。

陈望叹了口气，轻声道："我陈望不比你严公子，只是个寒窗苦读的穷书生，家乡同窗有一些，科举同年有一些，如今官场同僚也有一些，但是真正称得上朋友的人，很少，甚至几乎可以说一个都没有。所以你跪着跟陛下求情，我很不赞同，但也勉强理解。意气用事，义气为人，你我如今皆是有钱有势有名，其实何其简单。"

陈望余光有意无意瞥了一眼一旁束手静立的蟒袍宦官，后者纹丝不动。

陈望犹豫了一下，还是蹲下身，蹲在严池集身边，淡然道："老凉王手握天下第一的雄兵，十数万铁骑，从西北边关到太安城，其实没有咱们想的那么远，可是大将军每次进京，都带了寥寥几位贴身扈从而已。两件事，你觉得哪件更难？对普通人来说，当然是前者；但是对大将军来说，是后者。当武将手握重兵，当文臣手执朝柄，难的就不是寻常人眼中的意气风发了，而是不去肆意妄为，而是在'忠孝仁义情'这五个字中，一个字一个字做权衡。"

陈望笑了笑："新凉王徐凤年，你的好兄弟，这些年当然也在权衡五个字：为人臣，讲忠；为人子，讲孝；为将帅，讲仁；为人兄弟，讲义；为人丈夫，讲情。在我看来，他这次入京，是意料之外却是情理之中的事情，撇开了'忠'字，捡起了'孝'字而已。其实我是有些失望的，失望他为了一己之私而弃军国大事不顾，但是我也清楚，这只是我一厢情愿地把徐凤年摆在了圣人的位置上。事实上恰恰相反，我很早就知道徐凤年从来不是什么圣人，归根结底，他骨子里就是个江湖人，也更适合江湖。处庙堂之高，他就是个心结难解、私怨难消的年轻藩王，但是处江湖之远，他能够成为风采不输李淳罡的大侠。

"他选择离开江湖，挑起重担，站在北凉边关外，没有了半点儿逍遥自在，只有死人死人再死人，我想他徐凤年其实就已经很不高兴了。嗯，简而言之，就是不高兴。很简单的一个道理，但是很多人看不懂。

"我陈望，是从市井底层的贫寒读书人一步一步走到今天这个位置的，但有些事，我也很不高兴，你们总不能说我也是站着说话不腰疼了吧？不能！谁要这么说，并且被我听到，我总有一天会让他们更不高兴的。看吧，我也不是圣人。这跟我现在是不是左散骑常侍，将来官帽子会不会更大其实没关系。

"我们都不是圣人，所以，陛下也不是。天地有公理，人也有人之常情，顺着这个道理为人处世肯定没错。徐凤年因为是徐骁的儿子，来到京城前往钦天监，没有错。陛下因为是先帝的儿子，骑虎难下，不愿再退了，也没有错。

"既然如此，你严池集跪也跪了，你的道理我和陛下其实心里都明白，为何要不管不顾得寸进尺？连京城的黄口小儿都知道一个道理：在朝堂上跪着是多简单的事啊，能够站着才难。要不然我瞅瞅，地上是有金子还是银子？"

严池集总算擦着眼泪起身了。

当严池集要作揖致谢时，陈望已经摇头道："免了免了，今天陆诩已经当着陛下的面做过同样的事情了，你再来一次，让陛下的颜面往哪里搁？结党营私的大帽子一扣下来，我就别想着继续升官晋爵了。"

严池集坦然道："君子群而不党。"

陈望愣了一下，然后开始转身攀登梯子，嘀咕道："白瞎了这场套近乎。也好，省得我再浪费银子请你喝酒。"

拍错马屁的严池集顿时无比尴尬。

一直对两人的言谈像是置若罔闻的宋堂禄嘴角悄悄弯起。

大殿屋顶，原本紧挨着年轻天子坐下的陈望挪了挪位置，严池集只好硬着头皮坐在皇帝和陈望之间。

赵篆冷声道："不学那些青史留名的骨鲠文臣跟皇帝死谏了？"

严池集低头，看不清表情，轻声道："陈大人说得对，当官就得想着升官晋爵，这是人之常情。"

马上就被还以颜色的陈望哭笑不得，心想读书人都不是好东西。

那边的瞎子陆诩笑得颇为玩味。

赵篆有些自嘲，叹气道："说得对，你和徐凤年是从小玩到大的好兄弟，所以今天你跪着替他求情。如果你严池集仅仅是离阳的臣子，我这个当皇帝的，也许表面上会龙颜大怒，甚至会把你丢进清水衙门坐几年冷板凳，但内心深处其实没有如何生气，但要是我说一点儿气都没有，肯定是骗人的。只不过你不仅仅是徐凤年的朋友，我也不仅仅是离阳的皇帝，你我不只是君臣，更是一家人啊！以后我也许还会选妃，也注定不止一个妃子，到时候国丈国舅只会越来越多，但是我跟你说句不骗人的话，你严池集先是四皇子的小舅子，接下来才是当今天子的国舅爷。"

严池集愕然。

赵篆搂过严池集的肩膀，哈哈大笑，伸手指向远方："看，风起云涌！希望有朝一日我们四人还能够一起坐在这里，看云淡风轻！"

陈望神情肃穆，正襟危坐。

瞎子陆诩"举目"远眺，双手随意地撑在屋脊上。

太安城作为首善之城，人多，规矩自然也就多，便是官员住处也分了三六九等。大致分为权、贵、清、贫、富，比如燕国公、淮阳侯所在的那片府邸群，大多出身煊赫，公、侯、伯扎堆，像陈望这样的新面孔，如果不是先前跟郡王攀上翁婿关系，否则任你陈望做到门下省左散骑常侍，也没办法在那边弄栋宅子。京城清流多出于翰林院和国子监以及御史台，既是离阳官员，更是享誉士林的文人雅士，比邻而居，也省了呼朋唤友的路程脚力。在太安城当官，也有当穷官的，如最早的礼部，就是典型的清水衙门，许多品秩不高又不是一把手的礼部老爷甚至需要靠润笔费才能过活，清贫度日之余，美其名曰"两袖清风"，其中酸楚不足为外人道。有钱人，像跟旧户部尚书之子王远燃、老将阎震春嫡孙阎通书称兄道弟的宋天宝，虽然有个富甲两辽的爹，但是在太安城买宅子还是会很尴尬，公侯伯府邸那边属于削尖脑袋也凑不过去，清贫官员那边则是去了没意思，成天遭人白眼的滋味想来不好受，好在还有一个选择，就是在有权官员和有钱富豪两大片府邸群的中间地带购置一栋大宅子，白天去京城官场大佬那边装儿子、当孙子，晚上就从有钱却比他没钱的人身上找补回来。

有好事者钻研过那拨在永徽末祥符初发迹的京城官员，大抵是"龙兴"于太安城南学子酸儒扎堆的清贫地带，然后迅速跻身城东北的有权显贵之列，最后去更东边买栋摆阔的豪宅，如果哪天能够像陈望陈少保那般搬去京城西面落脚扎根，那么这辈子就算圆满了，不但自己没了遗憾，也算对祖上和子孙都有了交代。

以彭家为首的北地大小士族，在祥符二年突然一股脑儿拥入太安城东北地带，以至这一带本就寸土寸金的宅子变得越发抢手，这导致许多好不容易攒下些银子，想着终于能够不再租房度日的中层京官私底下忍不住破口大骂："辽东蛮子除了有钱，根本就不是个东西！"作为京城东北最主要的一股旧有势力，尚书省六部官员对此也没有什么好脸色，跟那些新搬来的士族邻居颇为疏离。

这也很正常，近二十年来，尤其是在旧首辅"碧眼儿"亲自主持会试后，离阳不再在科举一事上刻意扶持北地士子，因此历届科场得意人，南方士子以压倒性优势霸占了七成以上的座位，形成了脉络极为清晰的北将南相格局。但是祥符之前的永徽后十年，天下无战事，哪来的新将领冒头，庙堂上南方官员自然越来越多，以团结著称朝野的青党就是其中最显著的例子。随着四征、四平、四镇这些大多出身北方的大将军老的老死的死，太安城东北就越来越没北方士子挺直腰杆说话的地方了，如果不是如今总算还剩下个征北大将军马禄琅撑门面，加上来自南方的官场大佬们好歹没有赶尽杀绝，那些北方官员就给变着法子排挤得走投无路了。

彭家在置办新宅后的第一件事，就是隆重地登门拜访征北大将军府邸，虽然听说连病榻上的马禄琅的面都没见着，可毕竟受到了马家嫡长子安东将军马忠贤的亲自接待。

有彭家为首开了个好头，两辽豪门的集体迁徙还算顺利。兵部尚书卢白颉的离京，青党主心骨洪灵枢的入京，看似江南势力在庙堂上一进一出，没有亏损，其实大伤元气是显而易见的。如此一来，北地士子的大规模入京就很有嚼头了。

官员宅邸的大门要高于街面，这也是沿袭了数百年的规矩。官场上所谓"进身之阶"，其实就是说门口的台阶，台阶级数大有讲究。按照离阳律法，首先要先入流品，才能以官身高低来决定砌台阶的数目，六品不过三级，四品方能砌到四级台阶，这意味着地方郡守和寻常实权将军都是如此。接下来绝大多数六部侍郎如无特赐，府邸也不过五级。六部尚书是六级，极少数可以达到七级台阶，比如之前的吏部尚书赵右龄，如今的礼部尚书司马朴华，就获此殊荣，据说司马家兴师动众为宅子增砌台阶那天，老尚书当场就泪洒衣襟了。

有趣的是，在东北这片无比珍稀的七级台阶，在陈少保陈望所在的那块区域，则属于稀松平常。你要是台阶不到六级，出门都没脸皮跟人打招呼。至于七级也极为常见，陈望的老丈人就是七级，甚至如燕国公高适之这样的八阶也不算罕见。只不过京城官员个个心知肚明，城西的台阶，那都是虚的，靠着祖荫和赵家姓氏来装点朝廷门面而已；而东北那边的台阶，才是实打实靠着最近两辈人的官帽子换来的，"西七不如北五稀奇"这个说法正是此理。在京城东北还有个说法，"马八阁七尚书六"，说的是这边尚书府邸多数不过六阶，但是阁府却高达七阶，马府更是有着与藩王、国公同等规格的八级台阶！

最近这段时日，不但马家长子马忠贤经常从京畿东军赶回内城府邸，就连那个经常夜不归宿、满身脂粉味的嫡长孙也乖乖待在家中闭门谢客了。

大概是听说过太多次马家老太爷终于不行了的传言，结果次次都还能行，对于马忠贤父子两人的异样，也没有几人当回事。

但是儿子马忠贤也好，孙子马文厚也罢，都清楚，这一次老爷子兴许是真的扛不过去了。因为卧榻多年的老爷子不但不再浑浑噩噩，还横生出一股精气神，都能坐起身喝几口清粥了，眼睛也清亮了许多。

这叫回光返照。

风烛残年，风烛残年，有些老人，临了临了，既然知道自己大限将至，就不再介意被风吹灭最后那点烛火了。

马家老爷子从儿子马忠贤嘴中听到北凉打赢了北莽后，当时只是睁开浑浊的双眼，颤颤巍巍地问道："死了……多少……"

马忠贤如实禀报了其实还十分模糊的大致战况，不过哪怕比起兵部官员，都已经更为接近真相了。

老爷子坐起身，是听说年轻藩王擅自入京，但是老人大概实在疲惫不堪，没过多久就又躺了回去，直到听说八百北凉轻骑就吓得京畿西军魂飞魄散，老人才点名要那个公认不成气候的嫡长孙回到府邸。马文厚在太安城是个怪人，说他是纨绔子弟，他跟王远燃、阎通书之流其实从小就玩不到一块儿；可要说他胸怀大志，他却又跟殷长庚、韩醒言这些俊彦从来都看不对眼，于是马文厚跟老首辅张巨鹿的幼子张边关，那个住在陋巷且喜欢满城瞎逛的废物并称"京城奇怪"。不过比起性情乖张的张边关，马文厚其实人缘不错，当年弱冠游学，一走就是离家两年多，东海武帝城、南疆大山、西蜀、南诏、青州襄樊、蓟州北边都去过。

马文厚是被老爹马忠贤当夜亲自带人抓回马府的，而垂垂老矣的征北大将军马禄琅也正是在孙子马文厚的搀扶下，第二次坐起身。这之后，不论是三餐饮食还是听马文厚读书，老人都是坐着多躺着少。

接下来，无论是听说北莽大将军杨元赞战死幽州葫芦口，还是听说顾剑棠麾下的两辽铁骑终于按捺不住，有蠢蠢欲动的迹象，宦海沉浮六十余载的老人都显得波澜不惊。

不过，老人亲自将虎符交出去的时候，没来由感慨了一句"取死之道"，不知是说年轻藩王还是在说谁。

今日早朝，老人好像有点儿想去，但知道自己那把身子骨已经经不起颠簸，就没有让儿孙为难。

在马忠贤的暗中授意下，几位深藏不露的马家供奉都被撒网一般撒出去，要做的只有一件事：远远地盯着那个姓徐的年轻人。

很快，就有一个接着一个消息传回马府：那个年轻藩王离开下马嵬驿馆，但不是参加朝会，而是轻车简从去了离阳旧兵部衙门，临门而不入；进了礼部衙门，尚书司马朴华溜之大吉；最后到了钦天监，见了皇太后赵雉和九九馆老板娘。

老人每听到一个消息就会分别点评。

老人变得精神气很足，极为健谈，而且思维缜密，好像要把这十年积攒在肚子里的言语一口气说完才肯罢休。

"兵部老衙门啊，其实是块风水宝地，荒废了，可惜。

"文厚啊，我马家很早就是离阳藩镇势力了，只不过当年见风使舵得快。其实我最早被你太爷爷丢进兵部的时候，才十八岁。很多人都觉得你太爷爷昏了头，把家里的独苗放在京城，难道真不要祖宗基业了？然后等我熬了二十多年，终于熬成了兵部右侍郎，所有人都闭嘴了。有些人是死了，开不了口。有些人是失势了，没那脸皮跑到我跟前发牢骚。我这辈子啊，都在兵部和军营打转，但是'碧眼儿''坦坦翁'那辈人都知道，我一辈子都没上过沙场，更没有杀过人，是不是很滑稽？这么一号人物，结果当上了征北大将军？

"我成为兵部大佬的时候，见到过很多年轻将领，有野心的，有本事的，杀人不眨眼的，都有。那时候有个姓徐的锦州蛮子，在官场上爬得尤为吃力，总是吃败仗，好几次兵马都打光了，差点儿成了光杆。没有人看好他，我也不看好——没有根基，就靠拼命。文厚，你要清楚，那时候的离阳不比现在世道太平，总有打不完的仗，如今杀了百来个北莽蛮子就能当都尉，在当时，你可能杀上千个东越或者是北汉甲士都捞不到都尉，要么好不容易当上了，明天却成了别人的军功。所以有一次，当那个年轻人再次灰头土脸地跑到衙门，跟咱们这帮兵部老爷们要兵马要粮草，没人乐意搭理他，总觉得会赚不回本钱。兵部拿得出手的虎符其实就那么十几块，否则就得动用见不得光的私军，给谁不是给，凭什么给你一个朝不保夕的年轻人？

"如果我没有记错，那天下着雨，那个当时空有一个校尉头衔的锦州年轻人就站在大雨中的庭院里，脚边放着装银子的箱子，腰杆挺直，一看就不像是个会求人的。就那点儿银子，也配兵部抽调给你七八百人马？虽说都晓得这个人不贪钱，只要打赢仗，不管自己死多少人，第一件事情肯定是拿了财物送给兵部的大人，但是千不该万不该，这家伙不该在上一场打败仗的时候害死了一个兵部郎中送进他军中捞战功的晚辈，所以啊，没人乐意理睬他。见过打仗不要命的，就没他那么不要命的，次次打仗都冲在最前头，这样的人，谁敢全力扶持？光会打仗，不会当官，说不定哪天就死了，这怎么行。

"不过那天我心情不错，因为那个兵部郎中仗着老资历，总喜欢跟我对着干，我的想法很简单，就是恶心恶心那个兵部郎中，所以我走到那个以前从没有直接打过交道的年轻人面前，答应给他一支兵马。"

听到这里，马文厚好奇地道："是不是很快就打了场盆满钵满的大胜仗？"

老人微笑着摇头道："赢倒是赢了，而且连赢了三场，不过兵马又给那个年轻人打光了，当然，我的本钱肯定是赚回来了。那个时候，人命是最不值钱的东西，可一旦青壮披上甲胄提起刀枪，那还是可以按人头算钱的。马家现在的老底子，就是那个时候一点儿一点儿积攒出来的。很多本来割据一方的武将，也都是那个时候一点儿一点儿打光了家底的。"

马文厚无言以对。

他们这一辈的年轻人，大多原本就不太喜欢听老辈人唠叨春秋战事，小时候就听得耳朵起茧子了，马文厚也不例外。

老人感慨道："那个当时需要看你爷爷心情和脸色的锦州校尉，你一定早就猜出来了，是徐骁，后来的离阳'人屠'，最后的北凉王。"

马文厚轻轻点头。

这桩陈年往事，老人从来没有跟人提起过。

"老话说'多行不义必自毙'，对，也不全对。不管怎么说，徐骁能够带着一身伤病老死床榻，大概是老天爷对他那个'义'字当头的回报吧。但是'多行不仁，祸及子孙'，爷爷我是很信的，徐家又是个好例子。徐骁杀了那么多人，你看他几个儿女，有谁是有福气的？大女儿很早就死了，二女儿瘫坐在轮椅上，幼子是个傻子。至于长子……这个年轻人，我想这些年过得也不算痛快。明面上的风光，其实就那么回事。人啊，是很奇怪的，穷人觉得有钱人的日子肯定滋润，升斗小民觉得大权在握的大人物肯定为所欲为。对一半错一半。打个很简单的比方，寻常百姓给人无缘无故在大街上踹了一脚，也许骂骂咧咧几句，生几天气，这个坎也就跨过去了，但如果是你马文厚呢？假如你给殷茂春的儿子或是顾剑棠的儿子扇了一耳光，你是不是明天、明年就忘记这根刺了？不会的，这样的不痛快，跟穷人丢了十几两银子就要死要活其实差不多。"

马文厚嘀咕道："殷长庚和老顾那儿子敢扇我？看我不打断他们三条腿！"

马忠贤怒目相向："多大的人了，知不知道轻重？！三十而立三十而立，你小子立个屁！"

老人摆摆手，示意马忠贤不要动怒："忠贤，你别看你儿子满嘴没个把门的，其实蔫儿坏着呢，也别觉得教训了殷、顾两人的子孙就有错，有错吗？没有，只要法子得当，其实是好事。论悟性，你马忠贤比你儿子差了十万八千里。"

马忠贤嗯了一声，虽然这位安东将军在京城官场出了名的桀骜不驯，但是孝顺至极，对马禄琅那是言听计从，从来不会觉得自己翅膀硬了或者是马禄琅老糊涂了。

已经消瘦到皮包骨头的老人开心地笑了，颤颤巍巍伸手，轻轻捏了捏儿子的肩膀："你比我强，真正打过仗，立过战功，性子也单纯，反而是天大的好事，最适合守成，尤其是天子脚下，聪明人误事，自作聪明更是作死。马家的担子，你算是挑起来了。"

老人转头凝视着十来年碌碌无为的马文厚："打江山是爷爷和你太爷爷这几代人的责任，守住家业是你爹的担子，那么家族中兴或是更上一层楼，就该轮到你了。"

马文厚嘴巴紧闭，不说话。

看到儿子这副病恹恹的德行，马忠贤立即涌起一股无名之火，刚要发飙，就被老人瞪了一眼，于是立即噤若寒蝉。

老人轻声道："文厚啊，爷爷我呢，儿子就你爹这么一个，但是孙子有四个，孙女也有两个，这些年，你的三个弟弟都忙着争宠夺权，唯独你细心护着你的两个妹妹，这很好。那三个没出息的，真本事没有，争风吃醋的能耐倒是很够，比娘们儿还娘们儿。把家业交给他们，撑死也就是一代人的时间，金山银山也能给败光。"

老人加重语气，重复道："你很好！"

马忠贤愣在当场。

老人撇了撇嘴，冷笑："世上有两种人不能打交道：一种是几近圣贤的完人，比如'碧眼儿'，不管你怎么做，都很难与之有私交从而获得实惠。还有一种是没有底线的人。不怕人的底线低，毕竟你清楚那是什么人，小心些终归能够避祸求利，唯独没有底线之人，你都不知道他哪天会带给你'惊喜'。这种人，像上任'天官'赵右龄，还有现在的礼部左侍郎晋兰亭，与之深交，迟早有一天会被他们卖得精光，你委屈，他们还扬扬得意。马家如果是小门小户，需要攀附高枝，自然另当别论，能够入他们的法眼就不错了，但是马家虽然算不得太安城首屈一指的豪阀，前十还是勉强有的，那么就可以不用搭理这些人了，两种人都不要接近。"

说到这里，老人分别对儿子和孙子语重心长地说了一份忠告。

"忠贤，不要成天想着立下赫赫战功，尤其不要想着去广陵道凑热闹。记住，一国之君，很多时候要谁死，不见得就是他本人的意愿，先帝当真就不希望与张巨鹿、阎震春他们善始善终，一起载入史册？到时候，皇帝要你死，你作为臣子，找谁说理去？所以，千万不要有大勋于国，但务必要有小恩于君。切记切记！

"文厚，送你一句话，是'坦坦翁'早年跟我说的：'水深则流缓，人贵则语迟。'你啊，也别再念叨那些豪言壮语了，'不恨我不见古人，唯恨古人不见我'，'生当封侯拜相，死当入庙陪祭'，听着是挺解气，其实比起'坦坦翁'的那句，道行差了十几条大街啊。有些话，放在肚子里就好，是不能说出口的。男儿的志向抱负，不像女子怀胎才几个月就显而易见了。"

马文厚嘿嘿笑道："现在也不爱扯这些了，以前不是想着万一哪天真的扬名立万了，后人撰写史书，就能直接拿出来用了吗？"

老人笑骂道："兔崽子！"

自觉无辜的马忠贤郁闷地道："爹，怎么连我也骂了？"

老人有些辛苦地挤出一个笑脸，再次伸手，摸了摸马忠贤的脑袋："你也是兔崽子。好了，三个都骂了。"

马忠贤笑了，但是这个粗犷汉子眼眶中已经有了些泪水。

马文厚始终一手扶住爷爷的手臂，一手揽着老人的后背。

这个时候，一位年近古稀的马家供奉高手出现在门口，声音有些压抑不住的颤抖，缓缓道："徐凤年已经在钦天监大门口杀了三十多位仙人了。一千两百重骑军暂时还未投入战场。"

征北大将军马禄琅的眼神有些恍惚。

然后老人突然厉声道："忠贤，你赶紧入宫面圣，就算跪断膝盖，也要阻拦陛下动用那支重骑军！"

马忠贤下意识地猛然站起身，但是当他意识到老人命不久矣时，又有些迟疑。

老人怒斥道："蠢货，我这是要用整个马家的脸面给陛下当一架梯子，好让他从高处走下来！接下来，陛下要任用谁担任重骑军的统领都可以，唯独你马忠贤不行！唯有如此，文厚才有希望以最快的速度跻身中枢。"

马忠贤使劲抹了抹眼睛，大踏步转身离去。

马禄琅剧烈地喘息着，马文厚轻柔地拍打老人的后背。

老人苦笑道："让我躺着吧，撑不住了，也没必要再撑。"

马文厚小心翼翼地让老人躺下。

老人握着这个嫡长孙的手，轻声笑道："人生七十古来稀，爷爷八十好几的人了，你有什么好伤心的。"

马文厚挤出笑脸，哽咽道："这不是嫌弃我爹嘴笨，就算骂人也骂不到点子上，爷爷有大智慧，就算不骂人，我也能听进去。"

老人安静地躺在那里，已是进气少于出气的惨淡光景了。

老人平静地道："文厚，'七十而从心所欲，不逾矩'，这个说法很有意思，爷爷在七十以后就真的信了，你要是不信的话，就一定也要活到这个岁数啊。你的心还不够静，要多读书，夜深人静的时候，还可以多去那八级台阶上坐坐。"

马文厚抓着老人的手，使劲点点头。

马禄琅缓缓闭上眼睛："生得比你徐骁早，死得比徐骁你晚，总算赢了你一场啊。"

老人说完最后那句话后，终于溘然长逝："现在我，该死了。"

这场由下而上的剑雨，几乎眨眼间便杀了三十多位被离阳请下神坛的镇国仙人。

但是钦天监附近的剑阵依旧迅速升空，一剑即雨滴，密密麻麻的剑尖同时指向钦天监，钦天监无形中变成了一座困兽牢笼。

庙堂文官，被千夫所指，也许会无疾而终；沙场武将，面对万箭齐发，多半就要成为刺猬，总之下场都不会太好，那么现在万剑悬停，蓄势待发，想必被无数剑尖所指的仙人，滋味也不太好受。

距离钦天监大概一里路的一堵高墙上，大摇大摆坐着两位看客，一位白衣如雪，一位鲜红大袍。白衣人坐在墙上，一条腿屈膝，一条腿挂在墙上，手腕上用红绳系着一个酒壶，他仰头灌了口酒，然后轻声笑道："'桃花剑神'，这一招，像不像当年敦煌城门口的那场大雨中，我的迎客之道？"

被点名的邓太阿终于现身，站在白衣洛阳不远处，点了点头："有点儿像，不过声势比你那次要大些。"

昔日的北莽第一魔头，或者说如今的逐鹿山教主洛阳凝望着远方那场堪称前无古人后无来者的战场，玩味地道："做了八百年孤魂野鬼，我见过的飞升人不少，谪仙人也不少，里头的门道也知道点儿，六十几个龙虎山祖师爷齐齐下凡，受到天道限制，绝大多数不过是人间金刚境体魄和指玄境气机，撑死了多掌握了几种大打折扣的仙人玄通，也就模样瞧着像是陆地神仙罢了，纸糊的老虎，吓人可以，杀人不行。不过站位居中的那七八个，就算修为衰减了，但最少都在天象境界，不容小觑，尤其是最中间的三位大真人，可都算道教圣人了吧？"

邓太阿一手横在胸口，一手揉着下巴："提剑的，是龙虎山初代祖师；头戴莲花的，应该是离阳王朝的首位护国真人，天师府的紫金莲池，据说正是在他手上造就；而那位骑白鹿的，按辈分算是齐玄帧的师叔，都是响当当的大人物。如果是飞升在即尚未跨入天门的他们，那才厉害，正儿八经的超凡入圣，现在嘛，也就是寻常的陆地神仙，输在了体魄不够结实，胜在了体悟天道……嗯，既然如今身在人间，尤其是面对那小子，这也算不得优势。"

突然又有一袭青衫悠然而现。仅就气度风范而言，貌不惊人的"桃花剑神"实在是比这位差了十万八千里，后者虽然已经是双鬓霜雪，但是邓太阿跟他站在一起，一个就像乡野村夫，一个则是清谈名士，人比人气死人，也难怪邓太阿的徒弟要他这个先天卖相不行的师父每次骑驴都吟诗作对。青衣儒士关注着钦天监那边的动静，感慨道："邓太阿，洛阳，面对六十多位一品境界联袂杀来，其中还有三位圣人坐镇，设身处地，你们会做何感想？"

邓太阿思考片刻，一本正经地道："杀到手软，说不定需要换好几把剑，也杀不完。"

洛阳笑了笑："不好杀，也不好逃。"

不知为何依旧没有离开京城返回广陵的"大官子"曹长卿神情有些无奈。

洛阳看似随口问道："邓太阿，在李淳罡借剑之后，你到底还有没有真正持剑的那一天？"

邓太阿淡然道："就算有，也不是今天，我跟那小子的情谊早就用完了，这次别想我插手。"

曹长卿沉声道："开始了！"

以巨大半圆形笼罩住钦天监的剑阵万剑齐发。

骑鹿仙人轻轻一提缰绳，座下白鹿向前轻轻踏出一步。

白鹿蹄子一踏之下，如投巨石入小湖，一阵恢宏的涟漪瞬间扩散出去。

所有人如闻天籁。

飞剑的冲势顿时为之凝滞，但是飞剑速度太快，来势汹汹，仅是略作停顿便继续前冲。

白鹿第二蹄重重落地，那股磅礴气机再度迅猛地蔓延开来。

飞剑又被阻滞些许。

以大地为钟，仙人、白鹿每一次向前踩出，就是一次仙音浩荡的剧烈撞钟。

当白鹿离开钦天监大门三十步时，遮天蔽日如同蝗群的飞剑已经由急速飞行变成了缓缓而掠。

街道两侧的一千多重骑军都举刀迎敌，密密麻麻的飞剑压顶令人窒息，虽然速度减慢了许多，但是依然以势可缓却不可当的蛮横姿态继续下坠。

俗语"举头三尺有神明"，如今却是三尺之上有飞剑。

有数名铁骑不信邪，更不愿束手待毙，从马背上高高跃起，向那些飞剑劈去。

战刀如同抽刀断水，看似轻而易举劈开水面，飞剑却是毫无损伤，但是那几柄被铁骑战刀划过的飞剑如同受到牵引，率先脱离剑阵，一闪即逝。

六名铁骑下一刻就如同遭遇一支床弩透体而过，被从空中钉死在地面上，尸体上并无实质的飞剑，但是各自身躯上都出现了一个拳头大小的血窟窿。

自寻死路。

一名见机不妙的骑军统领怒喝道："下马！没有军令，一律不准出刀！"

重骑军纷纷翻身落马，尽量与那些飞剑拉开距离。

骑白鹿的仙人随手一挥大袖，只见所有马家重骑和李家甲士的头顶都绽放出一朵紫金莲花花苞，并迅速生长，无风而动，摇曳生姿。

如同战场上两军对垒，旗鼓相当，任何一方都不敢轻举妄动，飞剑终于彻底静止，在空中悬停不动。

仙人同时举起一手，五指张开凌空一抓，轻声喝道："五岳听我敕令！"

徐凤年脚下升起一座巍峨山岳，托着他高高升起，四周更有四座气势迥异的仙山冉冉升起，各有雄、秀、险、奇。

徐凤年摘下那柄在鞘凉刀，以刀拄地，双手叠放在刀柄上，轻轻往下一按，不但止住了脚下山岳的升腾势头，四方山岳也开始摇摇欲坠。

北凉锋刃，不为风雷而动，不为雨雪而退。

在离阳广袤的版图上，五座屹立在中原大地上的巍峨山岳，只要是建造在山上的道观，无论大小，所有插在香炉之中的香火，无论屋内屋外，同时熄灭，而且先前升起的烟雾开始旋转晃动。

与此同时，钦天监门口有四位仙人掠出，分立"四岳"山巅，各自祭出一枚木制、铜制、玉制和金制宝印，印钮分别为青龙、白虎、朱雀、玄武。

徐凤年脸色有些古怪地瞥了一眼傲立西岳之巅的仙人，只是轻描淡写地看了一眼，仙人、法印和山岳就一起化为齑粉。

始终袖手旁观的莲花冠老道人抬头看了一眼西方天空，好似百感交集，叹息了一声。

徐凤年乘胜追击，重重按下刀柄。

那一幕，恍如离阳读书种子嘴中碎碎念叨了二十年的"中原陆沉"：在西岳仙人象征道行的虹光炸裂后，其余三座山岳的仙人紧随其后轰然崩碎。

徐凤年缓缓落回地面，当凉刀刀鞘的顶点触及地面时，五岳山顶，无论阴晴，不约而同响起一声炸雷声。

这才是真正的神仙打架凡人遭殃。

钦天监空中原本已经静止的飞剑骤然加速。

骑鹿仙人冷哼一声，扯动缰绳，那头仙气萦绕的白鹿高高抬起前腿，猛然踩在地面上。

无数飞剑再度止住前冲，但是这一次，剑身疯狂颤动，嗡嗡作响。

无形中庇护着众人的紫金莲花以肉眼可见的速度凋零。

所有甲士都下意识地缩了缩脖子，汗流满面，望着那些近在咫尺的飞剑，咽了咽唾沫。

白鹿仙人突然消失。一抹虹光闯入重骑军骑卒体内，然后这一骑就极为突兀地出阵展开冲锋，快如疾雷，转瞬间就奔袭至徐凤年身边。

徐凤年只是提起刀鞘指点了一下，金甲骑士就轰然碎裂，流光溢彩的残影在徐凤年身侧几步外烟消云散，徐凤年纹丝不动，衣袖微微拂动。

那抹虹光突然化作两点金光，以金甲骑士为圆心，向左右画出两条弧线撞入两骑。

两骑开始奔杀。

徐凤年收刀回鞘，不等两骑冲到十步之内，金甲骑士的头颅就像被一支羽箭穿透，当场死绝。

两点金光各自一分为二,四名重骑军又开始慷慨赴死地冲击。

徐凤年当时抗衡祁嘉节那一剑的意气飞剑全部已经现世，现在破敌的飞剑，则是当年邓太阿在东海之滨所赠的那盒袖珍飞剑。飞剑在与韩生宣的死战中被销毁了数柄，这两年，徐凤年又悄悄补齐了那十二柄剑胎圆满如意的飞剑，心神所向，剑之所至。

玄甲、青梅、竹马，朝露、春水、桃花，蛾眉、朱雀、黄桐，蚍蜉、金缕、太阿。

将军台上点雄兵。

金甲四骑刚以卵击石，金色绚烂的八骑又至。八骑战死，便是十六骑汹涌而来。

徐凤年十二剑起雷池。

金甲铁骑，不破雷池誓不停。

远处，邓太阿有些不加掩饰的笑意，啧啧道："这次是学我了。"

洛阳没好气地道："花架子。"

邓太阿挑了下眉头："根本就是好看又实用，你就不要说违心的话了吧。"

曹长卿听着两位都位列武评十四人之列的大宗师在那里斗嘴，有些好笑，道："这有什么好争的？"

大街两端，不下两百骑，密密麻麻的金甲骑士开始集体提枪冲锋。

映入眼帘的那一大片灿灿金光，让人恍如置身威严的天庭。

哪怕远在一里之外也被照映得满脸金色的曹长卿眯眼，轻声道："以一人之力抗拒仙人天威，不比北凉铁骑抗拒人间皇帝的圣旨差了。只可惜，除了咱们几个，有幸看到这一场景的人不多。"

邓太阿点头，附和道："当年那几次在武帝城看别人挑战王仙芝，或者说别人看我邓太阿登楼，相比之下都有些黯然失色。"

寥寥十二飞剑，却如同铜墙铁壁，千军万马不可撼动。

两百多骑身披金甲的天兵天将在那堵墙壁前，悍不畏死地依次撞得粉碎，密集的雷声不绝于耳，汇聚在一起，真正有一种人间人听闻天上天雷的错觉。

许多密切关注钦天监动向的武道高手不得不向后撤退。不是没有人想坚持不退，但是这些高手都惊悚地发现自己开始七窍流血，随手一抹就是满手鲜血。

唯有吴家剑冢老祖宗吴见、东越剑池柴青山等少数几位宗师能够继续坚持。

接着那一幕激荡人心：四百多骑金甲仙兵从左右两端向钦天监门外的那名年轻藩王发起冲锋。

光线夺目，简直如同日出东海。

一轮红日起于钦天监。

日出东方。

便是太安城的百姓，也为这惊心动魄的一幕所吸引，纷纷仰头望去。

徽山紫衣轩辕青锋不知何时来到了九九馆，跟一眼就认出她的年轻店伙计要了一份招牌的羊肉火锅，她面无表情地提起筷子。

有个人不但比吴见、柴青山这些老人更接近钦天监，甚至比洛阳、邓太阿、曹长卿还要近。

少女站在一堵高墙的墙根后，伸手扶了扶有些遮住眼帘的歪斜貂帽。

没有人知道她何时来到此地，不光是钦天监门口的仙人不曾发现，甚至就连专注于迎敌的徐凤年都没有察觉。

她跟那些沦为棋子的重骑军，其实只隔着一堵墙而已。

作为刺客，她杀的人其实并不多，准确说来，甚至屈指可数。

比如最早武评的天下第十一王明寅。

还有京城看门人柳蒿师，当年分明已经逃过了大秦皇帝附身的徐凤年追杀，到头来却给她宰了，头颅被当球踢着玩。

除了杀徐凤年，她的失手其实只有一次，就是阻挡王仙芝进入北凉。

这一次，她不允许自己失手。

大街上，四百多骑开始相向而冲。

如果这一次依然被徐凤年的十二飞剑阻挡，想必下一次就是仅剩千余骑倾巢出动了。

但是徐凤年的飞剑意气显然已经消耗殆尽，八柄飞剑都已经在碎裂边缘，不得不重返袖中。

事实上，徐凤年一气绵长至此，如果是对阵人间精骑，已经不亚于破甲一千六了。

化身虹光的白鹿仙人却没有给徐凤年换气的机会，四百多骑已经如奔雷而至。

徐凤年眉心的枣印熠熠生辉，嘴角渗出一缕血丝。

他双手抬起，手做剑。

生平仅有三尺剑，有蛟龙处杀蛟龙。

两袖青龙。

遥想当年，那个羊皮裘老头儿扬言要传授他这招与剑开天门齐名的剑招，年轻的世子殿下还纳闷独臂老人如何两袖青龙。

一甲子之前，偌大江湖仅一人。

一甲子之后，大雪坪上"剑来"二字。

年轻剑客揭幕，是驭剑大笑过广陵。

老人谢幕一战，是广陵江畔一剑破甲两千六。

入江湖时惊艳，出江湖时潇洒。

这就是李淳罡。

千年以来，独此一人剑道可与吕祖并肩的李淳罡。

曹长卿和邓太阿几乎同时瞪大眼睛，便是这两位武评四大宗师中的陆地神仙，也有些疑惑和震惊。

他们依稀可见一位羊皮裘老人站在了徐凤年身边，这一次出现的老人，不同于先前下马嵬驿馆街道上的"形似"。

这一次，是神似！

伛偻老人站在年轻藩王身后，微笑道："臭小子，这次就当诀别了吧，以后别没事就烦老夫。该走就走，老夫自己都没啥好留恋的了，你为何放不下？"

徐凤年轻轻点头，两袖之中，磅礴至极的青色罡气疯狂流泻。

"你小子是要学老夫在江畔一战啊，如此逞强，不后悔？"

"不比她强，以后没那脸皮去接她。"

"倒也是，老夫当年就比绿袍儿厉害，要不然她也看不上眼。对了，别仗着武功高就欺负她。老夫是过来人，知道会后悔的。记住，仗着女子喜欢自己就不晓得珍惜，最要不得。"

"不用你唠叨。"

"臭小子！"

"以前都是看你耍帅，要不然最后这次，换你好好瞧瞧？"

"行啊。"

两袖青龙，一左一右，如洪水决堤，各自如一条大江东奔西走。

李淳罡的身影逐渐消散，眼中充满缅怀和激荡，最终轻声道："百年江湖，有我李淳罡，有王仙芝接班，如今又有你徐凤年……无酒也无妨了……"

两条青色蛟龙一冲而过，四百多金甲骑士大多数人仰马翻，有五六十骑竭尽全力逆流而上，但是满身金光依旧迅速涣散。

大街尽头的墙壁轰然倒塌。

但是这幅兵败如山倒的颓势画面中，有四骑最为瞩目。他们"生前"在军中的官职品秩大多不高，单枪匹马的战力更是远不如那些骑军将领，可无一例外，他们都是晋心安前往大营中亲自挑选出来的骑卒。在这之前，他们在马禄琅的重骑军中并不起眼，当时被选中临时加入钦天监之战，其实这四人都感到莫名其妙，也未深思，只当是自己不小心入了军中大人物的法眼。这四名骑军自然不清楚，他们在征北大将军马禄琅眼中也许只是重骑军中的普通一员，但是在炼气士宗师晋心安看来，却是各自身负某种气运的存在。四名骑士的祖辈分别是来自老离阳、东越、北汉以及西楚的遗民，所以他们才是对付徐凤年和北凉的真正撒手锏，将会是这场大战中最为阴险的陷阱。四名脱颖而出的骑士虽然冲势受挫，但依旧在逐渐接近徐凤年。为首一名骑军手持金色长枪，胯下战马在距离徐凤年身侧五步时，实在无法再向前推进一步，在悲哀的嘶鸣中，战马高高扬起双蹄，骑军手中长枪的枪尖一寸一寸递出，刺向徐凤年的头颅。

战马终于支撑不住，双蹄砸在地面，而那杆长枪也顺势向下划去。

但是长枪如冰雪靠近火炉，最终在徐凤年肩头几寸外消融。

这位祖父曾是东越镇东大将的离阳骑军都尉随之灰飞烟灭。

无形中屹立于东越国都的那根气运柱子如遭雷击，轰然震动。

接下来是旧北汉境内如今的蓟州附近又出现一阵震动，许多旧北汉春秋遗民都感到一种玄妙的心神不宁。

迎来中原第一位女皇帝的西楚帝都内，许多读书人，不论是正在书房捧书的士林大儒还是在私塾背书的黄口小儿，都停顿了一下，感到莫名其妙后就继续看书读书。

当最后那名父亲战死于西垒壁战场的重骑军士卒也金光碎裂，整座太安城上空骤然响起一声悲愤的龙吼。

徐凤年的身躯先后出现四次细微的颤动，尤其是最后一次，竟从眉心渗出鲜血。

有三位仙人抓住机会悍然出手，试图联手重创那位强撑一口气的年轻藩王。

徐凤年重重吐出一口浊气，浊气之中布满血丝。

吐出这口旧气和瘀血后，位于他头顶上空的数百柄飞剑看似颓然地落下，三名仙人有惊无险地绕过了这场落雨，身法轻灵。在钦天监大门和年轻藩王之间，三位龙虎山仙人一闪即逝，随后一闪即现，迅速向徐凤年逼近。这些无力支撑的紊乱飞剑只不过是拖延了他们一瞬而已。

但就是这珍贵至极的一瞬，大拇指按在左侧腰间北凉刀上的徐凤年轻轻一推，凉刀几乎全部出鞘，仅留刀尖在鞘内。

徐凤年的双脚扎根不动，身体后仰，而未曾完全出鞘的凉刀刀柄刚好撞在一名拂尘横扫的仙人胸口。

仙人之躯如同昆仑玉碎。

双脚不动但是身体后倾的徐凤年，在刀鞘顶端蜻蜓点水触及地面后，整个人重新站直，又是一推刀柄，第二名仙人又被凉刀如出一辙地撞碎仙身。

当最后一名仙人放弃近身搏杀的念头时，徐凤年五指突然握紧，出鞘凉刀轻轻一颤，没有继续顺势刀滑入鞘，而是逆势而出寸余，正在后退的仙人背后顿时起惊雷。

三名仙人转瞬间便白虹消散，大街上五百余铁骑更是全军覆灭。

就在此时，一道娇小的身影掠向白鹿，手刀恰巧刺中了那位在白鹿背上刚刚凝聚成形的仙人胸膛。

她一击得手，毫不犹豫，迅速后撤。

但是那团金光炸裂后仍是重重撞在了她的身躯上。

她撤退时接连数次穿墙而过，当好不容易在远处停下身影后，她咳出一口鲜血，然后扶了扶貂帽，抬起手臂擦了擦嘴角，轻轻一跃，坐在墙头，从口袋里掏出一块来时在路上买的葱油饼，低头咬了一大口。

曹长卿和邓太阿相视一笑，杀了个仙人吃块饼，挺相得益彰的……

钦天监大门口，在白鹿仙人莫名其妙给一个小姑娘偷袭成功后，莲花冠老真人和手持符剑的初代祖师爷终于同时出手了。

徐凤年脚尖下刚才出现的一小片裂缝，是为了不后撤半步而让鞋底摩擦地面造成的。

三名仙人虽然无功且不得返，但就像徐凤年的落剑拖延了他们前冲，他们也顺利地拖延了徐凤年换气。

手中提剑的龙虎山初代祖师飘然而至。

徐凤年新气未起，仍是强行与之对冲。

左手刀终于出鞘。

老旧凉刀与符剑郁垒铿锵撞击。

面如冠玉的"年轻"初代祖师倒滑出去十数丈，几乎就要撞入钦天监大门，但是笑脸灿烂。

徐凤年前掠十步，倒退不过九步，但是莲花冠年迈仙人的身体竟是直接穿过了提剑仙人，两位仙人互换位置，后者一掌拍在徐凤年额头，口吐两字。

"开山！"

徐凤年的脑袋向后微微摇晃，脚后跟离开地面，脚尖使劲踩地。

一步。

他仅仅后退一步，但仍是没有退出先前与六十多位仙人遥遥对峙的那个位置。

一掌击中徐凤年额头的莲花冠老真人向后飘去，同时提剑仙人又在这条笔直的路线上一穿而至，笑眯眯地道："江山满风雷。"

徐凤年一脚前踏，双手持刀，毫不拖泥带水地一刀劈下。

刀竖剑横。

刀剑之间，风起云涌雷滚动。

年轻容貌的祖师爷那袭道袍两袖疯狂翻卷，徐凤年鬓角的发丝亦是肆意飘拂。

莲花冠仙人的身影几乎与持剑祖师重叠，右手一掌透过刀剑，狠狠推在徐凤年心口。

似乎为了增加这一掌的无上威势，年迈仙人左手按在了右掌后背，轻喝道："登天！"

一重重雄浑劲道如同仙人层层登楼，绵绵不绝地透过徐凤年心口，以至徐凤年对应心口的后背上那处的缟素麻衣突然鼓荡而起。

眉心紫金但是脸色雪白的徐凤年嘴唇微动，却未出声响。

剑九。

下一刻，两名仙人在钦天监门口左右并肩站定，虽然脸上没有流露出心有余悸的神色，但是比起先前的气定神闲多出几分凝重。

徐凤年不退反进。

提剑仙人一挥衣袖，抬臂横剑，一夫当关，作势要拦住年轻藩王的去路。

徐凤年心口和后背都已是鲜血流淌，眉心更是开裂，触目惊心，但是他依然前冲。

曹长卿有些无语。

邓太阿叹息道："这真是要拼命啊。"

原来那一人一仙互换了一招。

简单至极的一招。

郁垒剑刺入徐凤年的胸口，凉刀刺入仙人的胸口。

徐凤年推刀向前，直接将郁垒剑和龙虎山初代祖师一起撞入了钦天监大门！

不仅如此，连那李家甲士的步军大阵也给一并冲开！

北凉王徐凤年，就此进入钦天监大门。

若是有人能够御风凌空俯瞰钦天监，就可以看到仿佛一条细微银线轻轻松松切开了一大块厚重黑布。

徐凤年和那位"大驾光临"人间的龙虎山初祖一同破开李家铁甲的步军大阵。

身先士卒的京畿射声校尉李守郭不凑巧位于步阵正前方，这名武将胸口像是承受了攻城槌的一记重击，狠狠摔在七八丈外，身边都是同病相怜的麾下士卒，就算披挂了重甲，绝大多数甲士仍是直接昏死过去，偶有不绝如缕的痛苦呻吟。昏昏沉沉的李守郭使劲晃了晃脑袋，用咬破嘴唇来让自己清醒，竭力睁大眼睛，艰难地扭头看向那两位凿穿阵型的罪魁祸首。

一个背影，不穿蟒袍着缟素，已经收刀，轻轻挥了一下，直接抖落刀尖上的紊乱紫电，后背被猩红的鲜血浸透，如雪中血，格外醒目。

接下来李守郭悚然发现，那名提剑仙人的胸口出现了一个拳头大小的窟窿，就那么突兀地空着，但是更让人匪夷所思的是，仙人依旧满脸无所谓的神色，仿佛身躯给硬生生捅出一个大洞就跟女子给绣花针在手指刺出一滴血差不多。

莲花冠老道站在提剑仙人身边，后者盯着屏气凝神的年轻藩王，微笑道："没事，这家伙依旧没有动用北凉气数。既然他如此托大，我再挨上七八刀都不打紧。这么个换命法子，我不亏。"

不同于其他仙人的种种祥瑞气象，头顶莲花冠的老道士身穿式样古旧的普通道袍，上面并无天师府如同庙堂公卿的紫黄颜色。其实这也正常，作为老离阳的首位护国真人，那时候的龙虎山还未崛起，虽然自封道教祖庭，但是天下道统依旧只认大奉一朝真人辈出的武当，天师府赵家道士那时自然还未开披紫着黄的先河。

老道士虽说对徐凤年两次出手都称得上雷霆万钧，但是从头到尾，仅就气韵而言，全然异于大多数赵家后辈仙人的气势凌人，此时老道人望着始终没有换气的年轻藩王，叹息道："何苦来哉？徐凤年，你知道自己一路行来，舍弃了多少东西吗？真武法身，秦帝之气，这也就罢了，毕竟百世千年的事情太过缥缈，可如今连这一世的性命也不管不顾了？"

徐凤年没有理会老道人的问话，抬头望向钦天监那座僭越离阳礼制的通天台。

双方心知肚明，在徐凤年换气之时，就是提剑仙人和莲花老道全力出手之际。是道高一尺还是魔高一丈，端看双方神通。老道人有这份跟年轻藩王闲聊的闲情逸致，谈不上有任何善意，无非拖延下去，两人的胜算更大。他们仙人的无垢之躯可以玉碎，却不存在受伤的说法，但是徐凤年不一样，世人所谓陆地神仙，归根结底，还是人。哪怕是那个曾经被无名道人"封山"的天人高树露，就体魄而言，依旧难以跟真正的仙人相提并论。真正让两位龙虎山祖师爷百思不得其解的一件事，是以徐凤年的见识，明明知道仙人的无垢，任是神兵利器也伤不了分毫，但是只要"有垢"，那便是致命的，会直接削减数世甚至十数世辛苦积攒下来的道行善果，所以徐凤年真正的兵器，不是那柄普普通通的北凉刀，而是北凉气数！

徐凤年收回视线，突然笑了："老真人先前'开山''登天'两式，在下感激不尽。来而不往非……"

那个"礼"还没有说出口，徐凤年就已经在原地消失，然后毫无征兆地出现在莲花冠老道人身前，凉刀横抹向后者的头颅。

老道士洒然一笑，双手负后，脚步轻踩，向后微挪数步，脚底步步生莲，身影飘逸，衣袂则纹丝不动。

天人不逾矩。

年轻藩王似乎根本没有察觉自己的徒劳无功，凉刀继续抹去。

但是就在老道人刚要站定时，又一位"徐凤年"出现在他身前，如影随形，继续保持相同的姿势，凉刀横抹大好头颅。

老道人又横移数步，闲庭信步，堪堪躲过凉刀的锋锐。

虽是与佛经上所载"金刚不败"有异曲同工之妙的无垢之体，但是老人不相信这个姓徐的年轻人当真会不要些心机，真就傻乎乎地从始至终用凉刀砍人，然后把自己活活耗死。这个年纪轻轻就登顶人间的西北藩王本就是个招式繁多层出不穷的难缠对手，尤其是连王仙芝都打杀了，难保不会有压箱底的本事。老人乐得静观其变，以不变应万变，现在本就该是身负伤势的徐凤年气急败坏才对，老人只需要耐心等到年轻人忍不住狗急跳墙的那个关键瞬间即可。

莲花冠老道人踏罡步斗，缩天地于方寸间，每一次移形换位看似简单两三步而已，但是都能让那柄凉刀落空。

由于生死相向的两人出手太快，转瞬间钦天监广场上就出现了不下百位"徐凤年"，而那位龙虎山赵姓仙家依然神态闲适，在越发狭窄的广场上穿梭自如，如同一尾在江湖中悠然自得的游鱼。

手持符剑郁垒的龙虎山初代祖师爷没有急着出手解围，一则根本不需要他画蛇添足；二来每过一瞬，就意味着死期将至的徐凤年脖子上那根绳索越来越紧，而勒绳之人，恰好是徐凤年本人。

他右手持剑，以立剑式将剑竖在身前，左手弯曲拇指，轻轻刺破食指，然后开始在那柄相传斩杀过无数魑魅魍魉的桃木剑之上画符。

食指流出的血液不是鲜红色，而是色泽洁白，且光华璀璨，如同指尖悬有明月。

太安城有数股原本被各自建筑镇压的气脉迅速拥向钦天监。

符成之时，我便胜券在握了。

容颜永葆青春的清逸仙人嘴角悄悄勾起，我堂而皇之画符，你能忍？

第十二章

修道年来八百秋
不曾飞剑取人头

在武道修为并不出众的离阳甲士看来，就是一眨眼工夫，广场上就出现了几十个北凉王，再眨眼，就人数破百了。先前没有被撞晕过去的一千余李家甲士就一个个呆若木鸡，只能干瞪眼。

内心深处，这些离阳精锐的心情无比复杂，对骄横跋扈的年轻藩王忌惮畏惧更多，仇恨反而要少一些。看似荒诞，但这个道理其实很简单。早年江湖，天下美娇娘有几个不爱慕李淳罡的，天下武人有几个不崇敬王仙芝的？与他们为伍，共在世间，只要不是牵扯到不共戴天的死仇私怨，大多数人都是心生向往的。离阳崇武，是靠铁蹄和刀子打下的江山，祁嘉节一介白身，为何能够在太安城当上许多龙子龙孙的授业恩师？"棠溪剑仙"卢白颉破格入京担任兵部尚书，为何市井巷弄皆是喝彩声？随着一个惊人消息在最近传出——年轻北凉王曾独身一人与北莽"军神"拓跋菩萨转战西域三千里，杀得天昏地暗，不管太安城的文人文官怎么想，吃兵饷的汉子，就算嘴上说着这种事情多半是那姓徐的年轻藩王胡乱吹嘘，为自己这趟入京鼓吹造势而已，不管真相如何，心底也多半会有些遗憾：你徐凤年咋的就没干脆利落地在西域把那个拓跋菩萨给宰了？若是他真给你摘下头颅，咱们这帮吃皇粮的，大不了以后再骂你的时候嘴上稍稍积德嘛。

相反，李家甲士对那个视人命如草芥的仙人，却从最先的敬若神明，到迅速生出一股敌意。徐凤年一鼓作气当街杀掉数百铁骑，手段狠辣是不假，可是那支来历不明的重骑军突然人人变成金甲仙人，这等仙家手笔，实在太让人寒心了。原本面对强敌，我辈武人就当沙场走一遭，战死就战死，但是这么不明不白地死了，何其憋屈？何来壮烈？恐怕谁都会死不瞑目吧。

高墙之上，洛阳双指提着酒壶，轻轻晃动，笑道："曹长卿是不能插手，你邓太阿好歹跟他有点儿沾亲带故，就在这里看热闹？"

附近无人，邓太阿本身也不是那种喜欢扮高人的家伙，此时就蹲在曹长卿脚边，没好气地道："就那点儿屁大关系，当年在东海早就用完了。"

曹长卿打趣道："就不要为难咱们'桃花剑神'了。这场架，我当然是不能插手，但事实上谁都不好插手，就像昨天在下马嵬驿馆，到最后瞧着是我和邓太阿两个打一个，但想必你洛阳也知道，到了我们这个位置，人数多寡，意义不大。当然了，脸皮子也很重要。"

邓太阿好像记起一件事："论关系，那个神出鬼没的吕祖该帮忙才对吧？"

洛阳犹豫了一下，一语道破天机："当年那个人之于高树露，就像王仙芝之于李淳罡，以及现在的他之于王仙芝。那么，谁是下一个？"

饶是邓太阿也目瞪口呆，转头瞥了一眼曹长卿，后者轻轻点头。

邓太阿突然有些愤怒，破天荒爆了粗口："狗日的，这小子怎么这么惨？！原本是要给那吕祖转世来降伏的？！"

洛阳讥讽道："要不然你以为？"

然后，洛阳瞥了一眼天空："天道循环，天理昭昭嘛。"

曹长卿缓缓道："吕祖既然连天门都能退出来，未必就会依照此理行事。"

邓太阿冷笑道："好一个未必！"

洛阳笑眯眯地道："不乐意？"

邓太阿深呼吸一口气："算了，哪怕我肯帮忙，那小子也不乐意。"

洛阳喝了口酒，脸色云淡风轻了："那是。"

邓太阿突然站起身，抖了抖手腕，沉声道："钦天监的恩怨，徐凤年他自己解决，死在这里就是他的命，反正今天就算活下来，以后下场也未必就能好到哪里去。但是谢观应这只腿脚利索的老兔子，我邓太阿这次要好好追一次。"

过了青州襄樊城，广陵江就算到中下游了。

一位年轻道士带着徒弟小道童，一起坐在江畔盘腿静思。

小道童静思静思着就开始打盹儿了。

年轻道士也不出声斥责，每次摇摇欲坠的小道童要后仰倒去时，他都伸手扶一下。

这位衣袍朴素的年轻道士正是武当当代掌教李玉斧。

他带着徒弟余福沿着广陵江而行，是为了护送那条龙鱼走江入海。

突然，李玉斧身体一震，耳畔轻轻传来两个字："玉斧。"

李玉斧缓缓转头，看到一个同样年轻的道人就坐在自己身边，笑脸和煦。

那个道人和徒弟余福坐在李玉斧一左一右。

李玉斧热泪盈眶，就要起身作揖行礼。

那人赶紧摆手道："别，咱们山上不兴这个。"

但是李玉斧仍是执意起身，毕恭毕敬，哽咽道："贫道李玉斧，见过掌教小师叔。"

被李玉斧称呼为"小师叔"的年轻道士满脸无奈："你啊，真像俞师兄，怕了你了。以前在山上，掌管戒律的大师兄都没俞师兄这讲究，那会儿世子殿下每次打完人后送出手的书籍……嗯，你懂的，就是那种图画比字还要多的那种，大师兄每次翻箱倒柜缴获后，那都是舍不得丢的，唯独俞师兄发现后，是要揪着我的耳朵骂人的。所以玉斧你以后要是撞见山上小道士私藏这类书籍的话，骂几句就行了，可别打……真要打也行，但记得告诉他，以后哪天修道有成了，就会把书还给他。大师兄当初就是这么跟我说的，你看，后来我不就有些出息了吗？"

李玉斧抬起手臂擦了擦眼睛，会心一笑。

武当山的年轻师叔祖，李玉斧的小师叔，那就只能是当年那个骑青牛逢人便笑的洪洗象了。

年轻师叔祖望着江水滔滔横贯中原的广陵大江，出神片刻，说道："先前走得拖泥带水，是没办法的事情。这次来，除了很想亲口跟你打招呼之外，还要跟你借一次剑。"

李玉斧竟是半点儿一头雾水的神情都没有，只是郑重其事地点了点头。

洪洗象抬头望着天空："当年不去，以后也不去了。所以那件事，就只好辛苦你了。"

李玉斧的目光清澈而坚毅："小师叔且放心。"

两人一同站起身，洪洗象拍了拍李玉斧的肩膀，微笑道："比我有担当多了，如果你早些上山就好了，我一定把书借你。"

李玉斧笑着，没有半点儿心目中那个小师叔的高大形象轰然倒塌的念头。

这样的小师叔，恰恰才是他的小师叔。

李玉斧将身后所背的桃木剑摘下，交给了小师叔。

洪洗象接过桃木剑，低头看了一眼那个小道童，突然对李玉斧说道："玉斧，修道不要为'长生'两字误，修行不能一心做仙枉做人，这个道理，帮我告诉我自己。"

李玉斧回答道："会的！"

洪洗象轻轻一抛，将那柄看起来再寻常不过的武当桃木剑抛向广陵江中，轻轻笑道："修道年来五百秋，不曾飞剑取人头。走！"

当洪洗象抛出桃木剑的那一刻，天雷滚滚，声势顿时压过了江涛。

似有天人高坐云端，向人间大声怒喝道："吕洞玄，你大胆！"

洪洗象仰头大笑道："贫道胆大包天已有五百年了！"

依然在鞘的桃木剑先是在江面悬停片刻，然后一闪即逝。

天上天人顿时噤声！

李玉斧望着江面，没有转头。

小师叔走了。

三尺气概。

千古风流。

先前数百骑金甲骑士冲锋，气势冲天，如那旭日东升于太安城。

后有龙虎山初代祖师在郁垒古剑上仙人画符，又如玉盘初升。

那些有幸靠近钦天监的江湖高手皆是叹为观止。只不过潜龙在渊的离阳武道宗师对于这场莫名其妙的变故，大多秉持着见好就收的谨慎态度，不敢太过靠近钦天监，一些个感知到危机的宗师更是主动开始撤退，唯恐被殃及池鱼。要知道，大概一甲子前在龙虎山，数千人观摩大真人齐玄帧白日飞升的那场飞来横祸，对老一辈江湖名宿来说依旧历历在目，不知多少高手在齐神仙兵解之时被重创气机，坏了心境，在武道修行上一辈子没能跨过那咫尺之距。

不过，相比天师府斩魔台，国子监终究是一等一的京城重地，绝大多数武林中人都被戒备森严的内城禁军给挡在外头，这些离阳精锐甚至在兵部的紧急授意下得以在皇城内城之间的地带策马驰骋，以防太多外人靠近钦天监，所剩不多的刑部铜鱼袋高手更是倾巢出动，对有头有脸的江湖大佬动之以情、晓之以理，实在不行就顾不得多年积累的香火情了，干脆撕破脸皮，扣下一顶恃武乱禁的大帽子，若是再不退出此地，那就只好到刑部大牢走一遭！即便如此，仍是有二三十条小宗师左右境界的漏网之鱼成功摸近了钦天监，他们甚至都能清晰地望见不远处高墙上邓太阿、曹长卿和洛阳那几位传奇人物的身影。到了这个地段，披甲佩刀的禁军和挂档刑部腰悬铜鱼袋的高手就撒手不管了，上头有令，对于这拨不按规矩行事的江湖草莽，只须记下姓名、宗门，不用与之冲突，事后兵部、刑部自然会动用兵力将其驱逐出城，十年内都甭想进入太安城了。不花钱就能看热闹，谁都喜欢，但不是谁都有底气在天子脚下、龙椅旁边凑热闹的。

这小三十号各方江湖大佬魁首，除去主动离去的十来人，被钦天监的惊人气势牵动气机而晕厥昏死的八九只可怜虫，还有十来人苦苦坚持，都站在屋脊翘檐或是墙头之上，相隔不远，大多体内气机奔腾如江水，脸色并不好看，至于那些拍手叫好大声喝彩的无聊行径，更是不可能出现在此时此地，一来他们的身份地位摆在那里，一惊一乍不像话；二来钦天监的气势太过凌厉，能够站稳脚跟已属不易，如何做指点江山状？

东越剑池柴青山带着两个徒弟在把那八九个倒霉蛋扔到远处后，来到一栋酒楼的屋顶。负剑之多如同卖剑人的白衣少女站在师父身边，这位师出名门的小美人坯子白衣飘飘，已经有了几分仙子风采。

仅有一柄长剑的少年宋庭鹭，在黑着脸把一个晕死过去的魁梧汉子丢给一队禁军骑卒后，气喘吁吁地回到师父师妹身边，抱怨道："有几斤气力就打几斤铁嘛，真不知道这些家伙是怎么想的，如果不是咱们收拾残局，他们可就真死在这里了。几十年辛苦修行，就这么不明不白丢了命，值得吗？"

柴青山没有驱逐那些在离阳江湖上都算有头有脸的帮主、宗主或是散仙，轻声笑道："这种冒险举动看似荒诞可笑，其实是符合江湖规矩的。出了太安城到了州郡，与人说起这场旷世之战，说一句自己当时离那北凉王不过咫尺之遥，试想会为他们带来多大的荣光？混江湖，尤其是到了一个高度后，虚头巴脑的东西，有些时候比你拳头硬生生打出来的名声还要管用。比如前天跟担任兵部尚书的'棠溪剑仙'卢白颉在一张酒桌上聊过天，昨天和大先生祁嘉节一起论过剑，今天亲眼见了北凉王大打出手，有哪几招当真玄妙，又有哪几招与自家看家本事其实有些神似……这些啊，可都是响当当的金字招牌，让听者心旌摇曳的莫大谈资。"

少年伸手指了指距离尚远的钦天监，翻白眼道："这还咫尺之遥？隔着小两里路呢！曹大官子、'桃花剑神'和白衣魔头他们三位大宗师都不敢说自己跟钦天监只是咫尺之遥好吧！这些人要点儿脸行不行？！"

宋庭鹭的嗓音不小，不远处那些年纪最轻也到了不惑之年的江湖前辈肯定听得一清二楚，但是没有谁老脸一红，一个个或双手抱胸或双手负后站在高处，渊渟岳峙的宗师风范依旧很足。

柴青山伸出手掌按在少年的脑袋上，苦笑道："你啊，不当家不知柴米贵。等将来师父不在了，你来当东越剑池的家，就晓得今天这几句无心之言，以后你可能花几十万两银子都买不回来人情。"

宋庭鹭小心翼翼地瞥了一眼师妹。后者做了个鬼脸，大大咧咧地道："我才不乐意当宗主，你爱当你当，我要行侠仗义走江湖，学那徐凤年，只要是他走过的州郡、登过的名山、进过的茶楼酒肆，我都要走一遍！"

宋庭鹭嘴唇微动，最终还是撂不下哪怕一个字的狠话。是不是每个春心萌动、义无反顾的师妹背后，都站着一个青梅竹马且暗自神伤的师兄？

柴青山突然伸手分别握住单饵衣和宋庭鹭，沉声道："一旁观战，除了赢取声望，更能借机砥砺武道，关键就看能否沉下心去体悟天道了。当年武帝城那么热闹并非没有道理。之前轩辕青锋在大雪坪与人设下父子局、爷孙局，为何观战之人络绎不绝？其实很简单，其中皆有机缘。接下来若是曹、邓、洛三人有谁出手，你们一定要瞪大眼睛，能看出几分精髓是几分，对你们以后的武道修行大有裨益。这中间又以邓太阿的出手最为重要，毕竟这位'桃花剑神'……极有可能在今天真正递出一剑，而不只是出手。师父会的，肯定都会倾囊相授，而你们肯定也都能学到，早晚的事而已，但是目睹邓太阿出剑，你们二人这辈子也许就仅此一次了。"

少女好似全然不将自己的剑道前途放在心上，没心没肺笑眯眯地问道："师父，他一定会赢吧？"

柴青山下意识地望了一眼万里无云的晴朗天空，呢喃道："天晓得。"

宋庭鹭开始在心中扳手指，韩生宣、王仙芝、隋斜谷、祁嘉节、曹长卿、邓太阿，就他知道的这些比试，好像徐凤年不是胜了就是打平，竟然还真没输过一场。

少年忍不住有些打抱不平了，要知道他仰慕的那位挎木剑的剑客，当年在太安城，可是好像没赢过一场啊。

龙虎山初代祖师爷破指画符堪称一帆风顺，哪怕这位仙人刻意放缓速度来增加灵符的厚度，年轻藩王依然没有出手阻拦的迹象。

越是临近这场钦天监仙人之战的收官阶段，越是胜算不断倾向龙虎山，莲花冠老道人反而越是神情凝重，甚至有几分压抑不住的提心吊胆。

这种心境起伏，别说数世善果成就仙人之位后的老道人，就是飞升之前，以护国真人身份坐镇旧离阳王朝三十年，老人也不曾出现这种陌生的心情。

道家修清静，世俗人以为所谓"心静如水"就是一潭死水，其实不然，心湖起涟漪，心境依旧动中有静，才是真正的清静，这与佛家"心动幡动"的那个机锋有些相似，又有不同。

仙躯无垢道心稳，仙人之躯染尘垢，未必会让道心摇动，但是后者出现缝隙，则必然会影响真正的无垢。

所以莲花冠老道知道自己要顺应本心而为了，仙人顺心即顺天意。

老道人不再刻板，如同道家圣人老庄所言那条自得其乐的桥下游鱼，作为已经鲤鱼跳龙门的天上仙人，他要跳出水面看一看，主动与天道契合。

然后老仙人果真就脚尖一点，身子稍稍跃起。

随着莲花冠老道人的拔高，一位"年轻藩王"升起，手中凉刀依旧是那枯燥乏味的横刀式。

当身子几乎与通天台那条横梁齐平的时候，老道人大袖一摇，伸出洁白如玉的手掌，掌心朝上，然后猛然往下一压，朗声笑道："法印照处，大放光明！百邪退散！"

不光是老道人身前那位"年轻藩王"消散无形，广场上攒簇得密密麻麻的数百位"年轻藩王"亦是瞬间烟消云散，如夜游鬼魂突兀撞见大日当空。

老道人环顾四周，不见一位"徐凤年"，然后他轻喝一声，双手向上托起。

道高一尺，魔高一丈。

徐凤年不知何时来到了仙人头顶，左手持刀，一刀当头劈下。

就在此时，老道人嗤笑一声："小小障眼法，如何蒙蔽天心！"

老道人双手做托塔状纹丝不动，但是同时以彼之道还施彼身，老道人也在前、后、左、右幻化出四位仙人，四尊法相分别掐诀结印塑就一尊莲花金身，一掌平平递出，掌心有莲花绽放，双指并拢作剑倾斜指天，剑气纵横，一手五指张开继而握紧，一根光柱直冲云霄，如握一杆贯穿天地的长枪。

但是五位"徐凤年"瞬间闪现又瞬间消失。

好似三头六臂的居中老道人皱了皱眉头，茫然四顾，双眼如炬，迸射出紫金光芒，熠熠生辉。

"终于来了。"于郁垒剑上画符的龙虎上初代祖师爷嗤笑一声，抵在剑尖的手指轻轻一叩，身体微微前倾，往剑尖上轻轻吐出一口气，"印！"

简简单单一个字，竟然好似洪钟大吕响彻钦天监上空。

口含天宪。

一语可决人生死。

符剑郁垒不动，但是一抹三尺金光从剑身上掠出。

金光飞旋，萦绕着持剑仙人，金光所到之处，一张张符箓凭空浮现，如同稚童贴在门户上的春联。

这些符箓印地地裂，印雨雨停，印草木则草木成灰，印飞鸟则飞鸟坠地，印龙虎则龙虎降服。

地面上的持剑仙人，天空中的莲花冠道人，两人之间挂满符箓。

后者与前者之间的那段距离，断断续续有一页页符箓依次炸裂，金光溅射，偶有点点金光落至地面，坚硬如铁的广场顿时飞石激射。

转身俯瞰的莲花冠道人骤然眯起眼睛，大笑道："孽障，还不现身？！"

288

与此同时，持剑仙人看似随意地往空中一挑剑尖，转头向通天台那边喝道："更待何时？！"

一直在隔岸观火的儒士谢观应，原本在关注皇宫大殿那边的动静，好似没有等到自己想要的结果，但也在意料之中，脸上有些淡淡的冷意，在听到两位仙人的呼声后，他不再犹豫，猛然间肩膀一抖，双袖往上一抬："天下清风，两袖裹之！大好河山，一肩挑之！八玺起阵！"

钦天监上空突然出现八方大小不一的镇国玉玺。

龙虎山初代祖师爷双手握住郁垒剑柄，往后一扯。

莲花冠老道双手做提起重物状，往左肩方位用力地向上一抬。

两位仙人的手中出现了一条粗如枪杆的金色长绳。

仙人坐云间，垂钓人间气数，那根长至千万丈的鱼线，若是千万根拧成一根绳，便是此时两位仙人手中金绳的光景了。

这根绳子笔直地穿过徐凤年一侧的肩头，将这位年轻藩王死死地钉在空中，不得动弹分毫！

鲜血浸染了长绳。

徐凤年闭上眼睛，深深地呼吸了一口气。

终于换气了，好像他是要借这一口气，吐尽胸中所有愤懑，并且吸来天下气运。

但照理来说，这是最不该换气的时刻。

谢观应嘴角翘起，抬起手臂，一根手指向前轻轻一挥："非礼勿视。"

我儒家为天下订立规矩已经近八百年了。

你徐凤年能够不向天道低头，但你既然依旧活在世间，如何能不向天地弯腰俯首？

随着这位读书人的手一指，两方玉玺炸向徐凤年的双眼。

谢观应又动了动手指，继续云淡风轻地道："非礼勿听。"

两方玉玺飞向徐凤年双耳。

当谢观应说出"非礼勿言"四字后，如同通灵的第五方玉玺闻讯而动。

谢观应脚下那条从通天阁伸出的梁道大概是不堪重负，开始出现裂缝，崩裂声似乎要刺破耳膜。

生死一线。

徐凤年扯了扯嘴角。

时来天地皆同力。

天地先有理再有礼，你谢观应自认为手执礼教规矩，可那未必就是这天地的理啊，最不济那位临行前托人捎给我一物的衍圣公，他就不觉得你谢观应占理了！

只见徐凤年腰间摔出一枚吊坠，所系之物，四四方方。

就在五方玉玺距他仅有毫厘之差的时候，徐凤年心念一动。

非"理"勿动。

不但那五方玉玺蓦然停滞，发出剧烈的颤鸣，其余尚未被谢观应牵引的三方玉玺也是颤抖不止。

当年那个世子殿下第二次游历归来，老人指着盘子里一块从藩王身上割下的肉，对儿子说，以后再与人讲道理，就要靠年轻人自己了。

此次硬闯太安城钦天监，不管杀人破阵的手段如何凌厉狠辣，年轻藩王摆在面上的神色始终称得上温和冷静，起码没有什么狰狞愤怒。

被金色长绳挂在空中的徐凤年开始提刀而走，"走向"那座通天台，走向那个处处算计他徐凤年和北凉的谢观应。

长绳被拖曳出一个半圆，龙虎山初代祖师爷的郁垒剑尖和莲花冠道人的双手都出现了雷电交加的惊悚画面，两位仙人几乎同时蹋脚，竭力试图止住长绳的迅猛去势。

谢观应满脸错愕，目光飞掠两个地方，一个在皇宫大殿的屋脊之上，一个在太安城正南城外，以及比后者更南的京畿地带，惊怒交集："赵篆小儿、澹台平静、衍圣公，你们胆敢联手坏我千秋大业！"

肩头依旧被长绳钉入的徐凤年一刀挥出。

站在通天台那条横梁上的谢观应五指一抓，抓过五方玉玺列阵一线，挡在他与徐凤年那一刀之间。

他自己则一闪即逝，任由先前的五方玉玺直直地坠向地面，脚下的横梁更是轰然断为两截。

一刀之下，整座巍峨的通天阁被一斩为二！

不知几百几千丈的高空中，那一刀的余韵仿佛砰然撞在一物上。

两位仙人面面相觑，视线交错后，几乎同时松开手。

徐凤年一刀过后，转身狞笑道："想走？！"

袖上爬有一缕红丝的莲花冠道人喟叹一声，一手扯过全部长绳，与那缕就要蔓延而至的红丝一同拽回，任由那两缕红丝绕袖肆意飞舞。老道人向舍弃了郁垒符剑的年轻道人轻轻点头，后者神色复杂。

这两缕猩红如小蛇的红丝竟是混杂了韩生宣的死气和祁嘉节的剑气，两人来自离阳朝廷，皆为赵氏死而后已。

用离阳赵氏的气数来攻伐龙虎山赵家的气数，自相矛盾，妙不可言。

想必这就是先前年轻藩王用来破坏仙人无垢的撒手锏了。

下一刻，心知难逃一劫的莲花冠道人站在面对龙虎山初祖几步外，微微作揖，行辞别礼。

一人道消轮回总好过两人皆亡于人间。

老道人身后出现一面镜子。

正是南海观音宗镇山重器，那一面不知镇压了多少世间大气运之人的月井天镜！

老道人被硬生生拽向镜中时，轻声道："天道不崩，香火不熄。恭送祖师返回天门。"

瞧着更像是老道人晚辈子孙的"年轻"道士没有理会莲花冠道人的慷慨赴死，只是抬起双手，扪心自问道："一，在何处啊？"

钦天监广场上所剩不多的龙虎山仙人一个个露出兔死狐悲的戚容。

仙人们悲痛欲绝的同时，又有难以言喻的敬畏。

此次堪称前无古人的联袂下凡，怎就沦落到如此凄惨的境地？

倒是那两个比历代祖师爷资历都要浅薄的龙虎山后辈仙人赵希夷、赵丹霞父子，脸色有些释然，相视一笑，虽有涩意，但无惧意。

初代祖师爷的头顶传来嗓音，蕴含着浓重的讥讽意思："在你姥姥家！"

年轻仙人顿时抬头，终于有了无法掩饰的怒意，气极而笑道："当真以为贫道不敢舍生忘死，与你徐凤年玉石俱焚？！"

徐凤年站在高空中，懒得跟这个仙人废话，正要出刀之际，突然肩头一歪，好像给人拍了一下，耳边有一连串话语轻轻响起。

"小子，不错。谢观应那只老王八的破碗已经给你击碎，接下来你就别管了。别谢我邓太阿，我这一剑，是昨天在下马嵬悟出来的。

"这一剑，叫'意气'。

"嗯，你要是觉得名字取得不行，回头你帮我取个有气势的便是。像剑九黄最后那一剑的名字就不错。

"有机会的话，将来北凉关外沙场，你我再见。"

徐凤年愣了一下。

因为邓太阿的最后一句话是："我邓太阿走了，又有人来了。那一剑……"

远处，曹长卿和洛阳身边的高墙上，已经没了"桃花剑神"的踪迹。

白衣女子淡然道："徐婴，你留下，我走了。能不见，便不再见了。"

不等朱袍女子挽留，洛阳独自转身扬长而去。

更远处，柴青山身边的两个徒弟，当邓太阿出剑时，少年瞪大眼睛，少女却是闭上眼睛。

少男少女此时大概还不清楚，他们这次睁眼闭眼之后，剑道上的修为就有天壤之别了。

柴青山附近高处的"江湖大佬"，全部被徐凤年那一刀和邓太阿那一剑震得摔在地上，狼狈不堪。

当他们好不容易坐起身，马上就又人仰马翻。

一剑由南向北，又来了。

龙虎山初代祖师爷脸色阴晴不定，最后还是忍下那口恶气，不再望向徐凤年，向九天之上喊道："开天门！"

徐凤年双手握刀，望向天空。你敢开天门，那我就连天门一并斩了！

然后那一剑便来了。

轻而易举透了龙虎山初代祖师爷的头颅不说，钦天监广场上除了赵希夷、赵丹霞父子，其余仙人照样被一剑取头颅。

徐凤年杀仙人已经够快够狠了，这一位，似乎有过之而无不及。

那位身穿普通武当道袍的年轻人在飞剑之后姗姗而来，父子两位真人还没回过神，就被抓小鸡一般丢掷向天空，还得了临别赠言："好好做你们的神仙，天下事自有人间人了之。齐玄帧与龙虎山的道缘，亦是就此了了。"

然后这个神出鬼没的年轻道人笑嘻嘻地站在徐凤年身前，拦住了那一刀的去路。

徐凤年勃然大怒，怒喝道："姓洪的！"

年轻道人缩了缩脖子，挤出笑脸道："世子殿下，你肩上的担子够重了，就别揽这一副担子了，有小道，有武当，有掌教李玉斧，够了。"

徐凤年怒目相向。

年轻道人咽了咽唾沫，轻声道："总不能让你姐担心，是吧？"

徐凤年嘀咕了一句"你又皮痒了是不是"，下意识地就习惯性一脚踹出去，年轻道士往旁边跳了几步，也是习惯了自己的畏畏缩缩。

如果是很多年前，世子殿下会觉得自己那一脚很有高人风范，而旁观年轻师叔祖与纨绔世子"大战"的山上小道士更会由衷地觉得他们师叔祖真是厉害啊，每次躲那几脚都是如此仙风道骨。

如今，世子殿下成了北凉王，成了武评四大宗师之一；那个胆小但和蔼的年轻师叔祖也成了骑鹤下江南的神仙道人，成了齐玄帧，成了吕祖。

但是等他们重逢之时，他还是他，他们都还是他们。

徐凤年悄悄红了眼睛，嗓音沙哑，道："你该早点儿下山的，早一天也好，我姐也能多开心一天。"

年轻道士抿起嘴，皱着眉，流着眼泪，说不出话来。

徐凤年突然一把搂过年轻道士的肩膀，低声问道："有李玉斧帮忙，你还能跟我姐见面吧？"

年轻道士使劲点了点头。

徐凤年冷哼道："以后不管哪个你在哪一世，再跟我姐见了面，都要好好对她！要不然我一样能揍你。吕祖了不起？老子还是那谁谁和谁谁，比你有背景多了。"

一个还算有出息的弟弟，生怕出嫁离家的姐姐受欺负，应该都是这般故作恶人跟姐夫说话的吧？

年轻道士哪壶不开提哪壶，纳闷地道："你不是跟他们斩断因缘了吗？"

佩好凉刀在腰间的徐凤年一拳砸在这家伙腋下。后者倒抽一口凉气，也不知道是真痛还是像早年那般卖乖，憨憨地笑着，脸上犹带着泪水。

徐凤年犹豫了一下："要走了？真不做一物降一物的那个人了？"

年轻道士摇头笑道："我最怕挑担子了，这种事做不来的。再说了，以前在山上从来就打不过你，就算打得过，以前被欺负惯了，心底还是怕的嘛。"

两人并肩而立，一起看着脚下这座熙熙攘攘热热闹闹的太安城。

徐凤年用兴许只有自己才能听到的嗓音说道："每次想念大姐，我都喜欢想她有你陪着坐在鹤背上，那个时候，她一定很开心，在笑。这么想，我也就不伤心了。"

年轻道士没有说话，身影越发缥缈，仿佛下一刻就会随风而逝。

徐凤年嗓音更低了："有你这么个……我其实很自豪……姐夫。"

身边传来一阵压抑得很辛苦的笑声："哎！小舅子！"

恼羞成怒的徐凤年一脚踹过去。

年轻道士洪洗象已经不在。

徐凤年呆滞当场，久久才回神，轻轻飘落在钦天监广场上，走向那座社稷坛。

拾级而上的时候，他弯腰抓起一抔泥土。

徐凤年站在社稷坛顶部，蹲下身，伸出手，倾斜手掌，任由泥土滑落。

身穿缟素入门，满身鲜血站在此地的年轻人闭上眼睛，自言自语道："爹，娘，大姐……我很好，你们放心。"

祥符二年深秋的这一天注定要演变出无数神神怪怪的说法，钦天监那边日月升起，梵音袅袅，数次长虹挂空，仙人悬空，而京畿南军大营也是情景骇人。两位陆地神仙一般的万人敌，身影快如蛟龙入海，双方厮杀过程中，把整座大营撕裂得支离破碎，所过之处，势如破竹，其中以新任兵部尚书吴重轩大将军的嫡系兵马最遭罪，死伤过千。常人所谓"水土不服"也不过是身体不适，像吴尚书这些麾下精锐这么丢胳膊少腿甚至连小命都没了的少见。关键是几乎无人辨认出那两道人影的真实身份，这才最让京畿南军感到窝囊。

罪魁祸首徐凤年走下社稷坛的时候，李家甲士在李守郭和李长良父子的率领下，誓死守住大门口，摆出"要走出去就从一千多人的尸体上跨过"的决然姿态。但其实门外大街上折损过半的重骑军已经在安东将军马忠贤近乎疯狂快马加鞭地传递了一道密旨后，悄然退出街道，但是为了不惊扰内外城的百姓，不去引发更大的恐慌，这支尚未投入两辽沙场便元气大伤的骑军并没有立即出城前往驻地。马忠贤当时匆匆忙忙离开征北大将军府邸内的父亲病榻，甚至来不及穿上武臣官袍，更别提披挂铁甲了，这位出身显赫的安东将军转头望着这支被悲壮气氛笼罩的残部，心在滴血。

无比熟谙京城官场的马忠贤知道，等到家中噩耗传出府邸，传到庙堂和市井，很快朝野上下就会说他的父亲早不死晚不死，偏偏在北凉王大闹礼部和钦天监的时候咽下最后那口气，是被吓破胆了，是给那个姓徐的年轻人活活吓死的！

在一大片锃亮铁甲中显得不伦不类的马忠贤双拳紧握，两眼通红，恨不得拨转马头一声令下，把那个姓徐的剁成肉泥！

一位布衣老人穿过李家甲士那座"弱不禁风"的步军方阵，李守郭想要出言提醒，老人笑着摆了摆手，径直走向在社稷坛边缘停步的北凉王。老人没有站到年轻人面前，两人并肩，但是一人面北一人朝南。

徐凤年淡然道："本来以为是门下省'坦坦翁'来这里当说客，没想到是中书令大人来这里唱红脸。"

中书省主官齐阳龙仰头望着那座高坛，笑呵呵地道："钦天监就这么毁了，可惜啊。"

徐凤年说道："北凉在关外死了十多万人，人人面北而死，就不可惜？"

齐阳龙点点头，沉声道："在我看来，都可惜。钦天监毁了，我作为喜欢读史的读书人，觉得可惜。北凉将士战死十数万，我作为离阳子民，觉得可惜，还有可敬。只不过我如今到京城跟朝廷讨要了件袍子披上，就不得不来这里跟王爷唠叨唠叨。"

徐凤年持刀的左手因为肩头被那根长绳洞穿，手臂颓然下垂，鲜血不断地从袖管淌出，沿着手指滴落在地面上。那张脸庞因为体内兴风作浪的狂躁气机，一瞬间苍白无血色，一瞬间变成熠熠生辉的紫金色，眉心处开裂，鲜血顺着鼻梁滑下，更是为这位年轻藩王的英俊脸庞平添了几分浓重戾气。

这个一人便让整座京城为之两次震动的年轻人面无表情地道："三千人，每死一人，就扣掉我北凉一千石漕运粮草，是赵篆亲口说的。那我现在不妨也直接跟中书令大人说，三百万石漕运粮草，敢少我一石，就有三万北凉铁骑南下入广陵！反正藩王靖难是天经地义的事情，你们朝廷不管北凉百姓的死活，我徐凤年好说话得很，不介意让你们离阳明白什么叫'忠心耿耿'！"

齐阳龙听到这番锋芒毕露的话语后，没有故作怒容，笑容不减，道："北凉王，说实话，我齐阳龙呢，不管祖籍在哪里，一向把在广陵道内的上阴学宫当成家，杨慎杏和阎震春已经在我家土地上折腾过一遍了，宋笠那王八蛋和寇江淮又折腾了一遍，接下来还要轮到吴重轩和卢升象这几个所谓名将去捣鼓捣鼓，他们要是能速战速决也就罢了，甭管谁输谁赢，只要分出胜负，对广陵道的百姓都是好事，怕就怕这么僵持不下，拼光了青壮拼老卒还好说，万一拼光了军伍将士，可不就是拿老百姓的命去填坑？是不是这个理，北凉王？"

徐凤年默不作声。

齐阳龙不像是个中枢重臣，倒像是个有着满腹牢骚不吐不快的糟老头子，好不容易逮着一个能够倾吐心声的年轻后生，就彻底关不上话匣子了："曹长卿有心结，过不去自己那道坎，衍圣公都劝不过来，我当然不乐意去浪费口水。至于那些帮着朝廷带兵打仗的，我这个中书令更说不动，况且天下武人在沙场上建功立业，马革裹尸也好，封侯拜将也罢，各凭本事，各安天命而已，都是他们的道理所在，我齐阳龙不能因为说自己怜惜天下苍生，就去他们跟前絮絮叨叨，说些要他们放下屠刀的空话大话。退一万步说，就算说服了卢升象、吴重轩，肯定还会有马升象、宋重轩冒出来，毕竟我啊，终究是拦不住这天下大势的。"

齐阳龙突然转头，近距离凝视着这个满脸鲜血的年轻人："但是我觉得，跟你说，管用。没法子，你是徐骁的儿子嘛，徐骁那家伙从来就很讲道理，要不然能为了让渭熊那小丫头进入学宫，给我家用金子银子砸出一条长达十多里的湖堤？我入京之前，那可是每天早晚风雨无阻都要走上一遭的！不知道徐骁有没有跟你说过，他当年带兵马踏江湖的时候，从龙虎山经过上阴学宫，有过一趟微服私访，把我这个老家伙堵在屋子里，摘下那柄凉刀……嗯，如果没有看错，大概就是你现在悬挂的这柄，往我桌面上重重一拍，问我'徐凤年'这个名字取得好不好，我当然竖起大拇指说好，是真的挺好嘛。然后你爹立即就和颜悦色了，说我齐阳龙果然是有大学问的读书人，还扭头跟你娘问出了'满腹韬略'这四个字送给我，我很开心，当然了，不是因为这个没啥水准的马屁，而是因为到最后你爹也没拿刀子砍我。"

徐凤年抬起右手抹了把脸。

齐阳龙继续望向那座寓意深远的社稷坛："你肯定都想不到为了那条湖堤，北凉送来了多少银子。一条长堤再长，文林茂盛的上阴学宫的人力物力都摆在那里，需要几个银子？但是你爹遮遮掩掩送来了多少你知道吗？是整整三百万两银子！所以上阴学宫不光是多了条杨柳依依的湖堤，也在之后五年内，偷偷摸摸多出了一栋冠绝江南的藏书楼，多出了不下两百套奉版书籍。除了那拨都能堆积成山的银子，其实还有一封轻飘飘的密信交到我手上。那些字真是我见过最丑的了，但是这十多年来，我无所事事的时候经常拿出来翻翻看看。信上说，他的长子肯定是块读书的好料，以后要来上阴学宫求学的，说不定以后还要给他老徐家弄个状元，那就真是光耀门楣了。如果说藩王之子不得为官一任，那考取状元当个摆设也不错……初读密信，我很想回信问他：'你一个杀了无数读书种子的武人，吃饱了撑的要让自己儿子当个文人？你徐家在你这一代位极人臣，大柱国和世袭罔替都握在手里，真缺一个状元头衔？'更想问他：'三百万两白银算什么？八国百姓死了那么多，读书人又死了多少？这点儿银子就能补偿山河破碎中原陆沉吗？！你堂堂"人屠"，不希望自己儿子当藩王，算怎么回事？！'

"后来再读那封信，久而久之，信纸越来越皱，我的心反而越来越平。

"这期间，听到在老皇帝驾崩后，你小子竟敢在清凉山歌舞升平，满城可见满山烟火，可闻满山奏乐，后来你就被丢出了王府大门，这才有了三年游历。那时候我就知道，北凉不会安分了。我曾经希望，你挤掉陈芝豹，成功袭了北凉王，但是你又心甘情愿当个太平藩王，愿意让离阳的某位大将军进入北凉，那么北凉就是离阳的北凉，北凉的百姓就是离阳的百姓，半国赋税入两辽，半国漕运入北凉，天下大定矣！"

徐凤年听到这里，扯了扯嘴角。

老人自嘲一笑："这当然是迂腐书生的一厢情愿。"

老人终于转过身，跟徐凤年一起遥遥面对那密集列阵的李家甲士，笑问道："这些离阳精锐，比起你们北凉边军铁骑，如何？"

徐凤年反问道："真想知道答案？"

老人静等下文。

徐凤年给出答案："十人对十人，胜负五五；百人对百人，我北凉稳胜；千人对千人，你们惨败；万人对万人，那就不用打了吧。"

老人笑眯眯地道："当真？"

徐凤年呵呵笑道："我也就是读书比徐骁多，脾气好。"

老人点头道："是啊是啊，所以今天先是去了礼部教训了两位侍郎大人，然后单枪匹马来到这里，连太后的面子都不给，就在这钦天监内外大开杀戒，天上仙人都给宰了大一帮子，王爷脾气真好。"

徐凤年没好气地道："刚套了交情，又开始倚老卖老，真以为我没剩下点儿气力回到下马嵬？"

老人哈哈大笑："行了，搬出徐骁来跟王爷你套近乎也差不多了，再说下去，我这张老脸自己都要挂不住了。你徐凤年能打，北凉铁骑更能打，我也就不藏藏掖掖，故弄玄虚了，把老底子透露给你。无论是死一人少一千石的威胁，还是三百万石漕粮的豪迈，都不过是年轻天子的意气用事，我这个中书令不敢当真，也奢望王爷别当真。但是我倒是敢保证，今年秋末到明年夏末，离阳，尤其是太安城，哪怕勒紧裤腰带也会给北凉送去一百万石漕粮，可能的话，还能再多五十万石，在这之后，只有四个字——尽力而为！"

徐凤年皱着眉头。

老人感慨道："见好就收吧，双方都有台阶下。身处庙堂，从芝麻绿豆大小的官员，到黄紫公卿，再到穿蟒袍甚至是穿龙袍的，就从来没有快意之人。"

不等徐凤年开口说话，老人就唏嘘道："不知道是不是错觉，虽然如今朝堂上年轻面孔越来越多，我身处其中，却总有一种暮气扑面的感觉，也许……也许在白衣僧人李当心的历书被拒绝之后，张巨鹿也有我这种伤感吧。"

老人转头目不转睛地看着这个身负重伤的年轻人："在'碧眼儿'那本可能永远都不会流传开来的诗集上，他说人生有两大快事、一恨事。江湖里，绝处有侠气，是一快事！沙场上，死地仍提刀，是一大快事！每每在书籍上读至史官喜欢一笔带过的'白骨累累''生灵涂炭'，是一大恨事！"

老人笑了笑："可惜这个'碧眼儿'死得早，不知道在那幅他不知看了多少眼的离阳王朝堪舆地图上，有个地方，把十数万死人的名字一个一个都刻在了石碑上。一代一代读书人翻阅的青史，再不是只有成王败寇者的姓名了。

"早先有个家伙，说他见过你，就在我面前显摆。其实要不是这次君命难违，我也不会跑来受气。你徐凤年有啥好看的？我一个糟老头子，又不是那些思慕少侠的妙龄小娘子。

"嘿，我年轻那会儿，指不定比你还英俊呢。"

徐凤年说道："那就这样说定了。"

老人得寸进尺，问道："那么王爷何时离京啊？"

徐凤年向前走去："后天。"

老人看着这个背影，笑眯眯地问道："今天不行，明天行不行啊？太安城没啥看头嘛。"

徐凤年停下脚步，转头，皮笑肉不笑地道："明天？行啊，中书令大人想看石碑？那本王就亲自带着你去好了。"

老人笑脸僵硬："后天就后天！到时候一大早，我就亲自到下马嵬驿馆敲门去啊！"

徐凤年不理睬这个无赖老头，走向钦天监大门。

身后老人抬起双手，往两边挥了挥，李家甲士迅速左右散开，让出一条宽阔的道路。

突然，老人几个箭步快速跟上徐凤年，死死地拉住徐凤年的右手，不肯松开。

徐凤年转头望着这个神情突然肃穆起来的老人。

老人压低嗓音道："徐凤年，一定要让这个天下，少死人！"

徐凤年想要转身走人。

老人不知哪来的气力，死皮赖脸地攥紧徐凤年的手，涨红了脸。

徐凤年本来稍稍挥袖就能挣脱，但是不知为何，只是轻轻叹息，点了点头，无奈地道："需要说吗？"

老人这才讪讪然松开手。

走出几步后，徐凤年听到那个老人小声说道："不这样做，显不出我齐阳龙拯救苍生的态度嘛。"

徐凤年嘴角抽搐，抬起右臂，伸出大拇指，然后朝下指了指。

看着那个年轻人的背影，老人又说道："嗯，有几分我年轻时候的风采。"

大概是觉得离得远了，年轻藩王听不到自己的嘀咕，所以当那位北凉王突然扭头的时候，老人以迅雷不及掩耳之势背转过身，双手负后，快步走上社稷坛，像是急着去那儿浏览风景。

一老一少，背对而行。

老人收敛了脸上的神色，在心中默念道："'碧眼儿'，你如果在世，是咬紧牙关一石漕粮也不开禁，还是力排众议打开全部漕粮？不管如何，我都不如你。"

老人站在社稷坛顶端，看到那些扎眼的松散土壤，缓缓蹲下身。

徐骁，张巨鹿，你们两个生前斗了半辈子，死后到了地底下，其实会一起喝酒吧？

钦天监大门口。

有个呵呵姑娘，一手握着葱油饼啃咬，一手揉了揉貂帽。

徐凤年走过去，弯腰，帮她扶了扶貂帽。

一袭大红衣如蝴蝶飘舞而至，来到徐凤年身前，空灵地旋转。

徐凤年等她停下后，点头，柔声笑道："还是好看。"

徐凤年一手牵起一人："先回驿馆，后天一起回家。"

徐偃兵不知何时回到钦天监门口的马车旁边，已经放好了那杆刹那枪。

徐凤年用手背擦了擦嘴角刚刚渗出的血迹，笑道："这么快就回了？这枪，真快啊。"

一时间摸不着头脑的徐偃兵嗯了一声，等到年轻藩王坐入车厢，马车驶出一大段距离，终于回过味来的徐偃兵笑骂道："骂人都不带个脏字！"

笑过之后，徐偃兵望向远方，有些出神。

戴貂帽的少女和戴帷帽的朱袍女子，不知为何，都没有坐入车厢。

车厢内，那个浑身浴血的年轻人摘下凉刀，双手捧起那件藩王蟒袍，把头埋在其中，肩膀颤抖，不见表情，不闻哭声。